Waldvogel

AF196344

Christian Oehlschläger, 1954 in Hannover geboren, ist Förster bei der Landwirtschaftskammer Niedersachsen. Er war mehrere Jahre als forstlicher Berater in Mittel- und Südamerika tätig, bevor er die Leitung der Bezirksförsterei Burgwedel übernahm. Seit 1984 schreibt und veröffentlicht er Fachartikel, Kurzgeschichten und Kriminalromane. Im Emons Verlag erschienen als Lizenzausgaben bereits »Schwanenhals«, »Kohlfuchs« und »Wolfsfeder«. »Waldvogel« erschien 2011 als gebundene Ausgabe im Verlag J. Neumann-Neudamm AG, Melsungen.
www.christian-oehlschlaeger.de

Dieses Buch ist ein Roman. Handlungen und Personen sind frei erfunden. Ähnlichkeiten mit lebenden oder toten Personen sind rein zufällig.

CHRISTIAN OEHLSCHLÄGER

Waldvogel

JAGDKRIMI

emons:

Bibliografische Information der Deutschen Bibliothek
Die Deutsche Bibliothek verzeichnet diese Publikation
in der Deutschen Nationalbibliografie; detaillierte bibliografische
Daten sind im Internet über http://dnb.d-nb.de abrufbar.

© Emons Verlag GmbH
Cäcilienstraße 48, 50667 Köln
info@emons-verlag.de
Alle Rechte vorbehalten
Umschlagmotiv: photocase.de / Don Espresso
Umschlaggestaltung: Tobias Doetsch
Satz: César Satz & Grafik GmbH, Köln
Druck und Bindung: Books on Demand GmbH, Norderstedt
Printed in Germany
Erstausgabe 2013
ISBN 978-3-95451-097-9
Jagdkrimi
4. Auflage

Unser Newsletter informiert Sie
regelmäßig über Neues von emons:
Kostenlos bestellen unter
www.emons-verlag.de

Die automatisierte Analyse des Werkes, um daraus Informationen
insbesondere über Muster, Trends und Korrelationen gemäß
§ 44b UrhG (»Text und Data Mining«) zu gewinnen, ist untersagt.

Für meine Geschwister
Verena, Olli, Gerdel und Andreas

Lustgeschmetter

Goldene Knospenhülle schütten
All die jungen Buchenblätter,
Und den ganzen Wald durchjubelt
Liebessang und Lustgeschmetter.

Um die weißen Sterngrasblumen
Tanzen goldne Schmetterlinge,
Und um jede kleine Blüte
Geht ein summendes Geklinge.

Lachend fass ich deine Hüfte,
Hab so lange dürsten müssen,
Lange lange lange Jahre,
Ach so sehr, nach deinen Küssen.

Hermann Löns, »Mein goldenes Buch«

PROLOG

Wie schön ihr Körper noch war.

Verwundert schaute er auf die kleinen, wohlgeformten Brüste, den flachen Bauch, die festen, muskulösen Schenkel. Fast wie eine Achtzehnjährige.

Zugegeben, sie hatte ihm erzählt, dass sie nach ihrer Trennung mit dem Sport angefangen hatte, mit intensivem Langstreckenlauf, Krafttraining und ein bisschen Kampfsport. Das war ihr offensichtlich gut bekommen, es hatte ihre Jugendlichkeit bewahrt.

Wie lange hatte er sie nicht mehr nackt gesehen? Drei Jahre? Vor zwei Jahren war sie im Streit ausgezogen; davor hatte er schon mindestens ein Jahr keinen Sex mehr mit ihr gehabt. Es war eine grausame Zeit für ihn gewesen.

Er beugte sich vor, um sie genauer zu betrachten. Im Gesicht und am Hals war sie durchaus gealtert, stellte er beruhigt fest, während er mit dem Zeigefinger einen Blutspritzer von ihrer Wange wischte. Um die Augen, die ihn weit geöffnet anstarrten, entdeckte er unzählige winzige Fältchen. Auch um die Lippen ihres blutverschmierten Mundes zeichneten sich Spuren des Älterwerdens ab.

Sie lag vor ihm auf den Fliesen und rührte sich nicht. Die Arme waren im rechten Winkel vom Oberkörper fortgestreckt, als ob sie die Kreuzigung erwartete, das linke Bein gerade, das rechte – wie eine kecke Ballerina – angewinkelt.

Schade, dass sie nicht mit ihm hatte schlafen wollen. Nach all den gemeinsamen Jahren war es nicht nett von ihr gewesen, sich ihm zu verweigern. Dabei hatte alles so harmonisch begonnen.

Sie hatten ihr Wiedersehen mit einem ausgiebigen Sektfrühstück eingeläutet. Sie war auf der Durchreise von Göttingen, ihrem neuen Domizil, nach Boltenhagen an der Ostsee, wo sie kürzlich eine Ferienwohnung von ihren Eltern geerbt hatte. Er hatte sie vom Bahnhof abgeholt, und sie waren zu ihm nach Hause gefahren.

Im Wintergarten hatten sie sich an den Tisch gesetzt, den er zuvor mit viel Liebe gedeckt hatte. Mit einem riesigen Strauß orangefarbener Tulpen neben ihrem Teller. Ihren Lieblingsblumen. Die Frühlingssonne schien auf die üppige Pflanzenpracht unter Glas, ein verirrter Schmetterling flatterte durch das tropische Blattwerk auf der Suche nach Nektar. Romantischer hätte es nicht sein können.

Zunächst hatten sie sich gut unterhalten; er war begeistert gewesen von ihren Erzählungen, ihrem ansteckenden Lachen, ihrer ungebrochenen Attraktivität. Ihre Differenzen von damals, ihre erbitterten Streitgespräche, bei denen er auch schon mal handgreiflich geworden war, ihre gegenseitigen Anschuldigungen für das Scheitern ihrer Beziehung – all das war in weite Ferne gerückt. Er hatte sich plötzlich um Jahre jünger gefühlt, wie frisch verliebt. Der ungewohnte Alkoholkonsum am späten Vormittag tat ein Übriges. Als sie ihm bei einer besonders anrührenden Geschichte die Hand auf den Oberschenkel legte und dort für einen Moment verweilen ließ, wurde ihm plötzlich heiß. Und es begann sich etwas zwischen seinen Beinen zu regen.

Er hatte den Entschluss gefasst, die Gelegenheit beim Schopfe zu packen. Was hatte er schon zu verlieren? Sie war guter Dinge und würde nichts gegen eine Annäherung haben. Eine rein körperliche Annäherung ohne jegliche Verpflichtungen. Hatte sie nicht erzählt, dass sie noch immer solo sei? Sicherlich sehnte sie sich – so wie er – nach körperlicher Liebe, nach purem, unverbindlichem Sex.

Doch gleich darauf waren ihm Schweißperlen auf die Stirn gestiegen. Kalter Angstschweiß. War nicht sein Versagen im Bett einer der Hauptgründe gewesen, warum sie sich getrennt hatten? Gut, ihre Vorwürfe waren nicht unberechtigt. Doch hatte sie ihn mit ihren Bemerkungen so demütigen müssen: Er würde nicht seinen Mann stehen, da könne sie's sich ja besser allein ... und dergleichen?

Ihm war das Medikament eingefallen, das seit geraumer Zeit in seiner Nachttischschublade lag. Zum Arzt, um es sich verschreiben zu lassen, hatte er sich nicht getraut. So hatte er sich die Pillen über das Internet besorgt. Schweineteuer waren die drei Tabletten gewesen, knapp sechzig Euro hatte er dafür bezahlt.

Gedacht für den Fall der Fälle. Und der war ja nun eindeutig eingetreten.

Er hatte sich für einen Moment entschuldigt und war im Schlafzimmer verschwunden. Wohlgemut war er danach in den Wintergarten zurückgekehrt. Sie schien von seinem heimlichen Tun nichts bemerkt zu haben und plauderte gut gelaunt weiter. Eine Viertelstunde später setzte die Erektion ein.

Brüsk hatte sie seine unvermittelten Annäherungsversuche zurückgewiesen. Von einem Moment zum anderen war sie wieder die Alte: abweisend, kompromisslos und zynisch. Er kniete vor ihr, umklammerte ihre Beine und versuchte, seinen Kopf in ihrem Schoß zu vergraben. Sie stieß ihn zurück, bedachte ihn mit unflätigen Ausdrücken und − was für ihn das Schlimmste war − sie lachte ihn aus.

Das konnte er sich nicht bieten lassen.

Er war aufgesprungen und hatte ihr eine schallende Ohrfeige verpasst. Sie hatte zurückgeschlagen, erstaunlich hart. Mit beiden Händen drosch sie auf ihn ein, auf seine Brust und seine Schultern. Sie wehrte sich mit aller Kraft. Das hatte sie früher auch immer getan. Sie hatte nicht dazugelernt.

Seine Faust hatte sie mitten ins Gesicht getroffen. Unter der Wucht des Schlages knirschte ihre hübsche Nase. Ihre Oberlippe platzte auf, Blut spritzte. Sie schleuderte vom Stuhl, knallte beim Rückwärtsfallen mit dem Kopf gegen den steinernen Blumenkübel der Yucca-Palme und ging zu Boden. Dort blieb sie regungslos liegen.

Auch gut, hatte er sich gesagt und begonnen, sie zu entkleiden. Schuhe, Hose, Bluse, Top, Socken und zum Schluss den Slip. Erst als sie nackt war, hatte er innegehalten und ihre demolierte Nase betrachtet, aus der ein feines Rinnsal Blut rann. Was war los? Der Schlag ins Gesicht und der Sturz vom Stuhl konnten so folgenschwer eigentlich nicht gewesen sein. Er tastete in ihrem schwarzen lockigen Haar, das so berauschend duftete, und fand rasch die Stelle. Als er seine Hand zurückzog, glänzte frisches Blut an seinen Fingerkuppen.

Enttäuscht hatte er den Kopf geschüttelt; seine Erregung war langsam abgeklungen. Das hatte sie nun davon.

Noch immer sickerte Blut aus den Haaren und begann, auf den Fliesen eine Lache zu bilden. Er nahm ihren Slip und stülpte ihn einem Verband gleich über ihren Kopf. So war es besser.

Als er den Blumenkübel untersuchte, entdeckte er auch dort Blut. Selbst der Stamm der Yucca-Palme wies einige Blutspritzer auf. Gedankenverloren fuhr er mit dem Handrücken über die winzigen Flecken.

Da ist wohl einiges sauberzumachen und aufzuräumen, dachte er, während er mit den Händen durch die Blätter der Palme fuhr.

Der Schmetterling suchte aufgeregt das Weite.

EINS

»Der Mai ist gekommen, die Bäume schlagen aus …«, summte Bruno Janoske gut gelaunt in seinen Rauschebart, während er sich einen Weg durch das Unterholz des Kiefernwaldes bahnte.

»Da bleibe, wer Lust hat, mit Sorgen zu —«

Ein Rascheln im grünen Dickicht vor ihm ließ ihn zusammenfahren. Er blieb abrupt stehen und lauschte. Das Geräusch entfernte sich rasch. Wahrscheinlich ein Reh, dachte er. Zum Glück kein Schwarzwild, vor Bachen hatte er einen Heidenrespekt. Die hatten jetzt durchweg Frischlinge und konnten gefährlich werden, wenn man in die Nähe eines Wurfkessels geriet.

Mit dem Rücken seiner rechten Hand wischte er sich die schweißnassen Haare aus der Stirn, klebrige Strähnen einer rotblonden, ungepflegten Lockenmähne, die sein Gesicht umrahmte. Es war vor Anstrengung und Hitze dunkelrot angelaufen.

Ein anderes Geräusch drang an sein Ohr. Ein Geräusch, das eigentlich nichts mit dem Wald und seinen Bewohnern zu tun hatte, das Janoske aber sofort einzuordnen wusste. Auf der Landstraße waren die im Höllentempo dahinrasenden Autos zu hören. Die L 310, die Celle mit Mellendorf verband, war nicht mehr weit.

Seine tief liegenden, in unzählige Fältchen gebetteten Knopfaugen blinzelten in die hochstehende Sonne, um die Uhrzeit zu schätzen. Eine normale Uhr besaß Janoske nicht. Er tippte auf etwa halb zwei.

Sie wird noch nicht da sein, dachte er. Ihm blieb genügend Zeit, sich mit aller gebotenen Vorsicht dem Objekt seiner Begierde zu nähern. Langsam schlich er weiter.

Die Faulbaum- und Traubenkirschenbüsche, deren Blätter in den ersten warmen Frühlingstagen explosionsartig ausgetrieben waren, boten ihm eine hervorragende Deckung. Er würde sich dem Sexmobil bis auf wenige Meter nähern können, ohne Gefahr zu laufen, entdeckt zu werden. In den vergangenen Wochen, im

März und April, als das Unterholz noch nicht grün und dadurch gut einsehbar war, hatte er aus der Entfernung spannen müssen. Das war nur das halbe Vergnügen gewesen.

Zwar trug er in seinem schäbigen Rucksack ein kleines Fernglas mit sich, ein 8 x 24, das sich schon oft als wertvoll erwiesen hatte. Doch Janoske zog es vor, dem Liebesspiel nicht nur optisch, sondern auch akustisch beizuwohnen. Jetzt, wo es frühlingshaft warm war, ließ Laryssa das Fenster zum Wald hin schon mal einen Spalt weit geöffnet und war hervorragend zu belauschen. Mit dem Vorhang ging sie ohnehin sehr nachlässig um. Ganz zur Freude des heimlichen Beobachters.

Manchmal kam ihm der irrwitzige Gedanke, dass Laryssa von ihm wusste, dass sie ihm, dem einsamen Waldschrat hier draußen in den Büschen, in ihrer Großzügigkeit ein wenig Vergnügen schenken wollte.

Seit über einem Jahr kam er nun schon zu Laryssa. Sie war seine Lieblingsprostituierte. Sie hatte das gewisse Etwas, eine besondere Ausstrahlung, und obendrein war sie wunderschön. Vor allem guckte sie nicht so traurig wie die anderen, sondern lachte viel, besonders dann, wenn sie mit ihren Freundinnen oder Kolleginnen telefonierte. Dass sie mit anderen Frauen sprach, nahm er jedenfalls an. Er glaubte kaum, dass sie so fröhlich mit einem ihrer zahlreichen Stammfreier oder gar mit ihrem Zuhälter plauderte.

Verflixt, sie war schon da! Durch die Lücken im satten Maigrün der Sträucher hatte Janoske etwas Helles aufblitzen sehen. Er beschleunigte seine Schritte.

Oder handelte es sich nur um harmlose Heide-Touristen, die mit ihrem Wohnmobil von der Landstraße in den Waldweg abgebogen waren, um eine Pause einzulegen? Das hatte er schon ein paarmal erlebt. Als dann Laryssa mit ihrem Gefährt aufgetaucht war, hatte sie denen aber Beine gemacht. Das war eine helle Freude gewesen.

Sie war es tatsächlich. Er erkannte ihr Fahrzeug an dem doppelten weinroten Längsstreifen, der unterhalb des Fensters über die gesamte Seitenfront verlief.

Zu dumm aber auch. Er beobachtete gern aus dem Verborgenen, wie sie an ihrem Arbeitsplatz ankam. Wie sie geschickt das sperrige Fahrzeug auf dem schmalen Waldweg wendete und mit der Schnauze zur Landstraße einparkte. Wie sie ausstieg, noch ungeschminkt und in Alltagsklamotten, trotzdem verdammt gut aussehend; wie sie den Fußtritt vor die Tür stellte; wie sie mit einem Handfeger das Fahrzeug ausfegte. Nicht selten trällerte sie dabei ein Lied mit einem Text in fremder Sprache; ein Lied aus ihrer fernen Heimat, wie Janoske annahm. Dann zog sie sich aus beziehungsweise legte ihre Berufskleidung an. Wenn schönes Wetter war, tat sie das völlig ungeniert bei geöffneter Tür. Ihre Haut schimmerte weithin sichtbar elfenbeinweiß; ein gewagter schwarzer Spitzen-BH und schwarze, aufreizend kurze Hot Pants waren ihre einzigen Kleidungsstücke.

Das hatte er nun alles verpasst.

Wahrscheinlich hatte sie ihr geldgeiler Zuhälter heute früher losgeschickt, dieser Satan in Person. Janoske konnte ihn nicht ausstehen, diesen fettleibigen Proleten mit dem knallroten Mercedes SL und der vor Pomade glänzenden Elvis-Tolle. Doch wer mochte schon Zuhälter? Fairerweise musste sich Janoske eingestehen, dass der Dickwanst einigermaßen respektvoll mit Laryssa umging, wenn er die zwei hier im Wald belauschte. Nie gab es zwischen den beiden ein Wortgefecht, einen ernsthaften Streit oder gar ein Handgemenge. Bei anderen Bordsteinschwalben in der Region hatte er schon ganz andere Dinge gesehen, da flogen auch mal die Fäuste. Der Zuhälter von Laryssa war wahrscheinlich deshalb besonders nett zu ihr, weil sie sein bestes Pferd im Stall war und abends die meisten Dukaten ablieferte.

Aber wo steckte sie nur? Janoske bog ein paar Zweige zur Seite, um besser sehen zu können. Der Fahrersitz, ihr Stammplatz, war leer. Ebenso der Beifahrersitz, auf dem sie zuweilen saß, wenn sie bei heruntergekurbelter Seitenscheibe die Nachmittagssonne auf ihr betörendes Dekolleté scheinen ließ.

Sie war nirgends zu entdecken. Wenn sie einen Kunden hätte, würde man dessen Auto sehen. Oder ein Motorrad oder wenigstens ein Fahrrad. So weit entfernt vom nächsten Ort, vom nächsten Haus, von der nächsten Bushaltestelle kam es nicht in Frage, dass ein Freier zu Fuß kam.

Er wollte gerade sein Fernglas hervorkramen, um zu schauen, ob nicht vielleicht etwas weiter weg ein Auto an der L 310 parkte, als auf der Landstraße ein Pkw abbremste und in den Waldweg einbog.

Den blauen BMW älterer Bauart kannte er. Der Wagen hatte ein Celler Kennzeichen. Auch der Mann hinter dem Lenkrad, einer von Laryssas Stammkunden, war ihm nicht unbekannt.

Der Freier parkte direkt hinter dem Sexmobil, Stoßstange an Stoßstange, damit man von der Landstraße aus so wenig wie möglich von seinem Auto sehen konnte.

Ach so, jetzt weiß ich, warum sich Laryssa bisher nicht hat blicken lassen. Janoske schlug sich an die Stirn. Natürlich! Deshalb war sie heute auch so früh dran. Der Glatzkopf, ein besonders spendabler Kunde, hatte sie herbestellt. Exklusiv zu dieser frühen Mittagsstunde. Damit er, bevor die anderen Freier auftauchten, in aller Ruhe seine perversen Rollenspielchen mit ihr treiben konnte.

Drei-, viermal hatte er die beiden schon bei ihrer Show beobachtet. Mal war er als Pastor verkleidet, der unter dem Talar nackt war, und sie als Nonne, die schwarze Netzstrümpfe trug. Ein anderes Mal hatte er sich einen Arztkittel übergeworfen und ein Stethoskop umgehängt, sie trug den dazugehörigen, aber unverschämt knappen Kittel einer Krankenschwester. Natürlich ohne etwas drunter. Und beim letzten Mal war er in einer Pilotenuniform dahergekommen, während sie sich in eine grell geschminkte Stewardess verwandelt hatte.

Janoske war gespannt, in welcher Tracht der Glatzkopf heute aus dem Auto steigen würde. Er stellte sich auf die Zehenspitzen, um besser sehen zu können. Der Zweig einer jungen Birke kitzelte ihn im Nacken. Obwohl sich die Mittagssonne in den Autoscheiben spiegelte, konnte er erkennen, wie sich der Kerl noch im Sitzen etwas Weißes auf den Schädel stülpte: eine Kochmütze.

Die Fahrertür öffnete sich, und der Freier stieg aus. Neben der Kochmütze trug er eine rot-weiß gestreifte Schürze, die fast bis zum Boden reichte, in der Rechten hielt er einen hölzernen Kochlöffel. In geduckter Haltung huschte er zur Tür des Sexmobils. Als er seinen Fuß auf den Tritt setzte, sah Janoske ihn von hinten. Er schlug sich die Hand vor den Mund, um nicht laut loszuprusten.

Die Schürze war hinten offen und ließ den Blick frei – auf zwei hängende, pickelige Pobacken, zwischen denen sich ein pinkfarbener Stringtanga spannte.

Der vermeintliche Koch klopfte an. Im selben Moment öffnete er auch schon die Tür und betrat zügig das Fahrzeug. Bevor er die Tür hinter sich zuzog, hörte Janoske ihn »… und die Verkleidung?« oder so etwas sagen.

Er musste seine Position im Unterholz verändern, um besser sehen zu können. Vorsichtig, den Blick auf den Waldboden gerichtet, schlich er Schritt für Schritt voran. Das Knacken eines einzelnen trockenen Zweiges unter seinen Schuhen konnte ihm den Spaß verderben – und Laryssa verärgern. Das wollte er auf jeden Fall vermeiden.

Die Fenster waren geschlossen, aber die Vorhänge nicht zugezogen. Janoske atmete tief durch. Er sah die Silhouette des Glatzkopfs und hörte ihn sprechen. Er konnte jedoch kein Wort verstehen. Dann beobachtete er, wie der Freier den Kochlöffel hochhielt, als wollte er Laryssa damit drohen oder gar zuschlagen. Eine ganze Weile stand der Mann so im Sexmobil, redend, aber regungslos. Seine Stimme wurde zunehmend lauter. Janoske glaubte Worte wie »Schlampe« und »Flittchen« zu verstehen.

Dann riss der Glatzkopf mit einem Mal seine Kochmütze vom Kopf und schleuderte sie in eine Ecke. Er bückte sich nach vorn, dorthin, wo nach Janoskes Vermutung die gefügige Laryssa auf der Pritsche lag, und verschwand aus dem Blickfeld.

In diesem Augenblick bemerkte Janoske, dass sein linker Schuh eine Ameisenstraße tangiert hatte, und zwar eine Ameisenstraße der äußerst beißfreudigen roten Waldameise. Einige der Krabbeltiere waren bereits in seine Hosenbeine gekrochen und zwickten ihn. Sie wollten ihn offenbar mit Gewalt in die Flucht treiben.

Janoske hüpfte von einem Bein aufs andere, was nicht ohne Lärm vonstattenging. Doch das war ihm in dem Moment egal.

Vor Wut und Schmerz verzog er den Mund, seinen Lippen entfuhr jedoch kein Laut, während er mit beiden Händen die Ameisen in seinen Hosenbeinen zerquetschte.

Es dauerte eine Weile, bis er das letzte Tierchen getötet hatte. Eines hatte es doch tatsächlich bis in den Schritt geschafft. Von den Bissen würde Janoske noch einige Zeit etwas haben.

Als er sich wieder dem Sexmobil zuwandte, wurde gerade die Tür von innen aufgestoßen. Der Glatzkopf stürzte heraus. Beinahe wäre er über seine Schürze gestolpert und lang hingeschlagen. Mit vor Entsetzen weit aufgerissenen Augen blieb er vor dem Sexmobil stehen und schaute sich um. Kochlöffel und Kochmütze hatte er nicht mehr bei sich. Er öffnete den Mund, als wollte er schreien, blieb aber stumm.

Während der Glatzkopf wie festgewachsen dastand, näherte sich überraschend ein Auto. Nicht von der Landstraße, sondern aus der entgegengesetzten Richtung, aus dem Wald. Auch dieses Fahrzeug war Janoske wohlbekannt. Es war der grüne Kombi des Försters.

»Kann ich Ihnen helfen?«, hörte Janoske den Beamten fragen. Der metallicgrüne Skoda Octavia war direkt neben dem BMW zum Stehen gekommen. Der uniformierte Fahrer hatte die Seitenscheibe heruntergekurbelt und den Ellenbogen im Fenster.

»Da ... da drinnen ...«, stotterte der Glatzkopf, der in seinem Aufzug äußerst jämmerlich wirkte. »Da drinnen liegt 'ne Leiche.« Mit der Rechten wies er auf die geöffnete Tür des Sexmobils.

Janoske haute es die Beine weg. Sie knickten ein wie marode Grashalme im Wind. Was hatte der Glatzkopf gefaselt? Eine Leiche? Etwa die Leiche von Laryssa? Gütiger Gott! Er musste sich an den Stamm einer Kiefer lehnen, um nicht vor Schreck umzufallen.

»Was reden Sie denn da?« Die Stimme des Försters drang zu ihm wie durch einen Schleier. Sie war streng und ungehalten. »Ist Ihnen nicht gut? Und wie sehen Sie überhaupt aus?«

Janoske konnte durch die Zweige erkennen, wie der Glatzkopf sich einen Schritt auf den Skoda Octavia zubewegte. Seine Adern traten am Hals deutlich hervor, das rote Gesicht schien vor Wut und Aufregung platzen zu wollen.

»Da drinnen liegt 'ne tote Prostituierte!«, schrie er dem Grünrock ins Gesicht. »Die ... die Laryssa. Mit 'nem Draht um den Hals!«

★★★

Mit hastigem Flügelschlag überflog das Pfauenauge die Lüneburger Heerstraße, geriet in den Sog des vorbeirasenden Busses der Linie 8 Richtung Garßen, wurde durch die Luft gewirbelt und schaffte es gerade noch, einen halbwegs passablen Landeplatz auf der gut sechs Meter hohen Lebensbaumhecke zu erreichen. Dort rastete er mit weit ausgebreiteten Flügeln für einige Sekunden, um sich von dem Schreck zu erholen. Und um so viel Energie wie möglich aus den kräftigen Strahlen der Frühlingssonne zu tanken.

Dann setzte der Schmetterling seinen Flug fort; er tauchte ein in das satte Grün der parkähnlichen Anlage, einer stillen Oase fern des städtischen Trubels. Doch seine Suche nach prächtig blühenden Sträuchern und Blumen, die es jetzt, Anfang Mai, eigentlich überall zuhauf gab, blieb zunächst ergebnislos. So weit die Facettenaugen reichten, gab es nur unscheinbar blühende Hemlocktannen und düstere Omorika-Fichten, laufende Meter akkurat geschnittener Eiben-, Buchsbaum- oder Kirschlorbeerhecken und andere immergrüne Gewächse mehr – nicht gerade ein Paradies für ein Insekt, das dem Blütennektar verfallen war.

Doch was war das? Schimmerte es neben der kugelrunden Schwarzkiefer da vorn nicht verlockend bunt? Kamen von dort nicht betörende Duftfahnen herübergeweht, die leckere Nahrung versprachen? Das Pfauenauge erhöhte seinen Flügelschlag und erreichte schon bald ein wahres Blütenmeer. Mit Lilien, Freesien, Gerbera, Rosen in den verschiedensten Farben und anderen Köstlichkeiten im Überfluss. Dass die Blumen nicht mehr ganz frisch waren, da sie Kränze und Trauergestecke schmückten, störte das Insekt wenig.

Auch dass eine Unzahl dunkel gekleideter Menschen zugegen war, die sich um ein großes Loch in der Erde versammelt hatten, löste bei dem Schmetterling kein Alarmsignal aus. Standen die Zweibeiner doch ungewöhnlich still und starr.

Als sich das Pfauenauge auf der äußersten Blütenblattspitze einer Levkoje niedergelassen und seinen Saugrüssel im Blütenkelch versenkt hatte, drehte Heiko Strunz seinen Kopf um wenige Grad nach links und kniff die Augen zusammen. Verflixte Kurzsichtigkeit! Ein *Vanessa cardui* oder ein *Inachis io*, mutmaßte er, Distelfalter oder Tagpfauenauge. Beide sind vielfarbig und haben Augenflecken, beide gehören zur Familie der *Nymphalidae*, der Edelfalter. So unauffällig wie möglich fischte er seine Brille aus der Brusttasche seiner Anzugjacke und setzte sie auf.

Kein Zweifel, es handelte sich um ein Pfauenauge. Ein Distelfalter wäre auch zu schön gewesen. Es war ja schließlich erst Anfang Mai. Als klassischer Wanderfalter kommt er erst im Sommer vom Süden nach Norddeutschland. Pfauenaugen dagegen überwintern hier. Ein *Inachis io*, dachte Strunz, und ein wahrlich prächtiges Exemplar. Bestimmt ist es ein Weibchen. Ein Lächeln huschte über sein Gesicht.

Seiner Kollegin Maike Schnur, die neben ihm stand, war Strunz' Exkurs in die Insektenkunde nicht entgangen. Verärgert und um ihn an die Ernsthaftigkeit ihres Hierseins zu erinnern, stupste sie ihn mit ihrem Ellenbogen in die Seite.

Kriminalhauptkommissar Robert Mendelski, der Leiter des Fachkommissariats I, bemerkte die Unruhe hinter sich. Nach kurzem Zögern drehte er sich um und bedachte seine beiden Mitarbeiter mit einem tadelnden Blick. Schließlich waren sie auf der Beerdigung eines der Ihren. Manfred Voß, Mendelskis Jahrgangskollege an der Polizeischule und zuletzt beim Fachkommissariat IV, hatte im Alter von nur fünfundfünfzig Jahren den langen Kampf gegen den Lungenkrebs verloren. Gut die Hälfte der Belegschaft der Polizeiinspektion Celle war zu seiner Beerdigung gekommen.

»Erde zu Erde, Asche zu Asche, Staub zu Staub«, ließ der Pastor würdevoll verlauten, während eine Handvoll Sand lautstark auf dem Sargdeckel landete. Beim anschließenden gemeinsamen Vaterunser, bei dem die Köpfe gesenkt und die Hände gefaltet wurden, schielte Strunz erneut zum Schmetterling hinüber. Dieser hatte inzwischen die Blume gewechselt und tat sich nun an einer der blutroten Rosen gütlich, von denen rund ein Dutzend aus einem besonders üppigen Gesteck ragten.

Nach dem Segen des Pastors kam Bewegung in die Trauergemeinde. Da der Verstorbene Mitglied etlicher Vereine gewesen war, folgten nun die Trauerreden. Als Erster trat der Vorsitzende der Schützengesellschaft Klein Hehlen von 1880 e. V. neben das Grab. Mit zackigen Schritten streifte er dabei das Rosengesteck, sodass sich das Pfauenauge bedroht sah. Zu Strunz' Bedauern katapultierte sich der Schmetterling mit wenigen Flügelschlägen in luftige Höhe und suchte das Weite. Er sah noch, wie der kleine Falter der Lindenallee zustrebte, hinter der sich Friedhofskapelle und Krematorium befanden.

Der Schützenbruder hatte noch nicht zu Ende gesprochen, als jemand Mendelski auf die Schulter tippte. Ein uniformierter Kollege von der Streife, der nicht zur Trauergesellschaft gehörte. Der Mann war Mendelski nur flüchtig bekannt. Dass sein Name ihm trotzdem vertraut war, lag an dessen Einprägsamkeit: Der Kollege hieß nämlich Hasenjäger, Knut Hasenjäger.

Der ernste Gesichtsausdruck und der dezente Wink mit dem Kopf machten Mendelski klar, dass es etwas Dringendes zu melden gab.

★★★

Bruno Janoske war am Stamm der Kiefer zusammengesackt und kauerte regungslos auf dem Waldboden. Seine groben Hände gruben sich tief in die knochentrockene, pieksende Nadelstreu.

Was keine zehn Meter von ihm entfernt hinter den Büschen auf dem Waldweg passierte, registrierte Janoske nur am Rande. Ein Streifenwagen war mit quietschenden Reifen von der Landstraße in den Waldweg eingebogen und hatte beim Bremsen eine mächtige Staubwolke aufgewirbelt. Nur wenige Minuten, nachdem der Förster per Handy einen Notruf abgesetzt hatte, waren die beiden Polizisten mit ihrem Fahrzeug aufgetaucht. Sie mussten zufällig in der Nähe gewesen sein.

In Gedanken versunken hockte Janoske da. Die Nachricht von Laryssas Tod nahm ihn mehr mit, als er sich eingestehen wollte.

Vor allem der Umstand, dass sie allem Anschein nach einem Gewaltverbrechen zum Opfer gefallen war, setzte ihm zu.

Dabei hatte er Laryssa gar nicht näher gekannt. Nie hatte er sich ihr gezeigt, geschweige denn ein Wort mit ihr gewechselt. Die Beziehung – wenn man denn von einer sprechen konnte – war einseitig gewesen. Einseitig, platonisch und heimlich. Sie, die wunderschöne Weißrussin mit der hellen Stimme und dem fröhlichen Lachen, hatte von seiner erbärmlichen Existenz überhaupt nichts gewusst.

Trotzdem litt er. Der Wald, sein heiliges Refugium, sein einzig verbliebenes Rückzugsgebiet von der sogenannten zivilisierten Welt, hatte plötzlich seine Unschuld verloren. Das »Übel« hatte ihn eingeholt. Mit »Übel« verband er in erster Linie die Städte, wo ihm in den Wintermonaten nahezu tagtäglich Mord und Totschlag und andere Verbrechen begegneten.

Deutlich spürte er den Verlust. Von dem Wenigen, was ihm wichtig war und ihm Freude geschenkt hatte, war ihm einmal mehr ein Stück genommen worden. Wie so oft in seinem bisherigen Leben. Ehefrau, Arbeit, Wohnung, bürgerliche Existenz – all dies hatte er vor Jahren schon verloren, eins nach dem anderen. Seitdem war er obdachlos.

Im Winter hauste er notgedrungen in der Stadt, in Celle oder Hannover. Im Frühling, Sommer und Herbst dagegen lebte er im Wald, in seinem geliebten Wald. Mal im Deister oder Süntel, mal in den Mooren rund um Resse, im Burgdorfer Holz oder, wie jetzt, in den ausgedehnten Waldungen zwischen Fuhrberg, Celle und Wietze. Immer dann, wenn ihn Förster oder Jäger aufspürten und ihm die Hölle heißmachten, zog er weiter.

Wildes Kampieren ist in Deutschland verboten. Die Polizei hatte Bruno Janoske jedoch noch nie zu fassen gekriegt, denn in der freien Natur verhielt er sich äußerst geschickt. Er war Meister des Tarnens und Täuschens; wie ein Chamäleon passte er sich seiner Umgebung an. Und auch den Widrigkeiten des Wetters zu trotzen, verstand er hervorragend.

Mit der Zeit war er genügsam geworden. Zum Leben brauchte er nicht viel: einen Schlafsack, eine regendichte Plane, die Kleidung, die er am Leibe trug, ein wenig Kochgeschirr und ein paar Werkzeuge sowie Taschenlampe und Fernglas. Sein einziger Luxus war ein kleines Transistorradio, mit dem er aus der Distanz, aber doch noch ein Stück weit interessiert das Weltgeschehen verfolgte.

Zu essen und zu trinken gab es genug in Wald und Flur. Vegetarisches, wie allerhand Grünzeug, Knollen, Wurzeln und Beeren, aber auch Honig aus Bienenstöcken, Milch von Kühen auf der Weide und Fische aus den zahlreichen Teichen und Bächen der Region.

Zur Not wilderte er auch größere Tiere. Zur Not, das hieß, wenn im zeitigen Frühjahr die Natur noch nicht viel hergab, die Feldfrüchte also noch nicht reif waren und in den Papierkörben der Waldparkplätze Ebbe herrschte. Manchmal waren Fuchs oder Wildsau dort einfach schneller als er.

Beim Wildern kam nur die lautlose Jagd in Betracht. Eine Schusswaffe besaß er nicht. Also stellte er für Rehe und Hasen Drahtschlingen auf, die er mehrmals am Tag kontrollierte, damit sich die gefangenen Tiere nicht unnötig quälten. Die Kunst des Schlingenstellens hatte ihm sein Großvater beigebracht, der als Flüchtling aus Ostpreußen nach dem Krieg seinen Lebensunterhalt mit Wilderei verdient hatte.

Ein abrupt einsetzender Höllenlärm holte Janoske in die Gegenwart zurück.

Ein Auto bog mit heulender Sirene und hoher Geschwindigkeit in den Waldweg ein. Die helle Farbe des Fahrzeugs, die roten Kreuze an den Seiten und das zuckende Blaulicht auf dem Dach verrieten Janoske, dass es sich um einen Notarztwagen handeln musste. Zwei Autotüren klappten, jemand schien zu laufen.

»Kein Grund zur Eile«, hörte Janoske den einen Polizisten rufen. »Da gibt's nichts mehr zu retten.«

★★★

Sie stoppten an der Ampel in Wietzenbruch. Es war die letzte Ampel vor Stadtende, die bei dem Autohaus. Danach begann gleich der Wald.

Sie sprachen kein Wort und guckten düster drein. Beide.

Eigentlich müsste man bei diesem Wetter jubilieren, dachte Maike Schnur. Im herrlichen Sonnenschein prangte das frische Grün in den Baumkronen, das fast schon aufdringliche Vogelgezwitscher war sogar durch die geschlossenen Fenster zu hören.

Doch sie kamen von einer Beerdigung – und fuhren zu einer Toten. Da blieb nicht viel Raum für Frühlingsgefühle.

Es solle sich um eine Frauenleiche handeln, hatte Kollege Hasenjäger auf dem Friedhof berichtet, draußen im Wald bei Allerhop. Sie solle in einem Sexmobil an der L 310 liegen; es sähe nach einem Gewaltverbrechen aus. Die Kollegen aus Hambühren seien bereits vor Ort.

Nach kurzer Absprache mit Kriminaldirektor Steigenberger hatten sich Mendelski und Maike sofort auf den Weg gemacht; das Team von der Spurensicherung mit Heiko Strunz, Ellen Vogelsang und Joachim Kleinschmidt musste den Umweg über die Jägerstraße nehmen, um den Kleinbus mit ihren Gerätschaften zu holen. Eine Gelegenheit, sich bei der Witwe und den beiden erwachsenen Söhnen des verstorbenen Manfred Voß zu entschuldigen, hatte sich nicht mehr ergeben.

»Schöne Scheiße«, entfuhr es Maike, während sie den Wagen auf der schnurgeraden Landstraße mit durchgetretenem Gaspedal beschleunigte. Mendelski schaute sie stirnrunzelnd an, sagte aber nichts. »Man hat nicht mal Zeit«, fuhr sie fort, »sich mit Anstand von einem toten Kollegen zu verabschieden.«

»Das holen wir nach«, tröstete sie der Kommissar. Er wusste, dass »Manni« Voß einer von Maikes Lieblingskollegen gewesen war. Einer, dessen Humor, dessen Liebe zu Hertha BSC Berlin und dessen Zigarettensorte sie geteilt hatte. Zuweilen hatten sie sich auch privat getroffen. Manfred Voß und seine Frau, Maike und Matthew. Gleich nach Feierabend oder am Wochenende. Oft waren sie zu viert durch die Altstadt gezogen, von Kneipe zu Kneipe, und hatten dabei Champions-League-Spiele geguckt, Billard oder Dart gespielt. »Versprochen«, sagte Mendelski. »Sobald Zeit ist, holen wir das nach.«

★★★

»Mit 'nem Draht um den Hals! Mit 'nem Draht um den Hals! Mit 'nem Draht um den Hals!« Der Glatzkopf konnte nicht damit aufhören, diese Worte zu wiederholen. Wie ein Uhrwerk spulte er den Satzfetzen immer und immer wieder ab. Dabei lief er mit gesenktem Kopf auf dem Waldweg hin und her.

»Ziehen Sie sich doch endlich was Vernünftiges an!« Einer der beiden Streifenpolizisten war zu ihm getreten und hatte seinen Arm gegriffen. »Gleich kommen noch mehr Leute.«

Der Glatzkopf trug noch immer seine Kochschürze um die nackten Beine. Seine Füße steckten in weißen Frotteesocken und Tennisschuhen, die vom vielen Herumlaufen auf dem Sandweg schon ganz schmutzig waren. »Fassen Sie mich nicht an!«, zischte er und schlug die Hand des Polizisten weg.

»Seien Sie doch vernünftig.« Der zweite Polizist war seinem Kollegen sofort zu Hilfe geeilt. »Sonst müssen wir Sie festnehmen.«

»Das dürfen Sie nicht.« Der Glatzkopf lachte auf. Es war ein schrilles, unnatürliches Lachen. »Das dürfen Sie gar nicht!«

Die beiden Polizisten nahmen ihn kurzerhand in ihre Mitte und führten ihn zu seinem BMW.

»Oder? Das dürfen die doch gar nicht!« Hilfesuchend wandte sich der Glatzkopf an den Förster, der scheinbar unbeteiligt an seinem Wagen lehnte. »Sie sind doch auch Beamter …«

In diesem Augenblick kletterten der Notarzt und der Sanitäter wieder aus dem Sexmobil.

»Da ist in der Tat nichts mehr zu machen«, rief der Arzt zu den Polizisten hinüber. »Das ist ein Fall für den Gerichtsmediziner.«

Mit 'nem Draht um den Hals, hallte es in seinen Ohren wider. Mit 'nem Draht um den Hals. Noch immer am Stammfuß der Kiefer kauernd, begann Bruno Janoske, an seinen Fingernägeln zu knabbern. Das tat er immer, wenn er nervös war. Die Fingernägel trugen trotz ihrer Kürze tiefschwarze Trauerränder.

»Ich war's nicht«, hörte er den Glatzkopf keifen. »Ich habe nichts damit zu tun. Sie sollten lieber den Mörder jagen, statt unbescholtene Leute zu behelligen.«

»Ruhe jetzt«, übertönte ihn einer der Polizisten. »Ab ins Auto! Und da warten Sie.«

Janoske richtete sich vorsichtig auf, um besser sehen zu können. Neugierig lugte er durch das Dickicht vor sich. Was war da nur los?

Er sah, dass die beiden Polizisten noch immer bei dem blauen BMW standen, dessen Fahrertür geöffnet war. Hinterm Steuer saß der Glatzkopf. Er hielt mit beiden Händen stur das Lenkrad fest, machte aber keine Anstalten, sich eine Hose anzuziehen.

Der Notarzt, der Sanitäter und der Förster waren ein paar Schritte Richtung Krankenwagen gegangen und sprachen leise miteinander.

Wurde der Glatzkopf etwa verdächtigt? Janoske überlegte fieberhaft. War er, der Lauscher im Gebüsch, unfreiwillig Zeuge einer Mordtat geworden? Er rief sich ins Gedächtnis, wie der blaue BMW angekommen war, wie der Fahrer sich umgezogen hatte und ins Sexmobil gestiegen war. Von Laryssa hatte er die ganze Zeit über nichts gesehen. Es hatte eine ganze Weile gedauert – drei, vier Minuten bestimmt –, bis der Glatzkopf aus dem Wagen wieder herausgekommen war. Allemal Zeit genug, um jemanden ins Jenseits zu befördern.

Bruno Janoske fuhr zusammen. Ein Pkw, der sich mit hoher Geschwindigkeit von Celle kommend auf der L 310 genähert hatte, bremste mit quietschenden Reifen. Dann bog er – immer noch deutlich zu schnell – in den Waldparkplatz ein. Der VW-Passat mit dem CE-Kennzeichen wirbelte erneut mächtig Dreck auf.

Als die Staubwolke sich verzogen hatte, sah Janoske, wie eine junge Frau und ein älterer Herr dem Wagen entstiegen. Sie hatte eine peppige weißblonde Kurzhaarfrisur, er schütteres, halblanges Haar von undefinierbarer Farbe. Beide trugen trotz der Hitze schwarze feierliche Kleidung; er einen Anzug, sie eine Bügelfaltenhose und eine langärmelige Bluse.

Die Leute vom Beerdigungsinstitut, dachte Janoske erstaunt. Mann, sind die aber fix!

ZWEI

Regungslos standen sie dicht nebeneinander. Mendelski, der sich seiner Anzugjacke entledigt hatte, musste den Kopf einziehen, um nicht gegen die Decke des Wohnmobils zu stoßen. Maike Schnur stand mehr oder weniger aufrecht.

Ihre Blicke waren auf die Leiche vor ihnen auf dem Matratzenlager gerichtet.

Die Tote lag auf dem Rücken, die Arme dicht am Körper, die Beine geschlossen. Als einziges Kleidungsstück trug sie eine rosafarbene Bluse, die ordentlich zugeknöpft war. Der Unterleib war entblößt. Das blonde Haar trug sie in einem Pferdeschwanz, in dem sich ein Stirnband oder dergleichen verfangen hatte. Erst beim genauen Hinsehen konnte man erkennen, dass es sich bei dem vermeintlichen Stirnband um einen hauchdünnen Damenslip handelte.

»Eine hübsche Frau«, flüsterte Maike nach einer Weile des Schweigens. »Ausgesprochen hübsch. Selbst im Tod.«

»Recht hast du«, brummte Mendelski nicht minder leise. »Und noch so jung.«

»Wenn sie nicht hier in diesem Wagen liegen würde ... ich käme nie auf die Idee, eine Prostituierte vor mir zu haben.«

»Du meinst wegen der dezenten Schminke, wegen des Pferdeschwanzes —«

»Wegen allem«, unterbrach ihn Maike. »Dieses unschuldige Gesicht, dazu kein Tattoo, kein Piercing, keine Intimrasur ... und dann diese brave Bluse.«

»Vielleicht war sie noch nicht so weit.« Mendelskis Blicke schweiften umher. »Irgendwo werden wir schon Reizwäsche finden, etwas Berufstypisches.«

»Du meinst, dass sie noch nicht für ihren Job gestylt war, als ...«

»Als der Täter auftauchte.« Er nickte. »Ja, so könnte das gewesen sein.«

»Und der Slip in ihrem Haar?«

»Vielleicht hatte der Täter eine makabere Idee.«

»Ein Triebtäter?«

»Wer kann das jetzt schon wissen? Warten wir's ab.«

Maike Schnur beugte sich vor, um besser sehen zu können. »Keine Kampfspuren zu sehen. Nur dieser dünne Draht um ihren Hals: grüner Blumendraht! Reicht das als Mordwerkzeug?«

»Ich denke schon.« Mendelski nahm das Ende seiner Krawatte und stopfte es in den Spalt zwischen zwei Knöpfen seines Hemdes. »Die Einschnitte am Hals sind jedenfalls ziemlich tief.«

Trotz eines Übelkeitsanfalls blieb Maike bei der Leiche stehen. »Der Mörder wird Handschuhe getragen haben«, sagte sie leise.

»Arbeitshandschuhe vielleicht. Bei dem feinen Draht.«

»Wenn nicht, hat er jetzt blutige Handflächen und Finger. Oder zumindest mächtige Striemen.« Mendelski war gerade im Begriff, sich ebenfalls zu der Toten hinabzubeugen, als er innehielt. Irgendwo im Fahrzeuginneren war ein Brummen und Vibrieren zu hören.

Ein Vibrator, dachte Mendelski spontan, verwarf den Gedanken aber sofort; das Sexmobil mit seinem plüschigen, anrüchigen Interieur schien seine Sinne für einen Moment in eine bestimmte Richtung gelenkt zu haben. Bei nüchterner Betrachtung klangen die Geräusche eher wie der unterdrückte Rufton eines Handys.

Sie wandten sich von der Leiche ab und begannen hastig zu suchen. Mendelski öffnete diverse Klappfächer und tastete mit seinen behandschuhten Fingern zwischen Präservativen, Büstenhaltern, Tangas und Kleenextüchern nach dem Telefon. Maike hatte sich die Liegefläche vorgenommen, die sich im hinteren Bereich des Wohnmobils über die gesamte Fahrzeugbreite erstreckte. Ohne der Toten zu nahe zu kommen, lupfte sie behutsam samtene Kissen und ließ ihre schmalen Hände, die ebenfalls in Latexhandschuhen steckten, in die Zwischenräume der Matratzen gleiten. Wie es sich für eine gewissenhafte Ermittlerin gehörte, war sie peinlichst darauf bedacht, so wenige Veränderungen des Leichenfundortes wie möglich vorzunehmen.

»Bingo!« Zwischen Daumen und Zeigefinger hielt sie ein brummendes Handy in die Höhe.

»Geh ran«, raunte ihr Mendelski zu. »Schnell!«

Maike kapierte sofort, warum sie und nicht er das Gespräch

annehmen sollte. Rasch drückte sie die grüne Taste und ließ ein kurzes »Ja?« verlauten.

★★★

Nach und nach kamen noch mehr Autos, viel mehr, als der kleine Waldparkplatz fassen konnte. Ein beigefarbener VW Caravelle, ein weiterer Streifenwagen, ein dunkelblauer Volvo und ein aschgrauer Mercedes-Leichenwagen. Sie alle fuhren ein Stück in den Wald hinein und parkten in Reih und Glied im Heidekraut am Wegesrand.

Obwohl das dichte Unterholz Bruno Janoske ausreichende Deckung bot, verschanzte er sich erneut hinter der dicken Altkiefer. Den Rücken an den Stamm gelehnt, holte er tief Luft. Die vielen Fahrzeuge machten ihm Angst. Er grübelte. War es nicht allmählich an der Zeit, sich wieder in den Wald zurückzuziehen? Die Polizei würde sicher bald damit beginnen, die nähere Umgebung nach etwaigen Spuren abzusuchen. Das brächte ihn in Gefahr, entdeckt zu werden. Und was passieren würde, wenn sie ihn, den verwilderten, obdachlosen Landstreicher, hier so nah am Fundort einer Leiche ertappten, konnte er sich nur allzu gut ausmalen.

Oder sollte er in die Offensive gehen? Einfach da rausmarschieren und der Polizei erzählen, was er gesehen hatte? Wie der Glatzkopf mit seinem BMW vorgefahren war, sich als Koch verkleidet hatte und in das Sexmobil gestiegen war. Er schüttelte den Kopf. Lieber nicht. Wer würde so einem verschrobenen Spanner wie ihm schon glauben?

Autotüren klappten, Stimmengewirr war zu hören, Funksprüche knarrten durch den Forst. Janoske hielt es nicht länger aus, drehte sich um hundertachtzig Grad und schielte hinter dem Baumstamm hervor. Eine klitzekleine Weile konnte er ja noch bleiben. Seine Neugier hatte gesiegt.

Er beobachtete, wie sich an dem VW-Transporter zwei Männer und eine Frau zu schaffen machten. Sie rüsteten sich mit weißen Overalls, Hand- und Plastiküberschuhen aus, ergriffen mehrere Metallkoffer und gingen hinüber zum Sexmobil.

Ihnen voraus schritt eine ältere Dame mit brünettem Kurz-haarschnitt, die aus dem dunkelblauen Volvo gestiegen war. Auch sie hatte einen dieser weißen Overalls übergestreift, in der rechten Hand schleppte sie einen schwarzen Arztkoffer. Auf Janoske machte die Frau einen forschen und gleichzeitig vornehmen Eindruck.

Die Besatzung des zweiten Streifenwagens hatte sich in der Zwischenzeit zu den beiden anderen Kollegen in Uniform ge-sellt, die nach wie vor den Glatzkopf in dessen BMW in Schach hielten. Nach kurzer Besprechung begannen sie, das Areal um das Sexmobil weiträumig mit Flatterband abzugrenzen.

Und der Leichenwagen?

Janoske bog vorsichtig ein paar Faulbaumäste zur Seite und ließ seinen Blick den Waldweg entlangschweifen. Ach, da waren sie ja. Blieben artig im Auto sitzen und warteten auf weitere Anweisungen. Die Freigabe der Leiche würde sich bestimmt noch ein Weilchen hinziehen.

Erneut ertönten Motorengeräusche. Die ersten Autos ver-ließen den Waldparkplatz. Der Notarzt und der Krankenwagen wurden wohl nicht mehr gebraucht und rauschten auf der L 310 in Richtung Celle davon.

Aber Janoske hörte noch ein weiteres Motorengeräusch. Es kam nicht von der Landstraße, sondern aus dem Wald hinter ihm. Und es entfernte sich nicht, sondern kam langsam, aber stetig näher.

Das Geräusch kenn ich doch, dachte Janoske. Dieses tiefe Dröhnen stammt nicht von einem Pkw. Das ist eine größere Maschine. Und zwar die, die schon seit Tagen im Wald ihr Un-wesen treibt.

★★★

»Lassen Sie mich bitte einen Moment mit der Leiche allein«, bat Frau Dr. Grote, nachdem sie das Sexmobil betreten und ihren Koffer auf dem Boden abgesetzt hatte. »Hier drinnen reicht der Platz nicht für uns alle.«

»Aber klar doch«, erwiderte Mendelski. »Lassen Sie sich Zeit.« Zusammen mit Maike Schnur zwängte er sich durch die schmale Tür nach draußen.

»Das Handy der Getöteten«, rief Maike Heiko Strunz zu und hielt besagten Gegenstand in die Höhe. Der Leiter der Spurensicherung nahm es entgegen, zückte eine Beweismitteltüte und ließ das Telefon hineingleiten.

»Ihr Zuhälter hat gerade angerufen«, erklärte Mendelski. »Er ist in der Nähe und will sofort herkommen.«

»Ihr könnt euch ja derweil den Freier vorknöpfen«, schlug Strunz vor. »Den Vogel, der die Leiche entdeckt hat. Das ist so eine schräge Type, dem trau ich alles zu.«

»Wo steckt der denn?«

»Hockt da drüben in seinem BMW. Die Streifenbesatzung hatte alle Mühe, ihn zu bändigen.«

»Name?«

»Märtens, Gottfried Märtens. Mit a–Umlaut. Aus Lachendorf.«

»Okay, wir kümmern uns um ihn.«

Als Mendelski und Maike näher traten, machten die beiden uniformierten Kollegen bereitwillig Platz. Sie waren sichtlich froh, dass nun die Kripo den nicht ganz einfach zu handhabenden Zeitgenossen übernahm.

»Kümmert sich endlich mal jemand um mich?«, keifte der Glatzkopf durch das geöffnete Seitenfenster. »Das ist Freiheitsberaubung, was Sie hier mit mir machen.« Mit funkelnden Augen starrte er Mendelski böse an. »Ich kenne meine Rechte. Sie dürfen mich nicht einfach festhalten. Und ohne meinen Anwalt sage ich sowieso nichts.«

»Nun beruhigen Sie sich erst mal«, brummte Mendelski so freundlich wie möglich. Er stellte sich und Maike vor. »Herr Märtens«, fuhr er fort. »Natürlich müssen Sie uns im Moment nichts erzählen. Niemand will Sie zu irgendetwas zwingen. Aber ich kann Sie für morgen in die Jägerstraße in Celle bestellen. In die Polizeiinspektion. Dort müssen Sie uns dann Rede und Antwort stehen. Mit Anwalt oder ohne, das ist uns egal.«

»Morgen kann ich nicht«, entgegnete der Glatzkopf rasch und legte unverhofft eine andere Tonart an den Tag. Auf seinem Schädel hatten sich unzählige kleine Schweißperlen gebildet. »Da muss ich …«

Er stockte.

»Ja, bitte?«

»Ich habe doch mit der ganzen Sache nichts zu tun«, lamentierte er und stieg aus dem Auto. Von seiner skurrilen Verkleidung war nichts mehr zu sehen. Er trug jetzt braune Cargo-Shorts und ein grünes kurzärmliges Hemd. Nur die Frotteesocken und die Tennisschuhe erinnerten noch an den Koch. »Die Laryssa war schon tot, als ich ankam. Das schwöre ich.«

»Sie kannten die Frau mit Namen?«

»Na klar.« Er guckte gequält. »War doch Stammkunde bei ihr. Sie war schon etwas Außergewöhnliches.«

»Was wissen Sie noch über sie?«

»Mit vollem Namen heißt sie Laryssa Ascheschka. Sie stammt aus Minsk, Weißrussland.« Maike Schnur hatte Notizblock und Bleistift gezückt und schrieb emsig mit. »Sie ist schon über ein Jahr in Deutschland. Wo sie genau wohnt, hat sie mir allerdings nicht verraten. Aber ich glaube, in Hannover.«

»Wie kommen Sie darauf?«

»Sie hat mal was vom Steintor erzählt, dem Rotlichtviertel von Hannover, Sie wissen schon. Da kannte sie sich anscheinend ganz gut aus.«

»Wann genau sind Sie hier auf dem Parkplatz eingetroffen?«, mischte sich nun Maike in die Befragung ein.

»Kurz nach halb zwei. Wir waren verabredet.«

»Wie – verabredet?«

»Na ja.« Märtens zögerte. »Ich sagte ja schon, ich bin …« Er senkte die Stimme. »Ich war Stammkunde. Da hat man gewisse Privilegien.«

»Sie hatten also einen Termin.«

»Ja, einen frühen. Damit wir genügend Zeit haben. Außerdem mochte ich es nicht, wenn schon vorher jemand bei ihr …« Beschämt wich er Maikes bösem Blick aus.

»Wie ging's dann weiter?«, fragte Mendelski.

»Ihr Auto stand da wie immer, ich parkte also und bin dann zu ihr rein. Sie lag regungslos auf der Pritsche. Bäuchlings und unten herum nackt. Sie hatte sich noch nicht umgezogen, und ich dachte schon, sie macht mal wieder ein Späßchen mit mir.«

»Was denn für ein Späßchen?«

»Na, die Sache mit dem Slip überm Kopf. Sie war halt 'ne Frohnatur. Hat alles Mögliche mitgemacht.«

»Was ›alles‹?« Mendelski wurde langsam ungeduldig.

Der Glatzkopf schaute etwas verlegen drein; seine Wangen färbten sich rötlich. Sein Blick wanderte hilfesuchend in die Baumkronen über ihm. Schließlich griff er durch das geöffnete Seitenfenster in seinen Wagen und angelte seine Kochschürze heraus.

»Sie werden's ja doch erfahren«, sagte er zerknirscht. »Ich hatte mich verkleidet. Als Koch. Mit Schürze, Kochmütze und Kochlöffel. Laryssa sollte das Küchenmädchen sein.«

»Wie bitte?« Maike Schnur zog eine Grimasse. Sie musste sich zusammenreißen, um nicht laut loszuprusten. »Sie hatten sich zu einem Rollenspiel verabredet? Zu einem Sex-Rollenspiel?«

»Genau. Was ist denn so lustig daran?«

»Ähm … nichts.« Maike war für einen Moment sprachlos.

»Woran haben Sie gemerkt, dass die Frau tot war?«, fragte Mendelski.

»Sie rührte sich nicht, tat keinen Mucks. Ich habe sie angesprochen. Aber es passierte nichts. Schließlich habe ich sie an der Schulter gepackt, umgedreht und den Slip in ihrem Gesicht hochgeschoben.« Märtens holte tief Luft. »Da sah ich dann, was los war. Der Draht um ihren Hals, die weit aufgerissenen Augen … es war so grausam.«

»Haben Sie sonst etwas in dem Fahrzeug angerührt?«

»Nee, ganz sicher nicht. Hab's mit der Panik gekriegt und bin raus aus dem Wagen. Als ich draußen war, ist gerade der Förster vorbeigekommen … zum Glück.«

★★★

Hans-Jürgen Sperber lehnte an der Heckklappe seines Skoda Octavia und harrte der Dinge, die da kommen würden. Man hatte ihn gebeten zu warten. Im Moment waren sämtliche Kripo-Beamten mit anderen Dingen beschäftigt. Die Truppe der Spurensicherung war dabei, den Fundort der Leiche zu inspizieren, jedes Detail zu dokumentieren, zu fotografieren und weiträumig abzusichern. Der Kommissar und seine junge Mitarbeiterin befragten derweil diesen merkwürdigen Freier.

Interessiert beobachtete der Förster das Szenario um sich herum. Die Gelegenheit, einer Mordkommission aus unmittelbarer Nähe bei der Arbeit zuzuschauen, hatte man nicht alle Tage. Das geschäftige Treiben der weißen Kapuzenmänner kannte er bisher nur aus dem Fernsehen. Nein – das stimmte gar nicht. Vor vielen, vielen Jahren hatte er als Forstinspektor-Anwärter im damaligen Forstamt Ebsdorf eine Leiche im Wald entdeckt. Einen jugendlichen Selbstmörder, der sich mit einem Kleinkalibergewehr in den Mund geschossen hatte. Damals war die Kripo aus Uelzen gekommen und hatte den Fall untersucht. Aber diese weißen Schutzanzüge hatte zu jener Zeit noch niemand getragen.

Sperber war gerade im Begriff, sein Handy aus der Brusttasche seines Diensthemdes zu ziehen, als er innehielt und die Ohren spitzte. Er entfernte sich ein paar Schritte von seinem Auto, um den Weg einsehen zu können, der in den Wald hineinführte. Tatsächlich, er hatte sich nicht geirrt.

»Der wird doch nicht …«, murmelte er alarmiert.

»Was kommt denn da durch den Wald gerumpelt?«, hörte er im selben Moment den Streifenpolizisten rufen, der ihm am nächsten stand. »Ist das ein Harvester?«

»Nein, nur ein Bagger«, erwiderte Sperber. »Ein Radbagger. Der gehört zu mir.«

»Der kann jetzt aber nicht hier durch.«

»Keine Sorge.« Sperber setzte sich in Bewegung. »Ich leite ihn um.«

Mittlerweile hatte der Bagger den Leichenwagen erreicht, der als Letzter in der Reihe der Fahrzeuge am Wegesrand parkte. Der Baggerfahrer, ein schmächtiger, blasser Scheitelträger um die vierzig, brachte die vier Zwillingsreifen zum Stehen. Durch eine für seinen kleinen Schädel viel zu große Pilotensonnenbrille musterte er die Autoschlange vor sich. Als er den Förster winkend auf sich zulaufen sah, schaltete er den Motor aus und öffnete die Kabinentür, blieb jedoch im Führerhaus des Baggers sitzen.

»Sie müssen umdrehen«, rief Sperber schon von Weitem.

Der Baggerfahrer ließ den Förster näher treten, bevor er sich erkundigte: »Was is'n los hier?«

»Man hat eine Leiche gefunden. Eine Prostituierte; sie lag tot in ihrem Sexmobil.«

Der Baggerfahrer erschrak. »Doch nicht etwa die hübsche Blondine?«

»Doch. Genau die.«

»Wie … wie ist das passiert?«

»Keine Ahnung. Ein Freier hat sie entdeckt. Sieht nach Mord aus.«

Der Baggerfahrer nestelte aufgeregt an seiner Sonnenbrille herum. »Das gibt's doch nicht«, flüsterte er.

»Was sagten Sie?«, fragte Sperber forschend.

»Das … das musste ja mal so kommen«, erwiderte der Baggerfahrer rasch.

»Wie meinen Sie das?«

»Na, wegen dem Konkurrenzkampf. Das werden doch immer mehr.«

»Tja, schon, aber …«

»Nee, ernsthaft. Haben Sie mal gezählt, wie viele Liebesschaukeln es aktuell allein an der L 310 zwischen Celle und der Autobahnanschlussstelle Mellendorf gibt?« Ohne die Antwort des Försters abzuwarten, posaunte er heraus: »Sage und schreibe neun Stück. Vier zwischen der A 7 und Fuhrberg, fünf zwischen Fuhrberg und Celle. Ist doch klar, dass es da zu Reibereien kommt.«

»Ich dachte immer, die hätten ihre Claims abgesteckt.«

»Das glauben Sie. Ich will gar nicht wissen, was da hinter den Kulissen gekratzt und gebissen wird. Da geht's genauso brutal zu wie im Drogengeschäft.«

»Mensch, Krause, Sie kennen sich ja anscheinend gut aus in der Szene.«

Dem Baggerfahrer schoss die Farbe ins Gesicht. Die Augen hinter den Sonnenbrillengläsern flackerten unmerklich. Rasch wechselte er das Thema: »Und was soll ich jetzt machen?«

»Der Parkplatz ist großräumig abgesperrt. Das kann dauern. Sie müssen umkehren. Sind Sie denn schon mit allen Löchern fertig?«

»Hier ja. Das Verfüllen geht ja doppelt so schnell wie das Ausbaggern. Muss jetzt rüber ins Fuhrbergische, da hab ich noch 'n halbes Dutzend Löcher. Dann bin ich bei Ihnen fertig.«

»Fahren Sie doch über die Ovelgönner Straße raus. Und über Rixförde durch den Wald. Dann sparen Sie sich die L 310.«

»Okay, mach ich. Kein Problem. Ich kenn den Weg.«

Sperber hob grüßend die Hand. »So, ich muss wieder zurück. Die Kripo will noch mit mir reden. Machen Sie's gut.«

Krause nickte nur. Er ließ den Motor seines Baggers an und schloss die Kabinentür. Gekonnt wendete er seine Maschine auf dem engen Waldweg und rumpelte davon.

★★★

Janoske hatte jedes Wort verstanden. Als der Förster zu dem Baggerfahrer hinübergegangen war, hatte er sein Versteck verlassen und sich ein Stück in den Wald zurückgezogen. Erst auf Höhe des Baggers hatte er sich dem Waldweg wieder genähert. Er brauchte gar nicht dicht heranschleichen, um mithören zu können, denn Baggerfahrer und Förster redeten ziemlich laut miteinander.

Niemand hatte ihn bemerkt. Nach all den Jahren im Wald verstand er es hervorragend, sich nahezu lautlos durchs Buschwerk zu schlagen. Wie ein Indianer teilte er mit seinen Händen das Astwerk, ohne es zu brechen; seine weichen Stiefel mieden trockenes Reisig, verwelkte Blätter und herumliegende Kiefernzapfen.

Die größte Gefahr, entdeckt zu werden, ging jedoch nicht von der Flora, sondern von der Fauna aus. Die natürlichen Bewohner des Waldes waren ihm aus verständlichen Gründen nicht sonderlich wohlgesonnen. Eichelhäher, Spechte, Amseln und andere Vögel, aber auch Rehe lamentierten lautstark und verrieten gern aller Welt, dass ein Eindringling durchs Unterholz schlich.

An diesem sonnigen Mainachmittag jedoch hatte er Glück. Niemand verriet ihn. Den Tieren des Waldes war die Gegend um den Parkplatz, wo gerade ein Zweibeiner auf mysteriöse Weise zu Tode gekommen war, anscheinend nicht geheuer.

Mit Genugtuung hatte Janoske erlauscht, dass der Baggerfahrer seine Arbeit hier in der Gegend bald abgeschlossen haben würde. Es war aber auch Zeit, dass im Wald wieder Ruhe einkehrte. Zwei Wochen lang hatte der Störenfried ihn und die anderen Waldbewohner auf Trab gehalten. In die entlegensten Waldgebiete war das geländegängige Baufahrzeug vorgedrungen, um dort metertiefe Löcher zu buddeln. Ein Förster und ein anderer Grünrock waren beim Ausheben der Gruben stets dabei gewesen; sie hatten den Baggerfahrer angewiesen.

Zunächst hatte Janoske sich keinen Reim darauf machen können. Was zum Teufel suchen die dort bloß im Erdreich?, hatte er sich gefragt. Jedes Mal, wenn der Bagger ein etwa zwei mal ein Meter großes und mindestens zwei Meter tiefes Loch ausgehoben hatte, kletterte der Begleiter des Försters in die Grube. Er hatte allerhand Gerätschaften dabei, einen Spaten, einen Bohrstock, diverse Plastikfläschchen, einen Schreibblock und andere Dinge mehr. Nach fünf bis zehn Minuten kam er wieder zum Vorschein, und der merkwürdige Trupp zog weiter. Die Wunden im Waldboden, Ausschachtungen wie Gräber so groß, blieben zunächst achtlos zurück.

Irgendwann war es Janoske zu bunt geworden. Im Schutze hüfthohen Blaubeerkrauts und einer Fichtennaturverjüngung hatte er sich angeschlichen, um zu lauschen. Er vernahm absonderliche Worte wie »Podsol«, »Pseudogley«, »Nährstoffkennziffer« und »Schmelzwassersande«, und ihm wurde bald klar, dass dort ein Bodenkundler unterwegs war. Einmal fiel auch der Begriff der »forstlichen Standortkartierung«.

Im Wald bei Hambühren hatten sie angefangen, danach waren sie über Rixförde und Allerhop weiter nach Fuhrberg gezogen. Mitten durch Janoskes Sommerquartier. Einmal war der Bagger um ein Haar in eine der Erdhöhlen geraten, die er sich als gut getarnte Notquartiere und Verstecke überall angelegt hatte.

Nachdem die Besichtigung und Beurteilung des Waldbodens durch den Fachmann abgeschlossen gewesen war, hatte der Baggerfahrer damit begonnen, die Löcher wieder zu schließen. Diese zweite Tour durch den Forst machte er allein. Er wusste ja, wo er überall gewesen war, und benötigte keine weitere Hilfe. Zur Not brauchte er nur seinen eigenen Spuren zu folgen, die er zuvor nur allzu deutlich im Wald hinterlassen hatte.

Bruno Janoske hatte genug gehört. Außerdem war es höchste Zeit, sich davonzumachen. Bevor die Polizei die Gegend weiträumig absperrte und absuchte, wollte er über alle Berge sein.

»Über alle Berge« – er musste über diese Ausdrucksweise schmunzeln. War die Gegend hier im Wietzenbruch doch flach wie ein Nudelbrett. Der Fuchsberg, ein paar Kilometer weiter westlich von hier im Fuhrbergischen gelegen, war mit knapp vierzig Metern über NN die höchste Erhebung weit und breit.

Janoske wollte gerade davonschleichen, als er stutzte. Direkt vor ihm knackte es plötzlich im Unterholz. Schlagartig machte sich Alarmstimmung in ihm breit. Seine Walderfahrung signalisierte ihm, dass das Geräusch nicht von ungefähr kam. Es ging kein Wind, der einen Ast hätte brechen lassen können. Auch Wildtiere kamen als Verursacher nicht in Frage, denn die würden sich wegen der vielen Menschen auf dem Parkplatz kaum an die Lichtung herantrauen.

Hektische Flecken färbten sein rotes Gesicht noch intensiver. Sollte die Polizei bereits damit begonnen haben, das Gelände abzusuchen? Kaum anzunehmen. Wie er vorhin aufgeschnappt hatte, wollten die Beamten erst das Eintreffen der Polizeihunde abwarten.

Da knackte es erneut. Rechts von ihm, nur einen Katzensprung entfernt. Gleichzeitig meinte Janoske, ein unterdrücktes Fluchen zu hören.

Er warf sich auf den Waldboden, machte sich platt wie eine Flunder. Ohne den Kopf zu heben, lauschte er. Wieder knackte es, leiser diesmal. Das Geräusch entfernte sich. Als Janoske immer noch liegend einen Blick unter den Ästen hindurch wagte, entdeckte er rund zehn Meter vor sich zwei Beine. Mehr konnte er nicht erkennen. Zwei Beine, die sich behutsam fortbewegten, um kein Geräusch zu verursachen – und die in dunkelblauen Jeans steckten.

Verdammt, das war keiner von der Polizei!

Janoske wollte es nicht wahrhaben. Da schlich doch tatsächlich noch jemand – wenn auch recht dilettantisch – heimlich durchs Unterholz. Wer mochte das sein? Ein Spanner wie er? Ein Jäger?

in jagdunüblicher Kleidung? Unwahrscheinlich. Ein Pilzesucher, der sich in der Jahreszeit vertan hatte? Oder gar …

… der Mörder?

Von einem Moment zum anderen befiel Janoske ein heftiges Zittern. Vor Angst, vor Aufregung, aber auch vor Wut. War das da vorn der Kerl, der seine Laryssa umgebracht hatte?

Schon war die Gestalt in Jeans im Unterholz verschwunden. Was sollte er tun?

Ohne zu zögern, richtete er sich auf und ging instinktiv in die Richtung, die der mysteriöse Unbekannte eingeschlagen hatte – zurück zum Parkplatz.

Als Janoske wenige Augenblicke später um einen stacheligen Ilex-Busch bog, sah er die Gestalt wieder, dieses Mal in nahezu voller Größe, jedoch von hinten. Der Jeansträger lehnte an exakt jener dicken Kiefer, die ihm selbst vor wenigen Minuten noch als Versteck gedient hatte.

Es war ein mittelgroßer Mann mit schwarzem T-Shirt und einer schwarzen, tief ins Gesicht gezogenen Baseball-Kappe. Über die rechte Schulter zog sich ein Gurt. Vor seinem Bauch hielt er mit beiden Händen etwas Undefinierbares.

Das Augenmerk des Mannes war völlig auf den Parkplatz und das Treiben dort gerichtet. Dass zehn Schritte hinter ihm jemand stand und wiederum *ihn* observierte, schien ihm nicht in den Sinn zu kommen, denn er drehte sich nicht ein einziges Mal um.

Voller Entsetzen sah Janoske, wie der Mann plötzlich beide Hände hob, etwas metallisch in der Sonne Funkelndes in Kopfhöhe hievte, dicht vor seine Augen – und durch die Büsche in Richtung Parkplatz zielte.

★★★

»Tod durch Erdrosseln.« Frau Dr. Grote zupfte sich die Latexhandschuhe von den Fingern. »Als Erstdiagnose. Drosselwerkzeug ist aller Wahrscheinlichkeit nach die Draht um ihren Hals.«

Mendelski nickte. Zu dritt schlenderten sie langsam über den Parkplatz. Der Kommissar trug ihren Arztkoffer.

»Suizid schließe ich aus«, fuhr die Gerichtsmedizinerin fort.

»Der Draht ist lose, es gibt keine Blauverfärbung des Gesichts und keine Dunsung, auch nicht am Hals. Stauungsblutungen sind auch nicht zu sehen.«

»Wir haben auch keine Kampfspuren feststellen können«, gab Maike Schnur zu bedenken. »Obwohl das nicht viel heißen muss – vielleicht hat der Täter hinterher ordentlich aufgeräumt.«

Ohne auf diese Bemerkung einzugehen, setzte Frau Dr. Grote nach: »Sie ist von hinten erdrosselt worden. Der Täter wird sie bäuchlings aufs Bett gedrückt und sich auf sie geworfen oder gekniet haben. Anscheinend hatte sie keine Chance, ihre Finger unter den Draht zu bekommen. Ist auch schwierig, sich in einer solchen Lage zu wehren.«

»Spuren einer Vergewaltigung?«

»Nein. Auf den ersten Blick gibt es keine Anzeichen einer gewaltsamen Penetration.«

»Trotz des entblößten Unterleibs?«

»Das allein muss ja noch nichts heißen …«

»Gibt es andere Verletzungen als die am Hals?«

»Hämatome auf dem Rücken, leichte Hautabschürfungen an den Schienbeinen und an zwei Fingern der rechten Hand. Die Fingernägel sind eingerissen.«

»Vielleicht bringt die Obduktion noch Genaueres«, sagte Mendelski hoffnungsvoll. »Irgendeinen Hinweis …«

»Der Todeszeitpunkt?«, fragte Maike.

»Vor zwei Stunden. Relativ genau übrigens.«

»Also gegen eins.« Mendelski guckte vorsichtshalber auf die Uhr. »Dann war sie gerade mal eine halbe Stunde tot, als der Freier eintraf.«

»Wenn seine Zeitangaben stimmen«, warf Maike ein. »Zeugen dafür gibt es bisher jedenfalls keine. Der Märtens kann schon länger hier gewesen sein.«

»Stimmt, das müssen wir in Betracht ziehen.«

»Das wär's von mir für heute«, meinte Frau Dr. Grote. Sie waren bei ihrem Wagen angelangt. Mendelski reichte ihr den Arztkoffer. »Alles Weitere dann nach der Obduktion.«

★★★

Janoske schrie. Aus Leibeskräften.

Später konnte er sich nicht mehr erinnern, *was* er in seiner Panik gerufen hatte. War es nur ein unartikuliertes Kreischen gewesen oder hatte er tatsächlich Worte wie »Vorsicht!«, »Achtung!« oder gar »Der schießt!« gebrüllt?

So oder so hatte er sich genötigt gesehen, die Polizisten auf dem Waldparkplatz, die der Unbekannte ins Visier genommen hatte, zu warnen.

Gleichzeitig wollte er den vermeintlichen Heckenschützen bei seiner hinterhältigen Tat stören, ihn irritieren, um ihn vielleicht von seinem irrwitzigen Vorhaben abzubringen. Dass er sich dabei selbst in ungeheure Gefahr begab, hatte er in diesem Moment überhaupt nicht registriert.

Sein Mund war noch immer weit geöffnet, als seine Stimme in ein undefinierbares Gurgeln überging und schließlich ganz erstarb. Mit weit aufgerissenen Augen starrte er dem Jeansträger ins Gesicht. Der war bei dem Geschrei zusammengezuckt und hatte sich abrupt zu ihm umgedreht. Erst jetzt erkannte Janoske, was der Mann da in den Händen hielt.

Es war ein Fotoapparat. Eine Spiegelreflexkamera mit einem ellenlangen Teleobjektiv.

Ohne zu zögern, hob der Mann seine Kamera, richtete sie auf den Schreihals vor sich in den Büschen und drückte ab. Er schoss fünf, sechs Fotos, bevor Janoske überhaupt reagieren konnte. Sich wegen seiner grenzenlosen Dummheit selbst verfluchend, duckte dieser sich schließlich und kroch davon. In gebückter Haltung, jedoch flink wie ein Wiesel, verschwand er im Unterholz. Zweige schlugen ihm ins Gesicht, Brombeerranken rissen an seinen Hosenbeinen.

»Halt! Polizei«, hörte er jemanden rufen. »Kommen Sie da raus. Sofort! Mit erhobenen Händen!«

»Keine Panik«, antwortete eine Männerstimme. »Sie haben den Falschen.«

Mehr verstand Janoske nicht. Mehr wollte er auch nicht hören. Jetzt galt es, den eigenen Balg zu retten. Nur zu bald würden sie nach ihm suchen, nach ihm, dem Idioten, der in edler Absicht den Polizisten hatte helfen wollen. Die würden jetzt alles mobilisieren, was sie auf die Beine kriegen konnten. Das war so sicher wie das Amen in der Kirche.

Er erreichte einen ihm gut bekannten Wildwechsel, der durch frisch austreibendes Farnkraut gen Norden führte. Auf diesem huschte er weiter, so schnell es irgend ging. Nur weg von diesem unseligen Waldparkplatz, weg von der L 310.

DREI

»Kommen Sie mit erhobenen Händen raus!«, rief der Streifenpolizist. »Und zwar ganz langsam.« Er war hinter dem Sexmobil in Deckung gegangen und lugte nun vorsichtig um die Ecke. Mit beiden Händen hielt er die Dienstpistole schussbereit. Seine Kollegen und das Team von der Spurensicherung hatten sich ebenfalls hinter den Fahrzeugen verbarrikadiert.

»Nun bleiben Sie mal ganz ruhig!«, tönte es ängstlich aus dem Dickicht des Unterholzes. »Ich komme ja schon.«

Die Büsche teilten sich, und der Jeansträger mit der Baseball-Kappe trat hervor. Vor seiner Brust baumelte der Fotoapparat, die Arme hielt er leicht angewinkelt in die Höhe. Zügig schritt er auf den Polizisten hinter dem Sexmobil zu.

»Sie haben den Falschen«, beschwerte er sich. »Ich bin von der Presse. Da im Busch ist noch einer —«

»Halten Sie den Mund«, unterbrach ihn der Polizist. »Arme oben lassen, stehen bleiben, Beine auseinander.«

Der Mann tat, wie ihm befohlen. Der Polizist gab seinen Kollegen einen Wink, und sie stürmten zu dritt vor. Während zwei von ihnen den Mann mit gezückten Pistolen in Schach hielten, wurde er vom dritten nach Waffen abgetastet.

In diesem Augenblick tauchten Mendelski und Maike Schnur auf dem Waldweg auf. Von dem Geschrei angelockt, waren sie zunächst hinter dem Volvo der Gerichtsmedizinerin Frau Dr. Grote in Deckung gegangen und kamen nun eilig angelaufen.

»Der Schriewe«, staunte Maike atemlos. »Axel Schriewe. Wie kommt der denn …«

»Sie kennen den?«, fragte der Streifenpolizist.

»Ja klar, der ist von der Celleschen Zeitung«, erwiderte Mendelski mit einem sichtlich genervten Gesichtsausdruck. »Wir übernehmen.«

»Sie verschwenden nur wertvolle Zeit«, protestierte Schriewe und nahm die Arme herunter. Aufgeregt gestikulierend fuhr er fort: »Ich hab doch gar nicht geschrien. Da war so 'n Kerl mit Vollbart und langen Haaren –«

»Jetzt erzählen Sie mal keine Märchen«, unterbrach ihn Mendelski barsch. »Was hatten Sie da im Wald zu suchen?«

Anstatt zu antworten, nahm Schriewe seine Kamera in beide Hände und drückte ein paar Knöpfe. Wortlos hielt er Mendelski das Display seines Fotoapparates unter die Nase.

»Was soll das?« Der Kommissar verzog das Gesicht. Ohne seine Brille konnte er auf dem kleinen Bildschirm nichts erkennen.

»Lass mich mal.« Maike Schnur schob ihren Kopf vor und erklärte: »Da ist ein Mann mit entsetztem Gesichtsausdruck abgebildet. Roter Wuschelbart und wilde Lockenmähne. Sieht ziemlich verwahrlost aus.«

»Sehen Sie auf den Zeitstempel«, rief Schriewe mit unverhohlenem Triumph in der Stimme. »Die Fotos habe ich gerade erst gemacht. Dort im Busch. Das auf dem Bild ist der Kerl, der so fürchterlich geschrien hat. Der dachte wohl, ich hätte 'ne Waffe und würde auf Sie zielen. Dabei hab ich nur mit meiner Kamera hantiert.« Er schaute Mendelski herausfordernd an. »Sie sollten verdammt schnell handeln, denn der Vorsprung dieses … dieses Waldschrats wächst von Minute zu Minute.«

★★★

Sein Herz raste. Über eine Viertelstunde war er schon gerannt, ohne Pause. Immer stramm nach Norden. Durch dick und dünn war er gehetzt, tunlichst darauf bedacht, im Wald und somit in Deckung zu bleiben. Wege, Schneisen oder gar Blößen hatte er geschickt umkurvt. Jetzt blieb er das erste Mal stehen.

Endlich hatte Janoske die Grenze zum Staatsforst erreicht, einen Schotterweg, der nach Hambühren führte. Er verharrte im Schatten der Bäume und lauschte. Sein heftiges Herzklopfen überdeckte sämtliche Geräusche des Waldes. Schweißbahnen liefen ihm den Körper hinab. Für eine Flucht war er schlecht vorbereitet – und viel zu dick angezogen. Doch seine Jacke einfach von sich zu werfen, das ging nicht. Dann hätte die Polizei für ihre Spürhunde eine ideale Witterung.

Zum Glück waren die Bullen ohne Hunde da gewesen, sonst hätten die ihn im Handumdrehen gestellt. So aber hatte er einen respektablen Vorsprung. Und den galt es auszubauen. Wäre doch gelacht, wenn er seinen Verfolgern nicht entkommen konnte – die kannten sich hier gar nicht aus. Sollten sie ruhig kommen mit ihren Hunden, Hubschraubern und Wärmebildkameras. Das hier war sein Revier, hier wusste er Bescheid. Er würde sie an der Nase herumführen.

Nach kurzer Überlegung stand sein Plan fest. Mit wenigen Schritten zog er sich in den Wald zurück, um danach parallel zum Waldweg zügig in Richtung Westen zu marschieren. Der Weg, der über Rixförde nach Fuhrberg führte, diente ihm als Orientierung. Einmal querte er eine ehemalige Stromtrasse, die schnurgerade in Nord-Süd-Richtung verlief und eine mächtige Schneise in den schier endlosen Wäldern der Region hinterlassen hatte. Nur allmählich wuchs sie wieder zu, bis auf die Stellen, wo die Jäger ihre Wildäcker oder Wildwiesen angelegt hatten.

Als er das Brummen vernahm, warf er sich flach auf den Boden und drückte seine Nase ins Moos. Kein Zweifel: Auf dem Waldweg, der nur zehn, fünfzehn Meter von ihm entfernt verlief, näherte sich ein Fahrzeug. Von hinten, also von Osten.

Bleib ruhig, sagte sich Janoske, auf diesem Weg gibt es durchaus Verkehr. Das konnten Waldarbeiter, Förster, Jäger und dergleichen sein, aber auch heimliche Liebespaare oder Brennholzdiebe. Wenig wahrscheinlich, dass ihm die Polizei schon so nah auf den Fersen war. Aber sicher war sicher.

Das Brummen wurde lauter. Das Geräusch habe ich heute doch schon mal gehört, kam es Janoske in den Sinn. Keine halbe Stunde ist das her. Um wenige Zentimeter hob er den Kopf, um besser lauschen zu können. Klar doch, das ist der Bagger. Der Radbagger, der beim Waldparkplatz aufgetaucht war und nun in Richtung Ovelgönner Straße fährt.

Erleichtert ließ Janoske seinen Kopf wieder sinken. Das Moospolster war angenehm kühl und feucht, es erfrischte seine heiße Stirn. Reglos verharrte er, flach an den Boden geschmiegt. Er hörte, wie die Baumaschine mit Vollgas vorbeibrauste, und wollte sich gerade wieder aufrichten, als er erschrak.

Das Aufheulen des Dieselmotors und das Knirschen des Kieses auf dem Weg verrieten ihm, dass der Bagger abrupt abgebremst wurde. Bei laufender Maschine stieß der Fahrer die Tür auf und kletterte behände die kleine Leiter hinab.

Verflucht! Hatte der ihn etwa gesehen? Janoske duckte sich wieder ins Moos. Als sich sekundenlang nichts tat, wagte er einen Blick durch die dürren Halme der Drahtschmiele vor sich.

Der schmächtige Mann mit der großen Sonnenbrille, den der Förster Krause genannt hatte, stand am Wegesrand und pinkelte, lässig eine Hand in die Hüfte gestemmt. Plötzlich kam Bewegung in seine Glieder. Mit einer Hand den Urinstrahl lenkend, kramte er mit der anderen in der rechten Hosentasche. Dabei fluchte er so laut, dass seine Stimme das Motorengeräusch des Baggers übertönte.

Schließlich hielt er ein Handy in der Hand und brüllte ein genervtes: »Ja?«

Er richtete seine Hose, während er angestrengt das Mobiltelefon ans Ohr drückte.

»Warte mal!«, schrie er ins Telefon. »Ich kann dich fast gar nicht verstehen, ich muss erst mal vom Bagger weg.«

Zum Schrecken von Janoske kam Krause direkt auf ihn zugelaufen. Er machte sich erneut flach wie eine Flunder und lauschte. Die Schritte verließen den Kies und traten nahezu geräuschlos in das Gras auf der Wegebankette.

Was zum Teufel will der Kerl nur hier im Wald?, fragte sich Janoske. Langsam stieg Panik in ihm auf.

»Scheiß heiße Sonne«, meckerte Krause ins Telefon. »Bin erst mal in'n Schatten.«

Bleib, wo du bist, drohte ihm Janoske innerlich. Sonst kriegste eine verpasst. Seine rechte Hand hielt einen scharfkantigen Stein umklammert, der vom Wegebaumaterial stammen musste.

»Wird aber auch Zeit, dass du zurückrufst«, hörte er Krause keine zehn Schritte von sich entfernt sagen. Nach einer kurzen Pause ging es weiter: »Das ist doch nichts Neues. Deswegen wollte ich ja mit dir reden. – Ja, die Sache ist superheiß für uns! Habt ihr schon 'ne Idee? – Jammerschade eigentlich. Die war echt 'ne Wucht, unsere bezaubernde Weißrussin …«

Janoskes Sinne waren bis in die Haarspitzen geschärft. Über wen schwadronierte der Baggerfahrer denn da? Doch nicht etwa über Laryssa?

»Genau. Umgebracht, in ihrer eigenen Karre«, hörte er weiter. »Ich war vorhin da, wo's passiert ist. – Nee, nicht direkt am Mobil, nur aufm Parkplatz. Mitm Bagger. – Was? Nein, der Förster hat mir alles erzählt. – Für wie blöde hältst du mich? – Warum sollte ich das erzählen? – Natürlich kann das sein. – Na und? Wenn schon! – Soll'n sie uns doch verhören. – Nein, mach dir mal nicht ins Hemd, Mann. Ich halte dicht.«

Was gab es denn da dichtzuhalten?

»Jetzt scheiß dir nicht in die Hosen. Heute Abend rufe ich dich an, okay? Der Förster wird mir schon erzählen, was da abgegangen ist. Also ... bis dann.«

Das Telefonat war beendet. Krause marschierte zu seinem Bagger zurück, kletterte ins Führerhäuschen und rauschte mit Vollgas davon.

★★★

»Ja, natürlich, den Hubschrauber auch!«, brüllte Mendelski ins Telefon. »Ich wiederhole: Hunde, Hubschrauber und sämtliche verfügbaren Einsatzfahrzeuge in der Nähe. – Hannover? Natürlich müsst ihr Hannover informieren. – Klar, das volle Programm. Wir sind nur wenige Hundert Meter von der Landkreisgrenze entfernt. Und gebt mal 'n bisschen Gas. Ende.«

Er trat zu Maike, die bei geöffneter Tür im Auto saß und dem Stimmengewirr aus dem Funkgerät lauschte.

»Bisher Fehlanzeige«, berichtete sie. »Keine der beiden Streifenwagenbesatzungen hat jemanden oder etwas entdeckt.«

»Wo stecken die denn?«

»Mitten im Wald, auf hundsmiserablen Waldwegen. Haben sich an einer Weggabelung getrennt und irren da anscheinend orientierungslos herum. Wenn du mich fragst, hat das wenig Zweck.«

»Egal, wir haben gar keine andere Wahl.«

»Aber das ist doch ... wie die Stecknadel im Heuhaufen. Der

Kerl braucht sich bloß hinter einen Busch zu hocken und still zu warten.«

»Das macht der nicht.« Mendelski wies auf Schriewes Kamera, die neben Maike auf dem Beifahrersitz lag. Er setzte seine Brille auf. »Zeig noch mal her.«

Sie schauten sich die Fotos an.

»Was für ein merkwürdiger Kauz«, meinte Mendelski. »Der hat echte Panik in den Augen. Glaub mir, der hockt nirgends. Der rennt. Quer durch den Wald. Der rennt um sein Leben.«

»Vielleicht hat er ja irgendwo ein Auto stehen.«

»So, wie der aussieht? Nein, höchstens ein Fahrrad oder Moped. Wenn überhaupt. Aber gib trotzdem mal durch, dass sie auch nach verlassenen Fahrzeugen Ausschau halten sollen.«

Maike setzte den Funkspruch ab. Zweimal gab es als Antwort ein »Verstanden«.

»Meinetwegen kann die Leiche jetzt weg.« Strunz war hinter Mendelski aufgetaucht. Er streifte die Handschuhe ab. »Wie sieht's bei euch aus?«

Mendelski nickte, gab dem Leichenwagenfahrer einen Wink und wandte sich wieder an den Chef der Spurensicherung. »Nichts Neues. Der Bursche ist abgetaucht.«

»Merkwürdig ist das schon.« Strunz zwirbelte seinen Kinnbart. »Wenn das der Täter war, warum hat er sich dann nicht längst verdünnisiert? Der hatte doch alle Zeit der Welt.«

»Vielleicht genoss er die Aufmerksamkeit, die seine Tat hervorgerufen hat, in vollen Zügen«, sagte Maike. »So was soll's geben. Gerade bei Menschen mit wenigen Sozialkontakten. Der Typ wirkt auf den Fotos alles andere als gesellig.«

»Er kann aber auch rein zufällig hier rumgestromert sein«, ließ Strunz nicht locker. »Verschrobene Waldläufer gibt's überall.«

»Und warum ist er dann getürmt?«

»Was weiß denn ich?« Strunz zuckte die Achseln. »Vielleicht ist er ein Outlaw, ein Wilderer, Holzdieb oder dergleichen, der um die Polizei lieber einen großen Bogen schlägt.«

»Ob Täter oder Zeuge ist einerlei«, unterbrach ihn Mendelski mit einem Seufzer. »Wir müssen ihn finden und vernehmen. Da hilft alles nichts.« Er wandte sich ab. Sein Blick blieb an Sperber hängen, der von Schriewe belagert wurde. »Vielleicht kann der Förster uns weiterhelfen.« Dann fügte er so laut, dass jeder es hören konnte, hinzu: »Und dieser aufdringliche Reporter sollte endlich verschwinden … sonst werde ich ungehalten!«

Ein knallroter Mercedes SL mit getönten Scheiben, der mit quietschenden Reifen auf den Parkplatz einbog, unterbrach seinen Zornesausbruch.

***

Er hatte Glück. Das Autoaufkommen hielt sich in Grenzen; der Feierabendverkehr hatte noch nicht eingesetzt. Janoske wartete, bis die L 298 im Bereich der Rixförder Kreuzung frei war. Auch nach lautlosen Fahrradfahrern hielt er Ausschau. Erst als er ganz sicher war, dass ihn niemand sehen konnte, verließ er sein Versteck hinter den jungen Kiefern und huschte über den Asphalt.

Auf der anderen Straßenseite tauchte er sofort wieder zwischen den Bäumen unter. Im Laufschritt eilte er in nordwestlicher Richtung davon. Einfach nur weit weg vom Fundort der Leiche, mitten hinein in das riesige Waldgebiet des Wietzenbruchs.

Während er durch den Wald hastete, ging ihm der Baggerfahrer nicht aus dem Kopf. Was er da erlauscht hatte, könnte für die Polizei von großer Wichtigkeit sein. Krause und sein unbekannter Gesprächspartner hatten irgendetwas mit Laryssa zu tun. Und machten ein Geheimnis daraus. Um was ging es da wohl? Dabei hatte Janoske Krause noch nie bei Laryssa gesehen. Gut, er kannte natürlich nicht jeden Freier, das war schlecht möglich bei ihren langen Schichten. Und zuweilen besuchte er auch andere Prostituierte in der Gegend, je nachdem, wo er sich gerade herumtrieb. Doch merkwürdig war das Ganze schon.

Auf seiner Flucht mied er weiterhin Wege und Lichtungen, umging das Gut Rixförde und dessen landwirtschaftliche Flächen in einem großen Bogen und gelangte nach einer knappen halben Stunde an ein kleines Gewässer mitten im Wald, den Rixförder Graben. Hier machte er zum ersten Mal Rast.

Er warf den Rucksack ins Gras, zog sein schweißnasses Hemd aus und wusch sich im rostroten Wasser des Baches. Sein schneeweißer Oberkörper war an Schultern und Oberarmen mit unzähligen Sommersprossen übersät. Die langen Locken verdeckten im Nacken einen Teil einer Tätowierung, die so etwas Ähnliches wie einen Drachen darstellen sollte. Sie reichte an der Wirbelsäule entlang bis zur Mitte des Rückens hinab.

Obwohl seine Kehle brannte, hütete sich Janoske, von dem Wasser zu trinken. Denn der Rixförder Graben entsprang dem sogenannten Hundegraben, der wiederum an etlichen landwirtschaftlichen Flächen vorbeifloss. Und die wurden intensiv gedüngt und gespritzt, gerade jetzt im Mai.

Er kramte eine Plastikflasche aus dem Rucksack hervor, die noch zur Hälfte gefüllt war. Gierig stürzte er den Inhalt hinunter. Es war Wasser aus einer Viehtränke, das er heute Morgen in seinem Versteck auf dem offenen Feuer abgekocht hatte. Die Kunst, in freier Natur ein rauchloses und nahezu geruchloses Feuer zu entfachen, beherrschte er seit Langem.

Dann setzte er sich auf einen Baumstumpf und überlegte. Sicher würde die Polizei alles Erdenkliche mobilisieren, um ihn zu fassen. Obwohl er ein reines Gewissen hatte, zumindest soweit es Laryssas Schicksal betraf, wollte er sich auf keinen Fall den Behörden stellen. Er, der wohnsitzlose Landstreicher, hatte nicht die geringste Lust, als Verdächtiger – denn er war nun mal in der Nähe der Ermordeten gesehen worden – für Wochen und Monate in Untersuchungshaft genommen zu werden. Seine Abneigung gegenüber geschlossenen Räumen war geradezu krankhaft.

Klar, sie hatten sein Foto, wahrscheinlich in mehrfacher Ausfertigung. Aber das störte ihn wenig. Gewöhnlich bewegte er sich nicht unter Menschen. Sah sie nur aus der Ferne, wich ihnen aus. Die Kühe und Pferde auf den Weiden, die Rehe, Hasen und anderen Wildtiere, denen er täglich begegnete, würden ihn nicht verraten.

Aber worauf musste er sich einstellen? Mit welchen Mitteln würde die Polizei ihn in den nächsten Stunden und Tagen jagen? Mit Spürhunden, einer Hundertschaft Bereitschaftspolizisten, einem Hubschrauber samt Wärmebildkamera? Oder gar mit jener unbemannten Drohne, über die die Behörden seit geraumer Zeit verfügten? Janoske hatte neulich im Radio vom Verschwinden eines Jungen gehört, den die Ermittler in unwegsamem Gelände mit der im Volksmund »fliegende Kamera« genannten Neuerung gesucht hatten. Allerdings vergebens.

Vor den Bereitschaftspolizisten hatte er keine Bange. Mit denen würde er Räuber und Gendarm spielen. Auch den Hubschrauber fürchtete er nicht. Den hörte man von Weitem, da konnte man rechtzeitig reagieren. Und eine Wärmebildkamera konnte man täuschen. Da hatte er so seine Tricks. Nur die sich feige und lautlos nähernden Drohnen machten ihm Angst – und die Hunde. Wenn so ein Spürhund erst mal seine Witterung aufgenommen hatte – und er hatte ja lang genug an der einen Kiefer gehockt –, dann würden sie seinen Fluchtweg bald finden.

Die Angst vor den Hunden brachte ihn wieder auf die Beine. Ihm kam eine geniale Idee. Er zog sein nasses Hemd über, schulterte den Rucksack und stieg in den Graben. Das knöcheltiefe Wasser flutete augenblicklich seine Stiefel.

Ich laufe einfach ein Stück im Wasser, dachte er. Da werden sie ein Weilchen dran zu knabbern haben. Er schaute sich um. Nur – in welche Richtung?

In den Norden, in die unendlichen Weiten des Staatsforstes? Oder in den Süden, zurück zur L 310 und in die Nähe des Tatortes?

Was würden die Bullen vermuten? Dass er im Kreis lief, zum Parkplatz zurück? Sicher nicht.

Er entschied sich für den Süden.

***

»Zum Teufel, ich will sie sehen!«

Der fette Riese mit der Elvis-Tolle kochte.

»Beruhigen Sie sich, Herr Beckewitz.« Mendelski hatte sich ihm in den Weg gestellt. »Da können Sie jetzt nicht rein. Unsere Leute tun ihre Arbeit und können eine Störung überhaupt nicht gebrauchen. Außerdem gibt es im Moment Dringenderes zu tun, als Ihnen die Leiche zu zeigen.«

»Sie war mein Goldjuwel, ein Schatz, die Beste, die ich je hatte«, jammerte Beckewitz. An seiner Schläfe traten kleine

Äderchen hervor. »Und, verdammte Scheiße, ein herzensgutes Mädchen.« In seinen Schweinsäuglein waren plötzlich Tränen zu sehen. »Wie … wie ist es denn passiert?«, stammelte er.

»Wir können Ihnen aus ermittlungstechnischen Gründen noch keine Auskunft geben. Das müssen Sie verstehen. Sie erfahren früh genug …«

»Blablabla. Sie können mich mal.« Beckewitz gab wieder den harten Luden. Mit seiner zweifach beringten Hand fuhr er sich durchs Haar.

Mendelski schaute ihn streng an. »Reißen Sie sich zusammen. Wenn's Ihnen lieber ist, können wir Sie auch vorladen. Nach Celle. In die Jägerstraße – Moment mal.«

Aus den Augenwinkeln hatte er gesehen, dass Maike Schnur auf Schriewe losgegangen war. Der Reporter hatte den Trubel der letzten Minuten ausgenutzt und versucht, mit seinem Handy unbemerkt ein paar Fotos von der Szenerie zu schießen. Maike verwies Schriewe kurzerhand des Platzes, und Mendelski wandte sich wieder Beckewitz zu.

»Okay, okay!«, lenkte der ein. »Ich sehe ja, Sie haben einen anstrengenden Job. Was wollen Sie wissen?«

»Wann haben Sie Frau Ascheschka das letzte Mal gesehen?«

»Gestern Abend, bei mir zu Hause.«

»Wo ist das?«

»In Ovelgönne. Gleich hier um die Ecke.«

»Was wollte sie von Ihnen?«

»Abrechnen, was sonst? Gestern hatte sie 'ne Rekordeinnahme. Der Mai, Sie verstehen? Die Männer sind scharf wie Ratten—« Die zweite Worthälfte verkniff er sich.

Maike, die wieder zu ihnen getreten war, drehte angewidert den Kopf zur Seite.

»Ist Ihnen was aufgefallen?«, fragte Mendelski weiter. »War sie anders als sonst? Hat sie was Besonderes erzählt?«

Beckewitz dachte nach. »Nee, gar nichts. Sie war wie immer. Gut drauf und zum Scherzen aufgelegt. Wir haben noch 'nen Schampus zusammen getrunken.«

»Und dann?«

»Ist sie nach Hause gefahren.«

»Wo wohnte sie denn?«

»In Hannover. Nähe Steintor. Genaue Anschrift habe ich im Auto.«

»Angehörige?«

Beckewitz schüttelte den Kopf. »Hier nicht. In Weißrussland, ihrer Heimat, umso mehr.«

»Hatte sie einen Freund?«

Beckewitz lachte hämisch auf. »Dafür war keine Zeit.«

»Freundinnen?«

»Klar. Jede Menge. Kolleginnen. Sie war sehr beliebt.«

»Eine besondere Freundin?«

Beckewitz grübelte. »Ja, die Karin«, sagte er schließlich. »Ein Mädchen von einem Kollegen aus Nienhagen.«

Mendelski blickte zu Maike. »Wir müssen die Daten aufnehmen. Adresse, Telefonnummer.« Sie nickte.

»Wenn's unbedingt sein muss«, knurrte Beckewitz.

»Und die Freier?«

»Wie, ›und die Freier‹?«

»Gibt es da eine Liste? Von Stammkunden zum Beispiel?«

»Was glauben Sie denn?« Beckewitz lachte auf. »Wir sind doch kein Friseurladen mit Kundenkartei. Nee … Diskretion wird bei uns großgeschrieben.«

Mendelski musste schmunzeln. »Aber Ihre Damen schreiben die Autokennzeichen auf. Aus Sicherheitsgründen. Das weiß ich genau. Es ist nicht das erste Mal, dass ich mit Ihrer Branche zu tun habe.«

»Dann wissen Sie ja auch, dass die Liste nach Feierabend entsorgt wird«, blaffte Beckewitz. »Schon mal was von Datenschutz gehört?«

»Vergessen wir mal für einen Moment den Datenschutz.« Mendelski blieb ruhig. Er deutete zu dem blauen BMW hinüber. »Kennen Sie den Freier da drüben?«

Märtens stand mit verschränkten Armen und missmutigem Gesichtsausdruck neben der geöffneten Wagentür, während Jo Kleinschmidt das Autoinnere untersuchte.

»Hat das perverse Schwein da etwa was mit dem Mord zu tun?« Der Gesichtsausdruck des Zuhälters verfinsterte sich. »Wenn, dann perforier ich ihm die Eier!« Er machte ein paar Schritte auf Märtens zu.

»Bleiben Sie stehen!«, donnerte Mendelski. »Sonst …«

Beckewitz sah, wie Kleinschmidt aus dem Auto sprang, die rechte Hand am Pistolenhalfter. Schnaubend vor Wut blieb er stehen.

»Ich hab doch gar nichts mit der Sache zu tun«, quakte Märtens los. »Der Mörder ist im Wald verschwunden. Die anderen suchen ihn längst.«

»Was?« Beckewitz drehte sich zu Mendelski um.

»Ja, da war jemand«, erwiderte der und verdrehte genervt die Augen. »Jemand, der es vorzog zu türmen. Vielleicht ein anderer Freier, ein Spanner oder …«

»… der Mörder«, unterbrach ihn Beckewitz. »Kann doch sein?«

»Es ist nicht auszuschließen«, bestätigte Mendelski ungeduldig. »Wir tun unser Bestes. Zwei Streifenwagenbesatzungen sind ihm auf der Spur.«

»Und das sagen Sie erst jetzt? Sind die dort lang?« Er deutete auf den Waldweg.

Mendelski nickte. »Wir warten noch auf die Hunde«, sagte er. »Im Wald haben wir sonst keine Chance.« Doch Beckewitz rannte bereits zu seinem Auto und stieg ein. Mit aufheulendem Motor und durchdrehenden Reifen überquerte er den Parkplatz und raste in den Waldweg hinein.

»Machen Sie keinen Quatsch!«, brüllte ihm Mendelski nach. Gleichzeitig stutzte er. Durch die getönten Scheiben des Mercedes glaubte er, auf dem Beifahrersitz eine Person gesehen zu haben.

★★★

Es war nicht so einfach, wie er gedacht hatte.

Das Wasser im Rixförder Graben war zu dieser Jahreszeit zwar lediglich knöcheltief und gegen die Strömung zu laufen kein Problem, doch der Untergrund, tiefgründig und schlammig, hatte es in sich. Laub und Nadeln hatten sich im Flussbett abgesetzt und bildeten eine zähe Pampe.

Obendrein störten Janoske die tiefen Fußabdrücke, die er hinterließ. Ein geschultes Auge würde sie leicht entdecken. Konnte die seichte Strömung die verräterischen Spuren tilgen, bis seine Verfolger eintrafen? Egal, er musste weiter.

Bald kam er an die erste Brücke. Noch ein Hindernis. Die Brückenöffnung war sehr eng, doch wenn er seinen Plan nicht gefährden wollte, durfte er die Uferböschung oder die Brücke auf keinen Fall betreten. Fluchend wie ein Rohrspatz zwängte er sich bäuchlings durch die Röhre. Dabei wurde er richtig nass und schrammte sich den Ellenbogen auf.

Zwei weitere Brücken folgten, bevor er den Alten Celler Postweg erreichte, der in westlicher Richtung nach Fuhrberg führte. Beide Male machte es keine Mühe, unter der Brücke hindurchzuschlüpfen. Die Durchlässe waren größer. Als kurz darauf ein anderer Graben nach links abbog, lief Janoske weiter geradeaus. Wenn er sich richtig erinnerte, trug der Abzweig den Namen Dreckgraben. Das hatte er mal auf einer Wanderkarte gelesen.

Er beschleunigte seine Schritte. Gleich würde er an die Grenze des Landkreises gelangen. Wo rechter Hand die Abteilungssteine des Staatsforstes Hülsufer auftauchten, begann das Hannoversche. Das kam ihm gerade recht. Denn hier war die Zuständigkeit der Polizeiinspektion Celle, die sich mit dem Mordfall Laryssa befasste und ihn jagte, zu Ende. Die Region Hannover hatte ihren eigenen Polizeiapparat. Bei grenzüberschreitenden Maßnahmen wurde der zwar unterrichtet und in die Ermittlungen einbezogen, doch das konnte dauern. Janoske beschloss, dem Landkreis Celle vorsichtshalber erst einmal den Rücken zu kehren.

Zunächst musste er jedoch noch ein gutes Stück im Rixförder Graben weiterlaufen. Immer stramm gen Süden. Rechter Hand lag Hannover, links Celle. Der Bachverlauf bildete hier für mehrere Kilometer die Grenze.

Nachdem er im Wasser watend eine eingezäunte Weide passiert hatte, näherte er sich wieder der L 310, jener Straße, an der sich eineinhalb Kilometer weiter östlich Laryssas Stellplatz befand. Geschützt durch die Bäume des dichten Waldes kam er ungefährdet bis zum Durchlass unter der Straße. Als er durch die dunkle Röhre kroch, jagte ein Streifenwagen mit heulendem Martinshorn in Richtung Allerhop über ihn hinweg.

Verflucht! Die Hannoveraner kommen auch schon, dachte er. Das macht's nicht gerade einfacher. Am besten, ich warte unter der Brücke einige Minuten ab.

Er überlegte. Höchste Zeit, das Gewässer zu verlassen, in dem er seine Flucht bislang so geschickt getarnt hatte. Jenseits der Straße, das wusste Janoske, lag »Heidjers Einkehr«, eine ehemalige Gastwirtschaft, die anscheinend noch immer bewohnt war. Dahinter kam gleich Allerhop, ein forstwirtschaftliches Anwesen mit mehreren Häusern und mit Menschen, die ihm gefährlich werden konnten. Solange es noch hell war, wollte er lieber im schützenden Wald bleiben.

Nachdem er geraume Zeit gelauscht hatte und sich sicher war, dass kein Auto kam, kroch er aus der Röhre und watete in gebückter Haltung noch zehn Schritte durchs Wasser. An dem Ast einer Erle, der tief über den Rixförder Graben ragte, hangelte er sich die Böschung hinauf. Jetzt befand er sich im Hannoverschen. In Sekundenschnelle war er im angrenzenden Wald untergetaucht.

★★★

»Scheißkarre!« Beckewitz bearbeitete mit beiden Fäusten das Lenkrad seines Mercedes SL. Sein rechter Fuß malträtierte derweil das Gaspedal. Der Sportwagen bewegte sich nicht einen Zentimeter. »Verfluchte Scheißkarre! Liegt volles Brett auf.«

»Is eben kein SUV«, lamentierte sein Beifahrer, während er die getönte Seitenscheibe herabließ. Er nahm seine Sonnenbrille ab und steckte den Kopf hinaus. Einen hellen, kurz geschorenen, leicht eckigen Kopf mit beringten, abstehenden Ohren. Der Blondschopf begutachtete das Schlammloch, in dem sie festsaßen. »Wie oft hab ich schon gesagt: 'n SUV is besser fürn Wald.«

»Du Schlauberger.« Beckewitz kochte. »Lässt dir den Lappen abnehmen und machst hier auf dicke Hose!«, brüllte er, während er versuchte, rückwärts zu fahren. Vergebens.

»Immer mit der Ruhe …«

»Nix Ruhe!«, fuhr Beckewitz ihn an. »Hab sowieso so'n Hals. Hättest du Laryssa besser im Auge gehabt, würden wir jetzt nicht hier rumgurken.«

»Wie soll ich denn? Ohne Auto ...«

»Ja eben. Bist so dämlich, dass du nicht mal auf deinen Führerschein aufpassen kannst, du Vollpfosten.«

Der Blondschopf krallte vor Ärger die Finger in seine Oberschenkel, blieb in seiner Wortwahl jedoch gelassen.

»Du hast ihr das ja auch nicht geglaubt«, sagte er. »Das mit dem Spanner.«

»Natürlich hab ich das. Sonst hätt ich doch ...« Beckewitz stockte. Vor ihnen auf dem Waldweg war ein Auto aufgetaucht. Ein mit Schlamm bespritzter Streifenwagen kam direkt auf sie zugefahren.

»Scheiße, die Bullen«, presste der Blondschopf hervor. »Was jetzt?«

»Bleib cool.« Beckewitz öffnete die Fahrertür. »Ich mach das schon.«

»Aber wenn die —«

»Halt einfach die Schnauze!«, fuhr Beckewitz dazwischen und stieg aus dem Wagen. Dabei versaute er sich gründlich seine gelben Lackschuhe. Er beugte sich zum Fenster hinab. »Die kommen doch wie gerufen. Können sich ja mal nützlich machen und uns hier aus dem Dreck ziehen.«

VIER

Höchste Zeit, sich um das Handy zu kümmern – bisher hatte sich noch keine Gelegenheit dazu ergeben. Vorhin, im hintersten Wald, war er in ein Funkloch geraten und hatte den Vorgang abbrechen müssen. Hier jedoch, zurück in der Zivilisation, in unmittelbarer Nähe zur Landstraße, würde es funktionieren.

Er saß allein in seinem Auto. Vorsichtshalber kurbelte er das Seitenfenster hoch, trotz der Nachmittagshitze. Er schaute sich noch einmal um. Die Luft war rein.

Seine Hände zitterten merklich, als er das pinkfarbene Mobiltelefon unter dem Fahrersitz hervorholte. Die Fingerabdrücke, die er dabei hinterließ, kümmerten ihn nicht, da waren sowieso schon welche von ihm drauf. Außerdem würde er das Handy noch heute entsorgen. Er wusste auch schon, wie.

Doch bevor er das Gerät verschwinden ließ, musste er unbedingt herausfinden, mit wem Laryssa telefoniert hatte, als er aufgetaucht war. Deutlich hatte er gesehen, wie sie gesprochen und gelacht und dann das Handy in ihrer Hosentasche verstaut hatte. Wenn sie ihrem Gesprächspartner am anderen Ende der Leitung nun seinen Namen verraten hatte …

Auf dem Display wurden vier Anrufe in Abwesenheit angezeigt. Die interessierten ihn zunächst nicht. Damit würde er sich später beschäftigen. Denn vielleicht hatte derjenige, mit dem Laryssa ihr letztes Gespräch geführt hatte, noch mal zurückgerufen.

In den Einstellungen überprüfte er, dass der Rufton unterdrückt und das Vibrieren ausgeschaltet war. Ganz abschalten durfte er das Handy nicht, denn dann hätte er Laryssas PIN-Code benötigt, um es wieder zu aktivieren.

Erst jetzt bemerkte er die Batterieanzeige, die darauf hinwies, dass der Akku so gut wie leer war.

»Scheiße«, fluchte er. Ihm blieb nicht viel Zeit. War das Handy erst einmal aus, bekam er es nicht wieder in Gang. Er wechselte zu »Angenommene Anrufe« und überflog die Liste. Doch da war kein Anruf zu der betreffenden Zeit angegeben. Also war sie nicht angerufen worden, sondern hatte selbst …

Die Akku-Anzeige begann zu blinken.

»So ein Mist!« In seiner Aufregung vertippte er sich. Er musste wieder von vorn beginnen. Als er »Gewählte Rufnummern« aufrief, wurde das Display schwarz.

Um ein Haar hätte er das Handy vor Wut am Lenkrad zerschmettert. Im letzten Moment riss er sich zusammen und senkte die Faust, die das Mobiltelefon umklammert hielt.

★★★

»Mir doch völlig wurscht, ob das ein Deutscher Schäferhund, ein Hannoverscher Schweißhund oder ein Bloodhound ist!«, brüllte Mendelski ins Telefon. »Hauptsache, wir bekommen so schnell wie möglich einen halbwegs brauchbaren Spürhund.«

Das Handy noch am Ohr, marschierte er aufgebracht an der verdutzten Streifenwagenbesatzung vorbei zur Landstraße. Die beiden Polizisten aus der Region Hannover, die soeben zur Verstärkung der Celler Kollegen eingetroffen waren, warteten noch auf Anweisungen. Erst an dem rot-weißen Signalband, das die Zufahrt zum Parkplatz versperrte, machte Mendelski Halt.

»*Mantrailer*, wenn ich das schon höre!«, schimpfte er weiter in sein Handy. »Personenspürhund heißt das. Könnt ihr kein Deutsch?« An der Straße beugte er sich weit vor, um in Richtung Fuhrberg zu schauen. Ein schwerer Lkw näherte sich, bremste ab und passierte im Schritttempo den Waldparkplatz. Der Fahrer glotzte Mendelski neugierig an. »Wenn wir hier am Ende der Welt wären, in Lüchow-Dannenberg«, fuhr der Kommissar fort, nachdem der Lkw weitergefahren war. »Dann würde ich das ja noch verstehen. Aber Mensch, wir sind hier keine dreißig Kilometer von der Landeshauptstadt Hannover und dem LKA entfernt, über die A 7 ist man in einer Viertelstunde hier. Da müsstet ihr es doch hinkriegen –« Er unterbrach seinen Satz und lauschte.

Sein Gesichtsausdruck und seine Haltung entspannten sich ein wenig.

»Okay, ja, verstehe. Der Hund ist in Ahrbergen. Zum Training. – Ja, ich weiß, Ahrbergen liegt bei Hildesheim.« Er seufzte auf. »Ja, ist gut. Wir warten.«

Als er sich umdrehte, stand Strunz vor ihm. Mendelski steckte sein Handy weg und schaute den Kollegen fragend an.

»Wir haben seinen Fußabdruck«, berichtete der. »Sogar mehrere.«

»Na, wenigstens etwas.«

»Wir haben sie mit denen des Reporters abgeglichen, der war es wirklich nicht. Unser Flüchtiger trägt ziemlich abgelatschte, profilarme Schuhe. Außerdem muss er an mehreren Stellen im Wald längere Zeit gestanden oder gehockt haben. An Stellen, von wo aus man das Sexmobil hervorragend aus dem Verborgenen beobachten kann. Für den Spürhund müsste das reichen, um Witterung aufzunehmen.«

»Schön. Dann sichert mal alles gut ab. Es kann noch eine Dreiviertelstunde dauern, bis die …« Ein ohrenbetäubender Lärm ließ Mendelski verstummen. Wie aus dem Nichts war über ihren Köpfen ein Hubschrauber aufgetaucht, der nun über dem Parkplatz enge Kreise zog. Trotz der inzwischen tiefer stehenden Sonne konnte Mendelski erkennen, dass es sich um den angeforderten Polizeihubschrauber handelte.

»Wird aber auch Zeit«, rief er Strunz zu, während sie zu den Autos zurückliefen. »Übernimm du den Funkkontakt zum Helikopter. Sie sollen zunächst das Gebiet nördlich der L 310 nach einer einzelnen Person absuchen – Fußgänger, männlich, langhaarig. Und sag ihnen, sie sollen jedes Fahrzeug melden, das im Suchgebiet in weniger als drei Kilometer Entfernung herumfährt oder geparkt steht.«

»Und unsere beiden Streifenwagen da draußen im Wald?«

»Mit denen sollen sie direkt Kontakt aufnehmen und sie notfalls dirigieren. Die Hannoveraner behalten wir hier. Für alle Fälle.«

Strunz nickte und verschwand in seinem Dienstwagen. Im gleichen Augenblick kam ein völlig verdreckter Mercedes SL, dessen Grundfarbe rot sein musste, von der Waldseite langsam auf den Parkplatz zugerollt. Trotz der zurückhaltenden Fahrweise röhrte der Auspuff des Fahrzeugs verdächtig laut.

»Oh, oh. Das klingt aber gar nicht gut.« Mendelski winkte feixend Maike Schnur herbei, die sich ebenfalls das Grinsen nicht verkneifen konnte. Mit verschränkten Armen stellten sie sich dem Sportwagen in den Weg.

»Der selbst ernannte Sheriff von Ovelgönne«, brüllte Maike gegen den Hubschrauberlärm. »Das hat er vom Räuber-und-Gendarm-Spielen. Das Gangsterjagen sollte er doch besser den Profis überlassen.«

★★★

Das Dröhnen des Hubschraubers ließ Janoske zusammenfahren. Geistesgegenwärtig duckte er sich unter das Blätterdach einer jungen Buche, klemmte seinen Kopf zwischen die Knie und starrte stur auf den Waldboden. Er wagte es nicht, nach oben zu schauen. Sein helles, schweißglänzendes Gesicht im Waldesgrün hätte ihn der Hubschrauberbesatzung leicht verraten können.

So schnell, wie er gekommen war, verschwand der Spuk wieder. Der im Tiefflug und in einem Höllentempo über ihn hinweggebrauste Helikopter war in null Komma nichts außer Sichtweite. Aus Südwesten kommend, war er nach Nordosten geflogen, also kam er wahrscheinlich aus Hannover und hatte den Waldparkplatz zum Ziel. Wohl kein Militärhubschrauber, mutmaßte Janoske. Zwar gab es auf dem nahe gelegenen Fliegerhorst Wietzenbruch im Westen von Celle einen recht regen Helikopterverkehr. Doch meist flogen die Militärs exakt in West-Ost-Richtung, von Celle nach Wunstorf oder umgekehrt. In Wunstorf, nahe dem Steinhuder Meer, gab es den nächsten Fliegerhorst.

»Die Bullen gehen in die Luft«, murmelte Janoske und erhob sich. »Jetzt geht die Jagd los.« Er lauschte in Richtung Nordosten. Deutlich war zu hören, wie der Hubschrauber sein Tempo drosselte und nun anscheinend kreiste.

Der hat sein Ziel erreicht, dachte er. Jetzt wartet er auf Anweisungen. Sicher wird er erst mal im Norden suchen, dort, wohin ich verschwunden bin. Das wird eine Weile dauern. Und wenn der Hubschrauber zurückkommt, tauche ich einfach wieder ab. Wie gut, dass die so schrecklich laut sind.

Und was für ein Glück, dass es hier im Wietzenbruch neuerdings so viele Anpflanzungen mit Buchen und Douglasien gab. Die jungen Bäume unter den lichten Altkiefern boten nicht nur dem Wild hervorragende Deckung, sondern auch lichtscheuem Gesindel – wie ihm.

Janoske setzte seinen Weg fort, ziemlich genau nach Süden. Der Wald, den er durchquerte, gehörte dem Besitzer des Forstguts Allerhop, einem Industriellen aus Hannover. Der ging mit seinen Gästen oft auf die Jagd, Janoske musste also aufpassen. Die Grünröcke fuhren dicke Geländewagen und lauerten heimtückisch auf Hochsitzen, vornehmlich am Abend oder in der Früh, und spähten mit ihren High-Tech-Ferngläsern in der Gegend herum.

Im Laufe der Zeit hatte Janoske jedoch mitbekommen, dass sich die Ansitzjagd im Mai vor allem auf den Wiesen und Feldern, nicht aber im Wald abspielte. Denn das Rehwild war nach dem Winter ganz verrückt nach dem frischen Grün und bot sich wie auf dem Präsentierteller den Waidmännern als lebende Zielscheibe dar.

Vorsichtig, die Hochsitze und deren Umgebung meidend, schlich er durchs Unterholz, stets dort entlang, wo es am dichtesten war. Die Sonne beschien unvermindert das satte Maigrün der Pflanzen, überall brummten und summten Käfer, Bienen und Insekten. Doch allmählich ging der Nachmittag zur Neige.

Janoske brauchte sich nicht zu beeilen, er hatte alle Zeit der Welt. Bis zur Dämmerung wollte er sich im schützenden Wald aufhalten. Erst wenn es richtig stockfinster war – er hoffte, dass der Mond hinter dichten Wolken verborgen blieb – wollte er sich in den Hastbruch begeben. In dieser baumlosen Wiesenlandschaft, der größten zusammenhängenden Grünlandfläche in der Region Hannover, sagten sich Brachvogel und Bekassine Gute Nacht.

Plötzlich befiel ihn schrecklicher Durst. Der stundenlange, ungewohnte Dauerlauf zehrte an ihm. Seine Plastikflasche im Rucksack war längst leer. Immerhin hatte er noch zu essen, eine gebratene Hasenkeule und ein paar Kekse. Den Hasen hatte er in der vorigen Woche mit einer Schlinge gefangen, die Kekse aus einem Papierkorb bei Dasselsbruch gefischt. Janoske überlegte kurz, wo er Trinkwasser herbekommen könnte, und entschied sich für die am wenigsten riskante Variante.

Er ließ den Streckenbruch hinter sich und überquerte die Schneise einer ehemaligen Stromleitung, die man zur Wild-äsungsfläche umfunktioniert hatte. Hier musste er aufpassen, denn die Freifläche war gespickt mit Hochsitzen – Janoske fühlte sich immer an die ehemalige DDR-Grenze mit ihren Wachtürmen erinnert.

Den Luisenhof, eine Ansammlung von wenigen Häusern, ließ er links liegen; rechts vor ihm lag Wulfshorst, ein einsam gelegener Reiterhof am Rande des Hastbruchs.

Janoske lief durch mittelaltes Nadelholz ein Stück in Richtung Süden, bis er unter windschiefen Altkiefern einen kleinen Rastplatz erreichte. Dort gab es eine primitive Holzbank, eine Art Tisch, jede Menge Findlinge – und eine Schwengelpumpe. Mitten im Wald. Und sie funktionierte, lieferte lupenreines Grundwasser. Zunächst trank Janoske sich satt, dann wusch er sich Hände, Gesicht und Hals, um danach seine Plastikflasche zu füllen. Erschöpft ließ er sich auf der Bank nieder, warf den Kopf in den Nacken und schloss die Augen.

»Blumen-Pump« wurde dieser Platz genannt. Das hatte er mal erlauscht, als sich eine ältere, vornehme Frau – allem Anschein die Waldbesitzerin – mit einem Jäger unterhalten hatte. Janoske hatte nur wenige Meter entfernt im hohen Gras gelegen und jedes Wort verstanden.

Im Laufe der Jahre war es für ihn ein Sport geworden, sich unbemerkt an Menschen im Wald anzupirschen, um sie zu belauschen. So konnte er seine Cleverness beweisen, seine Ge-schicklichkeit trainieren und sich Selbstvertrauen, gleichzeitig aber auch einen gehörigen Kick verschaffen.

Das leise Knacken eines Astes ließ sein Blut in den Adern gefrieren. Da war kein Zweig einfach mir nichts, dir nichts in der Mitte durchgebrochen, auch der Wind hatte nicht im Geäst der Kiefern gespielt. Nein, dieses Knacken hatte einen anderen Ursprung.

Reglos, den Kopf immer noch im Nacken, öffnete er langsam die Augen. Aus den Augenwinkeln erkannte er, dass sich rechter

Hand, neben dem Stamm einer dicken Kiefer, keine zehn Meter von ihm entfernt, etwas befand, was da vorher nicht gewesen war. Dieses Etwas verharrte ebenso unbeweglich wie er – und starrte ihn an.

Im Zeitlupentempo wandte Janoske den Kopf. Er sah, wie der Schäferhund den Kopf senkte und auf ihn zugelaufen kam.

★★★

Der Hubschrauber entfernte sich langsam im Tiefflug nach Norden. Mendelski und Maike schauten ihm nach und warteten noch einen Moment, bevor sie zum Mercedes traten. Beckewitz hatte die Scheibe heruntergekurbelt, machte jedoch keinerlei Anstalten auszusteigen. Seine Augen funkelten gereizt.

»Der Auspuff ist ja wohl hinüber«, meinte Mendelski trocken, während er sich zur Fensteröffnung hinabbeugte. Einerseits belustigt, andererseits streng musterte er den Zuhälter und dessen Beifahrer. Letzterer mied den Blickkontakt und starrte durch die verdreckte Windschutzscheibe stur geradeaus. »Und auch Ihre schicke Kleidung hat gelitten, wie ich sehe. Vor allem die Schuhe.«

»Kaum der Rede wert.« In Beckewitz' Innerem brodelte es sichtlich. »Sonst noch was? Oder können wir fahren?«

»Nur eine Kleinigkeit«, erwiderte Mendelski. Es machte ihm Spaß, den Zuhälter noch etwas zappeln zu lassen. »Eine Routinefrage, die wir allen Beteiligten stellen: Wo waren Sie heute gegen dreizehn Uhr?«

»Ah, das ist also die Tatzeit.«

»Beantworten Sie einfach meine Frage.«

»War mir klar, dass die kommt.«

»Dann haben Sie doch sicher längst 'ne passende Antwort parat«, bemerkte Maike trocken.

Beckewitz drohte zu platzen, beruhigte sich aber rasch wieder. »Atze und ich waren bei mir zu Hause«, presste er hervor. »In Ovelgönne, in meiner Bude.«

Mendelski wandte sich an den Beifahrer. »Können Sie das bestätigen?«, fragte er.

Der Blondschopf mit Namen Atze nickte wortlos.

»Verraten Sie meiner Kollegin doch bitte Ihren Namen und Ihre Anschrift. Und natürlich brauchen wir auch Ihre Adresse, Herr Beckewitz. Gibt es weitere Zeugen für Ihr Treffen?«

Beckewitz schüttelte den Kopf. »Nee. Ich lebe allein.«

»Okay.« Mendelski trat einen Schritt zurück. »Wenn Sie mir versprechen, morgen Vormittag um elf in der Polizeiinspektion in Celle, im Fachkommissariat I zu erscheinen, dürfen Sie jetzt fahren.«

»Wozu das denn noch?«, begehrte Beckewitz auf.

»Das können Sie sich doch denken: Wir haben noch jede Menge Fragen. Bringen Sie zu dem Termin alles mit, was Sie von Laryssa Ascheschka in Ihrem Besitz haben: Abrechnungen, Quittungen, Papiere, Fotos et cetera. Und schreiben Sie uns eine Liste ihrer Freier, soweit das geht. Da brauchen Sie gar nicht die Augen zu verdrehen. Sie werden das schon hinkriegen. Außerdem müssen Sie mit uns in die Gerichtsmedizin, um die Tote zu identifizieren.«

»Das kann ich doch gleich hier —«

»Nein, das können Sie nicht«, unterbrach ihn Mendelski.

»Während wir hier palavern, ist der Mörder doch längst auf und davon.« Beckewitz schnaufte. »Sie sollten lieber …«

»Sparen Sie sich Ihre klugen Ratschläge. Entweder Sie folgen meinen Anweisungen freiwillig, oder ich lasse Sie vorladen.«

»Okay, okay. Wenn's gar nicht anders geht … morgen um elf in der Jägerstraße. War's das jetzt?«

»Ja. Und bringen Sie Ihren Kompagnon mit.« Mendelski beugte sich noch einmal zum offenen Fenster hinab, um den mundfaulen Beifahrer zu taxieren. »Wegen Ihres Alibis. Wir brauchen eine entsprechend protokollierte Aussage von Ihnen beiden. Und vielleicht hat Atze ja auch was zu Laryssa Ascheschka zu sagen.«

Beckewitz brummte etwas Unverständliches und startete den Motor. Atze starrte weiterhin stumm geradeaus. Mit ungesund dröhnendem Auspuff setzte sich der verdreckte Sportwagen in Bewegung und rollte davon.

»Dass du die so ziehen lässt«, maulte Maike. »Wenn uns einer etwas über die Tote erzählen kann, dann doch der Beckewitz.«

»Stimmt schon.« Mendelski strich sich mit beiden Händen durchs Haar. »Doch im Moment haben wir hier Dringenderes zu tun. Wir müssen die Spurenaufnahme abschließen, das Sexmobil wegschaffen, mit dem Hubschrauber in Kontakt bleiben und so weiter. Außerdem wollte ich den Kerl hier von den Füßen haben, wenn wir mit dem Spürhund loslegen.«

Kleinschmidt trat zu ihnen. »Was ist mit dem Freier, dem Märtens?«, wollte er wissen. »Der meckert andauernd herum, ob er nicht endlich gehen kann.«

Mendelski überlegte kurz. »Habt ihr seine Kleidung sichergestellt?«, fragte er. »Ich meine die Verkleidung, die er trug, als er im Sexmobil war.«

»Haben wir.«

»Seine Daten aufgenommen?«

»Na klar.«

»Dann kann er meinetwegen verschwinden«, erwiderte Mendelski. »Er soll sich aber zur Verfügung halten. Rund um die Uhr. Du weißt schon.«

Kleinschmidt nickte. »Und der Förster?«

»Na, wäre schon gut, wenn der noch dableibt. Der kennt sich doch hier aus, da kann er uns behilflich sein. Ich red mal mit ihm.«

»Sagt mal, wo ist eigentlich der Schriewe abgeblieben?« Maike hatte sich umgeschaut.

»Der Reporter?« Kleinschmidt zuckte mit den Achseln. »Ich glaube, der ist zu Fuß weg. Hab ihn an der L 310 in Richtung Celle laufen sehen.«

»Ohne seine Kamera?« Maike guckte skeptisch. »Wer's glaubt. Nee, der bleibt in der Nähe und schleicht bestimmt schon wieder durch den Busch. Ich wette, der schießt auch mit seinem Handy astreine Fotos.«

»Wir sollten auf der Hut sein«, knarzte Mendelski.

»Seht mal, wer da kommt.« Kleinschmidt deutete zur Straße, wo ein Geländewagen mit Polizei-Aufschrift aufgetaucht war. »Die Kollegen mit dem Hund – endlich. Das wurde aber auch Zeit.«

★★★

»Na, wen haben wir denn da?« Janoske war die Erleichterung anzusehen. Mit offenen Armen empfing er den Schäferhund. »Wutsch, der berühmt-berüchtigte Wolf von Wulfshorst. Ja, bist du etwa auf der Pirsch?«

Vorsichtig spähte er in alle Richtungen, um sicherzugehen, dass Wutsch allein unterwegs war. Der Schäferhund – zweifellos ein älteres Semester – ließ sich genüsslich zwischen den Ohren kraulen und wedelte vor Wohlbehagen mit dem Schwanz.

»Warst wieder mit einem der hübschen Mädels unterwegs? Und hast nicht durchgehalten?«

Janoske kannte den Hofhund von Wulfshorst schon seit Jahren. Ihr erstes Aufeinandertreffen war eines Nachts im Pferdestall gewesen. Wo Janoske Äpfel und Karotten stibitzen wollte. Zum Glück hatte er ein Stück Salami dabeigehabt, was den Hund ruhigstellte. Seitdem waren sie so etwas wie Freunde. Janoske hatte bald erkannt, dass Wutsch, ein gutmütiges, harmloses Tier, auf dem Reiterhof und den umliegenden Wiesen frei herumlief und jedermanns Liebling war. Wahrscheinlich war er mal wieder mit einer der Reiterinnen unterwegs gewesen, hatte auf halber Strecke schlappgemacht und den Rückweg zum Reiterhof durch den Wald angetreten.

Neugierig schnüffelte der Hund am Rucksack.

»Aha, daher weht der Wind.« Janoske nahm seinen Rucksack auf den Schoß und kramte einen Zellophanbeutel hervor. »Mach schön Sitz!«

Wutsch gehorchte prompt. Janoske löste mit den Fingern das Fleisch von der Hasenkeule, aß einen Happen und hielt dem Hund den Knochen unter die Nase. Der schnappte gierig zu. Es knackte ein-, zweimal laut, dann war der Knochen verschwunden. Den Rest des Fleisches verstaute Janoske wieder sorgfältig im Beutel.

»Heute ist was Schlimmes passiert«, sagte er traurig. »Eine Frau wurde ermordet. Eine sehr hübsche und fröhliche Frau.«

Der Hund legte den Kopf schief, als ob er verstehen würde, worum es ging.

»Jetzt denkt die Polizei, dass ich was damit zu tun habe. Deshalb jagen sie mich. Kann sein, dass sie hier bald auftauchen. Aber die kriegen mich nicht. Du weißt ja, warum.« Der Zellophanbeutel verschwand wieder im Rucksack.

Wutsch winselte leise. Seine Hoffnung auf einen weiteren Knochen schmolz dahin.

»Pass auf, ich geh nach Großmoor. Da finden die mich nie.« Janoske erhob sich und schulterte den Rucksack. »Jetzt muss ich weiter. Sei brav und lauf nach Hause. Und erzähl niemandem, dass du mich getroffen hast.«

Der Hund rührte sich nicht von der Stelle. Auf den Hinterläufen hockend beobachtete er, wie Janoske in einer nahen Douglasiendickung untertauchte und seinen Blicken entschwand. Erst dann erhob er sich und trottete in entgegengesetzter Richtung davon.

★★★

»Ich würde jetzt auch gern los«, sagte Sperber an Mendelski gerichtet. Der Förster hatte mitbekommen, wie Märtens davongefahren war. »Ihren Kollegen habe ich alles, was mich betrifft, zu Protokoll gegeben.«

»Tut mir leid, dass es so lange gedauert hat.« Mendelski machte ein freundliches Gesicht. »Aber wäre es nicht möglich, dass Sie noch ein wenig bleiben? Zur Amtshilfe sozusagen? Die Kollegen mit dem Spürhund sind gerade eingetroffen, er wird gleich die Spur des Flüchtigen aufnehmen. Ihre Ortskenntnis wäre uns bei der Verfolgung sicher sehr hilfreich.«

»Tja, da muss ich Sie enttäuschen«, entgegnete Sperber. »Ich mache hier nur Vertretung. Zuständig bin ich eigentlich in der benachbarten Revierförsterei Burgwedel im Hannoverschen. Der Parkplatz hier und der Wald drumherum gehören aber zur Försterei Wietzenbruch. Ich kümmere mich hier lediglich um die Standortkartierung. Das ist so eine Waldbodenanalyse ...«

»Verstehe. Der Bagger von vorhin gehört vermutlich auch dazu?«

»Genau. Wir sind aber jetzt fertig. Im Grunde war das heute meine letzte Diensttätigkeit in diesem Revier.«

»Aber Sie haben doch sicher Forstkarten dieses Bezirks im Auto?«

»Ja klar, die habe ich.«

»Sehen Sie, das hilft uns doch schon enorm weiter.«

Erneut strich sich Mendelski mit beiden Händen die Haare aus der Stirn. Die Hitze machte ihm zu schaffen, er hätte gern etwas getrunken. Ein kühles Hefeweizen zum Beispiel. Aber da musste er bis zum Feierabend warten.

»Haben Sie die Fotos von dem Flüchtigen gesehen?«, fuhr er mit seiner Befragung fort.

»Ja, Ihre Kollegin war vorhin damit bei mir.«

»Und?«

»Den Mann kenne ich nicht.« Sperber schüttelte den Kopf. »Jedenfalls nicht namentlich. Ich habe ihn aber schon einige Male gesehen, aus der Entfernung. So wie viele andere auch. Jäger, Landwirte, Waldbesitzer, Pilzesammler und so. Jedenfalls treibt der sich hier schon länger rum, mehrere Jahre bestimmt. Aber nur in der warmen Jahreszeit, im Winter ist er verschwunden.«

»Ein Obdachloser?«

»Scheint so. Die Leute nennen ihn Waldschrat.«

»Und er nächtigt auch im Wald?«

»Wie man's nimmt.« Sperber lächelte. »Ich denke eher, er schläft tagsüber und ist nachts unterwegs. Dann sieht ihn niemand bei seinen Streifzügen. Er ist, um sich der Jägersprache zu bedienen, quasi nachtaktiv.«

»Streifzüge? Stellt der denn was an?«

»Na ja, von irgendetwas muss er hier draußen ja leben. Ich nehme an, er klaut sich seine Mahlzeiten zusammen. Stiehlt Feldfrüchte, Gemüse und Eier auf den Aussiedlerhöfen, melkt unerlaubterweise Kühe, fischt sich den einen oder anderen Fisch – und er wildert anscheinend auch.«

»Er wildert? Ist er denn bewaffnet?«

»Nein, das glaube ich kaum. Jedenfalls nicht mit einer Schusswaffe. Höchstens mit einem Messer. Wildern geht aber auch anders, mit Fallen zum Beispiel.«

»Robert, kommst du mal kurz?«, rief Strunz, der bei geöffneter Beifahrertür in seinem Dienstwagen saß und das Funkgerät in der Hand hielt. »Der Hubschrauber hat da was.«

»Maike, übernimm bitte mal«, bat Mendelski. »Lass dir die Forstkarten zeigen. Bin gleich wieder hier.«

»Ein roter Golf«, berichtete Strunz laut. Er versuchte, das Stimmengewirr aus dem Funkgerät zu übertönen. »Steht geparkt an der L 298, im Bereich der Rixförder Kreuzung. Das ist zirka einen Kilometer in nördlicher Richtung von hier.«

»Sie sollen sofort einen der Streifenwagen hinlotsen.«

»Ist schon passiert.«

»Am besten den anderen auch noch.«

»Negativ«, knarzte es da aus dem Funkgerät. »Der Golf gehört zwei jungen Joggerinnen. Nehmen aber vorsichtshalber die Daten auf.«

»Sorry. Fehlalarm.« Strunz stieg aus dem Auto. »Kann jetzt mal Jo den Funk übernehmen? Ich möchte gern beim Hund dabei sein.«

★★★

Endlich erreichte Axel Schriewe seinen Wagen. Er hatte ihn in der Nähe von Schönhop, ungefähr fünfhundert Meter vom Waldparkplatz entfernt, am Straßenrand geparkt. In der prallen Sonne. Von hier aus hatte er sich zu Fuß durch den Wald bis zu dem Parkplatz geschlichen.

Er schloss auf und öffnete die Fahrertür. Die Sonne hatte das Wageninnere aufgeheizt, die Luft war stickig. Er wartete ein wenig, bevor er sich hinters Lenkrad setzte. Noch hielt er den Wagenschlüssel in der Hand.

Er überlegte.

Seine Laune war hundsmiserabel. Er war dem vermeintlichen Täter fast zum Greifen nah gewesen, hatte sogar Fotos von ihm geschossen. Dramatische Superfotos in Spitzenqualität. Aber dann hatten die Bullen ihn erwischt, seine Kamera konfisziert und ihn zu allem Überfluss auch noch des Platzes verwiesen.

Dabei war die Kripo doch erst durch ihn auf den Mann aufmerksam geworden. Diese Deppen! Ihm, dem cleveren Reporter, hatten sie – Ironie des Schicksals – zunächst kein Wort geglaubt.

Ohne ihn würden die jetzt immer noch im Dunkeln tappen oder gar diesen erbärmlichen Hanswurst von Freier für den Mörder halten. Undankbares Beamtenvolk! Was hatte er nun davon, ihnen geholfen zu haben? Nichts. Gar nichts! Kein Titelfoto, keine Titelgeschichte morgen früh in der Celleschen. Kein nennenswerter Artikel in der renommierten Hannoverschen Allgemeinen Zeitung, kein Riesenporträt dieses … dieses Rumpelstilzchens in der BILD. Was hätte er bei der dpa, der Deutschen Presse-Agentur, damit erreichen können! Allein die Fotos hätten ihm ein bombastisches Honorar eingebracht, ganz zu schweigen von dem enormen Prestigegewinn.

Er gab sich einen Ruck. So leicht gab ein Schriewe nicht auf. Die Rechte an den Fotos lagen schließlich nach wie vor bei ihm. Auch wenn die Kripo sie derzeit unter Verschluss hielt.

Er würde seinen Chefredakteur anrufen und sich mit ihm beratschlagen. Der sollte ruhig mal seine Beziehungen spielen lassen und dafür sorgen, dass die Fotos freigegeben wurden. Die konnte man schließlich hervorragend für einen öffentlichen Fahndungsaufruf benutzen, davon hatten dann alle etwas.

Schriewe griff zum Handy. Bis Redaktionsschluss blieb nicht mehr viel Zeit.

★★★

Als die Hannoversche Schweißhündin Fanta aus dem Wagen sprang, stiegen ihr sofort unzählige Geruchsfahnen in die empfindliche Hundenase. Puh! So ein Parkplatz im Wald, das wusste die erfahrene Hündin schon längst, hatte so ziemlich alles zu bieten, was es auf dieser Welt zu erschnuppern gab. Angefangen vom Kot der Artgenossen über alle möglichen Essensreste, diverse Müllarten und Kompostvarianten bis hin zu Motoröl und Urin von Zweibeinern.

Nach der langen Autofahrt zog es sie erst einmal in die Büsche – aus naheliegendem Grund.

Ihr Frauchen, oder wie es im Amtsdeutsch hieß: ihre Diensthundeführerin, eine frischgebackene Polizeikommissarin namens Kerstin, führte sie an einer drei Meter langen Hundeleine. Beim Geschäftemachen ihres Schützlings guckte die Polizistin anstandshalber in die Luft.

Dann ging es an die Arbeit.

Anders als ihre drei Geschwister war Fanta nicht zu einem Jagdhund ausgebildet worden. Als Einzige aus ihrem Wurf hatte sie die Polizeilaufbahn angetreten und war Personenspürhund geworden.

Wenige Minuten später fand sich Fanta im tiefen Wald wieder. Sie war zu dem Stamm einer dicken, alten Kiefer geführt worden, die intensiv nach Harz roch. Anders als auf dem Parkplatz gab es hier ein überschaubares und vor allem ein biologisch-natürliches Spektrum an Gerüchen.

Da war aber auch eine relativ frische Duftnote menschlichen Ursprungs dabei. Eine penetrante Duftnote, die sich vor allem durch einen intensiven Schweißgeruch auszeichnete. Sie war im Gras, an der Baumrinde und auch an einigen Zweigen der umstehenden Büsche auszumachen.

»Such voran!«, rief Kerstin ihr zu. Es war eher eine freundliche Aufforderung als ein Befehl.

Fanta marschierte voller Tatendrang los und zerrte Kerstin an der Leine hinter sich her. Immer tiefer in den Wald hinein. In gebührendem Abstand folgten ihnen ein paar Männer. Einige in Uniform, zwei in Zivil. Irgendwo in der Nähe wurde der Motor eines Autos angelassen, ein Funkgerät quäkte. Von fern näherte sich das Geräusch eines Hubschraubers.

Doch all das störte die Schweißhündin wenig, es beflügelte sie eher. Fanta war in ihrem Element.

FÜNF

Wie der Spitzbubenbusch zu seinem Namen gekommen war, wusste Janoske nicht. Jedenfalls war das Waldgebiet zwischen dem Staatsforst Lindhorst im Westen und dem Reiterhof Wulfshorst im Osten für einen Spitzbuben wie ihn wie geschaffen: unwegsam, morastig und dicht bewachsen mit Brombeergestrüpp, mannshohen Farnen und vielastigem Buschwerk.

Dieses idyllische Fleckchen Erde diente aber noch anderen Stromern als heimliches Rückzugsgebiet und vor allem als Kinderstube: dem Schwarzwild. Gerade jetzt im Frühjahr wimmelte es im Spitzbubenbusch nur so von Bachen und Frischlingen.

Normalerweise hatte Janoske vor Wildschweinen keine Angst. Er wusste, dass die schlauen Borstenviecher in der Regel die Begegnung mit Menschen mieden; deren Annäherung registrierten sie schnell und machten sich meist rechtzeitig aus dem Staub, sodass man sie gar nicht zu Gesicht bekam.

Doch manchmal musste man sich vor den Schwarzkitteln in Acht nehmen – etwa wenn eine Bache im Wurfkessel lag und ihre Brut säugte. Sie dann zu stören, konnte lebensgefährlich werden. Kam man dem Tier mit seinen Jungen zu nahe, ging die Bache sofort zum Angriff über, dann half nur noch die Flucht auf einen Baum.

Noch weitaus gefährlicher war die Begegnung mit einem verletzten Wildschwein. Denn von Jägern krank geschossene oder von Autos verletzte Tiere agierten aggressiv. Sie waren todesmutig und unberechenbar und griffen jeden, der ihnen zu nahe kam, ohne Vorwarnung an.

Vor zwei Jahren hatte Janoske einmal so eine – äußerst schmerzhafte – Begegnung gehabt. Es passierte auf einer Drückjagd auf Schalenwild im Burgdorfer Holz. Damals ritt ihn der Teufel: Er wollte den Jägern eins auswischen und ihnen einen Teil der Beute streitig machen. Tagelang hatte er nur vegetarische Kost – Äpfel, Steckrüben, Mais und dergleichen – zu sich genommen, und nun hatte er einen gewaltigen Appetit auf

Fleisch. Was lag da näher, als sich bei einer Jagd an der Strecke zu bedienen?

Gut versteckt hatte er beobachtet, wie ein Jäger zwei Überläufer aus einer Rotte beschoss. Der eine war sofort verendet, der andere verletzt davongelaufen. Janoske wusste, dass die Jäger erst am Ende der Jagd nach dem Tier suchen würden, und forschte auf eigene Faust nach dem Schwein. Als er, der Wundfährte folgend, um eine umgestürzte Fichte bog, passierte es.

Der angeschossene Überläufer, der sich dort verschanzt hatte, griff ihn ansatzlos an, sprang ihm gegen die Brust und warf ihn zu Boden. Das Gewaff schlitzte sein Hosenbein der Länge nach auf, die Läufe traktierten Rippen und Bauch. In seiner Todesangst gelang es Janoske irgendwie, seinen Hirschfänger zu zücken und so lange auf das Schwein einzustechen, bis es tot über ihm zusammenbrach. Seit diesem Tag hatte Bruno Janoske vor Wildschweinen einen Heidenrespekt.

Pfeifend kämpfte er sich durchs Farnkraut, stramm nach Süden. Er gab sich keine Mühe, leise zu sein, sondern trat mit Absicht auf Zweige, dass es knackte. Die Sauen sollten ihn kommen hören und sich gefälligst davonmachen.

In der Ferne hörte er den Hubschrauber knattern. Er musste grinsen. Sie suchten ihn wohl immer noch jenseits der L 310.

★★★

»Verfluchte Scheiße! So ein Mistkerl!«

Fanta schüttelte ihr nasses Fell und schaute etwas irritiert auf die Kommissarin. Auch Mendelski wunderte sich. Derartige Kraftausdrücke hatte er der adrett und brav aussehenden Kollegin gar nicht zugetraut. Vorsichtig trat er näher an den Rixförder Graben. Die Diensthundeführerin stand auf der anderen Seite, die Arme in die Hüften gestemmt. Ihre Hosenbeine und Schuhe trieften vor Nässe.

»Der Kerl ist doch gewiefter, als ich dachte«, sagte sie, jetzt bedeutend ruhiger und mit einer Spur Achtung in der Stimme. »Dort drüben ist er in den Graben rein, hier aber nicht wieder hinaus.«

»Wie, nicht wieder hinaus?«, fragte Strunz, der gerade erst schnaufend vor Anstrengung bei der Gruppe eingetroffen war.

»Mensch, Heiko!« Maike kannte keine Gnade. »Überleg doch erst mal, bevor du den Mund aufmachst. Was gibt's daran nicht zu verstehen?«

»Na das: In den Graben rein, aber nicht wieder hinaus«, betete er nach. »Was soll das bedeuten?«

»Er ist in den Graben gestiegen, aber am anderen Ufer nicht wieder rausgeklettert«, erklärte sie. »Jedenfalls nicht hier.«

Strunz schaute verdattert drein. Maike verdrehte die Augen.

»Aber irgendwo wird er doch wieder aus dem Wasser raus sein?«

»Sicher, aber zunächst ist er einfach im Wasser weitergelaufen«, entschärfte die Hundeführerin die Situation. »Ganz schön clever. Er muss sich gedacht haben, dass wir mit dem Hund kommen.«

»Also gibt's jetzt zwei Möglichkeiten.« Mendelski wischte sich mit dem Ärmel seines ehemals weißen Beerdigungshemdes den Schweiß von der Stirn. »Entweder ist er bachauf- oder bachabwärts gewatet.« Er wandte sich an den Förster: »Können wir noch mal einen Blick auf Ihre Forstkarte werfen?«

Sie beugten sich über die Landkarte, die Sperber auf dem Waldboden ausbreitete. »Der Rixförder Graben entspringt hier unten im Wettmarschen«, erklärte er. »Und mündet dort oben bei Wieckenberg in die Wietze. Im Norden durchfließt er ausschließlich ausgedehnte Waldflächen. Privatwald und Staatsforst. Im Süden geht's über die L 310 an ›Heidjers Einkehr‹ und Allerhop vorbei in die Wiesen des Hastbruchs. Jetzt haben Sie die Qual der Wahl.«

»Was meinen Sie denn? Sie kennen sich doch hier aus.« Mendelski hatte sich wieder aufgerichtet. »In welche Richtung wären Sie gelaufen?«, fragte er.

Sperber überlegte nur kurz. »Ich glaube, ich wäre nach Norden gegangen. Dort würde ich im schützenden Wald bleiben. Im Süden hätte ich keine so gute Deckung. Außerdem wäre ich da der L 310 und dem Waldparkplatz wieder sehr nahe gekommen. Wer läuft schon gern im Kreis? Das wäre doch idiotisch.«

»Eben!« Mendelski rieb sich gedankenverloren das Kinn. »Doch wie tickt unser Mann? Denkt er rational wie Sie oder irrational und handelt genau andersherum? Maike, was meinst du?«

»Wie ich ihn nach den Fotos einschätze, würde ich ihn eher der Kategorie irrational zuordnen.«

»Also nach Süden?«

Maike nickte.

»Und was meinen Sie, Kerstin? Sie hatten es doch bestimmt schon mit ähnlichen Fällen zu tun.«

Die Hundeführerin seufzte. »Ich tippe auf Norden. So wie Herr Sperber. Ist aber reine Gefühlssache.«

»Okay.« Mendelski schaute auf die Uhr. »In einer halben Stunde ist es stockfinster. Suchen Sie bitte bis dahin beide Uferseiten in Richtung Norden ab. Vielleicht ist der Kerl wider Erwarten doch schon bald wieder aus dem Bach raus, wer weiß. Wenn Sie bis Einbruch der Nacht nichts gefunden haben, machen Sie Feierabend und machen morgen weiter.«

»Und wenn wir wieder auf die Spur stoßen?«

»Dann funken Sie durch, und wir entscheiden neu. Hauptkommissar Strunz, Herr Sperber und die beiden Kollegen von der Streife werden Sie begleiten. Kommissarin Schnur und ich kehren erst mal zum Waldparkplatz zurück; wir warten dort auf Sie.«

★★★

Es dämmerte bereits, als er einen Schotterweg überquerte und einen Birkenaltbestand betrat. Linker Hand tauchte in einer Gruppe Fichten eine Holzhütte auf; hinter deren Fenster war es dunkel. Janoske wusste, dass niemand in der Hütte war, wenn kein Auto oder anderes Fahrzeug in der Einfahrt stand. Der Besitzer war ein vielbeschäftigter Mann; er wohnte in Hannover und ließ sich hier selten blicken.

Der Boden wurde zunehmend sumpfig. Weil seine Schuhe ohnehin quietschnass waren, versuchte Janoske bewusst, durch Wasserstellen und kleine Gräben zu laufen. Er musste davon ausgehen, dass man trotz seiner Finte mit dem Rixförder Graben irgendwann wieder auf seine Spur stoßen und ihr folgen würde.

Bei Einbruch der Dunkelheit erreichte er die Wald-Wiesen-kante. Vor ihm im fahlen Mondschein breitete sich die unendliche Weite des Hastbruchs aus. Es roch nach frischem Gras und würzigen Kräutern.

Als er an den Zaun trat, störte er drei Rehe, die unweit davon im knöchelhohen Wiesengrün ästen. Ohne zu schrecken, sprangen die Tiere zurück ins Holz.

In gebückter Haltung schlich Janoske ein Stück am Zaun entlang. Plötzlich bückte er sich. Genau dort, wo ein Wildwechsel den Zaunverlauf querte. Als er sich wieder erhob, hielt er eine Drahtschlinge in beiden Händen.

Eine Drahtschlinge aus grünem Blumendraht.

★★★

Der Waldparkplatz lag im Dunkeln.

Die beiden Scheinwerfer, die noch vor wenigen Augenblicken die Umgebung taghell ausgeleuchtet hatten, waren abgebaut und im Auto verstaut worden. Die Absperrbänder hatte man aufgewickelt und eingepackt. Das Team der Spurensicherung hatte für heute Feierabend gemacht. Der Leichnam der Prostituierten befand sich in der Gerichtsmedizin, das Sexmobil hatte ein Abschleppunternehmer in Begleitung eines Streifenwagens nach Celle in die Jägerstraße transportiert, und der Hubschrauber war längst wieder in Hannover.

Auf dem Parkplatz herrschte jetzt gespenstische Ruhe. Keine Menschenseele war zu sehen. Erst wenn man genauer hinschaute, konnte man im Schatten der Bäume drei parkende Autos entdecken: Den weißen VW Caravelle der Spurensicherung, den anthrazitfarbenen Dienstkombi des Fachkommissariats I und ein Stück weiter in den Wald hinein den blau-silbernen Polizei-Geländewagen der Diensthundestaffel.

»Das gibt's doch gar nicht«, meinte Kleinschmidt, der hinter dem Lenkrad des VW Caravelle saß, ungläubig. »Schon wieder einer!«

Auf der L 310 hatte ein Pkw aus Celle kommend abgebremst, geblinkt und war in den Waldparkplatz eingebogen. Als die Scheinwerfer des Wagens, in dem nur ein Insasse vermutlich männlichen Geschlechts zu erkennen war, die drei unbeleuchteten Fahrzeuge erfassten, wurde er abrupt gestoppt. Es dauerte nur wenige Sekunden, dann setzte der Fahrer hastig und in Schlangenlinien zurück, rammte dabei beinahe einen Baum, wendete seinen Pkw und verschwand mit quietschenden Reifen auf der Landesstraße.

»Mein Gott, dem ist der Schreck in alle Glieder gefahren.« Ellen Vogelsang musste grinsen, als ihr die Zweideutigkeit ihrer Worte aufging. »Mit uns hat er wohl nicht gerechnet.«

»Dabei hatte er sich so auf das Schäferstündchen gefreut«, erwiderte Kleinschmidt amüsiert. »Und sich dafür heute extra seinen Schniedel gewaschen.«

»Männer!«

»Wenn man's mal ganz nüchtern sieht: Diese Laryssa Ascheschka muss echt 'ne Wucht gewesen sein. Fünf Freier in der letzten halben Stunde. Nicht schlecht.«

Ellen Vogelsang schüttelte sich vor Ekel. »Wenn ich mir das vorstelle, so einer nach dem anderen ... Und das in einem engen Campingwagen, ohne richtige Dusche und so. Widerlich.« Sie notierte das Kennzeichen auf ihrem Notizblock.

»War das jetzt 88 oder 33?«

»Da stand 33«, maulte Kleinschmidt. »Du solltest mal den Augenarzt wechseln.«

»Komm, das Kennzeichen war verdreckt. Du rätst ja auch nur.« Sie gähnte. »Wenn die wüssten, dass alle, die jetzt hier auftauchen, bei dem Mord aus dem Schneider sind, würden sie vorher ihre Nummernschilder schrubben wie die Teufel.«

»Da hast du wohl recht.« Auch Kleinschmidt fing an zu gähnen. »Eigentlich könnten wir doch los. Was telefoniert der Robert bloß so lange?«

Ellen Vogelsang deutete zum Kombi. »Als hätte er's gehört ... Guck, er hat aufgehört zu telefonieren.«

Mendelski, der mit Maike im Auto gesessen hatte, war ausgestiegen und kam zu ihnen rüber. Kleinschmidt ließ das Seitenfenster herunter.

»Die Hundesuchtruppe kommt zurück«, erklärte Mendelski. »Sie haben jetzt erst mal abgebrochen.«

»Machen die denn morgen weiter?«, fragte Kleinschmidt.

»Ich denke schon. Aber das muss die Hundeführerin entscheiden.«

»Wir haben ja auch noch die Fotos und den Fußabdruck. Wenn das nicht reicht …«

»Apropos Fotos.« Mendelski räusperte sich. »Habe gerade mit Steigenberger telefoniert. Die CZ will unbedingt die Porträts veröffentlichen.«

»Schadet ja nicht. Lass sie doch … wenn's uns nützt.«

»Das entscheiden wir morgen in Ruhe. Ist eh schon Redaktionsschluss, gedruckt kriegen die das heute nicht mehr.«

Ellen Vogelsang beugte sich vor. »Wann ist denn Teamsitzung?«, fragte sie. »Bitte nicht wieder um acht.«

»Okay, okay.« Mendelski streckte seine müden Glieder. »Ich hab auch ein kleines Schlafdefizit. Treffen wir uns ausnahmsweise mal um neun. So, und nun haut endlich ab. Maike und ich machen hier das Licht aus.«

★★★

Nachdem er den Blumendraht um einen Haselnussstock gerollt hatte, verstaute Janoske ihn im Seitenfach seines Rucksacks. Die Schlinge brauchte er vorerst nicht mehr.

Dies war die letzte Falle gewesen, die er noch fängisch gestellt hatte. Alle anderen hatte er längst abgebaut. Oder sie waren von Jägern, Naturschützern oder Bauern entdeckt und geklaut worden.

Das Wildern mit der Schlinge betrieb Janoske nur in Notzeiten. Dann, wenn er längere Zeit kein Fleisch zwischen die Zähne bekommen hatte und besonderen Kohldampf schob.

Nach Jahren im Wald kannte er die Hasenpässe und Rehwechsel aus dem Effeff und wusste genau, wo und insbesondere wie er seine Schlingen aufhängen musste. Meist dauerte es nur eine Nacht, und er hatte Beute gemacht. Das Streifen oder aus der Decke schlagen, das Zerlegen und die Zubereitung des Wildtiers zu einem leckeren Braten waren für ihn ein Leichtes.

Durch den Hasen, den er letzte Woche bei Kleinburgwedel

gefangen hatte, war sein Fleischhunger erst einmal gestillt. Im Moment gab es genügend andere essbare Dinge in der freien Natur. Und wenn ihm das nächste Mal nach Fleisch zumute war, würde er sich etwas ganz Feines holen. Bei Engensen gab es eine Heidschnuckenherde, die mitten im Wald ihre Weide und einen Stall hatte. Sie gehörte dem Ortsbürgermeister und Wirt vom »Alten Posthof«. In der Herde dort gab es zurzeit Nachwuchs im Überfluss, zarte, saftige Lämmer.

Ein vorbeifliegender Waldkauz, dessen Flügelspitzen Janoske um ein Haar berührt hätten, riss ihn aus seinen lukullischen Träumen. Er musste los.

Der Himmel war wolkenverhangen, die Nacht stockdunkel. Ideale Umstände, um ungesehen die weite Wiesenlandschaft des Hastbruchs zu durchqueren.

Er kroch unter dem Stacheldraht hindurch und tauchte im nassen Gras der Weide unter. In der Ferne im Norden waren die Lichter von Wulfshorst zu sehen.

Janoske glaubte, Wutsch, den Hofhund, kläffen zu hören.

★★★

Es war gegen dreiundzwanzig Uhr dreißig, als Mendelski endlich zu Hause ankam. Ohne Umweg über die Jägerstraße hatte er Maike in der Stadt abgesetzt, in der Nähe des Schlosses, wo Matthew sie mit seinem Taxi eingesammelt hatte, und war dann direkt nach Boye gefahren.

Im Haus brannte Licht, Carmen war also noch wach. Er hatte sie per Handy informiert, dass es später werden würde, von dem Mordfall aber so gut wie nichts erzählt.

Er ging ins Haus und fand seine Carmen in eine Wolldecke gewickelt auf der Terrasse. Sie rauchte ihre Gute-Nacht-Zigarette.

»*Vengo!* Ich komme rein«, rief sie, während sie die Zigarette in einem Keramikaschenbecher mit Klappdeckel verschwinden ließ.

Mendelski stand in der Terrassentür. »Lass dir Zeit«, sagte er. »Solche Mainächte muss man genießen.«

Carmen kam ins Haus und schloss die Terrassentür hinter sich.

»Genießen? Davon kann bei dir heute ja keine Rede sein«, sagte sie und strich ihm zärtlich mit der Hand über die Schulter.

»War's schlimm?«

»Na ja. Mir hat's gereicht.« Er warf Jackett und Schlips über eine Stuhllehne. »Wir mussten von der Beerdigung direkt zum Einsatz, quasi von einem Trauerfall zum nächsten.«

»Was ist passiert? Ein Mord an einer Prostituierten, hast du gesagt.«

»Ja. Eine junge, wunderschöne Weißrussin, die erdrosselt in ihrem Sexmobil aufgefunden wurde. An der Landstraße nach Fuhrberg.«

»Das werden immer mehr.« Carmen stellte den ungeleerten Aschenbecher samt Zigarettenschachtel und Feuerzeug oben auf die Schrankkante. »Ein scheußliches Geschäft.«

»Prostitution ist nie ein Vergnügen …«

Sie nahm sein Jackett und den Schlips von der Stuhllehne. »Komm erst mal in die Küche«, sagte sie und ging voraus.

Wie immer, wenn er spät vom Dienst heimkehrte, hatte sie ihm einen kleinen Imbiss vorbereitet. Heute einen gemischten grünen Salat mit Schafskäse und reichlich Zwiebelringen. Mendelski liebte frische Zwiebeln. Dazu gab es Baguette.

Erst beim Anblick des gedeckten Tisches merkte Mendelski, dass ihm fast schwindlig war vor Hunger.

»*Vino?*«, fragte sie.

»*Si, gracias!*« Er setzte sich. »*El blanco, por favor.* Ist zwar Montag. Aber das gönn ich mir heute mal.«

Nachdem Carmen Jackett und Schlips im Wäscheraum abgelegt hatte, kam sie zurück und setzte sich zu ihrem Mann an den Küchentisch.

»Erdrosselt, sagtest du?«

»Ja, mit einem Draht.«

»So allein im Wald. Das ist ja auch supergefährlich.«

Er nickte. »Das Risiko scheint sich aber zu lohnen. Bei manchen Damen stehen die Kunden Schlange.«

»Mag ja sein. Aber wenn man bedenkt, wie viele Männer in

so einem Bus an einem einzigen Tag ein- und ausgehen … die Hygieneverhältnisse müssen doch katastrophal sein. *Diablos!*«

Mendelski liebte es, wenn seine Frau auf Spanisch fluchte. »Och, in dem Fahrzeug heute sah es aber ganz ordentlich aus«, wiegelte er ab.

»*Hombres!* Ihr Männer.« Sie schenkte ihm und auch sich Wein nach. »Zu Hause in Barcelona gibt es so einen Campingbus-Strich nicht. Jedenfalls habe ich so was dort noch nie gesehen. Wahrscheinlich ist das in Spanien verboten.«

Er widmete sich dem Salat, bevor er antwortete: »Kann schon sein. Aber bezahlbaren Sex im Auto gibt's weltweit. In welcher Form auch immer. Dabei sind Übergriffe vorprogrammiert.«

»Diese armen Frauen können einem leidtun.«

»Das Opfer von heute war gerade mal einundzwanzig Jahre alt.«

»Und wie ist es passiert? Hat man sie …«

Mendelski legte Messer und Gabel zur Seite und trank den Wein aus.

»Lass uns lieber über was anderes reden.«

SECHS

Der Mann über ihr stöhnte hemmungslos. Er grunzte, knurrte, röchelte. Seine weit aufgerissen Augen drohten aus den Höhlen zu treten, stierten gegen die mit Teppichboden ausgekleidete Wand des Sexmobils. Die war gerade einmal zehn Zentimeter von seiner Stirn entfernt.

Karin Wuttke wandte den Kopf zur Seite. Es war nicht zu ertragen. Sie rang nach Luft. Der massige Körper des Freiers presste sie derart auf die Pritsche, dass sie kaum zu atmen vermochte. Zudem schwitzte der Kerl von den Haarspitzen bis zu den Waden. Seine Socken hatte er zum Glück anbehalten. Dafür musste sie den Pumakäfiggestank ertragen, den sie ausströmten.

Unter normalen Umständen hatte sie ihre Tricks und Kniffe, um sich aus derartigen misslichen Lagen zu befreien. Ein paar gekonnte Griffe in den Schritt des Mannes, ein bebendes oder zuckendes Becken und vor allem ihr vorgetäuscht lustvolles Stöhnen machten dem Graus meist schnell ein Ende. Der Mann kam zum Ziel und gab Ruhe.

Doch heute war kein normaler Tag, heute gab es keine normalen Umstände. Karin Wuttke brachte kaum die Kraft auf, die sie für ihre Liebesdienste brauchte. Ihr war nach allem Möglichen, aber nicht nach Schauspielerei zumute.

Sie war traurig, bis in die Magengrube traurig. Sie trauerte um ihre Freundin und Kollegin Laryssa. Wie ein Lauffeuer hatte es sich unter den Prostituierten des Wald- und Wiesenstrichs herumgesprochen, dass eine von ihnen heute Mittag umgebracht worden war.

Wie gern hätte sie heute freigemacht. Wenigstens den Abend. Sie wäre nach Hause gefahren, hätte sich mit einer tröstenden Flasche Whiskey ins Bett gelegt und versucht, Schmerz und Trauer im Rausch zu ersticken.

Aber ihr Zuhälter, das geldgeile Arschloch, hatte sie nicht weglassen wollen. Jetzt im Mai sei Hochsaison, hatte er getönt, die Freier würden ruckzuck abwandern, wenn sie nicht an ihrem Platz stünde. Sie würden zur Konkurrenz an der A 7 ausweichen oder zu denen um Fuhrberg. Nee, sie musste diesen neu bestückten Platz an der Landstraße zwischen Engensen und Ramlingen verteidigen. Denn es lief geradezu phänomenal. Die Kunden standen Schlange. Nicht nur Berufspendler und Kraftfahrer, auch stinknormale Bewohner aus den umliegenden Ortschaften trauten sich zu ihr. Besonders spätabends, anonym, im Schutz der Dunkelheit.

Der feiste Freier schrie und zuckte wie ein aufgespießtes Ferkel, als es ihm kam. Erst als er sich aufrichtete, merkte er, dass sie weinte. Karin Wuttkes Augen waren fest geschlossen, trotzdem hatten die Tränen ihren Weg gefunden.

»Du flennst ja!«, entrüstete sich der Mann. Ächzend rollte er sich zur Seite. »Sag bloß nicht, dass ich dir zu schwer bin.«

»Nee, nee! Is schon okay.« Sie griff nach den Kleenextüchern auf der Ablage. »Hat mit dir nichts zu tun.«

»Na hoffentlich«, sagte er mit drohendem Unterton. Er ließ sich ein Papiertuch für das Präservativ geben. »Hab schon gemerkt, dass du heute 'n bisschen komisch drauf bist. Sonst bist du … irgendwie wilder.« Seine grobe Hand schnellte vor und kniff in ihre Brustwarze.

»Lass das!«, zischte sie und schlug ihm auf die Finger. Ihre dunklen Augen funkelten böse. »Das kann ich jetzt gar nicht gebrauchen.«

»Okay, okay.« Er griff nach seiner Unterhose. »Prinzessin ist sauer. Dann hau ich jetzt lieber ab.« Rasch zog er sich an und kletterte aus dem Sexmobil.

Zum Glück stand draußen kein weiterer Freier. Obendrein ging es schon auf Mitternacht zu, Karin Wuttke konnte also Feierabend machen. Trotzdem beschloss sie, die Spuren ihres Kummers zu beseitigen, bevor sie heimfuhr. Die Schminke war verlaufen, sie sah verheult aus.

Es dauerte eine Weile, bis sie ihr Äußeres einigermaßen wieder hergerichtet hatte. Als sie sich ihr feines pechschwarzes Haar kämmen wollte, stellte sie fest, dass der Kamm verschwunden war. Bei der Suche durchwühlte sie das halbe Fahrzeug und fand im Handschuhfach zwar nicht den Kamm, dafür aber das seit heute Mittag vermisste Handy. Ihr Privathandy.

Vor der Schicht hatte sie mit dem Sexmobil einer Werkstatt in Ehlershausen einen Besuch abgestattet. Der Ölwechsel war fällig gewesen. Beim Herauskramen des Servicebuches musste sie aus Versehen ihr Handy im Handschuhfach verbuddelt haben. Neben dem Diensthandy, das immer eingeschaltet sein musste, damit ihr notorisch misstrauischer Zuhälter sie Tag und Nacht erreichen konnte, hatte sie noch ein privates. Das war während der Schicht meist auf lautlos gestellt oder ganz ausgeschaltet.

Sie drückte die Ein-Taste und gab den PIN-Code ein. Als sie die Anrufe in Abwesenheit durchging, stockte ihr der Atem. Es war ein Anruf von Laryssa dabei. Eingegangen um zwölf Uhr achtundvierzig. Mit zitternden Fingern wählte sie die 3311.

»Hallo, hier ist die Sailway-Mobilbox. Sie haben eine neue Nachricht. Zur Abfrage drücken Sie die Eins.«

Erst im dritten Anlauf traf ihr Zeigefinger das Feld mit der Eins. Karin Wuttkes Herzschlagfrequenz hatte sich verdoppelt. Sie drückte das Handy ans Ohr, dann hörte sie Laryssas gewohnt fröhlich klingende Stimme.

★★★

Um kurz vor Mitternacht erreichte er Großmoor. Nicht den Ortsteil Großmoor, der zu Adelheidsdorf gehörte, sondern das westlich davon gelegene Waldgebiet, das bereits jenseits der Landkreisgrenze in der Region Hannover lag.

Der Marsch durch den Hastbruch war ohne Probleme verlaufen. Janoske war immer wieder durch Wasser führende Gräben gewatet. Sein Respekt vor den Spürhundenasen war enorm. Außerdem hatte er aus Vorsicht nicht die kürzeste gerade Route gewählt, sondern war in großzügigen Zickzacklinien gelaufen.

Großmoor war eines von Janoskes Lieblingsverstecken, ohne Waldwege oder andere Anbindungen an die Zivilisation. Hierhin verirrte sich selten eine Menschenseele. Die Gegend galt als das einsamste und unberührteste Waldgebiet weit und breit. Zu unwegsam war das ehemalige Moor- und Sumpfgebiet, auf dem jetzt ein rund vierzigjähriger Birken-Kiefern-Mischwald stockte. Die knapp zweihundert Hektar große Fläche wurde im Norden von der sogenannten »Hasenbahn«, der ICE-Strecke Hannover-Hamburg, und im Süden von der Wettmarer Gemarkung begrenzt. Die nächsten Ortschaften dort waren Ehlershausen, Ramlingen und Engensen.

Für die Forstwirtschaft waren die Waldparzellen uninteressant, da die Flächen für Maschinen nicht zugänglich waren. Auch privaten Brennholzsammlern war es zu mühselig, das geschlagene Holz Hunderte Meter weit zu schleppen. Selbst die Jäger, die ansonsten in jedem erdenklichen Busch herumkrochen, ließen dieses Gebiet unbehelligt. Es war ihnen geradezu heilig, denn Großmoor galt als ideales Rückzugsgebiet, Tageseinstand und Kinderstube des Rotwildes. Im vergangenen Herbst hatte Janoske eines Morgens ein Rudel von über hundert Stück gesehen. Wie auf eine Perlenschnur aufgereiht, waren sie über einen abgeernteten Acker gewechselt – die Serengeti ließ grüßen. Das Rotwild war auf dem Rückweg vom Ramlinger Wald, wo die Tiere im Schutze der Nacht in den Forstkulturen nach Nahrung gesucht hatten.

Durch eine Lücke in der Wolkendecke lugte der halbe Mond, als Janoske sein Versteck erreichte. Neben einer knorrigen Zwillingsbirke ging er in die Knie und wühlte mit den Händen im Laub des vergangenen Herbstes.

Schon bald legte er einen leeren Kunstdüngersack frei und hob ihn auf. Darunter kamen drei kurze Holzbretter zum Vorschein, die dicht beieinanderlagen. Eins nach dem anderen legte er zur Seite. Ein gullischachtgroßes Erdloch tat sich auf, in das er sich mit den Füßen zuerst hineinzwängte.

Als nur noch der Kopf aus dem Erdreich ragte, nutzte Janoske das fahle Mondlicht zu einem letzten Rundum-Kontrollblick. Dann tauchte er ab; sichtbar waren nur noch seine Hände, mit denen er Bretter und Laub wieder halbwegs in ihre alte Position bugsierte. Da in der Nacht nicht mit Regen zu rechnen war, faltete er den Kunstdüngersack und nahm ihn mit sich hinab in die Höhle. Am Fuße der knorrigen Zwillingsbirke kehrte wieder Ruhe ein.

Im Schein seiner Taschenlampe schaute er sich um. Zwei prall gefüllte Plastiktüten und ein Müllsack lagen in einer der

Ecken. Es schien noch alles so zu sein, wie er es beim letzten Mal verlassen hatte. Er nahm Schlafsack und Isomatte aus dem Müllsack und breitete sie auf dem Reisigteppich aus, der den Höhlenuntergrund bildete.

Das Erdloch als Höhle zu bezeichnen, war eigentlich übertrieben. Handelte es sich doch eher um ein grabähnliches, zwei Meter langes, gut einen Meter tiefes und fast ebenso breites Loch. Als strategisches Versteck und Nachtlager jedoch erfüllte es seinen Zweck. Janoske konnte ausgestreckt darin liegen und bekam durch die Ritzen in den Brettern über sich genügend Luft. Er hatte Trinkwasser, eine Notration Essen und nützlichen Kleinkram wie Kochgeschirr, Klappspaten, Nähzeug et cetera in dem Erdloch gebunkert. Hier konnte er es schon ein paar Tage aushalten.

Bevor er sich schlafen legte, schaltete er sein Transistorradio ein. Auf irgendeinem Privatsender liefen gerade die Mitternachtsnachrichten. Der Sprecher berichtete von einem Mordfall am vergangenen Tag. Dabei konnte es sich nur um Laryssa handeln, das ahnte Janoske bereits nach wenigen Worten.

»… gehen die Ermittler von der Polizeiinspektion Celle davon aus, dass es sich um ein Gewaltverbrechen handelt. Ein in Verdacht geratener Mann, womöglich nur ein Zeuge des Verbrechens, ist vom Tatort bei Allerhop geflohen. Nach ihm wird intensiv gefahndet. Das Opfer, eine aus Weißrussland stammende Prostituierte, wurde allem Anschein nach mit einem handelsüblichen Blumendraht erdrosselt …«

Janoske schnellte hoch wie eine Sprungfeder. Krachend stieß sein Kopf gegen die Bretter über ihm. Ohne den stechenden Schmerz an der Stirn zu beachten, schaltete er seine Taschenlampe ein. Hektisch durchwühlte er den Rucksack. Als er wenig später die Rolle mit dem grünen Blumenbindedraht in den Händen hielt, wurde ihm speiübel.

★★★

»Ich hab gerade erst mein Handy wiedergefunden.« Nicht nur Karin Wuttkes Finger, auch ihre Stimme zitterte vor Aufregung. »Ich hatte es im Wagen verbaselt, im Handschuhfach. Konnte erst jetzt die Mailbox abhören. Da war … da war 'ne Mitteilung drauf, von Laryssa.«

Am anderen Ende blieb es still. Nur ein lang gezogener Seufzer war zu hören.

»Und?«, fragte endlich eine männliche Stimme.

»Sie …« Karin Wuttke schluchzte auf. Mit tränenerstickter Stimme erklärte sie: »Der Anruf muss kurz vor ihrem Tod …« Wieder schluchzte sie.

»Reiß dich zusammen.« Die Stimme des Mannes klang hart.

Karin Wuttke holte tief Luft. »Erst hat sie nur so geplaudert, belangloses Zeug halt. Dann machte sie Schluss, weil ein Auto vorfuhr.«

»Hat sie gesagt, wer da gekommen ist?«, kam es wie aus der Pistole geschossen. Seine Stimme überschlug sich fast.

»Ja … hat sie.« Sie zögerte.

»Na red schon!«

Wieder rang Karin Wuttke nach Luft. Es dauerte einen Moment, bevor sie antwortete. »Es … es war dein Auto«, sagte sie.

Am anderen Ende der Leitung blieb es einen Moment totenstill. Dann polterte der Mann los: »Na klar war es mein Auto, ich bin ja auch bei ihr gewesen. Das weiß ich doch selber. Gegen Mittag. Da war sie noch quietschfidel und lebendig.« Er lachte gequält. »Mensch, ich dachte schon, du hast Neuigkeiten und präsentierst mir ihren Mörder. Und jetzt so was.«

»Sorry«, erwiderte Karin Wuttke kleinlaut. »Ich dachte ja nur, weil …«

»Hast du das sonst schon jemandem erzählt?«, unterbrach er sie barsch.

»Was?«

»Das mit der Nachricht von Laryssa.«

»Nee. Ich wollte erst mal dich anrufen.«

»Gut.« Er schnaufte erleichtert auf. »Dann halt auch weiterhin schön den Mund, hörst du? Kein Wort zu niemandem. Vor allem kein Sterbenswörtchen zur Polizei.«

»Aber warum denn?«

»Ich …« Er stockte. »Da ist was Ungeheuerliches im Gange«, erklärte er dann. »Wenn ich dir das erzähle, wirst du's verstehen.

Aber das geht nicht am Telefon, das ist mir zu heikel. Am besten komme ich noch schnell vorbei.«

»Jetzt noch?«

»Aber klar. Bin schon so gut wie unterwegs.«

»Geht's um Laryssa?«

»Natürlich, um wen denn sonst? Also, rühr dich nicht von der Stelle. Mach deine Liebesschaukel dunkel und telefonier mit niemandem. Ich bin gleich da. Du wirst staunen. Aber das muss unter uns bleiben. Klar?«

»Eigentlich hab ich längst Feierabend …«

»Mensch, Karin!«, brauste er auf. »Wenn Laryssa dich hören könnte. Es geht um ihren Tod, und du denkst nur an Feierabend.«

»Schon gut«, sagte sie leise. »Ich bleibe. Aber beeil dich.«

★★★

Er konnte einfach keinen Schlaf finden. Auf dem Rücken liegend, die Arme über der Brust verschränkt, starrte er auf die Bretterwand über sich. Durch deren Ritzen drangen schummriges Mondlicht, modrige Feuchtigkeit und kühle Nachtluft in sein Versteck.

Die Nachricht aus dem Radio, dass Laryssa mit einem Blumendraht erdrosselt worden war, hatte ihn hart getroffen. Als hätte er heute nicht schon genug unangenehme Überraschungen erlebt. Was wurde hier bloß gespielt? Und was für eine Rolle spielte er in diesem Kriminalstück?

Zunächst war er beim Spannen erwischt worden, an einem Ort, an dem gerade eine Prostituierte ermordet worden war. Er, der erfahrenste und eigentlich unsichtbarste Trapper des Wietzenbruchs, war auf so ein Greenhorn aus der Stadt hereingefallen. Zu allem Überfluss hatte der Bursche auch noch Fotos von ihm geschossen, sicher professionell gemachte, lupenreine, hochauflösende Porträts.

Janoskes Magen grummelte laut vor Aufregung – und Unbehagen. Klar, dass er sich nicht wegen seiner Spannerei, sondern vor allem durch seine Flucht verdächtig gemacht hatte. Doch damit nicht genug, nun hatte der Mörder auch noch Blumendraht als

Werkzeug benutzt. Blumendraht der Art, von der er ständig eine Rolle mit sich führte. Er verwendete ihn für die Schlingenjagd oder um Unterstände aus Zweigen zu basteln.

Zufälle? Oder legte da jemand gezielt falsche Spuren, die bewusst in seine Richtung wiesen? Doch wer zum Teufel machte so etwas?

Natürlich nur der Mörder selbst.

Seine rechte Hand schnellte hoch und stieß ein Brett zur Seite. Er wollte laut schreien vor Wut – und Angst. Doch im letzten Augenblick beherrschte er sich. Eilig entfernte er die übrigen Bretter und richtete sich auf. Schlafen konnte er noch am Tage zur Genüge. Jetzt fehlte ihm die Ruhe dazu. Sollte er ganz aus der Gegend verschwinden? Die Dunkelheit nutzen, um sich möglichst weit vom Ort des Verbrechens zu entfernen? Das war in seiner Situation wohl das Schlauste.

Er hätte nicht herkommen sollen. Selbst hier in Großmoor war er nicht mehr sicher.

Im benachbarten Ehlershausen gab es einen kleinen Sportflugplatz. Bei dem derzeitigen Bilderbuchwetter würden morgen sicher wieder ein paar von diesen vermaledeiten Segelflugzeugen aufsteigen. Die Piloten, die lautlos und nichtsnutzig über der Landschaft kreisten, hatten fast alle ein Fernglas dabei, mit dem sie neugierig in der Gegend herumglotzten. Vielleicht war die Nachricht auch schon zu ihnen durchgedrungen, dass man im Wietzenbruch einen Prostituiertenmörder jagte – ihn, den Waldschrat, und sie hielten nach ihm Ausschau.

Voller Unruhe brach Janoske auf. Im Nu hatte er seine Erdhöhle wieder verschlossen und getarnt. Den Überlebensrucksack mit dem Nötigsten über den Schultern, lief er nach Süden. Ohne erkennbares Ziel.

Richtung Ramlingen und Engensen.

★★★

Er hatte sich beeilt. So, wie sie es gewünscht hatte.

Nur zehn Minuten nach dem Telefonat rollte sein Wagen auf den Parkplatz. Das Sexmobil stand unbeleuchtet im Dunkeln – wie verabredet. Weit und breit war kein anderes Auto zu sehen.

Im Scheinwerferlicht konnte er erkennen, dass Karin nicht im Fahrerhaus saß. Dort wartete sie gewöhnlich auf Kundschaft, verführerisch nur mit Spitzen-BH und Slip bekleidet, angestrahlt von einer roten Lichterkette.

Sie hat sich nach hinten zurückgezogen, vermutete er.

Um keine Spuren zu hinterlassen, blieb er mit seinen Reifen auf dem Asphalt. Als er den Wagen hinter dem Sexmobil stoppte, glaubte er zu sehen, wie sich die Jalousie am Heck bewegte. Sie hatte sein Kommen also bemerkt. Nach einem kurzen Kontrollblick in den Fußraum, wo eine Rolle Blumendraht und ein Paar Arbeitshandschuhe lagen, öffnete er die Fahrertür und stieg aus.

Es fiel schummriges Licht aus dem Innenraum des Sexmobils auf den Fußtritt und den schäbigen Läufer davor. Karin Wuttke erwartete ihn in der geöffneten Tür. Sie hatte sich eine Strickjacke übergezogen. In der rechten Hand hielt sie eine glimmende Zigarette.

»Da bist du ja endlich«, sagte sie und blies ihm provokativ den Qualm ins Gesicht. Er registrierte eine leichte Alkoholfahne.

»Lass das«, rief er verärgert. »Du weißt, dass ich das überhaupt nicht mag. Außerdem solltest du nicht trinken, wenn du noch fahren musst.«

Sie schmollte. »Ein winziges Gläschen auf Laryssa wird man sich wohl noch genehmigen können.«

»Das kannst du auch zu Hause«, blaffte er.

»Oh, der Herr ist gereizt.« Sie setzte ihren Schlafzimmerblick auf. »Soll ich erst mal für Entspannung sorgen?« Ihre zigarettenlose, mit blutrot lackierten Fingernägeln versehene Linke näherte sich lasziv seinem Schritt.

»Was soll der Quatsch?« Er drängte sie beiseite und stieg in das Sexmobil.

»Okay, okay! War ja nur gut gemeint.«

»Bist du allein?«, fragte er unwirsch, während er seinen Blick durchs Wageninnere schweifen ließ.

»Natürlich, oder siehst du hier wen?« Plötzlich wirkte auch

sie gereizt. »Liliputaner, die in den Bettkasten passen, gehören gewöhnlich nicht zu meiner Klientel.«

Er schaute sie schweigend an.

»Was is jetzt?«, drängte sie. »Ich will weg, es ist schon spät. Was willst du mir so Wichtiges sagen?«

»Geduld, Geduld.« Er lächelte so verbindlich, wie es irgend ging. »Bin gleich wieder da. Hole nur noch was aus dem Auto.«

★★★

Normalerweise sah man Werner Wohlfahrt seinen Beruf nicht an. Wenn man bei »Zuhälter« überhaupt von Beruf sprechen konnte. Wohl eher von Beschäftigung oder Tätigkeit.

Sein Äußeres ähnelte dem eines Versicherungsangestellten oder eines Verwaltungsbeamten im mittleren Dienst: unauffällig gekleidet, schmächtig im Wuchs, gescheitelte dunkelblonde Frisur, blasser Teint. Nur die wachen, in besonderen Situationen gefährlich aufblitzenden Augen verrieten sein wahres Naturell. Und den knallharten und skrupellosen Geschäftsmann.

Mit achtzig Stundenkilometern rauschte Wohlfahrt durch das nächtliche Nienhagen. Es war weit nach Mitternacht, und auf den Straßen war so gut wie nichts los. Er lenkte einen silbernen Mercedes Vito, einen Kleintransporter. Auch die Wahl des Fahrzeuges entsprach kaum gängigen Zuhälterklischees.

Wohlfahrt dachte und handelte pragmatisch und erfolgsorientiert. Für Gefühle und Geschmäcker war in seiner Welt wenig Platz. Er hatte sich bei dem Vito für die Mixto-Version entschieden, da man damit sowohl Personen als auch Ladung transportieren konnte. Die Personen waren meist seine »Mädchen«, wie er sie nannte. Zurzeit hatte er drei davon. Die in der Regel großvolumige Ladung konnte aus Matratzen, Stromaggregaten, Gasflaschen, Dieselkanistern und Ähnlichem bestehen – aus allem, was man für den Betrieb von Sexmobilen so benötigte.

Mit dem Handy am Ohr erreichte er die Ortsausfahrt und beschleunigte mit durchgetretenem Gaspedal auf hundertdreißig Stundenkilometer. Sein Gesichtsausdruck war alles andere als entspannt. Wieder hatte sie das Gespräch nicht angenommen.

Seit über einer Stunde war Karin überfällig. Das war äußerst ungewöhnlich. Eigentlich die Zuverlässigkeit in Person, meldete sie sich in regelmäßigen Abständen per Handy und sagte Bescheid, wenn sie Feierabend machte und nach Hause fuhr.

Wohlfahrt kümmerte sich mit besonderer Umsicht um seine Mädchen, gerade jetzt im Mai, wo wegen der länger werdenden Tage der Dienst oft bis Mitternacht ging und die Kasse gut gefüllt war.

Hoffentlich hatte sie keinen Ärger. So wie im vergangenen Winter, als ein Freier sie überwältigt und zwei Stunden in seiner Gewalt gehabt hatte. Weil auf den Straßen wegen Blitzeis fast nichts mehr ging, hatte der Fernfahrer mit seinem Brummi den Parkplatz aufgesucht und sein Vehikel neben Karins Sexmobil abgestellt. Sie waren rasch ins Geschäft gekommen, doch der Trucker hatte mit Karin unbedingt in seiner eigenen Koje vögeln wollen. Er behauptete steif und fest, er würde in ihrem Wagen, wo sie es schon mit so vielen anderen Männern getrieben hätte, keinen hochbekommen. Es war kurz vor Weihnachten, und Karin hatte in vorfestlicher Geberlaune schließlich eingewilligt. Doch kaum hatte sie sich im Laster entkleidet, fiel der Perversling über sie her. Nachdem er ihr das Handy abgenommen hatte, begann ein zweistündiges Martyrium mit Schlägen und mehrfachen Vergewaltigungen. Sie hatte Todesängste ausgestanden. Nur durch Zufall war Wohlfahrt dazugekommen und hatte sie befreit. Den Fernfahrer, der gut einen Kopf größer war als er, hatte er mit dem Schlagring bearbeitet, bevor er ihn blutüberströmt und mit gebrochener Nase den Bullen überlassen hatte.

Zum Glück gab es die neue B 3, die autobahnähnliche Schnellstraße, die ihn in wenigen Minuten nach Ehlershausen brachte. Von hier war es nicht weit bis zu Karins Stellplatz, wenn nicht – wie in einer solchen Situation kaum anders zu erwarten war – in Ehlershausen mal wieder die Bahnschranken die Straße versperrten. Er fluchte Stein und Bein, als sich seine Befürchtung bewahrheitete und einer der ellenlangen Güterzüge, die diese Strecke vornehmlich in der Nacht befuhren, langsam in der Dunkelheit an ihm vorbeiratterte.

Sieben Minuten später erreichte Wohlfahrt den an einem

Wäldchen gelegenen Parkplatz, ein Überbleibsel der alten K 117, nachdem diese zwischen Engensen und Ramlingen begradigt worden war.

Das Sexmobil stand unbeleuchtet an seinem Platz. Allein. Das war kein gutes Zeichen. Wäre ein weiteres Fahrzeug zu sehen, hätte er einen späten Freier vermutet. Und alles wäre in Butter gewesen. Doch so ...

Wenn ihre Schicht um war, fuhr Karin normalerweise mitsamt ihrem Arbeitsplatz nach Hause. Sie konnte sehr gut mit dem ausrangierten Wohnmobil umgehen. Und Wohlfahrt hatte schlechte Erfahrungen damit gemacht, die Fahrzeuge allein und ohne Aufsicht auf ihrem Stellplatz in der Walachei zurückzulassen.

Er stoppte seinen Vito direkt hinter dem Sexmobil und ließ Motor und Scheinwerfer eingeschaltet. Langsam, als würde irgendwo im Dunkeln eine Gefahr lauern, stieg er aus. Aus der linken Jackentasche holte er das Pfefferspray, das er für alle Fälle für sich und seine Mädchen angeschafft hatte.

Vorsichtig näherte er sich der Seitentür.

»Karin!«, rief er verhalten und klopfte an die Tür. Vielleicht hatte sie ja doch noch Kundschaft, einen Freier aus Engensen oder Ramlingen, der den Weg hierher zu Fuß oder mit dem Fahrrad zurückgelegt hatte.

Er klopfte abermals. Nichts rührte sich.

Kurz entschlossen riss er die Tür auf, nahm die zwei Stufen mit einem Schritt und knipste das Licht an.

SIEBEN

Der Himmel über Celle war wolkenlos.

Noch wehte ein kühler Morgenwind durch die Gassen der Heide-Metropole, doch die Sonnenstrahlen erwärmten die Luft von Minute zu Minute mehr. Der Wetterbericht hatte prognostiziert, dass es wie bereits am Vortag einen frühsommerlichen Maitag geben würde.

Im Besprechungsraum des Fachkommissariats I, hoch oben im sechsten Stock der Polizeiinspektion, herrschte dicke Luft. Auf dem Tisch lag die aktuelle Ausgabe der Celleschen Zeitung.

»So eine Sauerei«, fluchte Mendelski. »Wie konnte das passieren?« Er nahm die Zeitung in die rechte Hand und wies auf die Schlagzeile. »›Prostituierte mit Blumendraht erwürgt.‹ Wie kommt der Schriewe an diese Insider-Information? Wer hat da gequatscht?« Knallend landete die Zeitung wieder auf der Tischplatte; Kaffeetassen und Löffel klapperten.

Strunz, Kleinschmidt, Ellen Vogelsang und Maike Schnur schauten sich mit großen Augen an. Ihre Gestik und ihr Schweigen demonstrierten Ahnungslosigkeit.

Mendelski tobte. »Im Radio haben sie es auch schon gebracht! Wer hatte gestern alles Zugang zu der Leiche? War der Schriewe etwa im Wohnmobil?«

»Nie im Leben«, wehrte Strunz ab. »Das hätten wir mitbekommen. Definitiv nicht.«

Kleinschmidt sprang ihm bei: »Und bevor die Leiche zum Abtransport freigegeben wurde, habe ich persönlich den Draht vom Hals des Opfers entfernt und eingetütet. Selbst die Bestatter konnten davon nichts wissen.«

»Wie – denn – dann?« Mendelski schlug dreimal mit der flachen Hand auf die Zeitung, dass es krachte. »Unseren Wissensvorsprung können wir uns langsam sonst wohin stecken ...«

»Wir waren wohl einfach abgelenkt«, versuchte Maike kleinlaut, eine Erklärung zu finden. »Du hast es doch selbst mitgekriegt, die hektische Suche nach dem Flüchtigen, dann dieser schleimige Zuhälter, der Märtens – das ganze Durcheinander. Das wird Schriewe ausgenutzt haben. Der ist gewitzt …«

Doch Mendelski hatte schlecht geschlafen, war übelster Laune und nicht gewillt, Ruhe zu geben. »Der Schriewe mag gewitzt sein, aber Gedanken lesen kann er noch nicht, soweit ich weiß. Also, woher hat er diese Informationen?«

»Er hatte wohl am ehesten Gelegenheit, sich an den Förster und den Märtens heranzumachen«, sagte Heiko Strunz. »Vielleicht hat einer von denen aus dem Nähkästchen geplaudert. Wir konnten ja nicht alle einzeln bewachen.«

»Mag auch sein, dass es einer von den Streifenkollegen war«, setzte Kleinschmidt nach. »Wenn es überhaupt der Schriewe war, der den Artikel lanciert hat.«

»Nee, nee, das war schon der Schriewe. Sonst ist da doch keiner von den Schreiberlingen aufgetaucht«, blaffte Mendelski aufgebracht. »Verdammt noch mal, der darf solche Interna nicht einfach drucken! Das weiß der doch ganz genau!«

»Wahrscheinlich war er stinkig, dass seine Kamera beschlagnahmt wurde«, sagte Maike. »Schau mal, mit den Fotos von diesem Waldschrat wäre er ganz groß rausgekommen, nicht nur in Celle, sondern bundesweit.«

Mendelski sah sie groß an.

»Tja, die Tour haben wir ihm vermasselt«, meinte Ellen Vogelsang und schlug in die gleiche Kerbe: »Und dann wurde er auch noch des Platzes verwiesen. Kein Wunder, dass er so geladen ist.«

»Habt ihr das Lager gewechselt?«, fragte Kleinschmidt grinsend. »So viel Verständnis …«

»Ihr meint also, der Schriewe hat sich an uns rächen wollen?« Mendelski war nun deutlich gelassener als zuvor.

Ellen Vogelsang und Maike nickten.

»Unkollegialität als Retourkutsche … wäre doch denkbar«, schob Strunz nach.

Mendelski riss sich endlich zusammen. »Wahrscheinlich habt ihr recht. Wir … na ja, ich war anscheinend zu sehr auf die Fotos fixiert – und darauf, dass sie nicht veröffentlicht werden. Im Tohuwabohu gestern Abend haben wir's versäumt, die Presse – und hier speziell die CZ – zu kontaktieren«, er guckte betreten zu

Heiko Strunz hinüber, »und sie zu informieren, was sie schreiben darf und was nicht. Das muss ich wohl auf meine Kappe nehmen.«

★★★

»NDR Hannover, Feldmanns, guten Morgen. Ich möchte den Leiter der Ermittlung im Fall der ermordeten Prostituierten sprechen.« Die sonore Stimme sprach schnell, aber trotzdem verständlich.

Die Beamtin in der Polizeiinspektion Celle hakte nach. »Wer ist da bitte?«

»Mein Name ist Feldmanns, ich bin ›Aktuell‹-Redakteur bei Radio Niedersachsen vom NDR in Hannover und möchte mit dem Leiter der Ermittlung im Sexmobil-Mord sprechen.« Der Mann klang eine Spur ungeduldig.

Die Polizistin blieb gelassen. »Die Kollegen arbeiten intensiv an der Aufklärung dieses Verbrechens. Den derzeitigen Stand der Ermittlungen – oder besser das, was es derzeit darüber zu sagen gibt, kennen Sie sicher bereits.«

»Die dürre Pressemitteilung von heute Morgen meinen Sie?« Der Redakteur schaltete um auf Öffentliches-Interesse-Modus. »Unsere Hörer, also die Steuerzahler, die auch für Ihr Gehalt aufkommen, würden sicher gern mehr wissen. Vor allem geht es ja wohl darum, ob es sich bei dem Mörder um einen Triebtäter handeln könnte, vor dem man sich …«

Die Polizistin unterbrach ihn energisch. »Das sind reine Spekulationen – kein Kommentar.«

»Es ist also niemand zu erreichen?«

»Sie kennen das doch: Bei laufenden Ermittlungen …«

Der erfahrene Journalist aktivierte seinen ganzen Charme. »Verraten Sie mir doch wenigstens den Namen des verantwortlichen Beamten«, säuselte er.

»Wissen Sie was? Faxen Sie mir Ihre Kontaktdaten – Durchwahl, Handynummer und so –, dann lege ich das meinem Kollegen auf den Schreibtisch. Vielleicht … vielleicht meldet er sich dann bei Ihnen.«

★★★

Strunz wies auf den roten Aktendeckel neben der Zeitung. »Mal zurück zu unseren Aufgaben. Was sagt denn der Obduktionsbericht? Handelt es sich bei dem Draht überhaupt um die Tatwaffe?«

Mendelski klappte die Akte auf. »Frau Dr. Grote ist gestern Abend noch fleißig gewesen«, sagte er anerkennend, setzte die Brille auf und studierte das Blatt vor sich. »Der vorläufige Obduktionsbericht besagt, dass Laryssa Ascheschka durch Strangulierung mit einem Draht zu Tode gekommen ist. Die Tatzeit wurde auf gestern, dreizehn Uhr plus/minus eine halbe Stunde festgelegt. Hämatome am Rücken und im Schulter- und Oberarmbereich weisen darauf hin, dass der Täter wahrscheinlich auf seinem Opfer gekniet hat. Außer Hautabschürfungen an den Schienbeinen und an zwei Fingern der rechten Hand sowie zwei abgebrochenen Fingernägeln gibt es keine Anzeichen auf weitere Gewalteinwirkung.«

»Reicht ja auch, oder?«, kommentierte Maike, die ihren Block vollkritzelte, leise.

»Bevor ich es vergesse«, Mendelski schaute auf die Rückseite des Blattes in seiner Hand. »Unter den abgebrochenen Fingernägeln hat Frau Dr. Grote winzige braune Fasern gefunden. Das Labor ist dabei zu klären, ob es sich um Fasern der Decke aus dem Sexmobil oder um etwas anderes handelt. Es sind jedenfalls nicht die Hautpartikel ihres Mörders.«

»Der Täter wird feste Handschuhe getragen haben«, bemerkte Strunz. »Aus Leder oder Arbeitshandschuhe. Bei dem dünnen Draht hätte er sich sonst die Hände verletzt. Es hätte eine blutende Wunde gegeben, und das Blut hätten wir gefunden. Da war aber nichts.«

Mendelski nickte. »Weiter meint unsere Gerichtsmedizinerin, dass es bei dem Opfer keine Anzeichen von Drogen-, Alkohol-, Nikotin- oder Medikamentenkonsum gegeben hat. Laryssa Ascheschka schien diesbezüglich sauber zu sein, was für ihr Metier höchst ungewöhnlich ist. Dass keine Spuren einer gewaltsamen Penetration vorliegen, wussten wir ja schon. Fragen?«

»Was ist eigentlich mit —« Ellen Vogelsang konnte ihre Frage nicht zu Ende stellen. Nach einem beherzten Klopfen wurde die

Tür aufgerissen, und Steigenberger, der Leiter der Polizeiinspektion, stürmte herein.

»Sorry, wenn ich störe«, rief er aufgeregt, während er mit einem Zettel in der Luft herumfuchtelte. »Es gibt schlimme Nachrichten – ein weiterer Prostituiertenmord.«

Maike hatte sich als Erste wieder gefangen. »Etwa wieder in einem Sexmobil?«

Steigenberger nickte atemlos.

★★★

Verabredet hatten sie sich auf dem Hinterhof einer Kfz-Werkstatt in Altencelle. Punkt zehn Uhr. Der Mercedes brauchte einen neuen Auspuff, da bot es sich an, die Wartezeit für einen Krisengipfel zu nutzen.

Beckewitz hatte Wohlfahrt sofort angerufen, nachdem er in den Rundfunknachrichten von dem Mord bei Engensen gehört hatte. Der zweite Mord an einer Prostituierten in der Region innerhalb eines Tages hatte bei ihm sämtliche Alarmglocken läuten lassen. Es war höchste Zeit, dass sich die betroffenen Zuhälter zusammensetzten und Kriegsrat hielten.

»Mann, Werner, du siehst richtig scheiße aus!«, empfing Beckewitz seinen Kollegen aus Nienhagen.

Die beiden Zuhälter kannten sich seit Jahren, waren aber weder Freunde noch Konkurrenten. Jeder hatte sein Terrain: Beckewitz beackerte den Osten des Landkreises Celle, Wohlfahrt den Süden und das angrenzende Gebiet in der Region Hannover. Beide betrieben jeweils drei Sexmobile mit unterschiedlichen Besatzungen. Zuweilen – wenn die Freier mal wieder Frischfleisch wünschten – tauschten sie ihre Frauen aus.

»Hab die Nacht kein Auge zugetan.« Wohlfahrt, unrasiert und mit dunklen Tränensäcken, gähnte. »Bis sechs in der Früh hat die Mordkommission mich mit Beschlag belegt.«

Beckewitz reichte ihm eine Dose Red Bull. »Die Kripo Hannover?«

»Wer sonst? Engensen gehört nun mal zur Region Hannover.« Wohlfahrt öffnete die Dose mit einem Zischen.

»Erzähl schon!«

Wohlfahrt leerte die Dose mit einem Zug. »Letzte Nacht hat Karin auf meine Anrufe nicht reagiert«, begann er. »Das tut sie manchmal, wenn sie Kundschaft hat. Doch dann ruft sie später zurück. Normalerweise.«

»Wann war das denn?«

»Na, so gegen halb eins. Seit elf hatte ich nichts mehr von ihr gehört. Als sie sich bis eins immer noch nicht gerührt hatte, bin ich dann losgedüst. Hab den Bleifuß gemacht, aber ... zu spät.« Wohlfahrt knüllte die leere Dose mit einer Hand zusammen und schleuderte sie gegen eine Mauer.

»Wo haste sie gefunden? Im Wagen?«

»Ja, auf der Pritsche. Aufm Bauch. Mit 'nem Draht um den Hals. Untenrum war sie nackt. Den Slip hat die Sau ihr über den Kopf gestülpt.«

»Widerliches Schwein.« Beckewitz versuchte, Mitgefühl zu heucheln. Nach einer kurzen Pause hakte er nach: »Mit 'nem Draht, sagst du? Etwa mit so 'nem grünen Blumendraht?«

Wohlfahrt nickte. »Wie bei Laryssa. Hab's vorhin in der Zeitung gelesen.«

Beckewitz pfiff durch die Zähne. »Sieht aus, als wär's ein und derselbe Täter. Mit dem Draht ...«

»Keine Ahnung. Das werd ich aber rauskriegen, verlass dich drauf.«

Ein Handy klingelte. Beckewitz nahm das Gespräch an.

»Mach dir keinen Kopf«, brüllte er ins Telefon. »Du arbeitest heute. – Nein, reg dich bloß nicht künstlich auf. Ich hab alles im Griff. – Ja, Atze steht bei dir Schmiere. – Logo, aber sicher! – Okay. Ciao.«

»Bei dir also auch? Die Weiber kriegen's mit der Angst«, meinte Wohlfahrt. »Zwei Prosti-Morde innerhalb kürzester Zeit ... Schlecht fürs Geschäft.«

»Schlecht? Eine Katastrophe!«, schnaufte Beckewitz. »Das war Madeleine. Sie hat Schiss.«

»Wundert's dich? Is nu wirklich keine Überraschung. Haben denn die Celler Bullen schon was rausgekriegt?«

»Diese Provinzprofis? Ach was, die jagen ein Phantom. Diesen Landstreicher, der sich da im Wald rumgetrieben haben soll.«

»Den Penner, der als Zeuge gesucht wird? War der zu Fuß?«

»Was weiß ich? Sieht aber wohl so aus.«

»Wie weit voneinander entfernt standen denn unsere Mädels?«

Beckewitz überlegte. »Zehn, vielleicht zwölf Kilometer, schätze ich. Luftlinie.«

»Das schaffste locker zu Fuß. Er hatte ja den ganzen Nachmittag und Abend Zeit. Und der Draht spricht für ein und denselben Täter.«

»Also doch der Penner?«

»Warum denn nicht?«, beharrte Wohlfahrt.

»Was sagen denn die Hannoveraner Schakos?«

»Die erzählen mir doch nix. Jedenfalls wussten sie über Laryssa schon Bescheid. Wollen sich heute mit denen aus Celle treffen.«

»Und was machen wir jetzt?«

»Wir? Glaub bloß nicht, dass ich mir hier weiter die Weiber abmurksen lasse! Was hältst du davon, wenn wir ein paar Leute zusammentrommeln und selbst auf Fahndung machen?«

»Hinter dem Penner her?«

Wohlfahrt nickte. Er zog seine Sonnenbrille aus der Brusttasche, setzte sie auf seine Hakennase und murmelte: »Es muss doch möglich sein, den Bullen zuvorzukommen … Pass mal auf, ich hab da eine Idee!«

★★★

Seit Sonnenaufgang lag er wieder in seinem Versteck.

Bis zum Morgengrauen war Janoske in der Gegend herumgegeistert. Er hatte sich ein wenig ablenken wollen, um die Gedanken an den Mord, seine Entdeckung, die Flucht und die bevorstehende Hetzjagd aus seinem Kopf zu vertreiben.

Im Schutz der Dunkelheit war er zu einem Fischteich in der Nähe der Bahntrasse geschlichen. Mit Schnur, Haken und Taschenlampe hatte er in einer halben Stunde drei Forellen gefangen. Die lagen jetzt fein säuberlich ausgenommen und in

Alufolie eingewickelt neben ihm im Versteck und warteten auf das mittägliche Grillfeuer.

Inzwischen war später Vormittag. Er hatte vielleicht vier oder fünf Stunden geschlafen, mit Unterbrechungen. Immer wieder hatten ihn wilde Träume geweckt. Schweißgebadet war er aufgeschreckt und hatte sich dabei ein ums andere Mal den Schädel an den Brettern gestoßen, die sein Versteck zudeckten. Aber auch Krabbelgetier wie Ameisen, Spinnen oder Kellerasseln ließen ihn nicht unbehelligt und krochen ihm in Hosenbeine und Hemdsärmel.

Die Luft in seiner Höhle wurde zunehmend stickig. Außerdem stank es nach Fisch.

Janoske schob die Bretter ein Stück auseinander, um zu lüften. Dabei traf ihn die Sonne mitten ins Gesicht, das grelle Licht blendete ihn. Es dauerte eine Weile, bis sich seine Augen an die Helligkeit gewöhnt hatten.

Ohne den Kopf zu heben, blinzelte er in den Himmel. Durch das spärliche Grün der Birkenkronen leuchtete makelloses Blau. Kaum ein Lüftchen rührte sich. Ideales Segelflugwetter.

Er hatte den Gedanken kaum zu Ende gedacht, da tauchte rechter Hand – genau dort, wo die Sonne stand – ein Fleck am Himmel auf. Ein Fleck, der sich geräuschlos fortbewegte.

Ein Düsenklipper in großer Höhe? Ein Segelflugzeug oder gar eine Polizei-Drohne?

Wenig später wusste er es. Es war ein Segler, der lautlos am Himmel kreiste. Ein Flugzeug, das mit ziemlicher Sicherheit vom Segelflugplatz im benachbarten Ehlershausen kam. Vorsichtshalber schob Janoske die Bretter wieder dichter zusammen. Man konnte nie wissen, was für optische Hilfsgeräte der Pilot dort oben besaß, um den Grund unter sich zu erkunden.

Andererseits … es musste doch eigentlich schier unmöglich sein, aus mehreren hundert Metern Höhe sein unter Bäumen verborgenes Versteck auszumachen. Im Geiste schalt er sich einen paranoiden Angsthasen.

Trotzdem tat er gut daran, sich tagsüber versteckt zu halten. Wahrscheinlich sollte er sein Mittagslagerfeuer, das er an normalen Tagen entzündete, um zu kochen oder zu grillen, heute ausfallen lassen. Das war zu heikel in der jetzigen Situation. Naserümpfend richtete er seinen Blick auf die Forellen neben sich.

Um auf andere Gedanken zu kommen, schaltete er das Radio ein und wählte den Sender NDR1, Radio Niedersachsen. Die brachten am ehesten Nachrichten aus der Region. Vielleicht gab es Neuigkeiten im Mordfall Laryssa. Vielleicht hatten sie den wahren Mörder ja schon erwischt. Oder sie brachten inzwischen – und das wäre die schlechteste Variante – einen detaillierten Fahndungsaufruf. Ihn betreffend.

Die Nachrichten waren bereits im Gang, und die gerade verlesene Meldung übertraf all seine Erwartungen.

»… ist es zu einem weiteren Tötungsdelikt an einer Prostituierten im Raum Celle/Hannover gekommen. In einem Sexmobil an der Kreisstraße K 117 zwischen Ramlingen und Engensen wurde heute Nacht die Leiche der vierundzwanzigjährigen Karin W. aufgefunden. Vom Täter fehlt jede Spur. Erst gestern war zwischen Celle und Fuhrberg eine aus Weißrussland stammende Prostituierte in ihrem Fahrzeug getötet worden. Es ist nicht auszuschließen, dass es einen Zusammenhang zwischen den beiden Verbrechen gibt. – Das Wetter …«

Janoske schaltete das Radio aus.

»Noch eine …«, murmelte er fassungslos. »Das gibt's doch gar nicht.« Ihn schauderte bei dem Gedanken, dass es schon wieder ganz in seiner Nähe geschehen war. Der Parkplatz an der K 117 zwischen Ramlingen und Engensen war keine fünf Kilometer entfernt, und den Stellplatz des Sexmobils kannte er natürlich, auch wenn er erst seit Kurzem genutzt wurde. Der Platz taugte nicht besonders zum Spannen. Der angrenzende Wald war zu licht und das Farnkraut im Frühjahr noch nicht hoch genug, um sich darin verstecken zu können. Da gab es im Fuhrbergischen viel bessere Möglichkeiten.

Wer zum Teufel treibt da sein Unwesen?, fragte er sich. Das kann doch nur ein Triebtäter oder Irrer sein. Wer macht denn so was?

Er bekam es langsam mit der Angst zu tun. Wenn die nicht bald den wahren Täter fassten, würde die Hatz nach ihm erst richtig losgehen.

★★★

Es war gespenstisch still in der drückend heißen Mittagssonne. Rotes Flatterband mit Polizeiaufdruck, das sich kaum bewegte, versperrte die Zufahrt zum Parkplatz im Westen. Die östliche Einfahrt wurde von einem Streifenwagen blockiert, in dem zwei Polizisten, ein Mann und eine Frau, hinter verspiegelten Sonnenbrillengläsern dösten. Leere Mineralwasserflaschen und Kaffeepappbecher im Fußraum ihres Autos zeugten davon, dass die beiden hier schon mehrere Stunden Wache schoben.

Das Sexmobil stand noch immer an seinem Platz. Alle drei Türen waren mit Polizeisiegeln beklebt. Einen Steinwurf entfernt, im Schatten hoher Kiefern, parkte ein dunkelblauer Opel mit hannoverschem Kennzeichen. Aus dem heruntergekurbelten Fenster der Fahrertür lugte ein nackter Ellenbogen.

Verena Treskatis hob den Arm und schaute auf ihre Uhr. Sie runzelte die Stirn.

Jetzt ist er bereits zwanzig Minuten überfällig, schimpfte sie innerlich. Das habe ich nun von meiner Gutmütigkeit, ihn in der Dienstzeit etwas Privates erledigen zu lassen. Eine halbe Stunde wollte er fort sein, nur rasch mal nach Hause rasen, um sich frisch zu machen. Und jetzt lässt er auf sich warten. Wenn man den jungen Kollegen den kleinen Finger reicht, nehmen sie gleich die ganze Hand, dachte sie verärgert. Wenn er in fünf Minuten nicht zurück ist, rufe ich ihn an.

Ronald Neumann, frischgebackener Kriminalkommissar, war ihr erst vor Kurzem zugeteilt worden. Er bevorzugte den Vornamen Ronny, kleidete sich für einen Polizeibeamten fast übertrieben elegant und wohnte in der noblen Waldsiedlung Engensen-Lahberg, also gleich um die Ecke, keine drei Kilometer von dem Parkplatz entfernt. Nach der morgendlichen Lagebesprechung in Hannover waren sie mit zwei weiteren Kollegen von der Spurensicherung noch einmal zum Tatort gefahren, um den Parkplatz und seine Umgebung bei Tageslicht zu begutachten. Die Kollegen hatten noch etliche Gegenstände sichergestellt – vor allem Kleinmüll wie Zigarettenkippen, Bonbonpapier oder Kronkorken – und waren wieder zurück nach Hannover gefahren. Treskatis und Neumann waren geblieben, denn sie hatten sich auf dem Parkplatz mit der Celler Kripo verabredet. Da beide vergangene Nacht nur wenige Stunden Pause gehabt hatten, war sie so großzügig gewesen, Neumanns Bitte ausnahmsweise zu genehmigen. Aber im Grunde sollte er sich mal ein Beispiel an ihr nehmen. Auch sie hatte in den letzten vierundzwanzig Stunden keine Dusche gesehen und lediglich zwei Stunden geschlafen.

»Na, wenigstens die Celler sind pünktlich«, murmelte Treskatis, als sie im Rückspiegel den anthrazitfarbenen Passat mit dem CE im Kennzeichen auf sich zurollen sah. Sie öffnete die Wagentür.

Der Passat stoppte hinter ihrem Auto und erwischte so gerade noch einen Schattenplatz. Mendelski und Maike Schnur stiegen aus.

»Na, so mutterseelenallein?«, begrüßte Mendelski sie mit einem schelmischen Grinsen. Sie erhob sich von ihrem Sitz und verzog das Gesicht, weil ihr das rechte Knie mal wieder zu schaffen machte. Sie schüttelten sich die Hände.

»Schön, dich zu sehen, Verena. Auch wenn der Grund alles andere als schön ist.«

»Ganz meinerseits, du alter Charmeur.« Treskatis begrüßte auch Maike. Um ihr lädiertes Knie zu schonen, lehnte sie sich an den Kotflügel ihres Wagens. Der Schmerz im Bein verflog genauso schnell, wie er gekommen war. »Eigentlich sind wir ja zu zweit hier«, sie zuckte mit den Schultern, »aber ich habe keine Ahnung, wo mein neuer Kollege bleibt. Er ...« Sie schaute zur Landstraße, wo in diesem Moment ein schwarzer Peugeot 305 herangebraust kam, abbremste und mit quietschenden Reifen in den Parkplatz einbog. »Da kommt er ja endlich.«

Der Peugeot kam direkt neben ihnen zum Stehen. Mit gehetztem Gesichtsausdruck und wehenden blonden Haaren sprang Neumann heraus.

»Ich bin untröstlich«, japste er, während er die Autotür ins Schloss warf. Er war groß, schlaksig, braun gebrannt und bemerkenswert gut aussehend. »Die Verspätung ist unverzeihlich.«

»Das sehe ich allerdings genauso«, erwiderte Verena Treskatis streng. Demonstrativ hielt sie ihm ihre Armbanduhr unter die Nase. »Und?«

Neumann schaute verdutzt. Erst auf Treskatis, dann auf Mendelski und zum Schluss auf Maike. An ihr blieb sein Blick am längsten hängen.

»Was ›und‹?«, erwiderte er trotzig, ohne den Blick von Maike zu nehmen. Ungeniert musterte er sie von oben bis unten. Ihre kecke Stoppelfrisur, die nackten Schultern mit der Tätowierung, die hautengen Jeans. Etwas zu ungeniert.

»Ich hätte gern eine Erklärung für Ihr Zuspätkommen«, beharrte Treskatis, während Maike mehr und mehr das Gefühl bekam, als zöge der Kollege sie mit seinen Blicken aus. Genervt schaute sie zur Seite, hielt sich aber mit frechen Bemerkungen zurück. Dabei hätte sie Neumann am liebsten irgendwohin getreten.

»Bitte nicht vor allen Leuten«, konterte der Gescholtene mit gespielter Entrüstung. »Meine Verspätung hatte rein private Ursachen. Ich erzähle es Ihnen später, wenn wir allein sind.«

Unvermittelt sprach er Maike an: »Sie müssen eine Kollegin des Mordopfers sein.«

Maike fiel die Kinnlade herunter. So etwas Unverfrorenes war ihr noch nie zu Ohren bekommen. Mit weit geöffnetem Mund rang sie um Fassung, brachte aber kein einziges Wort heraus. Es hätte nicht viel gefehlt, und sie hätte das mit dem In-den-Schritt-Treten wahr gemacht. Mendelski schaute derweil gen Himmel und gab sich alle Mühe, nicht laut loszuprusten.

»Mensch, Neumann!«, donnerte Treskatis in einer Lautstärke, die man der zierlichen Frau nicht zugetraut hätte. »Ihre Ahnungslosigkeit wird nur noch von Ihrer Unverschämtheit überboten!« Sie wurde derart laut, dass die beiden Streifenpolizisten, die gut hundert Meter entfernt an der Parkplatzeinfahrt in ihrem Wagen Wache schoben, verwundert aus den Fenstern schauten. »Wie haben Sie überhaupt die Aufnahmeprüfung zur Polizeischule geschafft?«

»Moment«, fuhr Mendelski rasch dazwischen, um die Situation zu entschärfen. Er zeigte knapp auf Maike, dann auf sich. »Schnur – Mendelski. Wir sind von der Polizeiinspektion Celle, Fachkommissariat I.« Ironisch, aber höflich hängte er an: »Und wer bitte sind Sie?«

»Neu … Neumann«, stotterte der junge Mann, den alle Selbstsicherheit mit einem Schlag verlassen zu haben schien. Sein Gesicht nahm die Farbe einer reifen Tomate an, die Augen flackerten unstet. »Ronny Neumann, Kriminal- äh … Kriminalkommissar, vom ZKD Hannover.«

»Sehr schön. Dann kennen wir uns ja jetzt.« Mendelski wirkte amüsiert. Maliziös grinsend fuhr er fort: »Zu Ihrer Orientierung: Frau Kriminaloberkommissarin Schnur ist keine Prostituierte, und ich bin keineswegs ihr Zuhälter, falls Sie das angenommen haben sollten.«

»Ähm.« Neumanns Gesichtsfarbe changierte ins Tiefrote. »Tut mir leid. Ich wollte … ich dachte …«

»Ach, tun Sie nicht so, als könnten Sie das«, fuhr Treskatis verärgert dazwischen. »Halten Sie besser den Mund.«

»Okay, okay.« Neumann trat einen Schritt zurück. Er spielte die beleidigte Leberwurst, verschränkte die Arme vor der Brust und warf den hübschen Kopf in den Nacken.

Wenn Blicke töten könnten, wäre er in diesem Moment durch Maikes stechende Augen tausend qualvolle Tode gestorben.

Mendelski fand als Erster zur Sachlichkeit zurück. »Wo können wir in Ruhe reden?«

»Dort drüben sind Bänke und ein Tisch.« Treskatis wies mit der Hand zu einer Gruppe Eichen. »Da gibt es auch Schatten.«

★★★

Kürzlich war er zufällig auf einen Artikel in der Hannoverschen Allgemeinen Zeitung gestoßen, in dem von einer verschwundenen jungen Frau aus Großburgwedel berichtet wurde. Darin hatte die ermittelnde Polizeibehörde beklagt, dass das Gesetz zur anlasslosen Datenvorratsspeicherung im letzten Jahr gekippt worden war. Bis dahin waren Telekommunikationsanbieter gezwungen gewesen, IP-Adressen von Computern und Verbindungsdaten von Handys verdachtsunabhängig sechs Monate lang zu speichern. Die Gesetzesänderung erschwerte die Suche nach der jungen Frau enorm. Denn obwohl die vermisste Person, die sich in sozialen Netzwerken getummelt und ihr Handy häufig benutzt hatte, Spuren zuhauf hinterlassen haben musste, konnte man auf diese Daten nun nicht mehr zurückgreifen.

Ihm kam die Gesetzesänderung sehr zupass.

Trotzdem wollte er auf Nummer sicher gehen. Er setzte sich an seinen PC und tippte »Datenvorratsspeicherung« bei Google ein.

Der Eintrag von Wikipedia, der freien Enzyklopädie im Internet, erschien ganz oben auf der Liste der Suchergebnisse: »*Vorratsdatenspeicherung bezeichnet die Verpflichtung der Anbieter von Telekommunikationsdiensten zur Registrierung von elektronischen Kommunikationsvorgängen, ohne dass ein Anfangsverdacht oder eine konkrete Gefahr besteht. (Speicherung bestimmter Daten auf Vorrat.) Erklärter Zweck der Vorratsspeicherung ist die verbesserte Möglichkeit der Verhütung und Verfolgung von schweren Straftaten.*«

Er überflog den nächsten Absatz, in dem es um Telekommunikationsüberwachung und Analysen von Persönlichkeitsprofilen ging. Im dritten Absatz stand, was für ihn wichtig war: »*Das deutsche Bundesverfassungsgericht erklärte die deutschen Vorschriften zur Vorratsdatenspeicherung mit Urteil vom 2. März 2010 für verfassungswidrig und nichtig. Das Urteil verpflichtete deutsche Telekommunikationsanbieter zur sofortigen Löschung der bis dahin gesammelten Daten.*«

Zufrieden lehnte er sich zurück. Was hatte er für ein Glück. Wäre das alles vor vierzehn Monaten passiert, hätte er sich unangenehme Fragen, wenn nicht noch mehr, von der Polizei gefallen lassen müssen.

Die drei Mobiltelefone, das von Laryssa und die beiden von Karin, hatte er samt SIM-Karten am frühen Morgen entsorgt. Erst hatte er sie, so gut es ging, in einer offenen Feuerstelle draußen im Busch verbrannt und dann, als die kümmerlichen und übel stinkenden Überreste erkaltet waren, in einem Moorloch weitab vom Schuss versenkt.

Laryssas Akku war eh leer gewesen, es kam für eine polizeiliche Ortung nicht in Betracht. Die beiden Mobiltelefone von Karin hatte er gleich nach der Tat kontrolliert und umgehend ausgeschaltet. Sie war gehorsam gewesen, der Anruf bei ihm war ihr letzter gewesen. Auch danach hatte sie kein Gespräch mehr angenommen. Braves, dummes Mädchen.

Was nun? Hatte er wirklich sämtliche Spuren, die auf ihn hinwiesen, getilgt, und jene, die von ihm ablenkten und den anderen belasteten, geschickt platziert? Hatte er nichts übersehen, alle Eventualitäten in Betracht gezogen?

Er erhob sich und trat ans Fenster. Sein Blick schweifte über die Feldmark bis zum Waldrand in der Ferne. Irgendwo da draußen steckte dieser Landstreicher. Der hatte sicher eine Heidenangst. Ob er sich – wenn er denn überhaupt davon erfuhr – nach dem zweiten Mord wohl den Behörden stellen würde? Mit einem Alibi für die vergangene Nacht? Wohl kaum. Wer sollte ihm schon ein Alibi besorgen? Fuchs oder Dachs vielleicht.

Er musste lachen. Der Waldschrat war und blieb sein Faustpfand.

Zumal er noch mehr von diesem grünen Blumendraht in seinem Besitz hatte.

★★★

Die Sitzgruppe mit Bänken und einem Tisch war von einer niedrigen Hainbuchenhecke umgeben. Einige etwa haushohe Eichen, Ahorne und Linden spendeten Schatten.

Verena Treskatis hatte eine 1,5-Liter-Mineralwasserflasche und Plastikbecher mitgebracht. Sie setzten sich, und alle griffen dankbar zu. Maike und Neumann saßen sich gegenüber, würdigten einander jedoch keines Blickes.

»Ob das wieder so ein heißer Sommer wird?« Treskatis begann bewusst mit etwas Belanglosem, um die miserable Stimmung etwas anzuheben.

»Meinst du das meteorologisch oder dienstlich?«, fragte Mendelski grinsend.

»Eigentlich meteorologisch. Aber du hast recht, kommen wir besser zum Dienstlichen. Erzähl du zuerst von eurem Fall.«

In knappen Sätzen schilderte Mendelski den Mordfall Laryssa Ascheschka.

»Das sieht tatsächlich nach ein und demselben Täter aus«, bemerkte Treskatis, als Mendelski mit seinem Bericht fertig war. »Ein Nachahmungstäter kommt wegen der Kürze der Zeit zwischen den beiden Fällen und dem fehlenden Detailwissen wohl kaum in Betracht.«

»Das sehe ich auch so. Aber jetzt erzähl du.«

»Tja, es war genauso wie bei euch.« Sie schlug ihren Notizblock auf. »Die Getötete, Karin Wuttke, wohnhaft in Wathlingen, wurde mit einem handelsüblichen Blumendraht erdrosselt aufgefunden. Letzte Nacht gegen ein Uhr, von ihrem Zuhälter, einem Werner Wohlfahrt aus Nienhagen. Der hatte zuvor mehrmals versucht, sie per Handy zu erreichen. Genau wie bei eurer Leiche hatte der Täter ihren Unterleib entkleidet und ihr den Slip über den Kopf gestülpt. Wahrscheinlich postmortal. Sie lag ebenfalls auf dem Bauch und wies Hämatome auf dem Rücken und im Schulterbereich auf. Kaum Kampfspuren. Keine Anzeichen einer Vergewaltigung. Ebenso wenig war es Raubmord, denn die gut gefüllte Kasse stand unangetastet in einem Schubfach.«

»Ein wichtiges Detail«, bemerkte Mendelski. »Laryssa Ascheschka hatte ihre Schicht gerade erst begonnen. Daher war bei ihr die Kasse leer.«

»Wenn es schon kein Raubmörder war, dann aber doch vermutlich ein Triebtäter, oder?«, meinte Maike. »Das mit dem Slip weist doch auf einen abnormen Typen hin.«

»Ähm.« Neumann räusperte sich. »Dagegen spricht aber, dass er sie nicht angerührt hat. Ich meine sexuell.« Es schien ihn einige Überwindung zu kosten, zur Normalität zurückzufinden.

»Quatsch!«, brauste Maike auf. »Wahrscheinlich hat sich der Mörder beim Strangulieren aufgegeilt, an ihrer Hilflosigkeit, ihrem verzweifelten Todeskampf, an seiner Macht – so was soll's bei Männern ja geben.«

»Gerichtsmedizin und Spurensicherung haben aber kein Ejakulat gefunden.«

»Dafür gibt's bekanntlich Präservative«, wiegelte Maike ab. »Der Mörder ist sicher nicht dumm, der hatte vielleicht vorgesorgt. Oder kann man etwa mit den Dingern nicht onanieren? Das müsst ihr Männer doch wissen.« Sie sah ihn herausfordernd an.

Neumann wurde erneut knallrot im Gesicht. Er schwieg.

Mendelski tadelte seine nicht gerade für ihre sensible Vorgehensweise bekannte Kollegin mit einem bösen Blick und wechselte das Thema.

»Einen Ludenkrieg können wir wohl ausschließen«, sagte er. »Bis auf Weiteres jedenfalls. Die Morde betreffen zwei verschiedene Zuhälter. Außerdem hätten wir im Vorfeld davon gehört.«

»Das sehe ich auch so.« Treskatis blätterte in ihrem Block. »Zuhälterkriege beginnen hier draußen in der Regel mit brennenden Sexmobilen. Bleibt als heißeste Spur euer Waldschrat. Habt ihr die Fotos dabei?«

»Aber klar doch.« Maike zog ihre Umhängetasche, die zwischen ihr und Mendelski auf der Bank gelegen hatte, zu sich heran. Sie kramte daraus vier Fotokopien in DIN-A4-Format hervor. »Die müssten auf elektronischem Weg auch schon längst bei Ihnen in Hannover angekommen sein.«

»Der sieht aber verwegen aus.« Treskatis schaute sich ein Foto nach dem anderen an und reichte sie an Neumann weiter.

»Dem steht die Panik ins Gesicht geschrieben«, ließ dieser verlauten. »Ist doch eigentlich eindeutig. Wer sich in die Büsche schlägt und vom Tatort vor der Polizei wegläuft, der hat Dreck am Stecken. Garantiert.«

»Wenn's so einfach wäre«, meinte Mendelski und hob die Augenbrauen. »Jedenfalls müssen wir ihn erst mal kriegen, um ihn zu befragen.«

»Läuft seine Identifizierung?«, fragte Neumann.

»Was glauben Sie denn?«, fuhr Maike ihn an. »Celle liegt nicht hinterm Mond. LKA und BKA haben die Fotos längst.«

»Ich mein ja nur …«

»Und der Spürhund?« Verena Treskatis bemühte sich, die Wogen zu glätten. »Ist der heute noch mal draußen?«, fragte sie Mendelski.

»Ist so geplant. Sie wollen im Laufe des Vormittags die Ufer des Grabens abklappern. Aber ich sehe schwarz. Der Kerl ist gewiefter, als er auf den Fotos wirkt.«

»Wie auch immer, mir wäre lieb, wenn der Hund danach hierherkommt. Deswegen habe ich das Sexmobil noch nicht abtransportieren lassen.«

»So was hatte ich mir schon gedacht. Und daher veranlasst, dass Heiko Strunz die Hundeführerin samt Hund herbringt, wenn sie an der L 310 fertig sind.«

»Alle Achtung, Robert«, lobte Treskatis. »Endlich mal einer, der über seine Inspektionsgrenzen hinausdenkt.«

»Nichts da!«, protestierte er lachend. »Das ist reiner Eigennutz.«

Sie lächelte matt, wurde aber schnell wieder ernst. »Vielleicht schlägt der Hund ja an oder führt uns in den Wald, wie bei euch.«

Mendelski schüttelte den Kopf. »Das glaube ich kaum«, sagte er. »Dummerweise haben wir außer den Fotos und dem Schuhabdruck nichts von dem Flüchtigen. Kein Haar, keinen Fetzen Stoff, keine Zigarettenkippe, nichts. Das macht es verdammt schwer, den Hund richtig anzusetzen.«

»Trotzdem, wir sollten es versuchen.«

»Okay. Was ist mit dem Handy? Du hast erzählt, Karin Wuttkes Zuhälter hätte versucht, sie anzurufen.«

»Handys.« Treskatis streckte Zeige- und Mittelfinger ihrer Linken in die Höhe. »Sie hatte *zwei* Mobiltelefone, ein geschäftliches und ein privates, so der Zuhälter. Beide sind nicht auffindbar.«

»Ist das das Einzige, was fehlt?«

»Soweit wir wissen, ja.«

Mendelski überlegte. »Hast du die Ortung der Handys in Auftrag gegeben?«, fragte er dann.

»Ja, natürlich. Aber sie sind zurzeit beide nicht eingeschaltet. Wir müssen davon ausgehen, dass der Täter sie verschwinden ließ.«

»Hm. Das gleiche Schicksal wird auch das vermisste Handy unseres Opfers ereilt haben. Ihr privates. Das dienstliche haben wir gefunden. Versteckt zwischen den Matratzen.«

»Und?«

»Bisher nichts Verwertbares.«

»Wir sollten die Namen der Freier abgleichen«, schlug Maike vor.

»Gute Idee«, pflichtete ihr Mendelski bei. »Vielleicht sind ja welche dabei, die bei beiden Prostituierten Kunden waren.«

»Ich hab den Zuhälter von Karin Wuttke schon dazu verdonnert, eine Liste aufzustellen«, sagte Treskatis. »Begeistert war er nicht.«

»Unserer auch nicht.« Maike machte sich Notizen. »Außerdem sollten wir Märtens nach seinem Alibi für die vergangene Nacht fragen.« Sie erklärte: »Das ist der Freier, der Laryssa Ascheschka gefunden hat. So'n Perverser …« Bei den letzten Worten nahm sie Neumann mit grimmigem Blick ins Visier.

»Ist ja gut jetzt!«, konterte der. Man merkte, dass ihm langsam der Kamm schwoll. Dann holte er zum Gegenschlag aus: »Wir reden immer nur von Männern als mögliche Täter. Wäre nicht auch eine Frau in der Lage, die Morde begangen zu haben? Hass oder Rache wäre für gehörnte Ehefrauen vielleicht Motiv genug, den Damen des horizontalen Gewerbes an den Hals zu gehen.«

Treskatis rollte mit den Augen. »Natürlich ermitteln wir in sämtliche Richtungen, Neumann. Doch erst mal konzentrieren wir uns auf die Fakten. Und da stehen dieser Waldschrat und die Freier ganz oben auf der Liste.«

Das Klingeln von Mendelskis Handy unterbrach ihre Debatte. Er nahm das Gespräch an, während er sich von der Bank erhob, und entfernte sich ein paar Schritte von der Sitzgruppe.

»Habt ihr 'ne Landkarte dieser Gegend griffbereit?«, fragte Maike. »Wir sind hier ja schließlich im Feindlichen. Ich würde mich gern mal orientieren.«

»Klar doch.« Treskatis stupste Neumann an. »Machen Sie sich mal nützlich: Auf meinem Beifahrersitz liegt 'ne Karte. Die 25.000er mit dem Aufdruck ›Wettmar‹.«

Nach kurzem Zögern erhob sich Neumann und marschierte zum Auto. Mendelski kehrte unterdessen zur Sitzgruppe zurück.

»Strunz und die Hundeführerin sind jeden Augenblick hier«, berichtete er. »Sie mussten am Rixförder Graben aufgeben.«

ACHT

Als er die holprige Rückeschneise endlich hinter sich gelassen hatte und sein Bagger wieder auf einem vernünftigen Schotterweg dahinrollte, atmete Krause durch.

»Das wäre geschafft«, murmelte er im Selbstgespräch. »Scheiß langweiliger Wald! Da lobe ich mir doch 'ne vernünftige Baustelle in der Stadt.« Mochte der Chef noch so viel jammern, für heute war Schluss. Feierabend. Die Ausschachtungen hatte er in Rekordzeit zugeschaufelt. »Diese blöden Scheißlöcher«, fluchte er. »Komm mir schon vor wie so'n verfluchter Totengräber.«

Er lenkte seinen Bagger in der Höchstgeschwindigkeit von zwanzig Stundenkilometern über die Hirschgehegestraße bis zum Alten Celler Postweg. Hier, in der Nähe des Fuhrberger Parkplatzes in der S-Kurve der L310, hatte er sich mit seinem Bruder verabredet.

Nachdem er sich umgesehen und links und rechts niemanden entdeckt hatte, zückte er sein Handy und drückte eine Direktwahltaste.

»Wo bleibst du?«, fragte er ohne Anrede oder Begrüßung. Er beugte sich ein Stück vor, um linker Hand den Waldweg besser einsehen zu können. »Wo? – Ich seh nix. – Ach da! Warte, ich komme.«

Der Motorradfahrer war aus dem Schatten der Bäume herausgefahren und stand mit seiner knatternden Maschine nun mitten auf dem Sandweg, etwa hundert Meter entfernt. Krause bog links ab, passierte die Einfahrt zum Trinkwasserbrunnen der Stadtwerke Hannover und stoppte neben dem Motorradfahrer. Der hatte den Motor seines Zweirads inzwischen ausgestellt und war abgestiegen. In dem von einer dicken Staubschicht bedeckten schwarzen Overall mit John-Deere-Werbeaufdruck und dem leicht ramponierten, ebenfalls schwarzen Integralhelm sah Krauses Bruder aus, als hätte er gerade die Rallye Paris-Dakar überstanden. Mit Mühe zwängte er seinen Kopf aus dem Helm.

»Schick siehste aus«, rief Krause, nachdem er vom Bagger geklettert war. Er boxte seinen »kleinen« Bruder, der zwar neun Jahre jünger, jedoch gut einen Kopf größer war als er, gegen die Schulter. »Ist das jetzt deine neue Dienstkleidung – und dein neues Dienstfahrzeug?«

»Klar doch«, erwiderte der mit einem breiten Grinsen. Unter dem Helm war ein strohblonder, kurz geschorener Schopf zum Vorschein gekommen. An den abstehenden Ohren trug er in Seeräubermanier Ohrringe.

Krause begutachtete kritisch die Crossmaschine, die etliche Jahre und zahllose Kilometer in schwerem Gelände auf dem Buckel haben musste. »Mensch, Atze«, sagte er. »Der Beckewitz hätte dir aber mal was Neueres besorgen können.«

»Wieso? Die läuft doch super.«

Krause trat hinter die Maschine und ging in die Hocke. »Die hat ja gar kein Nummernschild!«

»Is auch besser so«, erwiderte Atze. »'n Lappen für den Bock hab ich momentan eh nicht. Is ja auch nur fürn Wald. Für geheime Missionen ...«

»Ich ahnte es schon. Und wenn dich irgendein Jäger oder Förster ...«

»Dann verdünnisier ich mich in null Komma nichts.« Atze lachte auf. »Mit der Mühle kriegt mich doch keiner. Ich brauch nur querfeldein zu fahren. Und ohne Kennzeichen und mit dem Helm auf der Murmel fahre ich total inkognito.«

Krause erhob sich aus der Hocke. »Und damit wollt ihr jetzt den Mörder von Laryssa jagen?«

»Klaro. Außerdem müssen wir unsere anderen Mädels schützen. Mit dem Bock kann ich Patrouille fahren und bin immer in ihrer Nähe. Von Hambühren aus bin ich ruckzuck bei den Stellplätzen. Am schnellsten geht's sowieso durch'n Wald. Als ich eben hergefahren bin, hab ich keine zehn Minuten gebraucht.«

»Das is schnell ... Sag mal, kennst du die andere, die se umgebracht haben, auch?«

»Die Karin Wuttke?« Atze wischte sich den Schweiß von der Stirn. »Nee, Laryssa hat mir nur 'n paarmal von ihr erzählt.« Er zog den Reißverschluss seines Overalls auf. Darunter kam nackte, schneeweiße Haut zum Vorschein. Handtellergroße eintätowierte chinesische Schriftzeichen zierten seine Herzgegend.

Krause holte eine Zigarettenschachtel aus seiner Hosentasche. »Glaubt ihr denn, das war ein und derselbe Täter?«, fragte er.

»Klar doch. Was soll man sonst denken?« Sie steckten sich eine Zigarette an.

»Wie, etwa dieser Waldmensch?«

»Jedenfalls suchen sie den alle. Die Bullen, die Zeitungsfritzen und jetzt wir.«

»Die Bullen, klar. Hatten die dich schon beim Wickel?«

Atze kräuselte die Stirn. »Wieso fragst du das?« maulte er.

»Ham'se dich nu verhört oder nicht?«, brauste Krause auf.

»Nee. Mit dem Beckewitz haben se gesprochen. Mich haben die doch gar nicht aufm Schirm.«

»Das glaubst du. Wart's ab.«

»Wenn schon. Aus mir kriegen se eh nix raus.«

»Na hoffentlich. Am besten kommen wir denen gar nicht erst in die Quere. Dann könn'se auch keine dämlichen Fragen stellen.«

»War's das jetzt?« Atze warf seine Zigarette in den Sand und trat sie aus.

»Ja. Ich hoffe, du hast jetzt geschnallt, warum ich dich herbestellt habe.« Krause trat dicht an seinen »kleinen« Bruder heran. »Wir brauchen einfach nur dichtzuhalten, kapierste? Dann können die uns gar nichts. Die Bullen nicht, und auch dein Beckewitz nicht.«

»Is klar.« Atze stülpte den Helm über. »Muss los jetzt, sonst gibt's Ärger.« Er stieg auf die Maschine und warf den Motor an.

»Wir telefonieren«, rief ihm Krause nach.

Doch Atze hatte schon Gas gegeben und brauste, eine lange Staubwolke hinter sich herziehend, davon.

★★★

»*Coño!*«, fluchte Mendelski, nachdem Fanta zum wiederholten Mal zu ihrem Ausgangspunkt zurückgekehrt war. Irgendwie hatte er sich von dem Spürhundeinsatz trotz seiner realistischen Bedenken mehr erhofft.

Strunz schüttelte den Kopf. »Verflixt und zugenäht! Schaut ganz so aus, als ob wir mit der Hundedame wieder kein Glück haben.«

Den gesamten Parkplatz waren sie mehrmals abgelaufen, hatten sämtliche Fußpfade und Wildwechsel im näheren Umfeld abgeklappert, doch die Hannoversche Schweißhündin hatte nichts gefunden. Sie trabte, die Nase stets tief am Boden, immer wieder zum Sexmobil zurück.

»Heißt das, der Mörder ist im Auto oder auf einem Motorrad auf und davon?«, wollte Maike wissen.

»Das scheint mir sehr wahrscheinlich«, antwortete die Hundeführerin. »Der Täter hat mit Sicherheit seine Duftmarke im Wohnmobil hinterlassen. Wäre er zu Fuß geflüchtet, hätte mir Fanta das bestimmt angezeigt.«

»Das spricht dann aber gegen den Waldschrat, nicht wahr?« Maike schaute in die Runde. »Es sei denn, er war mit dem Fahrrad hier.«

»Es spricht wohl eher *für* ihn«, bemerkte Neumann mit einem süffisanten Lächeln. »Denn Sie meinten doch sicherlich, dass er dann nicht mehr für die Tat in Betracht kommt, oder?«

Maike verschlug es für einen Augenblick die Sprache. Die Arroganz dieses Schnösels ging ihr gehörig auf den Zeiger.

»Jetzt seien Sie mal nicht so spitzfindig, Neumann«, kam Treskatis ihrer bissigen Entgegnung zuvor. »Sondern etwas kooperativer, bitte. Frau Schnur hat ein Fahrrad als Fluchtfahrzeug ins Gespräch gebracht. Hat die Spurensicherung irgendetwas in der Richtung gefunden. Reifenspuren? Abdrücke eines Fahrradständers im Erdreich oder dergleichen?«

Neumann schüttelte den Kopf. »Soweit ich weiß, nichts. Aber sehen Sie, hier auf dem Parkplatz gibt es eine durchgehende Teertrasse, da sind so gut wie keine Spuren auszumachen.«

»Haben sie denn sonst was gefunden?«, wollte Mendelski wissen.

»Unmengen an Kram. Was wir heute Nacht alles eingetütet haben, geht auf keine Kuhhaut. Parkplatzmüll ohne Ende. Getränkedosen, Flaschen, Scherben, Kronkorken, Verpackungsmaterial, Plastiktüten, Zeitungen, ein Pornoheft, Papiertaschentücher und Unmengen von Zigarettenkippen. Das Labor wird sich freuen.«

»Wie die Menschen nur mit ihrer Umwelt umgehen«, lästerte Maike und schaute dabei scheinbar zufällig Neumann an. »Einfach zum Kotzen.«

Als ob die Hündin diese Aussage bestätigen wollte, hob Fanta den Kopf und jaulte zweimal kurz auf.

»Sie hat Hunger«, erklärte die Hundeführerin mit einem Achselzucken. »Ihre Futterzeit ist längst überfällig. Darf ich?«

Treskatis wandte sich an Mendelski und Strunz. »Was meint ihr? War's das?«

»Du leitest hier den Einsatz, Verena. Wir sind nur Gäste.« Mendelski nickte ihr zu. »Aber du hast recht, mit dem Hund kommen wir nicht weiter. Ich denke, das Gespann kann abrücken.«

★★★

Der Nacken schmerzte. Er konnte nicht mehr länger so still liegen. Janoske wusste, ihn würden bald fürchterliche Kopfschmerzen plagen, wenn er sich nicht ein wenig Bewegung verschaffte.

Als er die Bretter beiseiteschob, blendete ihn das grelle Tageslicht. Noch im Liegen blinzelte er durch die Baumkronen gen Südwesten, wo die Sonne stand. Seiner Schätzung nach musste es zwischen vierzehn und fünfzehn Uhr sein.

Um die genaue Uhrzeit zu erfahren, hätte er das Radio einschalten können. Doch in dem Transistorgerät steckten seine letzten Batterien, und die waren schon eine ganze Weile in Betrieb. Für den Fall, dass er sich wegen der Jagd auf ihn für längere Zeit keine neuen besorgen konnte, musste er mit seinen Ressourcen haushalten.

Als er sich aufrichtete, ließ ihn ein verdächtiges Geräusch zusammenfahren. Da hatten Reisig und Zweige geknackt, trotz Windstille. Gleich hinter der Zwillingsbirke, keine fünf Meter von seinem Erdversteck entfernt. Instinktiv ließ er sich zurück in sein Loch fallen. Er lauschte. Doch alles blieb still.

Du bist am Durchdrehen, jetzt hörst du schon Gespenster, sagte er sich. Zwanzig Sekunden hielt er noch still, dann schielte er vorsichtig in Richtung Birke. Dort war nichts Verdächtiges zu entdecken, allerdings war ihm die Sicht auf den Bereich hinter dem Zwillingsstamm verwehrt. Dort hätte sich leicht ein Mensch verbergen können.

Während er noch überlegte, nieste jemand. Direkt hinter der Birke. Wieder fuhr Janoske der Schreck durch die Glieder. Dann sah er den Übeltäter hinter dem Stamm hervorkommen. Er entspannte sich und musste breit grinsen.

Kantapper, kantapper huschte der Igel davon und machte dabei einen Mordsradau. Das offensichtlich erkältete Stacheltier nieste noch zweimal, bevor es im hohen Gras verschwand.

Nachdem er den Himmel kontrolliert und nach Flugobjekten abgesucht hatte, schlüpfte Janoske aus seinem Loch. Zunächst dehnte und beugte er seine steifen Glieder, machte jeweils zehn Kniebeugen und Liegestütze. Dann suchte er sich eine Stelle zum Pinkeln.

Zurück beim Versteck holte er das Alufolienpaket mit den drei Forellen hervor. Bei diesen hohen Temperaturen konnte er die Fische nicht länger konservieren. Entweder er grillte sie jetzt über dem offenen Feuer, oder er konnte sie wegschmeißen – und das nächtliche Angeln wäre für die Katz gewesen.

Die Fische zu grillen barg gewisse Gefahren, auch wenn Janoske es meisterlich verstand, ein nahezu rauchloses Holzfeuer mit kleinen Flammen zu entfachen. Doch ein Lagerfeuer ohne Geruch gab es nicht. Das bekam niemand hin.

Aber wer sollte sein kleines Feuer schon riechen? Spaziergänger gab es hier nicht, für Pilzsucher war es von der Jahreszeit her viel zu früh, Liebespärchen wurden durch die unzähligen Zecken im Gras abgeschreckt, und Jäger machten um den Rotwildtageseinstand aus Wildschutzgründen einen großen Bogen. Und dass ihm die Polizei derart dicht auf den Fersen war, hielt er für ausgeschlossen. Sein Trick, ein gutes Stück im Wasser verschiedener Gräben und Bäche zu laufen, hatte anscheinend funktioniert. Sonst wären sie mit ihren Spürhunden schon längst hier aufgetaucht.

Sein knurrender Magen gab schließlich den Ausschlag. Er entschied sich fürs Grillen.

★★★

Noch immer lag die topographische Karte des Niedersächsischen Landesverwaltungsamtes mit der Bezeichnung »3425 Wettmar« ausgebreitet auf dem Tisch. Maike hatte ihre Ecken mit Kieselsteinen beschwert, die sie auf dem Parkplatz eingesammelt hatte, verfolgt von Neumanns Blicken.

»Was für ein Maßstab ist das?«, fragte Mendelski, während er sich über die Landkarte beugte.

»1 : 25.000«, erwiderte Treskatis. »Ein Zentimeter auf der Karte entspricht zweihundertfünfzig Metern in der Natur.«

»Also sind vier Zentimeter ein Kilometer«, murmelte Mendelski und spreizte Daumen und Mittelfinger seiner rechten Hand. Von der Fingerspitze bis zur Daumenkuppe waren es ziemlich genau zwanzig Zentimeter, das wusste er. »Wir sind hier unten in der Ecke, nicht wahr?«

»Genau.« Neumann wies mit der Spitze eines Bleistifts auf den bereits von ihm markierten Parkplatz.

»Der erste Mord ist hier oben zwischen Allerhop und Schönhop passiert.« Mendelski lieh sich den Bleistift und machte ein fettes Kreuz auf dem Waldweg an der L 310. Dann ließ er seine Hand zweimal mit gespreizten Fingern über das Papier gen Süden wandern. »Die Entfernung zwischen den beiden Tatorten beträgt also rund zehn Kilometer Luftlinie.«

»Und der zeitliche Abstand zwischen den beiden Taten ungefähr zwölf Stunden«, ergänzte Neumann. »Jede Menge Zeit, selbst für jemanden, der die Strecke von einem Tatort zum anderen zu Fuß zurücklegt.«

Treskatis sah von der Landkarte auf. »Sie denken dabei an den Waldschrat?«

»Na klar. Haben wir sonst noch jemanden?«

»Das passt nicht, der Hund hat nichts angezeigt«, wandte Maike ein.

»Dann war er halt mit dem Fahrrad hier.« Neumann blieb hartnäckig. »Landstreicher sind öfter mit dem Rad unterwegs.«

»Aber im Sexmobil hat der Hund auch nicht angeschlagen.«

»Was weiß denn ich …«

»Moment mal«, unterbrach Mendelski das Geplänkel. »Wir sollten die Hundearbeit nicht überbewerten. Das Tier hatte herzlich wenig Anhaltspunkte. Wir haben bisher keine eindeutige Duftnote des Waldschrats sichergestellt, auf die wir Fanta hätten ansetzen können.« Er vermied es, Maike anzusehen. »Deshalb kann es durchaus sein, dass der Waldschrat hier gewesen ist. Auch ohne dass der Hund es uns angezeigt hätte.«

Maike bedachte Mendelski mit einem Blick, als ob er ihr gerade einen Dolch in den Rücken gestoßen hätte. Schlug sich ihr werter Kollege doch tatsächlich auf die Seite von diesem Schnösel Neumann. »Ja sicher. Immer auf die Kleinen.«

»Maike, bitte …«

»Okay, okay«, antwortete sie genervt. »Wie geht's jetzt weiter?«

★★★

Sein Schädel dröhnte bei jeder Bewegung. Der Kopf schien vor Schmerzen zu platzen. Ich muss was essen, sagte er sich. Den Kreislauf wieder in Gang bringen.

Er schleppte sich in die Küche. Der Eintopf aus der Dose war seine erste feste Nahrung seit vierundzwanzig Stunden. Seit dem ausgiebigen Frühstück gestern Vormittag hatte er nichts mehr gegessen. Nur getrunken. Und das nicht zu knapp.

Die Suppe aus der Mikrowelle war kochend heiß. Er verbrannte sich die Zunge und ließ genervt den Löffel auf den Teller fallen.

Seine Hand zitterte, als er nach dem Glas Wasser griff.

Drei Frauen in vierzehn Stunden. Das sollte ihm erst mal einer nachmachen. Der Sekt, die Viagra-Tablette und dann das Adrenalin hatten ihn in einen Rauschzustand versetzt. Der Hunger war völlig in den Hintergrund geraten.

Gar keine Frage, sie hatten es verdient. Alle drei. Jede auf ihre Art. Keine hatte ihm eine andere Wahl gelassen.

Das Pikante war: Mit jeder der drei Frauen hatte er geschlafen. Mit der ersten der Liebe wegen, mit der zweiten und der dritten aus rein sexuellen Motiven. Schon sonderbar, sinnierte er, wie dicht Liebe, Leidenschaft und Hass doch nebeneinanderliegen.

Er probierte noch einmal einen halben Löffel Suppe.

Trotz der Tabletten, die er bereits vor einer Stunde genommen hatte, quälten ihn immer noch die höllischen Kopfschmerzen. Nachdem er letzte Nacht nach Hause gekommen war, hatte er sich betrunken. Ganz bewusst und heftig. Bis an den Rand der Bewusstlosigkeit. Erst nach Mittag war er wieder aufgewacht. Mit einem mächtigen Brummschädel.

Doch sich zu besaufen hatte nichts genützt. Sein Kurzzeitgedächtnis funktionierte hervorragend, an die Begebenheiten des Vortages erinnerte er sich nur zu gut – in allen Einzelheiten. Sei's drum. Umso besser konnte er an seiner Strategie feilen, jemand anderen für seine Taten büßen zu lassen.

Wenn nur endlich diese fürchterlichen Kopfschmerzen nachlassen würden.

★★★

Mendelski beugte sich wieder über die Landkarte. »Die Fahndung nach dem Waldschrat in diesem Gebiet halte ich für äußerst schwierig. Das ist alles Wald, da kann sich ein einzelner Mensch prima verstecken. Zumal es sich bei unserem Gesuchten um einen Profi in Sachen Verstecken zu handeln scheint.«

»Wer weiß, ob der nicht schon längst über alle Berge ist«, meinte Treskatis resigniert. »Wenn er in der letzten Nacht wieder zehn Kilometer zurückgelegt hat, kann er jetzt bereits sonst wo sein. Zurück bei euch im Celleschen, im Burgdorfer Raum oder gar bei uns in Hannover, im Stadtwald, in der Eilenriede.«

»Spätestens dann, wenn man die nächste tote Prostituierte findet, wissen wir, wo er steckt«, sagte Neumann mit unverhohlener Häme. Er schaute auf seine Armbanduhr. »Wenn der Waldschrat sein Zwölf-Stunden-Muster beibehält, müsste er jetzt bereits den dritten Mord begangen haben ...«

»Wir sollten lieber bei den Freiern suchen«, unterbrach ihn Maike. Sie tat so, als wäre Neumann Luft. »Das wäre allemal besser, als dieser armen Socke nachzujagen.«

»So kommen wir doch nicht weiter.« Mendelski versuchte, so besänftigend wie möglich zu sprechen. »Um die Freier kümmern sich Ellen und Jo. Das weißt du. Wir werden die Listen abgleichen und auf Übereinstimmungen prüfen. Jetzt geht es aber darum, sich um die zweite Spur, den Waldschrat, zu kümmern. Ob Täter, Zeuge oder sonst was: Wir müssen ihn finden.«

Neumann triumphierte innerlich, das sah man ihm deutlich an. »Wie wär's mit einem Hubschrauber samt Wärmebildkamera?«, fragte er.

»Dazu ist das Suchgebiet viel zu groß.« Mendelski, der für den heißen Maitag viel zu dick angezogen war, schenkte sich Mineralwasser nach. »Überlegen Sie mal, wie viele Quadratkilometer da in Betracht kommen. Solche Methoden lohnen sich erst, wenn das Suchgebiet extrem eingegrenzt ist.«

»Und wenn wir Landwirte, Jäger, Förster, Jogger und so weiter informieren? Alle, die sich da draußen in der freien Natur aufhalten? Irgendwo muss sich der Bursche doch mal blicken lassen.«

»Das käme einer öffentlichen Fahndung gleich«, wiegelte Mendelski ab. »Bei der bisherigen Beweislage ist das viel zu heikel.«

»Öffentliche Fahndung? Die haben wir bereits.« Heiko Strunz war plötzlich hinter ihnen aufgetaucht. Nachdem er das Hundegespann verabschiedet hatte, war er durch das Sexmobil von Karin Wuttke gekrochen und hatte jedes Kissen, jede Fluse einzeln umgedreht – in der Hoffnung, doch noch irgendetwas zu finden, was auf den Täter hinwies. Doch seine Suche war vergebens gewesen. Danach hatte er sich in seinen Dienstwagen zurückgezogen, um Kontakt mit Celle aufzunehmen.

»Bitte?« Mendelskis Stirn warf tiefe Sorgenfalten. Er kannte seinen altgedienten Mitarbeiter besser als jeden anderen in seinem Kommissariat und wusste, dass Strunz keinen Quatsch redete.

»Hab's gerade im Radio gehört«, erklärte Strunz mit einem Seufzer. »Bei Hit-Radio Antenne. Da gab's 'n Interview mit unserem Zuhälter-Vogel Beckewitz. Und mit dem Zuhälter von Karin Wuttke, Wohltat oder so ähnlich.«

»Wohlfahrt«, verbesserte ihn Treskatis. »Werner Wohlfahrt.«

»Jedenfalls haben die beiden von dem Waldschrat erzählt und behauptet, er sei dringend verdächtig, die beiden Frauen getötet zu haben.«

»Das gibt's doch gar nicht«, echauffierte sich Mendelski. »Diese Idioten!«

»Das gibt's leider doch«, gab Strunz lakonisch zurück. »Und morgen steht's in der BILD. Wetten? Ich sehe schon die Schlagzeile: ›Auf, auf zum fröhlichen Jagen!‹«

»Das wollen wir doch mal sehen.« Verena Treskatis hatte ihr Handy gezückt und setzte ihre Brille auf. »Das ist 'ne Riesensauerei.«

»Moment! Das ist noch nicht alles.«

Alle starrten auf Strunz.

»Die werten Herren vom horizontalen Gewerbe haben für die Ergreifung des Waldschrats eine Belohnung ausgesetzt.«

»Nein!«, rief Maike empört.

»Doch. Stolze zehntausend Euro.«

Maike blieb die Spucke weg.

★★★

Das Lagerfeuer, das Janoske in einer Erdmulde angelegt und mit einem Kranz aus Feldsteinen umgeben hatte, war längst erloschen. Das Flimmern der Luft unmittelbar über der Feuerstelle jedoch bewies, dass noch genügend Hitze vorhanden gewesen war, um die drei Alufolienpakete und deren Inhalt zu garen.

Janoske fischte sich eins der Pakete mit der bloßen Hand aus der Glut. Die heiße Folie schien seinen derben Fingern nicht viel auszumachen. Nachdem er den Fisch ausgewickelt hatte, schnitt er mit seinem Taschenmesser ein Stück Fleisch heraus und musterte es kurz. Zufrieden grunzend und ohne sich lange mit Kauen aufzuhalten, ließ er den Happen in seinem Schlund verschwinden.

Binnen zehn Minuten hatte er zwei Forellen verputzt. Die dritte blieb in der Folie, fürs Abendbrot oder Nachtmahl. Obwohl er die Fische nicht sonderlich gewürzt hatte – er besaß nur noch wenig Salz und Pfeffer –, trank er nebenbei seinen gesamten Wasservorrat leer. Fisch muss schwimmen, dachte er in Erinnerung an eine der vielen Lebensweisheiten seiner Großmutter mütterlicherseits.

Klar, dass sein Durst auch von der Flucht und dem damit zusammenhängenden Flüssigkeitsverlust herrührte. Der nächtliche Gewaltmarsch durch die Gräben hatte viel Kraft gekostet.

Janoske lehnte sich zurück an den Stamm einer Eberesche und überlegte. Der Tag ging auf den Abend zu. Wenn er seine Flucht fortsetzen wollte, musste er dies in der Dunkelheit tun – soweit man überhaupt von Dunkelheit reden konnte. Der Himmel war heute wolkenlos, in der Nacht würde der Mond scheinen. Das war nicht gut – weder für das heimliche Schwarzwild noch für einen Huckeduster wie ihn.

Obendrein waren die Nächte noch kurz: Sonnenuntergang war erst gegen einundzwanzig Uhr, Sonnenaufgang schon um fünf Uhr dreißig. Da blieb nicht viel Zeit für Dinge, die er nur im Finstern wagen durfte, sei es die Lebensmittelbeschaffung oder ein Standortwechsel.

Müßiggang konnte er sich nicht erlauben. Nur wenn es der Kripo rasch gelänge, den Mörder der beiden Frauen zu fassen und so seine Unschuld zu beweisen, würde man ihn in Ruhe lassen und höchstens noch als Zeuge nach ihm suchen. Doch wer weiß, dachte er, wahrscheinlich ist der Täter ein cleverer und eiskalter Psychopath, der vom Morden noch lange nicht genug hat.

Er musste hier weg. Großmoor, sein jetziger Aufenthaltsort, war zwar eines der besten Verstecke, die er in der Region kannte, doch es lag dummerweise genau in der Mitte zweier grausiger Tatorte. Im Norden, fünf Kilometer von hier entfernt, hatte man Laryssa erdrosselt aufgefunden, fünf Kilometer weiter in Richtung Süden die andere Prostituierte.

Hier war er nicht mehr sicher. Mochte er durch sein Täuschungsmanöver im Rixförder Graben seine Verfolger auch nach Norden in den Landkreis Celle gelockt haben, nach dem zweiten Mord war das nun hinfällig. Man würde ihn – oder den echten Mörder – nun auch in der Region Hannover suchen.

In Gedanken versuchte er, sich eine Landkarte der Region vorzustellen. Wohin nur? Welches Waldgebiet konnte er mit einem Sechs-Stunden-Nachtmarsch erreichen? Das Burgdorfer Holz kam in Betracht oder das Altwarmbüchener Moor. Beide Gebiete kannte er wie seine Westentasche, für beide Ziele sprach, dass er dort Notverstecke mit Wasser und Proviant angelegt hatte. Und er müsste ja nicht dortbleiben. Schon in der nächsten Nacht könnte er weiterziehen, ins Bockmerholz, später in den Deister. Niemand würde ihn dort suchen.

Voller Tatendrang erhob sich Janoske. Er hatte noch einiges zu tun, bevor er sich auf den Weg machte.

★★★

Laut ging es zu im »Alten Posthof« in Engensen. Der Schankraum war rappelvoll. Die Wirtin und ihr Sohn hatten alle Hände voll zu tun, um die Männer – denn es waren ausschließlich Männer in der Gaststätte – mit Bier und dem einen oder anderen Schnaps zu versorgen.

Die Farbe Grün herrschte unter den Gästen eindeutig vor. Gewehrfutterale lehnten an den Wänden, unter einem der Tische hockte gar ein kleiner Münsterländer. Die örtliche Jägerschaft hatte ein Stelldichein.

»Gebt mal Ruhe!« Ein Hüne mit pechschwarzem Vollbart war in die Mitte des Raumes getreten. »Alle setzen, die 'nen Stuhl haben. Und den Mund halten.«

Binnen weniger Sekunden war der Geräuschpegel in der Gaststube um hundert Prozent gesunken.

»Schön, dass ihr dem Aufruf gefolgt seid«, sagte der Hüne. »Wie ihr ja wisst, ist gar nicht weit von hier letzte Nacht ein Mord passiert. Eine Prostituierte wurde in ihrem Fahrzeug erdrosselt. Das gleiche Schicksal hatte in der Nacht davor schon eine ihrer Kolleginnen an der L 310 bei Allerhop ereilt, ihr habt sicher auch davon in den Nachrichten gehört. Die Kripo geht davon aus, dass ein Obdachloser etwas mit den Taten zu tun hat – der Waldschrat, der hier bei uns in den Jagdrevieren schon seit Längerem sein Unwesen treibt. Er ist ihnen nach dem ersten Mord in Allerhop aber leider durch die Lappen gegangen. Nur wenige Stunden später gab's dann hier bei uns den zweiten Mord.«

»Den Burschen kennen wir doch alle«, rief einer dazwischen. »Das is'n Wilderer. Auch wenn ihn nur die wenigsten bisher zu Gesicht bekommen haben: Er hinterlässt Spuren. Schlingen zum Beispiel, Drahtschlingen, die er ausgelegt hat und in denen Rehe qualvoll umkommen.«

»De-de-dem Schwein ge-ge-gehört se-se-selbst die Schlinge«, stotterte einer, der in seiner Armeekluft wie ein Paramilitär aussah.

»Mal langsam, Harry«, beschwichtigte ihn sein Sitznachbar. »Nicht übertreiben. Wir leben hier doch nicht im Mittelalter.«

»Okay.« Der Hüne ergriff wieder das Wort. »Dann wissen ja alle, worum es geht. Bevor ein dritter Mord passiert, sollten wir tätig werden. Das Suchgebiet ist groß, und die Polizei ist überfordert, denn die kennen sich in Wald und Flur nicht aus – aber wir! Also, was liegt näher, als dass wir Jäger, die den Busch wie ihre Westentasche kennen, unsere Hilfe anbieten?«

Zustimmendes Gemurmel setzte ein.

»Diese Hilfe ist den Arbeitgebern der beiden toten Frauen übrigens einen ordentlichen Batzen Geld wert. Einer der beiden ist an mich herangetreten und hat versprochen: Wenn wir den Waldschrat schnappen und der Polizei übergeben, bekommen wir zehntausend Euro.«

Wieder wurde getuschelt, einer pfiff leise durch die Zähne.

»Ich brauch das Geld von diesen Zuhältern nicht«, blaffte ein vierschrötiger Mann. »Ich habe keinen Hurenlohn nötig, um diesen Hurensohn aufs Korn zu nehmen!«

»Geld stinkt aber nicht«, rief ein anderer. »Wenn nebenbei was für uns abfällt, umso besser. Der Wildschaden durch die Sauen kostet jedes Jahr ein Vermögen.«

»Ich mahne zur Vorsicht!« Ein älterer Herr mit Hut und Trappergesicht hatte sich von seinem Stuhl erhoben. »Wir sollten klarstellen, dass es uns bei der Aktion nicht ums Geld geht. Wir wollen diesen Strolch hinter Schloss und Riegel bringen, weil er eine Gefahr für die Allgemeinheit darstellt. Und damit die Wilderei aufhört. Die Schlingenjagd ist die gemeinste und hinterhältigste Art zu wildern, die es gibt …«

»Mo-Mo-Mord ist aber 'ne Nummer sch-sch-schlimmer«, unterbrach ihn Harry.

»Nicht alle durcheinander!«, brüllte der Hüne dazwischen. »Also, was ist? Machen wir mit oder nicht? Ich bitte um Handzeichen. Wer ist dafür?«

Die meisten hoben die Hände.

»Wer ist dagegen?«

Keiner wagte, sich zu rühren.

»Enthaltungen?«

Zwei Hände reckten sich gen Gaststubendecke.

Eine davon gehörte dem Wirt, der erst vor wenigen Minuten von der Küche her die Gaststube betreten hatte. Er war draußen im Wald bei seiner Heidschnuckenherde gewesen, um nach den Lämmern zu sehen.

»Na, fehlt wieder eins deiner Jungschafe?«, fragte ihn der Hüne.

»Nein, es ist alles in Ordnung«, antwortete der Wirt. »Auch wenn ich mich der Stimme enthalten habe – schließlich bin ich Bürgermeister – wünsche ich euch viel Glück bei eurer Jagd auf den Ganoven. Wird Zeit, dass ihm das Handwerk gelegt wird.«

»Gut gesprochen.« Der Hüne reckte sich. »Also, um achtzehn Uhr ist Treffen. An der Lahbergkreuzung hinterm ›Haus am Walde‹. Alles Weitere nachher. Waidmannsgeheul!«

★★★

»Halt! Stopp, nicht losfahren!« Strunz war vor den schwarzen Peugeot 305 gesprungen. Er hatte beide Arme in die Höhe gereckt.

»Ja, spinnen Sie denn?«, brüllte Neumann durch das geöffnete Seitenfenster. Sein Kavaliersstart – er hatte vorgehabt, Maike durch rasantes Anfahren zu erschrecken – war abrupt unterbrochen worden. »Um ein Haar hätte ich Sie gerammt.«

»Einen Moment bitte«, kam es trocken von Strunz. Seelenruhig zückte er seine Brille, setzte sie auf und ging vor dem Wagen in die Hocke.

»Was, zum Teufel, machen Sie da?« Neumann stieg aus dem Wagen und trat vor den Kühler.

»Interessant«, murmelte derweil Strunz, der mit spitzen Fingern an der Kante des Nummernschilds herumpulte. Er sprach mehr zu sich selbst als zu Neumann. »Tatsächlich! Er ist es.«

Maike war dazugekommen. Neugierig hockte sie sich neben Strunz.

»Er ist es!«« käute Neumann wieder. »Wie schön.« Er beugte

sich vor, um besser sehen zu können. »Könnten Sie mich bitte aufklären, was Sie da an meinem Auto zu fummeln haben?«

»Das ist eine Berufskrankheit von ihm«, sagte Maike mit bierernstem Gesichtsausdruck. »An einem Tatort ist er immer wie gestochen. Und als Chef der Spurensicherung sieht er einfach alles.«

»Häh?« Neumann guckte ziemlich blöd.

Langsam erhob sich Strunz. Er hielt etwas zwischen den Kuppen von Daumen und Zeigefinger seiner rechten Hand. Ein bläulich schimmerndes Blatt, ein Stück hauchdünnen Stoffs oder einen Fetzen buntes Papier, wie Neumann vermutete. Strunz hob die Hand, um seinen Fund besser begutachten zu können.

»Der Flügel eines männlichen *Apatura iris*«, erklärte er. »Wo haben Sie den denn aufgegabelt?«

»Wie bitte?« Neumann verstand nur Bahnhof.

»Ihr Auto hatte Kontakt mit dem Großen Schillerfalter, dem Schmetterling des Jahres 2011. Tödlichen Kontakt.«

Neumann sah aus, als würde ihm gleich der Kragen platzen. »Und?«

»Das ist ein äußerst seltener Schmetterling. Und einer der größten, die es in Deutschland gibt. Der Große Schillerfalter gehört zu den wenigen Arten, die sich nicht von Blütennektar ernähren, sondern von Aas, Kot und anderen tierischen Exkrementen.«

»Wie interessant«, tönte Neumann spöttisch.

Ohne darauf einzugehen, setzte Strunz seine Ausführungen fort. »Aus zweierlei Gründen wundert es mich, dass der Flügel hier an Ihrem Nummernschild klebte.«

»Da bin ich aber gespannt.«

»Erstens fliegen die Schillerfalter gewöhnlich erst im Juni, und nicht schon im Mai. Vermutlich bringt das verrückte Wetter diese kleinen Kerlchen ganz durcheinander. Zweitens befinden wir uns hier fernab von seinen natürlichen Biotopen. Der Schillerfalter mag keine Heide-Kiefern-Wälder. Er braucht naturnahe Mischwälder – und vor allem die Weide als Wirtspflanze.«

Neumann öffnete den Mund und rang nach Worten, kam aber nicht dazu zu antworten.

»Wahrscheinlich waren Sie kürzlich mit Ihrem Auto in solch einem Biotop«, fuhr Strunz unbeirrt fort. »Irgendwo weiter südlich von hier, am Stadtrand von Hannover zum Beispiel. Am Leineufer oder an der Ihme, da gibt's ja reichlich Weiden. Oder an den Ricklinger Kiesteichen ...«

»Ricklinger Kiesteiche?« Maike war hellhörig geworden. »Davon habe ich schon mal gehört. Da soll's doch einen Treffpunkt für Schwule geben, oder?«, fragte sie so scheinheilig wie irgend möglich. »So'n Treffpunkt im Grünen?«

Strunz ignorierte die Frage. Er brummte nur etwas Unverständliches in seinen Bart. Der in der Nachmittagssonne in sattem Blau schillernde Flügel des Faltermännchens faszinierte ihn sichtlich. Neumann reagierte dafür umso heftiger.

»Mir reicht's«, echauffierte er sich und wollte gerade aus der Haut fahren, als Treskatis und Mendelski hinter ihm auftauchten.

»Was hast du denn da Schönes?«, fragte Mendelski an Strunz gewandt. »Etwas fürs Labor?«

»Wohl kaum«, erwiderte der, während er Mendelski den Schmetterlingsflügel unter die Nase hielt. »Nichts für die Beweismitteltüte. Eher was für meinen Schaukasten daheim. Der Flügel eines Großen Schillerfalters. Einmalig schön, nicht wahr?«

»Deswegen machen die hier einen riesigen Aufstand«, polterte Neumann los. Er trat neben die geöffnete Fahrertür seines Peugeots, um zu demonstrieren, dass er loswollte. »Die Celler Kollegen lassen mich nicht weg«, beklagte er sich bei Treskatis. Es klang, als wenn ein Schüler bei seiner Lehrerin einen Mitschüler verpetzte. »Wegen so eines albernen Schmetterlingsflügels.«

Treskatis seufzte. »Fahren Sie los. Wir reden morgen in Hannover.« Neumann knallte die Autotür zu, ließ den Motor an und brauste davon.

»Einen netten Kollegen haben Sie da«, rief Maike ihm nach. Verena Treskatis zuckte nur mit den Schultern. Sie verspürte wenig Lust, auf das Thema näher einzugehen. Stattdessen wandte sie sich an Mendelski.

»Okay, wir machen's wie besprochen. Meine Truppe und das LKA kümmern sich um die Fahndung nach dem Waldschrat. Ihr knöpft euch diese beiden Zuhälter vor und pfeift sie zurück.

Dann beschäftigt ihr euch mit den Freiern. Die aus der Region Hannover können wir übernehmen. Sobald jemand Neuigkeiten hat, meldet er sich beim jeweils anderen – auch, wenn es Neues von der Gerichtsmedizin oder aus dem Labor gibt.«

»In Ordnung.« Mendelski gab Strunz durch ein Nicken zu verstehen, dass er seine Gerätschaften einpacken konnte. Dann wandte er sich wieder Treskatis zu. »Was hältst du von einer täglichen gemeinsamen Lagebesprechung? Bisher spricht ja alles dafür, dass wir ein und denselben Täter jagen.«

»Eine Telefonkonferenz? Oder ein richtiges Treffen?«

»Ein richtiges Treffen.«

»Hab nichts dagegen.«

»Aber ohne den Neumann bitte.« Das kam von Maike. »Der hat doch von Tuten und Blasen keine Ahnung.«

»Jetzt reiß dich mal zusammen«, wies Mendelski seine aufmüpfige Kollegin in die Schranken. »Das ist hier kein Kindergarten.«

»Wir können uns ja abwechselnd in Celle und Hannover treffen«, schlug Treskatis vor. »Dann hat jeder mal Hausrecht. Wenn ich mich recht erinnere, war ich noch nie bei euch.«

»Dann wird's aber Zeit.«

»Das letzte Mal, dass ich in Celle war, war, glaube ich, bei der Hengstparade vor zwei Jahren.«

»Dann warst du zumindest schon ganz nah dran an der Jägerstraße. Wie wär's, wenn Celle morgen den Anfang macht und wir uns am Nachmittag in unserem Fachkommissariat treffen?«

»Ist mir recht.« Treskatis hatte ihr Smartphone gezückt, um den Termin in ihren Kalender einzutragen. »Aber bitte nicht vor siebzehn Uhr. Dann wissen wir alle vielleicht schon mehr.«

»Okay.«

Treskatis schaute Maike streng an und setzte hinzu: »Aber ich komme nicht allein. Neumann bringe ich mit.«

★★★

Der Mercedes Vito nahm die lang gezogene Kurve am Ramlinger Bad mit der höchstmöglichen Geschwindigkeit. Werner

Wohlfahrt, heute mit einem schwarzen Kapuzenpullover und einer khakifarbenen Cargohose bekleidet, war spät dran. Neben ihm auf dem Beifahrersitz lagen Landkarten, Fernglas und Nachtsichtgerät. Im Fond des Multivans klapperten Bierflaschen in Kästen und Spirituosen in Plastiktüten.

Im Autoradio liefen gerade die Achtzehn-Uhr-Nachrichten. Er würde ein paar Minuten zu spät kommen. Aber das machte nichts. Die anderen würden schon auf ihn warten.

Als er den Parkplatz passierte, auf dem letzte Nacht Karin Wuttke ihr Leben gelassen hatte, drosselte er ein wenig das Tempo. Neugierig – und mit einer gewissen Wehmut – ließ er seinen Blick über das übersichtliche Terrain gleiten. Der Parkplatz war verwaist. Nichts deutete mehr auf den nächtlichen Zwischenfall hin. Die Polizisten waren abgezogen, das Sexmobil zu weiteren Untersuchungen zum LKA nach Hannover gebracht worden. Man hatte ihm gesagt, es würde einige Tage dauern, bis er das Fahrzeug zurückbekäme.

In Engensen am »Alten Posthof« versperrte ihm ein dickbräsig auf der Straße stehender Land Rover den Weg Richtung Lahberg. Die Fahrertür stand weit offen, ein Bein in Lederhose lugte heraus. Der Fahrer telefonierte in aller Seelenruhe. Wohlfahrt bremste scharf und wollte gerade die Hupe betätigen, als er erkannte, dass es sich um eine Gruppe Jäger handelte. Zwei von ihnen saßen auf der Ladefläche und schauten zu ihm herüber. Zu ihren Füßen kauerte ein kalbgroßer Vorstehhund. Sie trugen Schirmmützen und militärische Tarnkleidung, die Büchsen mit Zielfernrohr hatten sie zwischen ihre Knie geklemmt.

Wohlfahrt unterdrückte seinen Ärger, nickte ihnen stattdessen freundlich zu und wartete geduldig. Denn es war mehr als wahrscheinlich, dass diese wilden Gesellen zum gleichen Treffpunkt wollten wie er.

Endlich hatte ihn der Fahrer im Rückspiegel entdeckt, zog die Autotür zu und startete seinen Dieselmotor. Als sich der Land Rover in Bewegung setzte, begann der Hund vor Freude zu kläffen. Wohlfahrt folgte in gebührendem Abstand.

An der Kreuzung des Hauptdammes mit dem Celler Weg, gleich hinter der Gaststätte »Haus am Walde«, war der Treffpunkt. Auf den ersten Blick schätzte Wohlfahrt ein Dutzend Autos, welche in einer Schlange am linken Straßenrand geparkt standen. Grüntöne, Robustheit und Geländetauglichkeit gaben nicht nur bei den Fahrzeugen den Ton an, sondern auch bei ihren Besitzern. Ein gutes Dutzend Waidmänner stand am Waldesrand und palaverte gut gelaunt.

»Dann sind wir ja vollzählig«, rief ein Hüne mit pechschwarzem Vollbart, als er Wohlfahrt aus dem Vito steigen sah. Nicht nur wegen seiner Größe schien er den besten Überblick zu haben. »Komme mir ein bisschen so vor wie bei einer Drückjagd im Herbst. Oder wie bei einem Maistreiben.«

»Maistreiben im Mai …« gluckste einer los.

»Soll ich zur Begrüßung blasen?«, wollte ein anderer wissen und hielt ein Jagdhorn hoch. Sein Nachbar grinste anzüglich. Der Jagdhornbesitzer beantwortete seine Frage gleich darauf selbst: »Lieber nicht. Sonst hört uns der Waldschrat womöglich noch und verkriecht sich in einem Fuchsbau.«

»Soll er ruhig. Wir haben doch unsere Bauhunde.«

»Ruhe mal«, rief der Hüne, nachdem Wohlfahrt bei der Gruppe angekommen war und ihm die Hand zur Begrüßung geschüttelt hatte. »Darf ich vorstellen? Das ist Werner Wohlfahrt aus Nienhagen. Er möchte euch begrüßen.«

»Ähm …« Der Zuhälter musste sich räuspern. Er war es nicht gewohnt, vor einer Gruppe gestandener Männer eine Rede zu halten. Vor einer Gruppe gestandener Frauen schon eher. »Schön, dass Sie gekommen sind. Wie ich hörte, wissen Sie bereits, um was es geht. Darum will ich mich gar nicht lange mit Erklärungen aufhalten. Jedenfalls scheinen wir am selben Strang zu ziehen. Und nicht nur wir. Mein Kompagnon aus Hambühren hat die Celler Jäger mobilisiert. Die rücken heute Abend von Rixförde aus aus.«

»Was ist mit dem Staatsforst?«, fragte der Hüne. »Sind die Fuhrberger auch dabei?«

Wohlfahrt schüttelte den Kopf. »Soweit ich weiß, nein. Anordnung von oben.«

»Pah!« Der Hüne machte eine abwertende Handbewegung. »Typisch Fiskus. Und unser Bauernförster? Der Sperber?«

»Den kenn ich nicht«, erwiderte Wohlfahrt.

»Sperber ziert sich«, meldete der mit dem Trappergesicht. »Hab vorhin mit ihm telefoniert. Erst wollte er, aber dann hat er doch einen Rückzieher gemacht. Als Hilfsbeamter der Staatsanwaltschaft muss er der Polizei Amtshilfe leisten. Und er ist auch schon in den Fall involviert. Aber auf eigene Kappe darf er nichts unternehmen.«

»Schade eigentlich.« Der Hüne zuckte mit den Schultern. »Revierübergreifend kennt sich hier keiner besser aus als der Sperber.«

Wohlfahrt wurde langsam ungeduldig. Demonstrativ schaute er auf seine Armbanduhr. »Wie geht's jetzt weiter?«, wollte er wissen. »Die Zeit drängt.«

»Keine Sorge«, beruhigte ihn der Hüne. »Hab alles im Griff.« Dann rief er in die Runde: »Wir verteilen uns jetzt auf die Hochsitze. Jeder kann so lange sitzen, wie er möchte. Wie ich hörte, wollen die meisten die Nacht durchmachen. Übers Handy halten wir ständig Kontakt. Wer den Waldschrat entdeckt oder sonst was Verdächtiges sieht oder hört, meldet sich unverzüglich bei mir. Per Anruf oder noch besser per SMS. Alles Weitere koordinieren Herr Wohlfahrt und ich. Wir werden zusammen auf der Zwei-Kälber-Kanzel sitzen, unserer Kommandozentrale. Und bloß keine Alleingänge! Das kann ins Auge gehen.«

»Was ist mit Sauen und Böcken?«, rief da einer. »Ist neben dem Waldschrat auch Schwarz- und Rehwild freigegeben? Später soll's 'nen prächtigen Mond geben, 'ne richtige Schweinesonne.«

»Wenn's gar nicht anders geht«, knurrte der Hüne. »Ihr könnt's ja eh nicht lassen. Aber verwechselt mir den Waldschrat nicht mit 'nem Überläufer. So, und jetzt abrücken. Jeder weiß, wo er zu sitzen hat. Horrido und Waidmannsheil!«

Während Wohlfahrt und der Hüne sich noch besprachen und die Jäger zu ihren Fahrzeugen eilten, kam aus Richtung Lahberg-Siedlung ein einsamer Jogger gelaufen. Ende zwanzig, Anfang dreißig, von großer und schlaksiger Statur, lief er recht flott. Bei jedem Schritt wippte sein gepflegtes blondes Haar auf und nieder. In dem Gewusel des Aufbruchs beachtete ihn niemand.

Normalerweise hätte Ronny Neumann von der Jagdkorona

keinerlei Notiz genommen. Ihn interessierte die Jagd nicht, so konnte er auch nicht wissen, dass sowohl die Jahres- wie auch die Tageszeit für eine Gesellschaftsjagd höchst ungewöhnlich waren. Doch das, was er im Vorbeilaufen unfreiwillig erlauschte, ließ bei ihm die Alarmglocken schrillen.

»Bei so 'nem Mörder fackel ich nicht lang«, hörte er einen der Grünröcke sagen.

»De-de-den knall ich ab, we-we-wenn der wegrennt«, ergänzte ein anderer.

»Der soll froh sein, wenn ihn die Bullen kriegen …«

Bevor Neumann zur Gänze kapiert hatte, was da vor sich ging, setzte sich die Kolonne auch schon in Bewegung. Richtung Moor. Automatisch tastete er seine knappen Laufshorts nach dem Handy ab. Obschon er eigentlich genau wusste, dass er es auf dem heimischen Schreibtisch hatte liegen lassen.

Es half nichts. Er musste umdrehen und nach Hause laufen. Zum Telefon.

Verena Treskatis würde Augen machen.

NEUN

»Oh Mann, ist das wieder spät geworden«, schimpfte Maike, als sie von der Hannoverschen in die Jägerstraße einbog. Durch den Feierabendverkehr war ordentlich Leben auf den Straßen. »Schon Viertel nach sechs!«

»Ja doch«, erwiderte Mendelski stoisch. Er blinzelte ihr zu. »Die Überstunden häufen sich in letzter Zeit. Kannst ja gleich abdüsen. Ich geh aber noch mal kurz rein.«

Sie fuhren vor das automatische Tor, hinter dem sich der Parkplatz der Polizeiinspektion befand, und stoppten.

»Danke. Ist nett von dir. Dann kann ich mit Matthew ja vielleicht doch noch kurz in die Altstadt. Auf ein Gläschen Prosecco und einen leckeren Salat im ›San Marino‹. Bevor seine Nachtschicht beginnt.«

»Fährt er denn immer nur nachts?«

Wie von Geisterhand öffnete sich das metallene Tor. Maike fuhr weiter. »Immer im Wechsel. Eine Woche tagsüber, eine Woche nachts. Das schlaucht ganz schön.«

»Und wann verdient er mehr?«

»Das ist in etwa gleich. Tagsüber hat er mehr Fahrgäste und weniger Trinkgeld, nachts ist es andersrum.«

Maike hatte eingeparkt und stellte den Motor aus. Doch Mendelski machte keine Anstalten auszusteigen.

»Ich bin ja auch mal Taxi gefahren«, erzählte er stattdessen. »Wusstest du das eigentlich?«

»Nee, woher denn?«

»In Hannoversch Münden. Zu Polizeischulzeiten. Ein paar Monate zwar nur, aber immerhin. Na, da hab ich Sachen erlebt … da würdest sogar du rot werden, wenn ich dir die erzähle.«

»Ach komm.« Maike musste gähnen. »Nicht wieder diese Geschichten, die jeder Taxifahrer oder Pizza-Bringdienst-Kutscher erlebt haben will. Die Nymphomanin im Negligé oder …«

»Ach Quatsch. Doch nicht so was! Nein, ganz was anderes. Also, da hatte ich eines Abends —«

»Du, Robert, bitte«, unterbrach ihn Maike forsch. »Kannst du das nicht ein anderes Mal erzählen? Morgen zum Beispiel? Ich würd jetzt doch gern los.« Ohne eine Antwort abzuwarten, stieg sie aus.

»Diese Jugend!« Mendelski stöhnte theatralisch und öffnete die Beifahrertür. »So herrlich direkt und wenig …« Er stockte. Neben ihm waren plötzlich Ellen Vogelsang und Jo Kleinschmidt aufgetaucht.

»Gut, dass wir euch noch vorm Feierabend erwischen«, sagte Ellen Vogelsang. »Dann können wir euch auf die Schnelle noch mit ein paar Neuigkeiten zu den Prostituiertenmorden versorgen.«

»Damit ihr in der Nacht was zu grübeln habt«, setzte Kleinschmidt mit einem frechen Grinsen hinzu. Er zückte eine Zigarettenschachtel.

»Nööö!« Maike zog einen Flunsch. »Kann das nicht bis morgen warten?«

»Na klar«, erwiderte Kleinschmidt. »Kein Problem. Wir dachten nur, es würde euch vielleicht interessieren.« Ohne seinen Kollegen ebenfalls eine anzubieten – er wusste, dass er der einzige Raucher im Fachkommissariat I war – zündete er sich eine Zigarette an.

Maike war die Erleichterung anzusehen. »Wenn's wichtig wäre, hättet ihr uns doch längst angerufen, stimmt's?«, bemerkte sie.

»Na ja, wir dachten, ihr seid noch mit den Hannoveranern unterwegs, da wollten wir nicht stören. Aber egal.« Nicht ganz unabsichtlich blies Kleinschmidt den Rauch in Maikes Richtung. »Dann also morgen früh. Komm, Ellen, wir fahren.«

»Moment, Moment!« Mendelski schälte sich aus dem Beifahrersitz. »Die fünf Minuten machen den Kohl auch nicht fett. Erzählt schon. Was gibt's Neues?«

»Na also, geht doch.« Kleinschmidt grinste Maike schadenfroh an.

»Die Gerichtsmedizin aus Hannover hat sich gemeldet«, berichtete Ellen Vogelsang. »Der vorläufige Obduktionsbericht deckt sich mit unserem. Beide Opfer wurden auf ein und dieselbe Art getötet.«

»Okay, das hatten wir uns ja schon gedacht. Weiter?«

»Beckewitz und seine Bulldogge, dieser Atze, sind am Vormittag pünktlich hier aufgelaufen. Und die Hannoveraner haben Wohlfahrts Freierliste durchgegeben. Es gibt in der Tat eine Handvoll Freier – oder, korrekter ausgedrückt, Fahrzeughalter –, deren Autokennzeichen beide Prostituierte notiert haben. An deren Befragung beziehungsweise Alibis sind wir dran.«

»Da nachzuhaken ist nicht ganz einfach, oder? Erfordert ein bisschen Zurückhaltung. Sonst könnte in manchem Haushalt einiges an Porzellan zu Bruch gehen.« Mendelski musste schmunzeln. »Noch was?«

»Ja«, legte nun Kleinschmidt los. »Die Cellesche Zeitung macht Druck. Natürlich steckt der Schriewe dahinter. Die Chefredaktion hat bei Steigenberger interveniert, die CZ will die Kamera samt Fotos zurück.«

»Das könnte denen so passen«, grummelte Mendelski. »Damit das Porträt vom Waldschrat morgen früh auf allen möglichen Titelseiten prangt.«

»So sieht's aber wohl aus, fürchte ich. Steigenberger ...«

»Papperlapapp!« Mendelski knallte die Autotür zu. »Noch leite ich das Fachkommissariat, noch trage ich die Verantwortung. Die Kamera sollen sie meinetwegen zurückkriegen. Doch der Chip mit den Bilddaten, der bleibt bei uns. War's das?«

»Nein. Noch ein Letztes.« Kleinschmidt schnippte die Asche seiner Zigarette in die Luft. »Das Labor aus Hannover hat sich gemeldet. Aus dem Wust von Material, das sie auf dem Parkplatz sichergestellt haben, gibt es jetzt natürlich noch keine heiße Spur.«

»Dafür rufen die an?«

»Nein. Aber sie haben am Mordwerkzeug, dem Draht, Haarfragmente sichergestellt.«

»Die der Toten?«

»Nein.«

»Die des Täters?«

»Auch nicht.«

»Jetzt mach's nicht so spannend.«

»Sie stammen von einem Wildtier, sagen sie, vermutlich von einem Reh.«

»Hm.« Mendelski schaute zu Boden. »Das ist ja interessant«, murmelte er. Er hob den Kopf und suchte Blickkontakt zu Maike. »Hat nicht irgendwer erzählt, der Waldschrat würde wildern?«

Maike nickte stumm.

»Eine Waffe hat er nicht. Das geht aber auch mit Schlingen«, fuhr Mendelski nachdenklich fort. »Mit Drahtschlingen aus Blumendraht. Nach dem zweiten Weltkrieg, als die Leute hungerten und Waffen nicht erlaubt waren, blühte die Schlingenjagd auf Rehe und Hasen. Wenn man's richtig anstellt, kann das sehr effektiv sein.«

»Die Beweislage verdichtet sich«, sagte Kleinschmidt. Er ließ seine Zigarettenkippe zu Boden fallen und trat sie aus. »Die Schlinge um den Hals des Waldschrats scheint sich weiter zuzuziehen. Wird höchste Zeit, dass wir ihn identifizieren. Also doch auf die Titelseite?«

»Was für eine Beweislage? Erst mal sind das nur Indizien.« Mendelski klang unwirsch. »Wir werden nichts überstürzen. Und was wir mit den Fotos machen, das sehen wir morgen. Jetzt ist Feierabend.«

Maike strahlte.

***

Vor gut einer Stunde war die Sonne über den Wiesen des Hastbruchs untergegangen. In einem farbenprächtigen Schauspiel, wie es kitschiger nicht hätte sein können.

Nun war der Mond an der Reihe. Weit im Osten erklomm der Erdtrabant den Horizont und schob sich unaufhaltsam höher und höher. Vier Tage vor Vollmond bewies er bereits eine erhebliche Strahlkraft.

Janoske blieb nicht viel Zeit. Der Himmel war wolkenlos, daher würde es schon bald eine helle Nacht geben. Jetzt, wo der Mond noch tief stand, war es relativ dunkel. Der beste Zeitpunkt für ihn, um aufzubrechen.

Mit geschultertem Rucksack über einer langärmeligen Tarnjacke stand er fünfzig Schritt vom Waldesrand entfernt auf einem Wildwechsel und lauschte. Regungslos wie eine Statue. Die Lockenmähne hatte er mit einem Stirnband gebändigt, das lauter kleine Totenköpfe zierten. Gesicht und Hände waren mit Holzkohle geschwärzt, um im Mondlicht weniger aufzufallen. Nur das Weiß seiner Augen blitzte auf. Bruno Janoske ähnelte einem Indianer auf Kriegspfad – oder einem FC-St.-Pauli-Anhänger während eines Gastspiels beim HSV.

Um in den Ramlinger Forst zu gelangen, musste er ein cirka fünfhundert Meter breites Stück Ackerland überqueren. Danach würde ihn seine Route ausschließlich durch Waldgebiete führen, wo er wieder genügend Deckung hätte und sich unauffälliger fortbewegen könnte als auf freier Fläche. Er hatte sich als heutiges Ziel für das Altwarmbüchener Moor entschieden, das er über den Engensener Wald und das Oldhorster Moor eigentlich problemlos erreichen müsste.

Auf dem Acker, den er überqueren musste, war der Mais wegen der späten Aussaat und der ungünstigen Witterung gerade mal ausgetrieben. Normalerweise hatte Janoske – anders als die Naturschützer – nichts gegen den vermehrten Maisanbau in der Region einzuwenden, der nötig wurde, um die vielen neu errichteten Biogasanlagen zu speisen. Denn der Mais bot ihm wie auch dem Schwarzwild gute Deckung und Nahrung bis in den späten Herbst hinein. Wenn Wiesen, Getreidefelder und Rapsäcker längst abgeerntet waren, stand der Mais noch für Wochen auf dem Stängel.

Janoske verharrte immer noch wie angewurzelt. Eine Fledermaus auf Insektenjagd kam im Tiefflug derart dicht an ihm vorbei, dass er sich einbildete, den Windzug der Flügel in seinem Gesicht gespürt zu haben.

Von einem Moment auf den anderen befiel ihn ein ungutes Gefühl. In seinem Magen begann eine Rebellion. Janoske wusste, dass das nicht an den Forellen lag, die er wenige Stunden zuvor verspeist hatte. Eine Fischvergiftung kam ganz anders daher. Plötzlich spürte er Angst – ganz ohne erkennbare Ursache. Angst weiterzugehen.

So viele Jahre lebte er nun schon draußen, in, von und mit der Natur. Im Laufe der Zeit hatte er einen Instinkt entwickelt, der ihm in prekären Situationen schon oft geholfen oder ihn vor Gefahren gewarnt hatte. Einmal, als ein fürchterlicher Gewittersturm mitten in der Nacht durch den Wald tobte, hatte er aus unerfindlichen Gründen sein Erdversteck verlassen. Bei strömendem Regen war er durch den Wald geirrt und bis auf die Haut nass geworden. Erst am nächsten Morgen hatte er die Bescherung gesehen: Der Sturm hatte eine mächtige, stammfaule Roterle umgeknickt; ihre Krone war direkt auf sein Erdversteck gestürzt. Wäre er in dieser Nacht dort liegen geblieben, hätten ihn die Äste in Grund und Boden gebohrt – wie überdimensionale Schaschlikspieße.

Oder die Geschichte mit dem Mähdrescher: Nachdem Janoske im letzten Jahr an einem heißen Julitag eine halb volle Flasche Jägermeister am Straßenrand gefunden und diese binnen einer Stunde ausgetrunken hatte, war er sturzbetrunken durch die Feldmark gewankt. Schließlich hatte er sich in einem Roggenschlag zu einem Schläfchen niedergelegt. Kurz vorm Einschlafen war er jedoch hochgeschreckt und – ohne zu wissen, warum – auf allen vieren aus dem Feld herausgekrabbelt. Erst im hohen Gras einer Grabenböschung war er schließlich eingeschlafen. Zwei Stunden später hatte ihn ein höllischer Lärm geweckt. Voller Entsetzen hatte er ein Ungetüm von Mähdrescher in rasantem Tempo genau die Stelle im Roggen abmähen sehen, wo er vor Kurzem noch gelegen hatte.

Instinkt hin, Erfahrung her, was sollte ihm hier schon für eine Gefahr drohen? Er versuchte, die Finsternis unter den Bäumen mit Blicken zu durchdringen. Eine Bache mit Frischlingen, die ihn angreifen würde? Ein tollwütiger Fuchs? Eine Fallgrube oder ein Stolperdraht, mitten auf dem Wildwechsel?

Wenn hier einer wilderte, dann war er das ja wohl!

Schritt für Schritt setzte er sich in Bewegung. Er musste sich beeilen, denn der Mond stieg von Minute zu Minute höher. Bald würde sein Silberlicht die Nacht zum Tage machen.

Wenige Meter vom Waldrand entfernt blieb er erneut stehen und beobachtete aus dem Dunkeln heraus das jenseits der Bäume liegende, weite Feld. Akkurat ausgerichtet standen die jungen Maispflanzen in Reih und Glied. Ihre zarten Keimblätter schimmerten im Mondlicht, rührten sich aber kaum. Es herrschte absolute Windstille.

Der nächste Hochsitz stand gut hundert Meter entfernt in einer Erlengruppe. Von dort konnte eigentlich keine Gefahr für ihn ausgehen. Nachdem Janoske mehrere Minuten verharrt und nichts Verdächtiges bemerkt hatte, verließ er den schützenden Wald und betrat in gebückter Haltung das Feld. Nach wenigen Metern stieß er auf eine Fahrspur, die ein Trecker beim Drillen hinterlassen haben musste, und folgte ihr.

Er hatte sich noch keine fünfzig Schritt vom Waldrand entfernt, als er plötzlich vom Strahl einer Lampe erfasst wurde. Der Lichtstrahl blendete ihn nicht, er kam von schräg hinten.

Instinktiv ließ er sich zu Boden fallen. Platt wie eine Flunder wühlte er sich in den pulvrigen Ackerboden, der von der intensiven Sonneneinstrahlung des Tages noch warm war. Die kleinen Maispflanzen waren auf einmal in Augenhöhe, boten ihm jedoch keinen Schutz.

Vom Waldesrand her erscholl eine Stimme. Eine krächzende, anscheinend vor Aufregung oder auch Angst zitternde Stimme rief: »Ha-Ha-Ha-Halt! Ste-ste-stehen bleiben, o-o-oder ich schieße!«

Wäre seine Lage nicht so brenzlig gewesen, er hätte wahrscheinlich laut losgelacht. Das groteske Stottern des Fremden klang alles andere als furchteinflößend.

Doch die Drohung zu schießen war sicher nicht nur so dahergesagt.

»I-i-ich k-k-kann i-i-ihn nicht mehr s-sehen!«

»Leuchte!«, befahl eine zweite Stimme. Eine tiefe, klare und unaufgeregte Stimme. »Weiter nach links.«

Der Strahl der Taschenlampe streifte Janoskes Schulter, glitt dann aber weiter.

Scheiße, fluchte er innerlich. Die sind mindestens zu zweit. Aber nach Polizei klingen die nicht. Eher nach Jägern.

Wollen die mir wegen der Hurenmorde an den Kragen? Oder wegen der Wilderei? Habe ich inzwischen nicht nur die Bullen am Hals, sondern auch den Mob? Bin ich etwa zu Freiwild erklärt worden?

Wut stieg in ihm auf. Wäre ich Idiot doch im Wald geblieben!, haderte er mit sich selbst. Hier im freien Feld lag er nahezu ungeschützt, wie auf einem Präsentierteller.

Janoske versuchte zu robben und machte dabei die kleinen Maispflanzen platt. Doch im auf dem Acker ungehindert hellen Mondlicht brauchte man keine Taschenlampe mehr, um ihn zu sehen.

»D-d-da, re-rechts!«, krächzte es.

»Wo?«

Der Strahl der Taschenlampe erfasste Janoskes Rucksack.

»D-d-da! Da is-is-isser!«

Janoske geriet in Panik. Jetzt ist alles scheißegal, dachte er, sprang auf und rannte los. Den Weg, den er gekommen war. Zurück in den Wald, in Deckung. So schnell er konnte, lief er im Zickzack, wie ein Hase, der seine Haken schlug, wenn ein Hund hinter ihm her war.

Als er den Schuss hörte, stolperte er. Im Fallen überschlug er sich.

Wie ein rollierender Hase bei der Treibjagd.

★★★

Der Schuss ließ Axel Schriewe zusammenzucken. Vor Schreck bremste er derart heftig, dass er um ein Haar von seinem Mountainbike gestürzt wäre. Die Balance suchend und sein Schnaufen unterdrückend stand er da und lauschte in die Nacht.

Wer ballerte denn da herum? Und auf was? Hatte der Schuss dem Waldschrat gegolten? Oder hatte das Mondlicht einen Jäger dazu verleitet, eine Wildsau auf die Schwarte zu legen?

Schriewe versuchte, sich zu orientieren. Der Schuss war im Norden gefallen. Die Entfernung einzuschätzen, fiel ihm jedoch ziemlich schwer. Es mochten fünfhundert Meter gewesen sein oder tausend. In der Nacht nahm man Geräusche anders wahr als am Tage.

Im Norden lag Großmoor mit seinen unwirtlichen Sumpfwäldern. Das kannte Schriewe lediglich von der Landkarte. Einmal hatte er versucht, dieses Gebiet von Celle aus mit seinem Bike zu erkunden, war allerdings kläglich gescheitert. Die Feldwege – wenn man sie denn als solche bezeichnen konnte – waren einfach zu schlecht.

Den Tipp, der Waldschrat könne sich im Ramlinger Forst aufhalten, hatte ihm ein befreundeter Pressekollege der HAZ gegeben, der in Ehlershausen wohnte. Der wiederum war von einem Jagdpächter informiert worden, der behauptete, den Waldschrat heute Nachmittag in seinem Revier gesehen zu haben. Doch der Tippgeber hatte keine Lust auf die Pirsch gehabt; er war frisch verliebt und hatte des Nächtens andere Interessen, als dem potenziellen Pressefoto des Jahres nachzujagen.

Also hatte sich Schriewe allein auf den Weg gemacht. Den Wagen hatte er am Golfplatz in Ramlingen abgestellt und war von dort mit seinem Mountainbike aufgebrochen; das Fahrrad passte bequem in seinen Kombi. Bewaffnet mit Fotoapparat, Taschenlampe und Kartenmaterial war er losgezogen. Auf gut Glück. Und mit dem festen Vorsatz, sich die Kamera nicht noch einmal abnehmen zu lassen.

Ich radele einfach in die Richtung, aus der der Schuss kam, beschloss er und schwang sich wieder in den Sattel. Vielleicht habe ich ja Glück.

Energisch trat er in die Pedale, dass die Kette knackte. Der Lichtkegel seiner Fahrradlampe huschte flackernd über den Sandweg. Ansonsten war es stockfinster im Wald. Der Mond, der noch niedrig stand, beschien gerade mal die Baumkronen der Kiefern.

Plötzlich klingelte sein Handy, das in unmittelbarer Nähe zu seinem Ohr am Tragegurt des Rucksacks untergebracht war. Er sauste gerade in voller Fahrt eine abschüssige Wegstrecke hinab, seine ganze Konzentration hatte bisher der schmalen Fahrspur gegolten. Er durfte nicht in den tiefen Sand geraten, der jedem Fahrradausflügler in der Heide ein Gräuel war.

Das Telefongebimmel brachte ihn aus dem Konzept. Hektisch gegenlenkend verlor er die Spur, die Räder rutschten in den losen Sand und gerieten unkontrolliert in den Streifen Heidekraut, der den Waldweg umsäumte.

Den zugewachsenen Baumstumpf sah Schriewe zu spät. Es krachte metallisch, das Hinterrad verlor den Kontakt zum Boden – und er flog im hohen Bogen über den Lenker seines Mountainbikes.

Unsanft kam er auf. Hände und Unterarme rutschten durch das pieksende Heidekraut, die Striemen auf seiner Haut brannten sofort wie Feuer.

Das Handy bimmelte immer noch.

Schriewe, ganz unverwüstlicher Reporter, rappelte sich eilig auf und zog das Mobiltelefon aus dem Futteral.

»Ach, du bist's«, hechelte er atemlos ins Handy. »Und ich dachte, es wär was Wichtiges. – Ja, genau das versuche ich ja, und ich breche mir noch die Knochen dabei!« Er streckte und dehnte seine Gliedmaßen, um zu prüfen, ob alles heil geblieben war. Offenbar hatte er sich nicht ernsthaft verletzt. »Schon klar, ihr braucht mehr Details über unseren Doppelmörder. – Jaja, das brauchste mir nicht zu erzählen. – Aber hör mal, die von der dpa sollen mal die Füße stillhalten. Wenn ich die Fakten zusammenhabe, dann … Oh, verdammte Scheiße.«

Schriewe war zu seinem Fahrrad getreten und starrte missgestimmt auf die Acht in seinem Vorderrad.

»Nee, ich mein nicht dich. Nur – mein Rad ist hin. Ich fürchte, mit meinen Recherchen in Sachen Waldschrat ist für heute Feierabend.«

***

Sein Gesicht landete im Dreck. Sofort war der Mund voll staubiger Erde, es knirschte zwischen den Zähnen.

Janoske traute sich nicht auszuspucken. Starr vor Schreck, innerlich bebend vor Todesangst, blieb er regungslos liegen. Er wagte nicht einmal zu atmen.

Sie hatten tatsächlich auf ihn geschossen! Kaltblütig!

War er getroffen? Noch spürte er nichts. Die einschlägigen Geschichten blitzen durch sein Bewusstsein: Wie sich jemand mit der Motorsäge in den Oberschenkel sägte und erst keinen Schmerz empfand – der kam erst viel später im Rettungswagen. Janoske wusste, in Extremsituationen reagierte der Körper mit einer Art Schutzmechanismus – mit einem Schock.

»Bist du verrückt?«, hörte er die tiefe Stimme brüllen. Der Mann schien außer sich. »Du hast ihn erwischt!«

»N-n-nee, nee! H-ha-ha-hab ich nicht. Ga-ga-ganz si-si-sicher!«

»Du hast ihn umgenietet! Der liegt da irgendwo!«

Janoske, der inzwischen wieder zu atmen wagte, sah aus den Augenwinkeln, wie der Strahl der Taschenlampe über ihn und die kleinen Maispflanzen hinwegglitt. Zwei-, dreimal erfasste das gleißende Licht die Stelle, an der er lag. Doch sie schienen nicht genau zu wissen, wo er sich befand.

»Ich h-h-hab do-do-doch n-nur in die L-L-Luft geschossen«, krähte die Stimme. »Be-bestimmt!«

Hoffentlich, dachte Janoske. Noch im Liegen begann er, seinen Körper abzutasten. Doch er fand kein Einschussloch, weder Blut noch zerschmetterte Knochen. Selbst der Rucksack schien unversehrt. Hatte der Stotterer tatsächlich nur einen Warnschuss in den Himmel abgegeben?

Plötzlich hörte er Getrappel im Maisfeld. Janoske erstarrte. Still lag er da, mit dem Kopf im Dreck. Das Getrappel wurde lauter. Kamen sie, um ihn zu suchen? Aber das waren mehr als zwei Mann. Das waren mindestens vier, fünf, sechs oder … das waren viel, viel mehr!

Er wagte, den Kopf zu heben, nur wenige Zentimeter.

Da kamen sie. Aus dem Wald. Direkt auf ihn zu.

★★★

Die schnurgerade Landstraße 282, die zwischen Lachtehausen und Lachendorf durch ein dichtes, uriges Waldgebiet führte, lag verlassen im Mondschein. Es war kurz vor Mitternacht. Keine Wolke trübte den sternenklaren Himmel. Mächtige Kiefern und Eichen, deren Kronen hell beschienen waren, warfen bizarre Schatten auf den Asphalt und sorgten für eine gespenstische Szenerie.

Ein einziges Auto war Richtung Osten unterwegs. Ein dunkelgrüner Volvo Kombi mit einem defekten Scheinwerfer vorne rechts. Hinter dem Lenkrad saß eine Frau. Sie rauchte und hatte das Seitenfenster halb heruntergekurbelt, die frische Luft tat ihr gut. Auf der Rückbank lag ein leerer Kindersitz. Die Frau fuhr allein.

Elisabeth Knoche war auf dem Heimweg von Celle nach

Beedenbostel. Sie hatte den Abend mit ihrer besten Freundin verbracht, die in Altenhagen wohnte. Erst waren sie im alternativen Programmkino 8 1/2 gewesen, dem Szene-Kino in der CD-Kaserne, wo sie sich »Der Tanz der Vampire« von Roman Polanski angeguckt hatten. Die Originalversion mit deutschen Untertiteln. Danach hatten sie noch einen Bummel durch die Altstadt gemacht, die bei diesem herrlichen Wetter – eigentlich werden in Celle wochentags die Bürgersteige um zweiundzwanzig Uhr hochgeklappt – noch proppenvoll war.

Die einsame nächtliche Fahrt durch die Sprache, das ausgedehnte Waldgebiet östlich von Celle, behagte ihr nicht besonders. Hatte es nie, schon als sie noch ein Kind gewesen war, nicht. Seitdem Onkel Hinrich ihr die Schauergeschichten von der Sprache und der Blauen Brücke erzählt hatte. Von der weiß gekleideten, leichenblassen Frau, die dort ihr Unwesen treiben sollte. Es handelte sich um den Geist einer Frau, deren Tochter von einem rücksichtslosen Autofahrer überfahren worden war. Gegen Mitternacht erscheine ihre ruhelose Seele auf der Lachtebrücke, um zu schnelle Autofahrer zu stoppen. Nur wenn man langsam und vorsichtig fuhr, winkte sie dem Fahrer freundlich zu. Wenn nicht …

Elisabeth Knoche kannte noch eine andere Version: Wenn die Kirchenglocke der Stadtkirche Celle Mitternacht schlug, sollte einem in der Sprache die weiße Frau begegnen. Das Auto sollte dann wie von Geisterhand gesteuert automatisch langsamer werden und schließlich genau neben der weißen Frau anhalten, die dem Fahrer zwei Schlüssel zur Auswahl hinhielt. Wählte man den falschen, raste der Wagen mit Höllentempo gegen den nächsten Baum. Nur beim richtigen Schlüssel ging die Fahrt unbehelligt weiter.

Märchen, nichts als Märchen, redete sich Elisabeth Knoche ein, während sie die Asche ihrer Zigarette aus dem Fenster schnippte.

★★★

Was da im Maisfeld auf Janoske zupreschte, waren keine Jäger, keine Zweibeiner, sondern Vierbeiner. Rotwild!

Das Alttier wechselte wie immer vorneweg, dahinter in heller

Aufregung, dicht gedrängt in einem Pulk, der Rest des Rudels. Jede Menge Kahlwild, aber auch ein paar Hirsche. Wahrscheinlich aufgeschreckt durch den Schuss, waren sie losgezogen. Zudem hatten sie mit Sicherheit längst Wind von den Jägern am Waldrand bekommen.

Das Rotwild-Rudel von Großmoor kannte Janoske gut. Es hatte seinen Tageseinstand in dem unwegsamen Waldgebiet an der Grenze zum Landkreis Celle; in der Nacht zog es südwärts in die Feldmark und den Ramlinger Forst, um zu äsen. Wo das Rudel entlangwechselte, stand kein Halm, kein Krautstängel mehr.

Die Tiere schienen nur wenige Meter an ihm vorbeiziehen zu wollen. Von den zwei Jägern und ihrer Taschenlampe war nichts mehr zu sehen.

Das war seine Chance.

★★★

Sie fuhr exakt die vorgeschriebenen siebzig Stundenkilometer. Das tat Elisabeth Knoche wegen der Wildtiere, die es hier im Wald zuhauf gab. Nicht wegen der Spukgeschichten um die weiße Frau, Gott bewahre! Sie war ein rational denkender Mensch, der nicht die bösen Geister, sondern die real existierenden Borstenviecher und die störrischen Geweihträger im Straßenverkehr fürchtete. Denn diese wechselten – das hatte sie am eigenen Leib erfahren – unvermittelt von einer Straßenseite zur anderen, ohne auf den Verkehr zu achten.

Zweimal war sie in der Sprache bereits in Wildunfälle verwickelt gewesen. In beiden Fällen war es Gott sei Dank glimpflich ausgegangen. Doch die Beulen an ihrem Volvo zeugten noch immer davon.

Plötzlich legte sich ein Dunstschleier auf die Straße. Elisabeth Knoche erschrak nicht, wusste sie doch, dass sie sich der Blauen Brücke und der Lachte näherte.

Sie drosselte das Tempo, warf die Zigarettenkippe hinaus und kurbelte das Fenster hoch. Hier am Bach war die Luft stets ungemütlich frisch. Manchmal, so hieß es, war die Brücke selbst im Sommer vereist.

Mit weniger als fünfzig Stundenkilometern fuhr sie auf die Brücke. Der linke Scheinwerfer beleuchtete die Fahrbahn nur unzureichend, der Nebel war hier besonders dicht. So kam es, dass sie die Frau am Straßenrand erst im letzten Augenblick sah.

★★★

Janoske sprang auf die Füße und begann, wie ein Besessener mit den Armen zu fuchteln. Das Alttier machte einen gewaltigen Satz zur Seite, änderte die Laufrichtung und preschte voller Panik davon. Der Rest des Rudels, durch die Flucht ihres Leittiers verunsichert, sprang unkontrolliert auseinander.

Janoske hatte das Rotwild-Rudel gesprengt.

Ein gewaltiges Getöse brach über das Maisfeld herein. Die in alle Himmelsrichtungen davonstiebenden Tiere wirbelten auf dem trockenen Acker eine riesige Staubwolke auf. Auch Janoske begann zu rennen. Zusammen mit dem Rotwild. Die dreißig Meter zurück zum Wald schaffte er in wenigen Sekunden.

Ohne die Geschwindigkeit zu reduzieren, hetzte er weiter, tiefer in den Wald hinein. Zweige droschen ihm ins Gesicht, Blätter klatschten ihm um die Ohren. Dornen stachen in seine Hosenbeine, Äste knackten. Er nahm keine Rücksicht. Weder auf sich noch auf seine Umwelt. Jetzt würde ihn nichts und niemand mehr aufhalten.

★★★

Mitten auf der Brücke stand eine Frau. Sie trug weiße Unterwäsche und hielt sich seltsam gekrümmt. Mit einer Hand umfasste sie das Brückengeländer. Es hatte den Anschein, als würde die Frau sich übergeben.

Erschrocken schrie Elisabeth Knoche auf. Wie im Zeitraffer rasten all die Spukgeschichten durch ihren Kopf, an die sie vor wenigen Minuten noch gedacht hatte. So verstrichen einige Sekunden, bis sie auf die Bremse trat und den Wagen jenseits der Brücke zum Stehen brachte.

Herrgott, hatte da wirklich eine Frau in Weiß am Brückengeländer gestanden? Sie drehte sich um und starrte durch die Heckscheibe. Doch außer Dunkelheit und dichtem Nebel konnte sie nichts erkennen. Da fiel ihr plötzlich ein, dass sie mitten auf der Landstraße stand. Wenn jetzt ein anderes Auto auftauchte ...

Mit zittriger Hand schaltete sie die Warnblinkanlage an, legte den ersten Gang ein und fuhr langsam rechts ran. Sie hatte kaum gestoppt und den Motor ausgeschaltet, da vernahm sie ein Klopfen an der Heckscheibe. Starr vor Schreck wagte Elisabeth Knoche es nicht, sich umzudrehen. Stattdessen schaute sie gebannt in den Rückspiegel.

Was sie dort sah, hätte einem Horrorfilm alle Ehre gemacht.

Die halb nackte Frau lehnte mit dem Oberkörper am Auto und klopfte unentwegt gegen die Heckscheibe. Von ihren Händen tropfte Blut auf das Glas. Dann wurde das Klopfen schwächer. Der Körper rutschte weg und verschwand aus Elisabeth Knoches Blickfeld.

Von einem Moment auf den anderen war sie wieder völlig klar im Kopf. Ohne zu zögern, riss sie die Fahrertür auf und sprang aus dem Wagen. Die Frau lag leise wimmernd hinter dem Auto auf dem Boden. Die gelben Lampen der Warnblinkanlage und der rote Schein der Rückleuchten tauchten die Szenerie in ein surreales Licht.

»Mein Gott, was ist passiert?« Elisabeth Knoche kniete neben der Frau nieder, einer jungen, zierlichen Frau mit dunkler Pagenfrisur. Ihre Haut war weiß wie Schnee.

»Helfen Sie mir. Bitte.« Die Stimme klang schwach. »Ich blute.«

»Wo sind Sie verletzt?«

Wortlos hob die Fremde ihre Hände. Die Innenseiten waren voller Blut. Es schienen aber keine tiefen Wunden zu sein.

»Wie ist das passiert? Hatten Sie einen Unfall?«

Schon bereute Elisabeth Knoche ihre Frage. Nach einem Verkehrsunfall sah das wahrlich nicht aus. Schließlich trug die Frau außer weißen Dessous nichts am Leibe.

Die Fremde schüttelte den Kopf und deutete auf ihren Hals. Im gespenstisch wechselnden roten und gelben Licht waren dort neben einem Tattoo dunkelblaue Striemen zu erkennen.

»Der Mann …«

»Bitte?«

Die Augen der jungen Frau flackerten voller Panik. Sie wandte den Kopf und starrte in Richtung Blaue Brücke.

»Wir müssen hier weg!«, flehte sie. »Er ist noch da.«

»Wer denn, um Himmels willen?« Elisabeth Knoche wurde es plötzlich mulmig.

»Das perverse Schwein – da kommt er!« Sie deutete zur Brücke.

Elisabeth Knoche schaute in die aufgeblendeten Scheinwerfer eines Autos, das im Schritttempo über die Blaue Brücke rollte. Der Wagen kam direkt auf sie zu.

»Schnell weg!« Die Fremde versuchte, sich aufzurichten. »Bitte … ins Auto, schnell … der ist zu allem fähig.«

Später vermochte Elisabeth Knoche nicht zu erklären, warum sie nicht Reißaus genommen, warum sie nicht zumindest versucht hatte, im Volvo mit der Fremden davonzubrausen. Vielleicht hatte sie geahnt, dass ihr dazu keine Zeit mehr blieb.

Furchtlos ging sie in die Offensive. Statt zu flüchten, erhob sie sich und schaute dem Wagen entgegen. Aufrecht und selbstbewusst schritt sie auf das fremde Fahrzeug zu. Ihr Gesichtsausdruck war voll wilder Entschlossenheit.

Der Wagen stoppte. Die Silhouette hinter dem Lenkrad deutete auf nur einen Insassen hin. Als sie nur noch wenige Meter von dem Fahrzeug entfernt war, gab der Fahrer plötzlich Gas und umkurvte sie haarscharf. Mit quietschenden Reifen brauste das Auto in Richtung Lachendorf davon.

Von einer Sekunde zur anderen fiel alle Beherrschtheit von Elisabeth Knoche ab. Ihre Beine, ihr Körper begannen zu zittern wie Espenlaub. Ihr Herz raste, die Knie wurden weich. Bevor sie beinahe zusammenklappte, spürte Elisabeth Knoche, dass sie von hinten gestützt wurde.

»Er ist weg«, sagte die Fremde, die sich aufgerappelt und ihr unter die Arme gegriffen hatte. »Kommen Sie, weg von der Straße.«

»Wer, zur Hölle …«

»Haben Sie ein Handy?«, unterbrach sie die Fremde. Ihre farblosen Lippen bibberten vor Aufregung und Kälte.

»Ja, im Auto.«

»Ich muss telefonieren.«

»Was hat er mit Ihnen gemacht?«

»Er hat mich gewürgt.«

»Ihr Freund?«

»Nein. Ein Freier.«

»Ach …« Elisabeth Knoche dämmerte es. Klar doch, seit Kurzem stand an der Blauen Brücke wieder ein Sexmobil. So wie früher schon mal. Das war ihr vorhin im Nebel nicht aufgefallen. »Ein Perverser?«

»Ein Killer. Ich war über eine Stunde in seiner Gewalt. Um ein Haar wäre ich krepiert.«

ZEHN

In die Fenster im sechsten Stock der Polizeiinspektion schien schon die Morgensonne. Zu ebener Erde, im Schatten der Häuser, rauschte der Berufsverkehr über die Hannoversche und Jägerstraße. Trotz der frühen Stunde herrschte hektische Betriebsamkeit in den Fluren und Büros des Fachkommissariats I.

»Also, ich wiederhole.« Mendelski drehte das Mikrofon, das vor ihm auf dem Tisch stand, in seine und Ellen Vogelsangs Richtung. »Sie saßen nebeneinander auf der Pritsche. Nachdem der Freier gezahlt hatte, haben Sie damit begonnen, sich auszuziehen. Als Sie nur noch in Slip und BH waren, hat Sie der Mann gebeten, vorerst nicht alles auszuziehen, es ginge ihm zu schnell. Und dann äußerte er den Wunsch, dass Sie sich von ihm mit einem von ihm mitgebrachten Tuch die Augen verbinden lassen. Richtig?«

Rita Schreiber nickte müde. Ihre ungeschminkten, tief in den Höhlen liegenden Augen zeugten von einer schlaflosen Nacht. Nachdem die Streifenwagenbesatzung sie vernommen hatte, war sie mit einem Krankenwagen ins Allgemeine Krankenhaus nach Celle gebracht worden. Dort hatte man sie zweieinhalb Stunden lang untersucht und ihre Wunden versorgt, bevor ihr Zuhälter sie abgeholt und nach Hause gebracht hatte.

Zur Ruhe gekommen war sie nach ihrem grausamen Erlebnis jedoch nicht. Zumal ein Streifenwagen sie schon wenige Stunden später zur Vernehmung in die Polizeiinspektion abgeholt hatte.

Mendelski fuhr fort: »Auf das Angebot sind Sie aber nicht eingegangen. Daraufhin hat der Mann weitere fünfzig Euro gezückt und wollte Sie so zum, nennen wir es mal Mitspielen überreden.«

»Mitspielen? Wohl etwas untertrieben.« Rita Schreiber lachte verzerrt. »Nein, nein, das Schwein wollte nicht nur spielen.«

»Natürlich. Entschuldigung.« Mendelski rieb sich die Stirn und kniff seine Augen zusammen. In punkto Müdigkeit konnte er allemal mit der Frau vor sich mithalten. Die Wirkung der Tabletten, die er heute früh gegen halb fünf genommen hatte, ließ nach. Seine Kopfschmerzen kehrten zurück. »Sie haben sich also weiter geweigert, das Tuch umzubinden.«

»Natürlich.« Rita Schreiber tippte sich mit dem Zeigefinger an die Schläfe. »Bin ich lebensmüde? Fesseln, Knebeln, Augen verbinden und solche Sachen – das ist tabu. Sonst wäre man den Kerlen ja schutzlos ausgeliefert. Für so was gibt's Sado-Maso-Clubs.«

Ellen Vogelsang öffnete den Mund, um etwas zu sagen, entschied sich jedoch zu schweigen. Durch ein Handzeichen signalisierte sie Mendelski, der das bemerkt hatte, dass er fortfahren sollte.

»Wie ging's weiter?«

»Ich sollte wenigstens die Augen schließen. Und mich passiv – oder unterwürfig, wie er es nannte – verhalten. Das würde ihn aufgeilen.«

»Und das haben Sie dann auch getan?«

»Na ja, für 'nen Braunen kann man schon mal kurz die Augen schließen, oder?«

»'nen Braunen?«

»Na, für 'nen Fünfziger extra.«

»Ach so. Und dann?«

»Dann hörte ich, dass er sich an seiner Hose zu schaffen machte und zu schnaufen anfing. Prima, dachte ich, jetzt wird er richtig spitz. Oder besorgt's sich sogar selbst. Aber Pustekuchen. Bevor ich überhaupt checkte, was los war, war er plötzlich über mir und drückte mir 'nen Draht an den Hals.« Sie deutete auf die hässlichen Striemen an ihrer Kehle. »So 'nen fiesen dünnen Draht, der in die Haut einschneidet.«

»Den Draht hatte er in der Hosentasche?«

»Scheint so. Oder in der Unterhose, was weiß ich.«

»Trug er Handschuhe?«

»Nein.«

»Bitte weiter.«

»Ich kriegte vor Schreck und Angst keinen Ton raus. Stocksteif lag ich da, gelähmt vor Schiss wie so'n Kaninchen vor der Schlange. Und dann fing das Schwein an zu quatschen.«

»Wie? Er redete?«

»Und wie!«

»Was sagte er genau?«

»Er stöhnte es mehr.« Rita Schreiber überlegte kurz, dann fuhr sie fort: »Ungefähr so«, sie senkte die Stimme und imitierte schnaufend, wie der Mann gesprochen hatte: »»Hast du jetzt Angst? Schön. Ich bin der Drahtwürger von Celle. Du bist mein wehrloses Opfer. Los, spiel mit. Deine Angst macht mich scharf wie Katzenpisse. Merkst du das?«

»Und Sie?«

»Ich nickte nur. Seinen harten Schwanz spürte ich deutlich.«

»›Drahtwürger von Celle‹, das hat er gesagt?«

»Ja. Ich glaube, er hat sogar ›der berühmte Drahtwürger von Celle‹ gesagt – ist doch irre, was?«

»Und weiter?«

»Ich habe mich ja schon mit vielen schrägen Typen eingelassen und so manches hinter mir, aber das … ich hatte richtig Angst. Eine Heidenangst. Der Kerl lag auf mir drauf und drückte mir den dünnen Draht an den Kehlkopf, dass mir die Luft wegblieb. Und er war nicht gerade klein. Mir blieb keine Chance, mich zu wehren. Notrufknopf, Handy … gar nichts ging. Ob instinktiv oder aus der Not heraus – ich tat einfach so, als spielte ich sein Spiel mit. Ich wimmerte und bat um Gnade. Halb war es Ernst, halb gespielt. Ihm schien's zu gefallen. Ich weiß nicht, wie lange es gedauert hat, mir kam es wie eine Ewigkeit vor. Dann hatte er wohl plötzlich seinen Abgang. Zuckte rum wie ein Kaninchen aufm elektrischen Stuhl.«

Ellen Vogelsang musste zu Boden schauen, um ihr Grinsen zu verbergen. Nur gut, dass Maike nicht dabei ist, dachte sie, sonst hätten wir beide bestimmt laut losgeprustet.

Mendelski blieb ernst. »Damit war's aber noch nicht vorüber?«

»Nee. Ich dachte ja, wenn es ihm erst gekommen ist, wird der vielleicht wieder normal. Aber denkste. Er nahm den Draht weg und fing an rumzujammern. Es täte ihm leid und so. Und ich solle doch bitte keinem was davon erzählen. Meinem Zuhälter nicht und schon gar nicht der Polizei. Er würde auch noch 'nen Schein rausrücken.«

»Und? Sind Sie darauf eingegangen?«

Rita Schreiber rutschte unruhig auf ihrem Stuhl hin und her. »Ich hab wohl falsch reagiert«, sagte sie kleinlaut. »Als der Typ so dahockte, fast auf Knien, und so jämmerlich vor mir herumrutschte, mit vollgewichster Hose – da sind mir die Sicherungen durchgebrannt. Hab ihm eine geknallt. Feste. Und noch eine und noch eine. Und geschimpft und geschrien habe ich vor Wut. Ich war so was von geladen, das musste einfach raus.«

»Aber damit hatte er nicht gerechnet. Er fing an, sich zu wehren.«

»Ja, genau. Von einem Moment auf den anderen veränderte sich sein Gesichtsausdruck, und er schaltete um auf Bestie. Mit dem Draht, den er ja noch in den Händen hielt, wollte er mir wieder an den Hals. Aber ich wehrte mich, und der Draht zerschnitt mir die Hände.« Sie hielt ihre verbundenen Handflächen hoch. »Immerhin ... ich konnte zumindest verhindern, dass er mich strangulierte.«

»Wie lange dauerte dieser Kampf?«

»Ich weiß es nicht. Irgendwann konnte ich einfach nicht mehr, also hab ich mich ohnmächtig gestellt. Da gab er endlich Ruhe.«

»Was machte er dann?«

»Keine Ahnung, ich hatte ja die Augen zu. Und Schiss genug, sie wieder aufzumachen. Erst mal passierte wohl lange Zeit nichts. Der Typ atmete schwer, das hörte ich. Aber nicht geil, sondern eher ... erschöpft. Irgendwann fing er dann an, mir die Wangen zu tätscheln, so ganz leicht. Als wollte er mich wiederbeleben.«

»Hm.« Mendelski guckte unschlüssig. »Es wäre für ihn in diesem Augenblick also ein Leichtes gewesen, den Draht um Ihren Hals zu legen und Sie zu erdrosseln.«

»Klar. Ich war am Ende, fix und fertig.«

»Wollte er sein brutales Spielchen vielleicht noch einmal mit Ihnen spielen? Sich noch mal an Ihrer Angst weiden?«

»Keine Ahnung. Könnte aber sein. Jedenfalls fing mein Handy an zu vibrieren, das ich vorn in der Fahrerkabine liegen hatte. Erst kümmerte er sich da nicht drum. Aber es hörte einfach nicht auf, der Anrufer ließ nicht locker. Das machte ihn wohl nervös. Irgendwann kletterte er nach vorne, um das Handy auszuschalten oder was weiß ich. Da bin ich getürmt, raus auf die Straße. Zum Glück kam gerade ein Auto. Den Rest der Geschichte kennen Sie.«

»Okay. Das wär's dann.« Mendelski erhob sich und nickte Ellen Vogelsang zu. »Ach übrigens: Wer hat denn da so spät in der Nacht noch angerufen?«

»Mein Zuhälter. Kontrollanruf.«

»War der denn nicht in der Nähe? Um Sie zu beschützen? Er hat doch sicher in der Zeitung von den Morden an Ihren Kolleginnen gelesen.«

»Eben deshalb war er ja *nicht* da. Die waren alle drüben, auf der anderen Seite von Celle. Um dort den Mörder zu jagen. Diesen Waldmenschen.« Rita Schreiber guckte genervt. »Das war ja wohl 'n totaler Flop. Die hatten sich mit Kumpeln, Jägern und was weiß ich für Leuten in Rixförde verabredet. Zum Nachtansitz.«

»Sie und Ihr Zuhälter hatten so weit entfernt von den bisherigen Tatorten also nicht mit einem Anschlag gerechnet?«

»Ja genau. Hat doch keiner geahnt, dass das Schwein als Nächstes in der Sprache zuschlägt. Und dass es gar nicht der Waldmensch, sondern dieser Perversling ist. Nur gut, dass Sie den so schnell gefunden und eingebuchtet haben.«

»Dank Ihrer Hilfe. Das Autokennzeichen hat gereicht. Außerdem ist er ein alter Bekannter.« Mendelski ging zur Tür, drehte sich aber noch einmal um. »Wir müssen noch eine Gegenüberstellung machen, eine sichere Identifizierung. Sie werden den Mann ja wiedererkennen?«

»Da machen Sie sich mal keine Gedanken. Die Visage sehe ich in meinen bösesten Träumen …«

»Sie brauchen keine Angst zu haben, das ist für Sie ohne jedes Risiko. Meine Kollegin wird Sie gleich abholen.«

★★★

»Wenn ich das geahnt hätte … Da hätte ich mir heute früh die Fahrt nach Hannover sparen können«, meckerte Ronny Neumann. Sie donnerten auf der Überholspur der A 37 in Richtung Celle, passierten das Kirchhorster Autobahnkreuz und ließen die

A 7 rasch hinter sich. Neumann fuhr schnell, sehr schnell sogar. Das mobile Blaulicht kam – sehr zum Ärger des Fahrers – aber nicht zum Einsatz.

»Jetzt rasen Sie nicht so«, beschwerte sich Verena Treskatis. »Wir haben Zeit. Nachher landen wir noch in der Leitplanke.«

»Ich hatte also recht«, entgegnete Neumann. Den Wunsch seiner Chefin ignorierend, ließ er das Gaspedal durchgetreten. Das Altwarmbüchener Moor rechter Hand schien an ihnen vorbeizufliegen. »Diese Jägertruppe führte was im Schilde. Aber Sie haben mir das ja nicht geglaubt.«

»Geglaubt habe ich Ihnen das durchaus.« Treskatis hielt sich mit beiden Händen am Sitz fest. »Ich hätte nur nicht gedacht, dass die mit ihrer Nacht-und-Nebel-Aktion Erfolg haben würden.«

»Nebel? Wie ich hörte, hatten die hellen Mondschein.«

»Na ja, in diesen Dingen sind uns die Grünröcke ein Stück voraus. Die verstehen was von der Natur.«

Neumann deutete ein Nicken an. »Da waren die Zuhälter schlau und haben sich die passenden Verbündeten gesucht. Es soll ja nicht nur der Trupp am Lahberg unterwegs gewesen sein, sondern auch noch einer im Celleschen. An der L 310. Wussten Sie das?«

»Nein. Spielt aber auch keine Rolle. Wir können eh nichts dagegen tun. Nur das Schießen auf Menschen … das sollten die tunlichst unterlassen.«

»Angeblich hat er ja nur in die Luft geschossen.«

»Diese Luft kenne ich.« Treskatis hob und senkte den Kopf, ohne die Hände von der Sitzkante zu nehmen. »Die reicht vom Himmel bis zum Erdboden.«

»Jedenfalls wurde wohl niemand verletzt. Die haben den Waldschrat entdeckt und ihn in einem Waldstück eingekreist. Die Jäger meinen, dass der da noch steckt.«

»Die sollen bloß vorsichtig sein und warten, bis wir da sind. Lynchjustiz ist das Letzte, was wir jetzt noch gebrauchen können.«

»Die Zuhälter wiegeln die Grünröcke mit ihrer Belohnung auf.«

Treskatis seufzte. »Auch dagegen können wir wenig tun.«

Kurz vor der Abfahrt nahm Neumann den Fuß vom Gas.
»Sind die Kollegen schon da?«, fragte er.

»Sicher, mehrere Streifenwagenbesatzungen. Vier, glaube ich. Aus Burgwedel und aus Burgdorf.«

»Was ist mit Hubschrauber und Bereitschaftspolizei?«

»Stehen auf Abruf bereit.«

»Wissen die Celler schon Bescheid?«

»Nein. Gut, dass Sie das fragen. Ich rufe gleich mal an.«

Sie hatten die Abfahrt Schillerslage erreicht. Neumann musste stark bremsen, da der Milchtanklaster vor ihnen ebenfalls die Autobahn verlassen wollte.

»Geht nicht ran«, sagte Treskatis. »Weder im Büro noch ans Handy. Wahrscheinlich sitzen sie gerade in einer Besprechung.« Sie hinterließ eine kurze Nachricht auf der Mailbox und verstaute ihr Telefon wieder in der Jackentasche.

***

»Da bist du ja endlich«, rief Mendelski über den Flur des sechsten Stocks. »Wo hast du denn gesteckt?«

»Im Bett.« Maikes Gesicht färbte sich leicht rosa. Ohne lange nach Ausflüchten zu suchen, hatte sie spontan die Wahrheit gesagt.

»Hast du verschlafen?« Mendelski guckte skeptisch.

»Nicht wirklich.« Jetzt wurde sie richtig rot. Sie brachte es einfach nicht fertig, ihren Chef anzulügen.

Wie immer war sie früh aufgestanden, hatte ausgiebig geduscht und sich, noch splitterfasernackt, die Zähne geputzt. Plötzlich war Matthew hinter ihr aufgetaucht. Normalerweise legte er sich nach seiner Taxi-Nachtschicht zu Hause schlafen. Doch an diesem Morgen – der Sonnenaufgang über Celle musste phänomenal gewesen sein – hatte er die unbändige Lust verspürt, Maike mit einem im Französischen Garten gepflückten Tulpenstrauß und einem Guten-Morgen-Kuss zu überraschen.

Bei dem einen Kuss war es natürlich nicht geblieben. Die Tulpen landeten weit verstreut auf den Badezimmerfliesen und die beiden im Bett. Bei geöffnetem Fenster und wehenden Vorhängen hatten sie sich geliebt. Es war einfach göttlich gewesen – und die Zeit war nur so verflossen.

Mendelski ließ es darauf beruhen. »Okay«, sagte er. »Nächstes Mal ruf bitte an, wenn du dich verspätest. Oder lass wenigstens dein Handy eingeschaltet. Wir hatten hier heute früh schon einiges um die Ohren.«

»Was ist denn passiert?«

»Es ist wieder eine Prostituierte überfallen worden. Heute Nacht in der Sprache. Ein Freier wollte sie strangulieren – mit Blumendraht.«

»Nein!«

»Sie hat's aber überlebt, ist nur leicht verletzt. Hab sie gerade mit Ellen vernommen.«

»Und der Täter?«

»Der ist auch hier.«

»So schnell? Na klasse!« Maike freute sich aufrichtig. »Da bin ich aber gespannt.« Sie begann zu schmunzeln. »Wie's scheint, geht's ja auch mal ohne mich.«

»Gelegentlich.« Mendelski hielt plötzlich inne. »Verflixt! Ich muss ja noch Hannover informieren. Ach was, das mache ich nach der Vernehmung.« Er drückte die Türklinke herunter. »Komm mit rein. Du kennst den Vogel.«

★★★

»Wozu der Aufwand?«, raunte Atze seinem Bruder zu. Die beiden standen auf der Ladefläche eines schwarzen Pick-ups – ein aufgemotzter Dodge mit extrabreiten Hinterreifen – und zurrten das Geländemotorrad mit Spanngurten fest. »In der Zeit, in der wir die Maschine verstauen, wär ich durch'n Busch schon dreimal da.«

»Hast ja recht«, erwiderte Krause ebenso leise. »Aber der Beckewitz eben auch. Im Busch wimmelt's jetzt vor Bullen. Wäre ziemlich scheiße, wenn sie dir die Maschine abnehmen.«

»So'n Quatsch. Die Bullerei hat momentan ganz andere Sorgen. Da geht denen so 'ne Crossmaschine ohne Nummernschilder glatt am Arsch vorbei.«

»Und der Fahrer ohne Führerschein?«

»Vergiss es.« Mit einem Satz sprang Atze von der Ladefläche auf das Hofpflaster. »Die hätten mich eh nicht gekriegt.«

»Sei dir da mal nicht so sicher.« Krause stieg ebenfalls von der Ladefläche. Jedoch längst nicht so waghalsig wie sein »kleiner« Bruder, sondern so, wie es ihm die Berufsgenossenschaft beigebracht hatte: auf Sicherheit bedacht, in kleinen Schritten. Gemeinsam drückten sie die Heckklappe zu. »Die haben heute bestimmt wieder 'nen Hubschrauber im Einsatz«, ergänzte er. »So wie vorgestern bei Laryssa.«

Atze grinste breit. »Ja und? Wenn's hart auf hart kommt, bin ich mit dem Bock eindeutig besser dran. Mit dem Hubschrauber können die im Wald nicht viel ausrichten.«

Krause kramte eine Zigarettenschachtel aus der Hosentasche. »Hoffentlich hat der Spuk bald ein Ende«, sagte er, während er seinem Bruder die Schachtel hinhielt. »Die sollen den Kerl packen – und gut is.«

Atze lehnte die angebotene Zigarette ab. »Scheiß Jäger«, fluchte er. »Hätten die den letzten Nacht nicht einfach abknallen können?«

Krause schaute zum Nachbargrundstück, wo zwei Jungen im Garten Fußball spielten. »Geht's nicht noch lauter?«, zischte er. »Was soll denn so was jetzt?«

»Wäre der Kerl hops, könnte er uns nicht mehr gefährlich werden.«

»Ach. Du meinst also immer noch, dass er was gesehen haben könnte?«

»Sicher doch. Der hat öfter aus den Büschen gespannt, Laryssa wusste das. Wenn ihn die Bullen packen und er ausplaudert, was er so alles beobachtet hat, dann Prost Mahlzeit …«

»Warum hast du mich denn nicht gewarnt? Ich hätte Laryssa doch erst mal in Ruhe gelassen.«

»Klar, hinterher is man immer schlauer. Psst, er kommt!«

Beckewitz trat aus der Haustür. Er sah aus, als ginge es auf Safari in der Kalahari: Khakihose, Khakihemd, sandfarbene Springerstiefel. Eine Sporttasche trug er in der einen, ein Fernglas in der anderen Hand.

»Das ist mal ein Auto, oder?«, rief er den beiden mit Blick auf den Pick-up zu. »Festfahren ist nicht mehr.« Er verstaute die

Tasche und das Fernglas hinter dem Fahrersitz des Dodge. »Der Daimler kann sich derweil ausruhen.«

»Hat aber 'ne satte Stange Geld gekostet«, erwiderte Atze. »Ich hätt dem Türken nicht so viel gelöhnt.«

»Kinkerlitzchen!« Beckewitz schüttelte den Kopf. »Nein, nein. Das war schon okay. Seid ihr so weit?«

»Ja. Kann losgehen.«

Beckewitz trat neben Krause. »Schön, dass du mitkommst. Mit deiner Ortskenntnis bist du ein wichtiger Mann heute.«

»Wo genau soll der Waldschrat denn stecken?«

»In einem Waldgebiet bei Großmoor, hieß es. Nördlich vom Ramlinger Forst.«

»Im Ramlinger Forst, da hab ich schon mal gebaggert. Da kenne ich mich aus. Aber in Großmoor eher weniger.«

Beckewitz schaute auf seine Armbanduhr, eine nagelneue Fortis Marinemaster. »Wir müssen los. Treffpunkt ist in Engensen, Lahberg oder so ähnlich.«

»Kenn ich, das ist leicht zu finden.«

»Also brauch ich kein Navi?«

»Nein. Bloß nicht.« Krause winkte ab. »Die lotsen einen über Celle. Die Dinger taugen im Busch nichts. Wir nehmen eine Abkürzung durch den Hastbruch: Ovelgönne, Schönhop, Luisenhof und so weiter.«

Beckewitz zückte den Autoschlüssel. »Du machst das schon«, sagte er. »Los geht's, einsteigen.«

★★★

»Sie wollen uns wirklich weismachen, Sie hätten nur wieder so ein Sex-Rollenspielchen im Sinn gehabt?« Mendelski verlor langsam die Geduld. »Herr Märtens, Sie sitzen bis zum Hals im Schlamassel. Vorgestern traf man Sie bei Allerhop am Tatort der kurz zuvor mit einem Draht erdrosselten Laryssa Ascheschka an. Für die Nacht darauf, als mit Karin Wuttke die nächste Prostituierte auf die gleiche Art und Weise zu Tode stranguliert wurde, haben Sie kein Alibi. Und nun das. Der Staatsanwalt hat gar keine andere Wahl, als den Haftbefehl auszustellen.«

»Aber ich bin unschuldig«, brüllte Märtens, dessen mächtiger Körper vor Wut bebte. Von seinem kahl geschorenen Schädel rann der Schweiß. Wie Maike naserümpfend feststellte, trug er noch immer seine Kleidung von vorgestern: das giftgrüne kurzärmelige Hemd, die braunen Cargo-Shorts, weiße Frotteesocken und Tennisschuhe.

Wahrscheinlich hat er nicht mal geduscht, dachte sie.

»Ich habe niemanden umgebracht«, beteuerte Märtens. »Laryssa nicht, und die von Engensen auch nicht.«

»Und was war das letzte Nacht mit Rita Schreiber? Sie sind ihr mit einem Draht zu Leibe gerückt. Genauso wie bei den anderen.«

»Zum hundertsten Mal: Das mit der Nutte in der Sprache gebe ich ja zu. Aber nicht die zwei Morde – damit hab ich nichts zu tun.«

»Warum haben Sie Rita Schreiber denn bedroht? Warum versucht, sie umzubringen?«

»Pah, so ein Blödsinn!« Märtens lachte auf. »Wenn ich gewollt hätte, hätte ich sie zehnmal umbringen können.«

»Also? Warum das Ganze?«

»Sie kennen doch meine sexuellen Vorlieben. Ich brauche das, dieses Spiel. Ich bin der Dominante, sie das Mäuschen, die Untergebene. Und nach Laryssas Tod musste ich mir eine neue Gespielin suchen.« Er beugte sich ein Stück vor. »Ich hatte akuten sexuellen Notstand. Sie als Mann verstehen mich doch, oder?«

So ein Schwein, dachte Mendelski angewidert. Ohne zu Maike hinüberzuschauen, wusste er, dass sie innerlich brodelte. Rasch suchte er nach einer passenden Antwort.

»Soso … sexueller Notstand. Und das berechtigt Sie dazu, mit anderen Menschen so umzugehen? So gewalttätig zu werden?«

»Gewalttätig, dass ich nicht lache.« Märtens winkte ab. »Es war nur ein Spiel. Ein Rollenspiel, kapieren Sie das doch endlich.«

»Warum haben Sie sich mit der Frau dann nicht abgesprochen? So wie mit Laryssa Ascheschka? Mit ihr gab es doch richtige Arrangements, die Rollen wurden im Vorfeld verteilt.«

»Es sollte endlich mal eine Spur echt sein. Verstehen Sie? Echt, authentisch, realistisch! Nicht nur gestellt. Die blöden Nutten spielen hundsmiserabel, grottenschlecht. Laryssa war da 'ne Ausnahme. Meistens stimmt gar nichts, egal, wie viel ich drauflege. Das macht keinen Spaß mehr.«

»So erwischte es Rita Schreiber rein zufällig?«

»Genau. Von Lachendorf bis in die Sprache ist es ja nicht weit.« Märtens' Augen verengten sich. Lüstern stierte er Maike an. »Die Nutten hier in der Gegend hatten alle vom Würger mit dem Draht gehört«, erzählte er mit heiserer Stimme. »Die beste Voraussetzung für ein realistisches Rollenspiel. ›Brutaler Sex-Killer trifft auf wehrloses Opfer.‹ Wie im Horrorfilm. So wollte ich das. Der ultimative Kick. Die Nutte sollte sich vor Angst einpissen, wenn sie mich mit dem Draht sieht. Besser geht's doch gar nicht …«

Maike wandte sich angeekelt ab. »Oh Mann, Sie sind ja so was von krank«, entfuhr es ihr. »Leute wie Sie gehören hinter Gitter.«

Mendelski holte tief Luft, um seine Anspannung zu verbergen. »Bei Laryssa Ascheschka haben Sie's zum ersten Mal so versucht, von ihr wollten Sie auch den ultimativen Kick«, sagte er so ruhig wie nur irgend möglich. »Die alberne Koch-Küchenmädchen-Verabredung war doch nur vorgetäuscht. Sie hatten längst ganz was anderes im Sinn. Sie zückten den Draht, würgten sie. Vielleicht hatten Sie ja anfangs gar nicht die Absicht, sie zu töten, wollten sie nur quälen —«

»Nein, nein und nochmals nein!«, unterbrach ihn Märtens wutentbrannt. »Mit Laryssa kam ich super klar. Ich hab ihr nie auch nur ein Haar gekrümmt.«

Mendelski ließ sich nicht beeindrucken. »Sie haben sie erdrosselt«, fuhr er unbeirrt fort, »und sind dadurch erst richtig auf den Geschmack gekommen. Sie brauchten mehr. Die Gier setzte ein. Wie bei einem Drogenabhängigen. Daher sind Sie vorletzte Nacht nach Engensen gefahren und —«

»Nein! Nein! Nein!« Märtens krallte seine Finger um die Tischkante und senkte den Kopf. »Das hör ich mir nicht länger an. Ich sag nichts mehr. Keinen Ton. Hätte ich schon längst tun sollen. Ab jetzt redet nur noch mein Anwalt.«

»Wie Sie wollen. Ob mit Aussage oder ohne, Sie bleiben in Gewahrsam.« Mendelski erhob sich. »Wir werden Ihre Wohnung und den BMW auf den Kopf stellen, die Durchsuchungsbeschlüsse liegen uns bereits vor. Und wir finden was, das schwöre ich Ihnen.«

»Bitte, nur zu«, höhnte Märtens, während Mendelski und Maike den Raum verließen. »Das sitze ich locker aus«, rief er ihnen nach. »Spätestens wenn's die nächste Würger-Leiche gibt, werden Sie schon merken, dass Sie danebenliegen – und ich die Wahrheit gesagt habe.«

ELF

Das durfte doch nicht wahr sein!

Die waren immer noch da. Es waren sogar noch mehr geworden. Jäger, mit Geländewagen herangekarrt. Über den Schultern trugen sie Gewehre, bei einigen meinte er, Gürtelholster mit Kurzwaffen gesehen zu haben. Um sie herum kläfften Jagdhunde in freudiger Erwartung. Es gab sogar ein paar Treiber, ihre Kappen und Warnwesten leuchteten weithin sichtbar in der Morgensonne.

Bruno Janoske verstand die Welt nicht mehr. Hatten die heute Morgen keine Nachrichten gehört? Das von dem Überfall auf die Prostituierte letzte Nacht? Das war auf der anderen Seite von Celle gewesen, mindestens zwanzig Kilometer Luftlinie von Großmoor entfernt. Und er war seit Mitternacht von Jägern eingekreist. Sie hatten ihn mehrmals gesehen. Also kam er als Täter gar nicht mehr in Betracht. Ein besseres Alibi gab's doch nicht!

Obendrein war im Radio davon die Rede gewesen, dass die Celler Kripo einen Verdächtigen gefasst hatte. Oder schloss die Polizei etwa aus, dass es sich bei den Morden und dem Überfall um ein und denselben Täter handelte?

Voller Wut grub er seine Fingernägel in die Rinde der Eberesche, hinter der er sich versteckte. Am liebsten hätte Janoske es laut hinausgeschrien: Seid ihr alle blind? Haut ab! Verschwindet endlich. Lasst mich in Ruhe!

Die Gewehre machten ihm Angst. Gewehre mit Zielfernrohr, mit denen man hundertfünfzig bis zweihundert Meter weit schießen konnte. Das heißt, nicht die Gewehre machten ihm Angst, sondern die schießgeilen Grünröcke, die den Finger am Abzug hatten.

In ihm keimte der Verdacht, dass sich die Jägerschaft an ihm rächen wollte, weil er gewildert hatte. Um die Prostituiertenmorde ging es ihnen in Wahrheit gar nicht. Sie machten Jagd auf ihn, weil er es gewagt hatte, in ihren Revieren ein wenig Mundraub zu betreiben.

Die sollen sich nicht so anstellen, dachte er aufgebracht. Bei dem vielen Wild, das es hier in der Gegend gibt, fällt ein Reh mehr oder weniger doch gar nicht ins Gewicht.

Diese selbstgefälligen Halbgötter in Grün!

Letzte Nacht war der erste von ihnen durchgedreht. Schießt einfach auf mich wie auf eine Wildsau! Bei dem Gedanken an die Szene im Maisfeld lief es ihm erneut kalt und heiß den Rücken herunter.

Das Rotwild-Rudel hatte ihn gerettet. Mit einigen versprengten Tieren war er in den Wald geflüchtet und hatte dann an unterschiedlichen Stellen versucht, aus dem Waldgebiet zu entkommen. An der Bahn im Norden, bei der Schwedensiedlung im Osten, im Hastbruch im Westen. Vergebens. Überall war er auf Jäger gestoßen. Sie hatten sämtliche Hochsitze besetzt, leuchteten mit Scheinwerfern in der Gegend herum, versperrten mit ihren Autos die Waldwege oder liefen Patrouille. Wie im Krieg!

Auf der Suche nach einem Fluchtweg war er bis zum Morgengrauen umhergeirrt. Oberkörper und Kopf hatte er zusätzlich zu dem geschwärzten Gesicht so gut es ging mit Astwerk getarnt. Er sah aus wie ein wandelnder Gagelstrauch. Doch genützt hatte das nichts. Zweimal war er von ihren Lichtkegeln erfasst und zurück in den Wald getrieben worden.

Immer wieder war er dabei auf versprengtes Rotwild gestoßen. Den Tieren ging es wie ihm. Sie fanden keine Ruhe, waren noch immer in heller Aufregung. Ununterbrochen bekamen sie Wind und feindliche Witterung von all den Jägern ringsum. Unter diesen Umständen war es schwer, sich wieder zu einem Rudel mit Leittier, zu einer sich gegenseitig helfenden und schützenden Gemeinschaft zusammenzufinden.

Janoske dagegen war ein Einzelkämpfer. Bevor die ersten Sonnenstrahlen auf die Baumwipfel trafen, hatte er sich wieder in seine Erdhöhle zurückgezogen. Erschöpft und hundemüde. Für einen Moment hatte er seine Angst vergessen und war eingeschlafen.

Nach vier Stunden Ruhepause – er hatte geschlafen wie ein Stein – war er aufgewacht. In den Zehn-Uhr-Nachrichten im Radio hatte er von dem jüngsten Überfall auf eine Prostituierte gehört. Voller Zuversicht war er losmarschiert, denn jetzt war er ja aus dem Schneider – hatte er zumindest gedacht.

Er registrierte, dass seine Fingerkuppen schmerzten. In Gedanken seine missliche Lage analysierend, hatte er sich immer tiefer in die Rinde der Eberesche gekrallt. Nur langsam löste sich seine Verkrampfung.

Er ließ von dem Baum ab. Ich komme hier nicht mehr raus, gestand er sich ein. Jedenfalls nicht so einfach. Was im Schutz der Dunkelheit nicht geklappt hat, werde ich am Tage erst recht nicht schaffen. Zumal sich da draußen immer mehr Jäger, Treiber und Hunde zu versammeln schienen.

***

Beim Pinkeln hörte Mendelski die Handy-Mailbox ab. Beides gleichzeitig und ohne »Unfall« zu bewerkstelligen, war gar nicht einfach. Das Funktelefon, das er zwischen Schulter und Ohr geklemmt hatte, um die Hände frei zu haben, drohte herunterzurutschen und ins Becken zu fallen.

Er hatte Dusel. Es ging alles glatt. Vorerst.

Die Nachricht, die er vernahm, hob seine Stimmung. Verena Treskatis berichtete, dass der Waldschrat gestellt worden war. In einem Waldstück bei Großmoor. Zwar noch nicht verhaftet, jedoch so gut wie.

Mendelski war guter Dinge. Ein wichtiger Zeuge – oder unter Umständen auch ein weiterer Verdächtiger – stand kurz vor der Festsetzung. Dieser Tag, der mit der Verhaftung von Märtens begonnen und noch nicht einmal den Mittag erreicht hatte, würde die Entscheidung bringen. So hoffte er jedenfalls.

In der Aufregung klemmte er beim Verschließen des Hosenstalls ein Stück Haut seines rechten Daumens im Reißverschluss ein. Das schmerzte und brachte sogar ein paar Blutstropfen zum Vorschein.

Auf dem Flur begegnete ihm Heiko Strunz.

»Gut, dass du mir über den Weg läufst, Heiko«, rief Mendelski. »Trommle bitte die anderen zusammen. Bei mir im Büro in zwei Minuten. Es gibt Neuigkeiten.«

***

Wo die Polizei bloß bleibt?, dachte Janoske. Die müssten doch längst wissen, dass ich mich hier verstecke. Polizisten waren im Gegensatz zu Jägern zumindest berechenbar. Das waren Profis in Sachen Verbrecherjagd, die würden nicht einfach so auf ihn schießen. Oder doch? Er galt schließlich als potenzieller Doppelmörder.

Sollte er sich der Polizei stellen? Bevor ihm die Grünröcke ein Loch in den Balg schossen, wäre das vielleicht die bessere Lösung. Er brauchte ja nur da rauszugehen, die Arme zu heben und sein Taschentuch zu schwenken – als Zeichen der Kapitulation. Dann würde ihn die Polizei verhören und seine Zeugenaussage zum Fall Laryssa zu Protokoll nehmen. Sicher konnten sie seine Flucht vom Tatort nachvollziehen. So würde sich alles aufklären.

Na hoffentlich! Und wenn nicht?

Erst mal würde man ihn einsperren, da gab er sich keinen Illusionen hin. Die steckten ihn in polizeilichen Gewahrsam, in Untersuchungshaft. Das konnte dauern. Tage, Wochen, vielleicht Monate. Und seine Aussage? Wer würde ihm schon glauben, dem Outlaw, dem Aussteiger, dem Nichtsnutz?

Und dann war da auch noch die Sache mit dem Draht, dem Mordwerkzeug. Da versuchte jemand ganz bewusst, ihm die Sache in die Schuhe zu schieben, da war Janoske sich sicher. Nur um von sich selbst – dem wahren Mörder – abzulenken. Und wer wusste schon, was dieser Jemand alles vorbereitet hatte, um im Falle seiner Verhaftung weiteres Belastungsmaterial gegen ihn aus dem Hut zu zaubern: falsche Zeugenaussagen, irgendwelche fiesen Fallstricke oder dergleichen?

Nein, noch gebe ich nicht auf, dachte er. Einen Versuch starte ich noch. Mir wird schon was einfallen. Eine List, eine Finte, ein Ablenkungsmanöver – irgendein Trick, Herrgott noch mal! Wäre doch gelacht, wenn ich den Grünröcken da draußen nicht 'ne lange Nase drehen könnte.

★★★

»Was hast du denn angestellt?«, wollte Maike wissen, die als Erste in Mendelskis Büro kam. Sie deutete auf seinen mit blutigem Toilettenpapier umwickelten Daumen.

»Frag lieber nicht«, antwortete er und versuchte, ernst zu bleiben. Es gelang ihm nicht wirklich, er musste kurz grinsen. »Es gibt Dinge im Leben … Ach, da sind ja auch die anderen.«

Strunz, Ellen Vogelsang und Kleinschmidt betraten das Büro. Ohne sich zu setzen – es gab eh nicht genügend Stühle für alle – postierten sie sich um den Schreibtisch ihres Chefs.

»Die Hannoveraner haben den Waldschrat«, eröffnete ihnen Mendelski ohne Umschweife. »Jedenfalls so gut wie. Er soll in einem Waldstück bei Großmoor stecken.«

»Ist das noch wichtig?«, fragte Maike. »Wir haben doch den Märtens. Die Gegenüberstellung hat eindeutig ergeben, dass …«

»Dass der Märtens für die Tat letzte Nacht verantwortlich ist«, beendete Mendelski den Satz. »Klar, das hat er ja auch zugegeben. Aber in der Sprache ging es ›nur‹ – in Anführungsstrichen bitte – um gefährliche Körperverletzung, Nötigung, Freiheitsberaubung et cetera – aber nicht um Mord. Um dem Märtens die beiden Prostituiertenmorde nachzuweisen, könnte die Aussage des Waldschrats von großer Wichtigkeit sein.«

»Okay.«

»Wichtig ist er für uns also allemal.« Mendelski erhob sich und trat zu einer Landkarte, die neben der Tür an der Wand hing. »Einmal als Zeuge, der sich durch sein Verhalten verdächtig gemacht hat. Vielleicht aber auch als Täter. Oder als Mittäter. Wer weiß?«

»Wo genau haben sie ihn denn festgesetzt?« Strunz war ebenfalls vor die Landkarte getreten. Sie stellte den Landkreis Celle dar. »Großmoor, sagtest du?«

»Genau.« Mendelski zückte seine Lesebrille. »Exakt an der Landkreisgrenze zur Region Hannover, südlich davon. Hier: die Hasenbahn im Westen, die Schwedensiedlung im Osten. Dazwischen ein Streifen Wald. Genau da soll er stecken.«

»Nach der Karte ist da wohl eher Moor oder Sumpf«, bemerkte Strunz. »Der Name Großmoor kommt nicht von ungefähr.«

»Wege gibt's da nicht.« Kleinschmidt hatte sich vorgebeugt. »Nur Dämme, die man früher zum Torfstechen benutzt hat. Wahrscheinlich handelt es sich um ein durchgewachsenes Moor. Ein ideales Versteck. Und da soll er sein?«

»Ich weiß nur, dass die Jäger ihn umzingelt haben wollen. Treskatis und Neumann sind schon auf dem Weg.«

»Jäger?« Maike guckte skeptisch. »Wie das?«

»Ich hab noch keine Details«, erwiderte Mendelski. »Aber ich vermute, das hängt mit der Belohnung zusammen, die die Zuhälter ausgelobt haben. Die zehntausend Euro werden so manchen Waidmann und andere Glücksritter mobilisiert haben.«

»Du meine Güte. Das klingt nach Wildem Westen.«

»Stimmt. Aber solange es gut geht, heiligt der Zweck die Mittel.«

»Machiavelli und Polizeitaktik. Oh je …« Strunz knetete stirnrunzelnd seinen Spitzbart.

Auch Maike schüttelte unzufrieden den Kopf. »Wie geht's jetzt weiter?«

Mendelski ging zurück zu seinem Schreibtisch, setzte sich aber nicht. »Wir beide, Maike, du und ich, wir fahren nach Großmoor«, sagte er. »Da haben zwar die Hannoveraner das Kommando, doch Verena Treskatis bat mich dazuzukommen. Ihr anderen drei fahrt nach Lachendorf und knöpft euch das Haus und den BMW von Märtens vor. Der Durchsuchungsbeschluss müsste inzwischen vorliegen.« Mit den Fäusten stützte er sich auf dem Schreibtisch ab. »Stellt die Bude auf den Kopf, nehmt das Auto auseinander. Wehe, ihr findet nichts.«

»Was brauchen wir denn noch?«, fragte Kleinschmidt, der eigentlich lieber mit nach Großmoor zur Jagd auf den Waldschrat gefahren wäre. Und zwar am liebsten am Steuer eines PS-starken Geländewagens vom LKA. »Grünen Blumendraht haben wir doch schon von ihm.«

»Die Handys der Toten zum Beispiel«, hielt Mendelski dagegen. »Persönliche Gegenstände der Ermordeten. Durchforstet den Rechner: Fotos, Internetkontakte et cetera. Untersucht die Reifen und die Radkästen des BMW. Vielleicht lässt sich damit nachweisen, dass er auch in Engensen auf dem Parkplatz war. Das ganze Programm. Mensch, Jo, jetzt tu nicht so, als ob du gerade von der Polizeischule kommst.«

»Okay, wir machen das schon«, beschied ihn Strunz. Die Spurensicherung war schließlich sein Ressort. »Was wird aus unserer Lagebesprechung um siebzehn Uhr? Macht das noch Sinn?«

»Das hängt ganz davon ab, wie schnell wir in Großmoor zu einem Ende kommen. Jedenfalls bleiben wir in Kontakt. Wenn ich mich zwischendurch nicht melde, bleibt es bei dem Termin. Okay?«

Strunz, Ellen Vogelsang und Kleinschmidt nickten und verließen den Raum.

»Dann hole ich mal mein Mückenspray«, ließ Maike verlauten. Sie klang nicht besonders enthusiastisch. »Heiko hat schließlich was von Sumpf gesagt.«

★★★

»Langsam jetzt«, sagte Krause, der vorn neben Beckewitz im Pick-up saß. »Oben auf der Bahnbrücke geht's gleich links ab.«

Sie verließen den Hauptdamm, der sie am Luisenhof und an Wulfshorst vorbei nach Süden gebracht hatte, und fuhren ein Stück parallel zur Eisenbahntrasse in Richtung Osten.

»Ist das die Strecke Hannover-Hamburg?«, wollte Beckewitz wissen. In diesem Moment rauschte von hinten ein ICE heran und überholte sie in Sekundenschnelle. Mit Höchstgeschwindigkeit und einem zischenden Höllenlärm.

Krause brauchte nicht mehr zu antworten. »Sie ist es«, beantwortete sich Beckewitz die Frage selbst. »Auch Hasenbahn genannt, hab ich recht?«

Krause nickte. Sie überquerten die Wulbeck und bogen kurze Zeit später rechts ab.

»Hier war ich mein Lebtag noch nicht«, sagte Atze, der auf der schmalen Rückbank hockte. »Natur pur. Weit und breit kein Haus, nur Wiesen, Zäune und Vögel.«

»Tja, kannste mal sehen«, meinte Beckewitz. »Aber keine Bordsteinschwalben, nur Rauchschwalben.« Er lachte laut über sein Wortspiel. »Mann, der war gut. Deshalb kennst du dich hier auch nicht aus.«

»Haha!«, kam es schlapp von der Rückbank.

Sie fuhren schnurstracks nach Süden und tauchten schon bald

in einen lichten Birkenwald ein. An der nächsten Waldwegekreuzung gab Krause neue Anweisungen.

»Jetzt zweimal links und dann sind wir gleich da.«

Als sie den zweiten Abzweig nahmen, sahen sie schon von Ferne den Streifenwagen. Die blau-silbrige Metallic-Lackierung leuchtete weithin sichtbar in der Mittagssonne. Auf dem Feldweg dahinter standen vereinzelt Autos.

»Jetzt schön den Mund halten«, presste Beckewitz hervor, als sie sich dem Polizeiauto näherten. Gleichzeitig ließ er die Scheibe des Seitenfensters hinab. »Das Reden übernehme ich.«

Die Streifenwagenbesatzung bestand aus einem älteren Mann mit Schnauzbart und einer jungen Frau, die gut einen Kopf größer war als ihr Kollege. Beide hatten ihre Dienstmützen tief ins Gesicht gezogen. Sie standen an ihr Fahrzeug gelehnt und schienen einen Kontrollposten innezuhaben.

»Guten Morgen, die Herren«, begrüßte sie der Beamte, während er sich von seinem Fahrzeug löste. Die Polizistin trat vor den Wagen und notierte das Autokennzeichen in einer Liste. »Ich nehme an, Sie wissen, was hier vor sich geht?«

»Ja, wir sind informiert«, erwiderte Beckewitz so freundlich, wie es irgend ging.

»Gehören Sie zur Jägerschaft?« Er warf einen Blick auf Krause und Atze. »Sie sehen jedenfalls nicht so aus.«

»Nein, nein. Ich bin der Arbeitgeber der getöteten Prostituierten in Allerhop. Laryssa Ascheschka. Wir, meine beiden Bekannten und ich, haben unsere Hilfe angeboten.«

»Okay, verstehe.« Der Polizist gab sich loyal. Er schob seine Mütze in den Nacken und schaute auf die Rückbank. »Ich gehe mal davon aus, dass Sie keine Schusswaffen mit sich führen?«

Beckewitz hob abwehrend die Hände. »Gott bewahre, nein! Wozu auch? Es sind ja wohl genügend Ordnungshüter vor Ort.«

»Noch nicht. Aber wir kriegen Verstärkung. Eine Hundertschaft der Bereitschaftspolizei wird den Wald durchkämmen.« Er trat einen Schritt zurück. »Okay. Sie können durch. Aber schön auf den Wegen bleiben. Folgen Sie den Anweisungen der Kollegen. Die weisen Ihnen ein Plätzchen zu. Keine Alleingänge, kein Betreten des Waldes. Klar?«

Beckewitz tippte sich mit den Fingerspitzen an die Schläfe. »Alles klar.«

»Was haben Sie denn mit dem Motorrad vor?«, fragte da die Polizistin. Sie war um den Pick-up herumgegangen und hatte auf die Ladefläche geschaut.

»Das ist nur für den Notfall. Falls der Kerl übers Feld oder die Wiesen abhauen will.«

»Sie wissen, dass die Maschine nicht für den öffentlichen Verkehr zugelassen ist?«

»Das weiß ich.« Beckewitz gab sich alle Mühe, vertrauensvoll zu wirken. »Sie ist ausschließlich fürs Gelände gedacht. Deshalb haben wir sie ja auch aufgeladen.«

»Na dann – Horrido!«, sagte der Beamte und gab die Durchfahrt frei.

★★★

»Da sehen wir uns ja schneller wieder als geplant«, begrüßte Verena Treskatis die beiden Neuankömmlinge. Mit einem Fernglas um den Hals stand sie zusammen mit Neumann neben ihrem Dienstwagen an einem üppig gelb blühenden Rapsfeld. In dem Streifenwagen, der neben ihnen parkte, waren zwei Polizisten mit diversen Landkarten und dem pausenlos quäkenden Funkgerät beschäftigt.

»Eigentlich«, sie schaute auf ihre Armbanduhr, »wollten wir uns doch erst in fünf Stunden treffen. Und nicht hier in der Pampa, sondern bei euch in Celle.«

»Wenn's zur schnellen Lösung des Falls beiträgt, kommen wir gern ins Hannoversche, liebe Verena«, säuselte Mendelski. »Sogar in die tiefste Walachei. Nicht wahr, Maike?«

Maike antwortete nicht. Sie und Neumann standen sich wie zwei Boxer vor dem Kampf gegenüber, waren sich aber ausnahmsweise einmal einig. Sie verdrehten unisono die Augen ob der Süßholzraspelei zwischen ihren Chefs.

Mendelski fand rasch zum Normalton zurück. »Ihr habt ja ganz schön aufgefahren hier«, sagte er beeindruckt. »Menschenjäger, so weit das Auge reicht.« Er blickte den schnurgeraden Schotterweg entlang, der zwischen den Feldern kilometerweit einzusehen war. Dort stand, wie auf eine Perlenschnur aufgereiht, Auto an Auto. Meist Pkws, aber auch jede Menge Geländewagen, ein Allrad-Kleinlaster und zwei Quads. Mendelski entdeckte sogar einen Traktor.

»Klar, wir haben aufgefahren, was wir konnten. Ach, weißte …« Treskatis winkte ab. »Spaß beiseite. Das Ganze ist mir ehrlich gesagt schon ein wenig unheimlich. Die vielen Jäger, waffenstarrend, mit Hunden! Andererseits … ohne sie hätten wir den Waldschrat nicht festsetzen können.«

»Hast du denn nicht genügend eigene Leute?«

Treskatis schüttelte den Kopf. »Nein. *Noch* nicht jedenfalls. Wir müssen uns gedulden. Die sind unterwegs. Die Bereitschaftspolizei hatte heute Morgen einen Einsatz am Flughafen Langenhagen. Aus dem Abschiebeknast waren zwei Insassen getürmt. Das ist aber inzwischen erledigt. Der Helikopter, den ich angefordert habe, hat technische Probleme, ein Ersatz ist im Anmarsch. Und um das Maß vollzumachen: Unsere Hundeleute sind auf einem Lehrgang in Sachsen-Anhalt. Lüneburg schickt Ersatz, aber das kann dauern. Solche Tage gibt es.«

Maike seufzte. »Kenn ich«, sagte sie.

Treskatis zog die Augenbrauen hoch. »Bei euch ging es ja auch ganz schön rund, habe ich gehört.«

»Ja, aber ich weiß nicht, ob wir das große Los gezogen haben.« Mendelski zog ein Foto aus seiner Brusttasche und reichte es ihr. »Das ist Gottfried Märtens aus Lachendorf. Freier mit Sado-Maso-Neigungen. Hat die Leiche von Laryssa Ascheschka gefunden und wird jetzt beschuldigt, letzte Nacht in der Sprache, einem Waldgebiet im Osten von Celle, eine Prostituierte mit einem Blumendraht drangsaliert und sie beinahe stranguliert zu haben. Das in der Sprache gibt er zu, die beiden Morde streitet er ab.«

»Klingt vielversprechend.«

»Er könnte allerdings auch ein Trittbrettfahrer sein. Beweise haben wir jedenfalls noch keine. Unser Spusi-Team versucht gerade, welche zu finden.« Mendelski deutete zu dem Wald hinüber, der hinter dem Rapsfeld lag. »Noch einfacher wäre es, wir fragen den Waldschrat. Wenn wir seiner endlich habhaft werden.«

»Waldschrat!« Neumann klang entrüstet. »Wieso ist der eigentlich immer noch nicht identifiziert? Wir haben doch messerscharfe Porträts.«

»Weiß ich nicht«, erwiderte Mendelski achselzuckend. »Das LKA hält sich bedeckt. Er scheint weder vorbestraft zu sein noch vermisst oder bei Facebook oder dergleichen geführt zu werden. Sonst hätten sie ihn doch längst. Seine isolierte Lebensweise und sein wildes Aussehen mit Vollbart und den langen Haaren machen die Identifizierung auch nicht gerade einfacher.«

»Und warum gehen die Fotos nicht an die Zeitungen? Die Bevölkerung hat schon so manches Geheimnis gelüftet.«

»Uns wird vielleicht nichts anderes übrig bleiben. Auch wenn das rechtlich nicht ganz einwandfrei ist.« Mendelski wandte sich wieder Treskatis zu. »Der Bursche steckt da drüben im Wald, sagt ihr? Habt ihr eine Landkarte?«

»Aber klar doch. Neumann, sind Sie so nett?«

Neumann ließ sich aus dem Streifenwagen eine Karte geben und klappte sie auf. »Wir stehen hier«, erläuterte er, während er mit dem Zeigefinger über das Papier fuhr. »Es geht um dieses abgeschlossene Wald- oder Moorgebiet. Der Waldschrat ist heute Nacht um Mitternacht hier, etwas später dort und am frühen Morgen hier drüben gesichtet worden. Offenbar versucht er, das Waldgebiet zu verlassen.«

»Und warum ist ihm das nicht gelungen?«

»Wegen der vielen Jäger, die sich überall postiert haben. Die Nacht war taghell, und die meisten Felder geben zu dieser Jahreszeit noch nicht genügend Deckung. Dazu der Schuss, das wird ihm Respekt eingeflößt haben.«

»Wie bitte? Was?« Maike bekam große Augen. »Die haben auf ihn geschossen?«

»Nein, wohl nicht wirklich«, wiegelte Neumann ab. »Soweit ich weiß, handelte es sich lediglich um einen Warnschuss in die Luft.«

»Diese Idioten!«, echauffierte sich Maike. »Das kann niemals gut gehen mit denen.«

»Maike, bitte.« Mendelski wandte sich wieder an Neumann. »Wie groß ist eigentlich das Suchgebiet?«

»Cirka fünfhundert mal dreitausend Meter. Rund eineinhalb Quadratkilometer.«

»Oder hundertfünfzig Hektar. Verdammt groß, wenn man eine Person finden will, die es versteht, sich in der Natur zu bewegen und zu verstecken. Was hast du also vor, Verena?«

»Zunächst einmal haben mir die Jäger und ihre Helfer zugesagt, dass sie die Stellung halten, bis unsere Leute da sind. Dann werde ich mit dem Einsatzleiter der Hundertschaft das weitere Vorgehen besprechen.«

»Was passiert, wenn der Waldschrat die Flucht nach vorn ergreift und den Umlagerungsring zu durchbrechen versucht?«

Treskatis zuckte mit den Schultern. »Ich kann nur hoffen, dass dann eine unserer Streifen in der Nähe ist und die Jäger besonnen bleiben. Ich kann ihnen ja wohl schlecht die Waffen abnehmen.«

»Nein, das kannst du nicht.«

Zwei Kraniche tauchten über ihren Köpfen auf. Sie stießen durch Mark und Bein gehende Warnrufe aus. Offenbar passten ihnen die vielen Störenfriede in ihrem Brutgebiet nicht. Sie sorgten sich um ihre Jungvögel, die irgendwo da draußen im Moor allein im Nest ausharren mussten.

★★★

Im Rückspiegel sah Wohlfahrt den Pick-up kommen. Dass Beckewitz seit heute früh diesen Wagen fuhr, wusste er noch nicht. Erst als der Dodge direkt hinter ihm zum Stehen kam, erkannte er darin seinen Ludenkollegen.

»Da seid ihr ja endlich.« Wohlfahrt kletterte aus seinem Vito, den er im Schatten einer Weide geparkt hatte, und trat neben den Pick-up. Er war allein.

»Hi, Werner«, begrüßte ihn Beckewitz. Sie gaben sich durch die geöffnete Seitenscheibe die Faust. »Is gar nicht einfach, dich hier zu finden.« Er stieg aus dem Wagen und warf die Autotür hinter sich ins Schloss. Krause und Atze folgten seinem Beispiel.

Beckewitz wies mit der Rechten auf die beiden. »Meine Truppe: Krause, mein Scout und Navi. Daneben Atze, sein kleiner Bruder. Den kennst du aber schon, oder?«

»Aber sicher doch.« Wohlfahrt gab den beiden die Hand. »Den Atze kenne ich schon lange. Vom Kickboxen in Altencelle und so.«

»Na denn …« Beckewitz blickte angewidert um sich. »Ist das eine zeckenverseuchte, gottverlassene Einöde hier!«

»Haste wohl recht. Die Mücken hatten mich auch schon reichlich am Wickel. Wird Zeit, dass wir hier rasch Erfolg haben und 'ne Biege machen.«

»Wie stehen denn die Aktien?«

»Eigentlich recht gut. Unsere kleine Aktion hatte schließlich Erfolg – schneller, als ich dachte.«

»Tja, man muss nur mit den Scheinen winken, dann pariert die Meute. Wie geht's weiter?«

»Die Jäger haben alles dicht gemacht. Jetzt warten sie auf die Verstärkung der Bullen. Die Einsatzleiterin aus Hannover hat drüben auf der anderen Seite ihren Kommandostand.« Wohlfahrt deutete in Richtung Osten. »Ich hab mich extra weit weg von denen postiert. Die wollen mit 'ner Hundertschaft den Wald durchkämmen.«

»Hm, das kann dauern.« Beckewitz schüttelte sein khakifarbenes Hosenbein. Eine Ameise hatte es gewagt, daran emporzuklettern. »Können wir das Ganze nicht beschleunigen?«, fragte er.

»Gute Frage. Die Jäger und ihre Helfer – also auch wir – haben Anweisung, sich nicht von ihren Beobachtungsposten zu rühren. Wir sollen nicht aktiv eingreifen, sondern lediglich beobachten, Meldung machen und gegebenenfalls die Polizei um Hilfe rufen.«

»Na toll.« Beckewitz' Stirn kräuselte sich. »Wir haben ja auch alle Zeit der Welt. Mann, je schneller der Spuk hier vorbei ist, desto besser. Das ist 'n riesiges Verlustgeschäft für uns. Solange der Kerl frei herumläuft, bleiben die Freier aus. Und die Mädchen … manche muss man regelrecht zu ihren Autos prügeln.«

Wohlfahrt machte einen Schritt zur Seite. Auch ihm waren ein paar Ameisen über die Schuhe gelaufen. »Was war denn gestern Nacht bei euch in der Sprache los?«, wollte er wissen.

»In der Sprache? Nicht mein Revier. Dort jagt Lonzo, das weißt du doch.«

»Ach ja, richtig. Das mit der Attacke von dem Freier weißt du aber, oder? Hab gehört, dass er auch Draht benutzt haben soll.«

»Tja, hat er wohl.« Beckewitz schüttelte den Kopf. »Aber der Märtens … nee, der ist harmlos. Ist seit Jahren bei mir Kunde. Das Mädchen soll lediglich ein paar Kratzer abgekriegt haben.«

»Wie, so'n Brutalo lässt du an deine Mädels ran?«, fragte Wohlfahrt verwundert.

»Bisher gab's keinen Grund, ihn rauszuschmeißen. Er zahlte gut, die Mädchen spielten seine Spielchen mit …«

»Die Laryssa vor allem. Und die ist jetzt tot.«

»Mann, wie oft soll ich's dir noch sagen: Der Märtens war das nicht. Das ist doch 'ne arme Sau.«

»Du bist dir also sicher, dass er nichts mit den Morden zu tun hat?«

»Absolut.«

»Okay.« Wohlfahrt fuhr sich mit der Hand durch sein dünnes Haar. »Die Bullen scheinen deine Meinung ja zu teilen. Sonst würden sie hier wegen dem Waldschrat nicht so'n Herrmann machen.«

»Na siehste.« Beckewitz grinste breit. »Was jetzt?«

»Wir sollen da vorn an der Bahnlinie einen Abschnitt übernehmen, hieß es. Die Jäger, die dort Wache schieben, hocken schon seit Mitternacht da, die brauchen dringend Ablösung.«

»Wo is'n das genau?«

»Hier den Weg runter, immer geradeaus. Dann kommt man zur Bahnlinie, da endet das Waldgebiet, in dem sich der Waldschrat versteckt hält. Dahinter liegen offene Wiesen. Die sind gut einsehbar.«

»Der Hastbruch«, erklärte Krause. Er und Atze hatten die ganze Zeit schweigend zugehört. »Da sind wir gerade hergekommen.«

»Wenn's unbedingt sein muss … Okay, machen wir das«, sagte Beckewitz. »Wache schieben. So'n langweiliger Scheiß. Ich würd lieber mit Atze auf die Pirsch gehen.«

»Lass es. Ich sag's dir.«

»Aber müssen wir denn zu viert dahin?«

Wohlfahrt zuckte die Schultern. »Keine Ahnung. Werden wir sehen.«

»Wenn wenigstens der Atze mit der Crossmaschine …« Er stutzte. »Was'n das? Da hinten?«

Beckewitz stand mit dem Rücken zur Sonne und hatte einen guten Einblick in den Weg, der zur Bahnlinie führte. Die anderen drehten sich um.

»Da kommt einer gerannt«, rief Krause. »Fuchtelt wild mit den Armen.«

»Da is was passiert.« Beckewitz griff durch das geöffnete Seitenfenster in den Pick-up und angelte sein Fernglas heraus. »Hoffentlich ist der Waldschrat nicht getürmt.«

Der Mann, der ein Gewehr in der rechten und einen Sitzstock in der linken Hand hielt, kam rasch näher. Er trug ein T-Shirt aus Armeebeständen, eine Bundeswehrhose und Springerstiefel. Er spurtete wie ein Zehnkämpfer.

»E-e-es brennt! D-der Wa–Wald brennt!«, rief er schon von Weitem. »De-de-der Waldschrat hat de-de-den Wald angesteckt!«

ZWÖLF

Axel Schriewe war spät dran. Und er ärgerte sich maßlos darüber. Sein Kombi bekam das zu spüren, denn der Reporter scheuchte ihn gnadenlos über Stock und Stein.

Heute Vormittag hatte er schon wieder etliche Stunden verloren. Nach der Pleite in der letzten Nacht, die ihm neben Hautabschürfungen und der Acht im Mountainbike-Vorderrad auch noch eine demolierte Fototasche beschert hatte, war er gleich nach seiner Ankunft in der Redaktion am Morgen von seinem Chef in die Sprache geschickt worden, um Nachforschungen über den Überfall auf die Prostituierte anzustellen. Aber außer dem versiegelten Sexmobil und einer mundfaulen Streifenwagenbesatzung hatte er nichts gefunden, was die Fahrt dorthin gelohnt hätte.

Von seinem Informanten aus Ehlershausen hatte er erfahren, dass die Kollegen von der Konkurrenz inzwischen längst auf der anderen Seite von Celle aufgetaucht waren. Dort, wo die Jäger den Waldschrat eingekesselt hatten. Dort sollte sogar schon der erste Übertragungswagen eines privaten Fernsehsenders angerückt sein.

Als Schriewe per Mobiltelefon in der Redaktion angefragt hatte, ob er auch nach Großmoor fahren dürfe, hatte ihm der Chef vom Dienst zudem aufgetragen, vorher noch eben bei der Polizeiinspektion vorbeizufahren, um den Speicherstick mit den Waldschrat-Fotos abzuholen. Die seien jetzt freigegeben. Und das läge doch auf dem Weg ...

Doch dieser Abstecher hatte ihn Nerven und unerwartet viel Zeit gekostet. Der zuständige Kriminalbeamte, ein gewisser Hauptkommissar Strunz, war nicht im Hause, sondern zu einem Einsatz im Landkreis unterwegs gewesen. Bis geklärt war, wo sich der Speicherstick befand und wer ihn aushändigen durfte, war eine volle Stunde ins Land gegangen. Kriminaldirektor Steigenberger höchstpersönlich hatte ihm schließlich den Stick übergeben.

Die Order der CZ Redaktion, sich ausschließlich in ihrem Hoheitsbereich, das heißt im Raum Dasselsbruch/Großmoor aufzuhalten, war ein weiterer Rückschlag für Schriewe. Er sollte seine Ortskenntnisse nutzen und sich dem eingekesselten Waldschrat von der nördlichen Seite her nähern, um Fotos zu schießen. Dort wäre er wahrscheinlich allein, während sich auf der hannoverschen Seite die anderen Pressevertreter auf den Zehen stünden.

In nun langsamer Fahrt näherte er sich einem dunkelgrünen Pkw, der mit offener Fahrertür auf dem Seitenstreifen geparkt war. Hinter dem Steuer saß jemand. Mit Standgas rollte Schriewe an das Auto heran. Der Fahrer, ein Mann in jägertypischer Kleidung, lag, den massigen Schädel gegen die Kopfstütze gelehnt, auf dem nach hinten geneigten Fahrersitz und schnarchte den Schlaf der Gerechten.

So sieht also eure Umzingelung aus, dachte Schriewe und grinste, während er an dem schlafenden Wachposten vorbeifuhr. Wenn das der Waldschrat wüsste …

Etwa fünfzig Meter weiter bog er in einen schmalen Weg ein. Doch dieser endete im Nichts. Vor dem Tor zu einer fußballfeldgroßen Weide war Schluss. Jenseits der Weide sah Schriewe den Waldabschnitt, in dem sich der Waldschrat versteckt halten sollte.

Eine Herde junger Rinder näherte sich neugierig dem Stacheldrahtzaun. Schriewe überlegte. Wenn, müsste er seinen Weg zu Fuß fortsetzen – an diesen Viechern vorbei. Doch seine Ambitionen, den Torero zu spielen, waren gleich null.

★★★

»Was ist passiert?« Mendelski hatte mitbekommen, dass im Polizeifunk Hektik ausgebrochen war. Er trat zu Neumann, der sich auf den Beifahrersitz des Streifenwagens gesetzt hatte, um mitzuhören.

»Ein Waldbrand. Die Kollegen melden einen Waldbrand«, rief Neumann mit lauter Stimme. »Hier ganz in der Nähe. Wenn ich's richtig verstanden habe, nimmt man an, dass der Waldschrat dafür verantwortlich ist.«

»Da, seht!« Treskatis hatte sich ein Fernglas gegriffen und blickte über die Dächer der Autos hinweg in Richtung Nordwesten. »Der Rauch dort über den Baumwipfeln! Das kann nicht weit von der Bahnlinie entfernt sein.«

»Wie bitte?«, fragte Maike. »Der Waldschrat soll –«

»Ja, soll er, so sagen es die Kollegen«, unterbrach Neumann sie. Er beugte sich vor, um den Funksalat besser verstehen zu können. »Einige Jäger haben ihn wohl beim Zündeln gesehen. In einer Kieferndickung in der Nähe der Bahnlinie.«

»Sind Feuerwehr und Bundesbahn informiert?«, wollte Treskatis wissen. »Wir haben Ostwind. Die müssen die Bahnlinie sperren.«

»Ja. Ist schon alles eingeleitet. Die Kollegen von der Streife haben fix reagiert.« Neumann hob den Zeigefinger. »Da! Die erste Sirene. Ich tippe auf Wettmar. Vielleicht auch Ramlingen.«

In der Ferne war der lang anhaltende Ton einer Sirene zu hören, dann folgte eine zweite, wenige Sekunden später eine dritte.

Treskatis zog ihr Handy aus der Tasche.

»Warum ist der Rauch so dunkel?«, fragte Maike, die sich das Fernglas ausgeliehen hatte. »Brennt da noch was anderes? Ein Auto oder so?«

»Nicht unbedingt«, erwiderte Neumann. »Da brennt vor allem Nadelholz. Das ist bekanntlich sehr harzhaltig. Und Harz produziert –«

»Danke, das reicht«, fuhr Maike dazwischen. »Mehr wollte ich gar nicht wissen.«

»Was hat der bloß vor?« Mendelski sprach mehr zu sich selbst als zu den anderen. Er entfernte sich ein paar Schritte von den Fahrzeugen, um in Ruhe zu überlegen. »Was führt der Bursche im Schilde?«

»Wer?« Maike hatte sein Selbstgespräch mitbekommen und war ihm gefolgt.

»Der Waldschrat. Ist das eine Verzweiflungstat? Ist ihm jetzt alles egal?«

»Sieht fast so aus«, antwortete sie. »Was würdest du denn in seiner Situation machen? Er ist schließlich von … von lauter Wilden umzingelt. Von Wilden, die sogar vor Schusswaffengebrauch nicht zurückschrecken.«

»Und wenn etwas anderes dahintersteckt?« Mendelski wurde zunehmend unruhiger. Er schaute zu der Rauchsäule hinüber. Deren Umfang weitete sich rasch aus. »Berechnung und Kalkül zum Beispiel. Der ist gewieft, der hat uns schon mal reingelegt.«

»Was könnte er denn deiner Meinung nach mit der Brandstiftung bezwecken?«

»Auf Anhieb fallen mir zwei Möglichkeiten ein.« Mendelski blieb dicht vor Maike stehen. »Erstens: Ein Ablenkungsmanöver. Er denkt, alle Welt stürzt sich aufs Feuer, die Leute sind nicht mehr so wachsam wie zuvor – und schwupps findet er irgendwo 'ne Lücke und kann abhauen.«

»Und zweitens?«

»Er nutzt den dichten Qualm, um in dessen Schutz zu türmen. Der starke Ostwind drückt den Rauch immer wieder zu Boden. Das gibt eine ideale Deckung.«

»Und dabei erstickt er und fällt mausetot um.« Maike äffte mit den Händen an der Gurgel einen Sterbenden nach.

»So schnell erstickt man im Freien nicht.« Mendelski blieb hartnäckig. »In geschlossenen Räumen ist das was anderes. Außerdem kann man mit einem feuchten Lappen die Atemwege schützen.«

»Haltet ihr da etwa eine Privatkonferenz ab?«, rief Treskatis herüber. Sie schien verärgert. »Es wäre schön, wenn wir das gemeinsam diskutieren könnten.«

»Sorry, wir kommen ja schon«, erwiderte Mendelski und kehrte mit Maike zu den Fahrzeugen zurück.

»Ich habe alle Beteiligten angewiesen, in den nächsten Minuten besonders wachsam zu sein«, berichtete Treskatis. »Es hat den Anschein, als wolle der Waldschrat die Flucht nach vorn antreten. Offensichtlich ist er nicht gewillt zu warten, bis unsere Verstärkung eintrifft und ihn fängt.«

»Das sehe ich auch so«, pflichtete Mendelski ihr bei.

»Danke, Robert. Dann hatte ich eben den Förster an der Strippe. Einen gewissen Hans-Jürgen Sperber, der hier für den Wald zuständig ist.«

»Kennen wir«, sagte Mendelski. »Den haben wir vorgestern in Allerhop getroffen.«

»Er ist auf dem Weg zur Brandfläche. Offenbar war er mit seinem Auto ganz in der Nähe. Er meint, der Waldschrat hätte sich die einzige Kiefernschonung ausgesucht, die es hier weit und breit gibt. Die sogenannte Elefantendickung. Sperber zufolge ist das der einzige Baumbestand, der um diese Jahreszeit, wo eigentlich alles gritzegrün ist, für ein ordentliches Feuer in Frage kommt. Extrem dicht, sperrig und voller Totholz. Das trockene Wetter und der starke Ostwind tun ihr Übriges.«

»Wie groß ist die Dickung?«

»Sperber sagte was von sieben Hektar.«

»Oha, das ist nicht gerade klein. So was kann sich schnell zu einem Großbrand entwickeln.«

»Was können wir tun?« Treskatis wirkte ein wenig ratlos. »Wenn doch bloß unsere Leute endlich kämen.«

»Als Erstes sollten wir auf ein schnelles Eintreffen der Feuerwehr hoffen. Dann …« Mendelski stockte und reckte seinen Kopf in die Höhe. »Hört doch mal, wenn das nicht die heiß ersehnte Verstärkung ist.«

Der Klang der Martinshörner, die in der Ferne zu hören waren, wurde von einem anderen Geräusch aus der Luft überdeckt.

»Na endlich!«, entfuhr es Treskatis. »Das wird aber auch Zeit.«

Im gleichen Moment rauschte ein Polizeihubschrauber über ihre Köpfe hinweg.

★★★

Noch während des Telefonats mit der Kommissarin aus Hannover hatte sich Sperber auf den Weg zu seinem Auto gemacht, das ungefähr dreihundert Meter von seinem Beobachtungsposten entfernt am Wegesrand geparkt stand. Deutlich sah er die dicken Rauchschwaden aus dem Zentrum der Elefantendickung aufsteigen. Trotz der eineinhalb Kilometer Luftlinie, die der Waldbrand entfernt war, meinte er, das Knistern und Knacken des Feuers zu hören. In der Ferne heulten die Feuerwehr-Sirenen aus den umliegenden Dörfern.

Am frühen Morgen hatte er sich nach langem Zureden der Jäger schließlich dazu bereit erklärt, bei der Jagd auf den Waldschrat mitzumachen. Trotz seiner Bedenken, dafür eventuell von seinem Arbeitgeber, der Landwirtschaftskammer Niedersachsen, gerügt zu werden, hatte er sich, mit Büchse und Fernglas bewaffnet, auf den Weg gemacht. Um sich abzusichern und eine Kollision mit seinen Dienstpflichten zu vermeiden, hatte er vorher im Forstamt angerufen und für den Tag Urlaub genommen.

Als er sich seinem Auto näherte, hörte er schon von Weitem den durchdringenden Pfeifton des Waldbrandpiepers.

»Verflixt!«, schimpfte er laut. Das durfte ihm als Förster und Waldbrandbeauftragtem nicht passieren. Schließlich herrschte seit Tagen Waldbrandstufe vier, also erhöhte Waldbrandgefahr. Da war es für ihn Pflicht, den Pieper ständig bei sich zu tragen, Urlaub hin oder her.

Er riss die Autotür auf, griff sich den Funkmeldeempfänger aus der Mittelkonsole und schaltete den Alarm aus. Erst jetzt entledigte er sich hastig seiner Büchse, die er, ohne sie zu entladen, auf die Rückbank legte. Das Fernglas noch um den Hals, kramte er sein Handy hervor und tippte die 112.

»Sperber, Bezirksförsterei Burgwedel, Waldbrandbeauftragter für die Gefahrenbezirke H 8 und H 9«, stellte er sich vor. »Sie haben mich angepiept?« Er lauschte einen Augenblick und antwortete dann: »Ja, ich habe den Alarm gehört und stehe bereits in Blickkontakt mit dem Feuer. Bin in wenigen Minuten vor Ort. – Genau. Sobald die Feuerwehr eintrifft, setze ich mich mit der Einsatzleitung in Verbindung. Ende.«

Er warf sein Fernglas auf den Beifahrersitz, stieg ins Auto und fuhr los. Nebenbei schaltete er noch rasch den Pieper auf Empfang. So war es ihm möglich, den Funkverkehr zwischen der Einsatzleitstelle in Hannover und den eingesetzten Feuerwehrfahrzeugen mitzuhören.

Auf dem Feldweg, den er ohne Rücksicht auf die Stoßdämpfer entlangjagte, herrschte rege Betriebsamkeit. Jäger und ihre Helfer rannten umher, debattierten, telefonierten. Sie schienen unschlüssig, ob sie zum Feuer eilen oder an ihren Beobachtungsposten ausharren sollten.

»Bleibt auf euren Posten!«, brüllte Sperber, ohne dass ihn jemand hören konnte. Er fuhr viel zu schnell an ihnen vorbei. »Genau das bezweckt doch der Waldschrat, dieses Aas«, fügte er in normaler Lautstärke hinzu. »Dass ihr herumlauft wie aufgescheuchte Hühner und er unbehelligt das Weite suchen kann.«

Im Rückspiegel sah er, dass sich die Leute anscheinend beruhigten und zu ihren Posten zurückkehrten. Vermutlich ist da jemand so vernünftig gewesen, sie wieder auf ihre Positionen zu schicken, mutmaßte Sperber. Wahrscheinlich waren sie über ihre Handys von der Einsatzleitung informiert worden.

Kurz vor der Elefantendickung war die Straße blockiert; Sperber kam nicht weiter. Ein schwarzer Pick-up und ein silberner Mercedes Vito versperrten den Weg. Beide hatten Celler Kennzeichen. Vier Männer machten sich an der Ladefläche des Pick-ups zu schaffen. Es hatte den Anschein, als luden sie gerade ein Motorrad ab, während hinter ihnen, vielleicht zwei-, dreihundert Meter entfernt, der Waldbrand tobte.

Wütend betätigte Sperber die Hupe. Beckewitz schob seine Sonnenbrille auf die Stirn und trat neben das Auto. »Ach, Sie sind's«, sagte er. »Der Förster. Erinnern Sie sich an mich?«

»Jaja. Aber …« Sperber verschlug es fast die Sprache. »Mann, da vorn brennt der Wald. Sie blockieren hier die Durchfahrt.«

»Wir sind gleich fertig.« Beckewitz gab seinen Leuten ein Zeichen, dass sie sich beeilen sollten. »Dann können Sie durch.«

»Aber dalli. Die Feuerwehr kommt auch jeden Augenblick. Was treiben Sie da eigentlich?«

»Wir holen die Motocross-Maschine von der Ladefläche.«

»Wozu das?«

»Damit jagen wir den Waldschrat. Falls er in dem Chaos hier türmen will.«

»Na dann, gutes Gelingen. Aber beeilen Sie sich. Ich muss weiter.«

Nachdem der Vito und der Dodge in eine Wieseneinfahrt abgebogen waren, brauste Sperber, ohne ein weiteres Wort zu verlieren, an ihnen vorbei.

★★★

Das Feuer entwickelte sich genau so, wie Janoske es sich vorgestellt hatte.

Aus dem unscheinbaren Bodenfeuer, das er ohne große Mühe im trockenen Unterholz entfacht hatte, war in Minutenschnelle ein Kronenfeuer geworden. Diese für ihn erfreuliche Entwicklung hatte er den Waldarbeitern zu verdanken, die er vor zwei Jahren bei ihrer Arbeit beobachtet hatte. Der zirka dreißigjährige Kiefernbestand war damals geläutert und das abgeschnittene Material zum Verrotten liegen gelassen worden. Wegen des am Waldboden kreuz und quer und zuhauf herumliegenden Totholzes hatte er jetzt leichtes Spiel.

Scheiß Kiefern-Monokultur, tröstete sich Janoske bei dem etwas beschämenden Gedanken, ein Feuer in dem von ihm geliebten Refugium gelegt zu haben. Dieser Nadelwald war öde, ein reiner Bretter- und Zellstofflieferant ohne Bodenvegetation, ohne nennenswerten ökologischen Nutzen. Hier sollte lieber ein Mischwald wachsen. Ein gesunder, vielfältiger Mischwald aus Laub- und Nadelbäumen.

Durch den stetigen Ostwind vorangetrieben, fraß sich das Feuer rasch gen Westen. In Richtung Bahnlinie. Dorthin, wo nach Janoskes Beobachtungen die wenigsten Jäger postiert waren. Man rechnete anscheinend nicht damit, dass er sich in die offene Wiesenlandschaft, den Hastbruch, absetzen würde.

Die paar Männer, die an der Bahnlinie Wache schoben, würden – so war Janoskes Plan – sehen, dass sie sich in Sicherheit brachten, und ihre Posten verlassen. In dem dichten Qualm, den der Wind tief an den Boden drückte, ließ es sich schlecht atmen und – was für Janoske noch wichtiger war – noch weniger gut beobachten. Im Schutze des Rauchschleiers wollte er sich bis zum Bahndamm schleichen und diesen überqueren. Jenseits der Gleise waren wahrscheinlich keine weiteren Leute postiert. Und um selbst dorthin zu gelangen, würden die Bewacher eine Weile brauchen. Denn sie mussten mit ihren Fahrzeugen, die sie kaum zurücklassen würden, den Umweg über die nächste Eisenbahnbrücke am Hauptdamm nehmen.

Janoske hastete ein gutes Stück vor dem Feuersturm her. Er kletterte über Braken und kämpfte sich durch sperriges Astwerk, kam aber nur langsam voran. Vor Mund und Nase hatte er ein Tuch gebunden, das er mit seiner Wasserflasche ständig feucht hielt.

Hinter ihm prasselte es gewaltig, Funken stoben durchs Geäst und entzündeten Tausende und Abertausende kleine Nebenfeuer. Mit scharfem Knall explodierten besonders dichte Kiefernkronen in einem Feuerball.

Als er sich dem Waldrand näherte, vernahm er neben dem Tosen des Feuers ein weiteres Geräusch. Es kam von oben und verhieß nichts Gutes. Das Sonnenlicht blendete ihn, als er mit Blicken den Himmel nach dem Krachmacher absuchte. Durch die Kronen der Kiefern entdeckte er ihn schließlich: den Hubschrauber der Polizei.

★★★

Schweren Herzens war Schriewe schließlich über seinen Schatten gesprungen. Er hatte das Weidetor erklommen und war auf der anderen Seite betont langsam, aber mit Schweiß auf der Stirn, an den Rindviechern vorbei über die Wiese gestiefelt. Geradewegs auf das Waldstück zu, in dem sich der Waldschrat versteckt haben sollte. Auf halbem Wege sah er nun, wie plötzlich dunkler Rauch zwischen den Baumwipfeln aufstieg.

Er zerrte am Reißverschluss der Fototasche. Weitwinkel oder Tele? Kurzerhand wählte er das schwere Zoomobjektiv und begann noch im Laufen, den brennenden Wald zu fotografieren. Die Bilder zeigten deutlich die hier und da aufzüngelnden Flammen und die dicke Qualmwolke, die den Himmel über dem Wald immer mehr verdunkelte. Als er die Kamera nach oben schwenkte, erfasste das Objektiv einen Hubschrauber der Polizei, der in der gleißenden Sonne vor dem düsteren Qualm einen dramatischen Bildeindruck hinterließ. Schriewe hielt den Auslöser gedrückt, und die Kamera speicherte Foto um Foto in schnellem Stakkato. Mit pfeifenden Turbinen und dröhnenden Rotoren flog der Pilot eine Schleife über der Wiese, auf der Schriewe stand, und drehte dann in Richtung Südwesten ab.

Der Waldschrat wird gegrillt, dachte der Reporter. Er muss

machen, dass er da rauskommt. Die Windrichtung lässt nur wenige Fluchtmöglichkeiten offen.

Wohin würde ich laufen?, fragte er sich.

Mit voll ausgefahrenem Tele rannte er gleich darauf nordwärts auf den Bahndamm zu.

★★★

Verflixt, dachte Janoske. Das macht die Sache nicht einfacher.

Er beobachtete, wie der Hubschrauber kreiste, wie er enge Kurven über der Elefantendickung zog. Wahrscheinlich wollte die Besatzung das Feuer taxieren, um die Erkenntnisse aus der Luft an die Feuerwehr weiterzuleiten. Für die Einsatzkräfte am Boden war diese Hilfe von unschätzbarem Wert. Erst in zweiter Linie galt ihre Aufmerksamkeit ihm – so hoffte Janoske zumindest.

Was nun? Viel Zeit zum Überlegen blieb nicht, denn die Feuerwand kam rasch näher. Würde er jetzt den Wald verlassen und die achtzig Meter zum Eisenbahndamm hinüberlaufen, bestünde die Gefahr, trotz der dichten Rauchschwaden vom Hubschrauber aus gesehen zu werden.

Doch ihm blieb keine andere Wahl. Zumal von den Jägern tatsächlich weit und breit niemand zu sehen war. Er musste die Gelegenheit nutzen, eine der Rauchschwaden auswählen, die dicht über den Boden glitten, und in ihr um sein Leben rennen.

Janoske wollte gerade zum Spurt ansetzen, da sah er den Motorradfahrer. Er kam parallel zur Kieferndickung über das Grünland gerast. Keine dreißig Meter von ihm entfernt stoppte er. Der Fahrer, ein kurz geschorener Blondschopf, trug keinen Helm, lediglich eine Sonnenbrille. Er hob den Kopf, um nach dem Hubschrauber zu schauen.

Den kenn ich doch, dachte Janoske. Das ist der Gehilfe von Laryssas Zuhälter. Laufbursche und Mädchen für alles. Eine fiese Type. Verflucht, das bedeutet nichts Gutes. Sind die also auch hinter mir her?

Ihm rutschte das Herz in die Hose. Der Kerl schien keine

Angst vor Feuer und Qualm zu haben. Wahrscheinlich fühlte er sich auf seiner Geländemaschine sicher. Auf dem Ding konnte er querfeldein fahren, wenn's drauf ankam. Und ausgerechnet jetzt tauchte der hier auf. Erst der Hubschrauber, dann der Motorradfahrer.

Er musste seinen Plan ändern.

★★★

»Was machen wir jetzt?« Verena Treskatis' skeptischer Blick galt der dunklen Rauchwolke, die von Minute zu Minute größer wurde. »Verlegen wir die Einsatzzentrale näher ans Feuer oder bleiben wir hier?«

»Ich würde hierbleiben«, erwiderte Mendelski, der mit einem Fernglas den Waldrand beobachtete. »Dort stehen wir der Feuerwehr doch nur im Weg. Nach den Martinshörnern zu urteilen, muss da eine wahre Armada von Löschfahrzeugen im Anmarsch sein.«

»Ein Glück, dass der Helikopter rechtzeitig eingetroffen ist. Sowohl was das Feuer betrifft als auch wegen des Waldschrats. Kannst du was entdecken?«

»Nein. Nichts zu sehen außer Wald und Qualm.« Mendelski setzte das Fernglas ab. »Aber die Jäger sind auf ihren Posten geblieben. Jedenfalls auf dieser, dem Waldbrand abgewandten Seite. Was drüben an der Bahnlinie ist, vermag ich nicht zu sagen. Steht dort eigentlich ein Streifenwagen?«

»Noch nicht. Ist aber einer auf dem Weg dorthin. Für den Fall, dass der Gesuchte tatsächlich im Schutze des Qualms über die Wiesen flüchten will.«

»Wenn das mal alles so klappt«, grummelte Mendelski in seine Hand, während er sein Kinn massierte. »Irgendwie habe ich das dumme Gefühl, dass der Bursche uns mal wieder an der Nase herumführt.«

»Robert, dein Handy«, rief Maike, die bei geöffneter Tür im Auto auf dem Beifahrersitz saß. Zwischen ihren Knien klemmte eine halb volle Mineralwasserflasche.

»Verflixt! Ich hätte schwören können, dass ich es mit rausgenommen habe …« Mendelski ging zum Auto. Maike hielt ihm die Jacke hin, die auf der Rückbank gelegen hatte. Aus einer der Taschen kam der Klingelton.

»Ja, Heiko, was gibt's?«, fragte er, als er es herausgefummelt hatte, und entfernte sich ein paar Schritte von den anderen.

★★★

Keuchend erreichte Schriewe den Bahndamm; von hier konnte er in die Schneise zwischen Gleisen und Waldrand hineinschauen. Das Knattern eines Motorrades lockte ihn weiter am Bahndamm entlang in westliche Richtung.

Völlig außer Atem hockte er sich auf die Schotterböschung, um Luft zu holen. Aus dem Augenwinkel bemerkte er eine Bewegung am Waldrand. Geistesgegenwärtig riss er die Kamera hoch und schwenkte mit dem Zoom den entsprechenden Abschnitt ab.

Da! Zwischen den Bäumen bewegte sich etwas. Wieder und wieder drückte sein Finger den Auslöser nach unten. Die Gestalt sah aus wie ein Soldat bei einer Geländeübung: geschwärztes Gesicht, Tarnkleidung, Strauchwerk am Körper. Hinter dem Mann wurde der Wald plötzlich heller – Flammen loderten auf. Als das Tele das mit einem Tuch halb vermummte Gesicht formatfüllend auf das Display brachte, erkannte Schriewe die Panik in den Zügen des Waldschrats.

★★★

Nachdem er von Heiko Strunz auf den neuesten Stand gebracht worden war, kehrte Mendelski zu den anderen zurück und berichtete von seinem Telefonat.

»Die Hausdurchsuchung bei Märtens hat keine nennenswerten oder besser gesagt keine ihn weiter belastenden Ergebnisse gebracht. Unsere Leute haben zwar eine Rolle grünen Blumendraht gefunden, doch auch den Kaufbeleg, wann er die angeschafft hat. Nämlich erst nach den Morden an Laryssa Ascheschka und Karin Wuttke: gestern Vormittag, bevor er sich am späten Abend in der

Sprache an der Prostituierten verging. Das dürfte ihn bezüglich der beiden Mordvorwürfe entlasten.«

»Das heißt gar nichts«, widersprach Maike. »Der Draht, den er bei den Morden benutzt hat, war vielleicht einfach aufgebraucht, und er hat sich neuen geholt.«

»Mag sein.« Mendelski zuckte mit den Achseln. »Jedenfalls sind das die Fakten. Und die stützen momentan Märtens' Version.«

»Und sonst?«, ließ Maike nicht locker. »Keine Hinweise auf frühere Gewalttaten gegenüber Prostituierten oder anderen Frauen?«

»Nicht wirklich. Die haben zwar ein ganzes Arsenal an Sexspielzeugen, Hardcore-Pornoheften und skurrilen Verkleidungen gefunden. Aber die zu besitzen, ist nicht strafbar.«

»Ach ja? Was war's denn? Handschellen, Peitschen, Zwangsjacken, Daumenschrauben und Nagelbretter, oder was?«

»Nagelbretter?« Neumann griente. »Donnerwetter! Sie haben aber eine lebendige Phantasie.«

Ohne ihn anzuschauen, konterte Maike mit einem süffisanten Lächeln: »Wenn Sie wüssten, Herr Kollege …«

»Heiko ist da nicht so ins Detail gegangen«, erklärte Mendelski. »Er erwähnte noch einen gut sortierten Arzneimittelschrank mit allerhand Potenz- und Aufputschmitteln. Aber alles legal.«

»Und was ist mit Märtens' Rechner?«

»Sein Notebook haben sie mit nach Celle genommen. Es ist passwortgeschützt. Mal sehen.«

»Und der BMW?«

»Ebenfalls negativ – bisher jedenfalls. Die Bodenproben aus den Radkästen und den Reifen sind auf dem Weg ins Labor.«

»Wenn sie beweisen, dass er mit seinem Auto in Engensen war, ist er dran«, murmelte Maike, als wollte sie sich selbst Mut zusprechen. »Oder?«

»Schau'n wir mal.«

»Das klingt alles nicht besonders vielversprechend«, meinte Treskatis, während sie unverwandt zur Rauchsäule hinüberschaute, die immer weiter anwuchs. »Also wenden wir uns lieber wieder dem Waldschrat zu.«

»Moment.« Mendelski hob den Zeigefinger. »Eine interessante Neuigkeit hab ich noch. Ihr erinnert euch doch, dass Frau Dr. Grote bei Laryssa Ascheschka Faserspuren unter den Fingernägeln gefunden hat. Bräunliche Fasern. Tja, das sind keine synthetischen, sondern natürliche Fasern. Von einer Pflanze, einer baumähnlichen Pflanze. Winzige Splitter und Rindenfragmente.«

Die anderen staunten. »Also stammen die Spuren nicht von der Matratzenauflage«, sagte Maike.

»Genau. Außerdem können die schon sagen, dass es sich bei der Pflanze nicht um eine heimische Art handelt. Nicht um Kiefer, Birke, Eiche, Faulbaum oder dergleichen. Genauer gesagt um nichts, was rund um den Stellplatz des Sexmobils im Wald anzutreffen ist.«

»Sondern?«

Mendelski blinzelte ins Sonnenlicht. »Es sind Spuren einer tropischen Zimmerpflanze«, antwortete er. »Laut Labor handelt es sich um die Rindenfasern einer Yucca-Palme.«

★★★

»Es hilft alles nichts!«, sagte Janoske zu sich selbst. »Ich muss zurück!« Er schrie es fast. Aber niemand konnte ihn hören. Denn der Lärm des heranrasenden Feuers und des über ihm kreisenden Hubschraubers überdeckte alle Geräusche mit Leichtigkeit.

Ihm blieb nicht viel Zeit. Noch gab es einen cirka siebzig bis achtzig Meter breiten Korridor im Süden der Elefantendickung, der nicht in Flammen stand. Durch diesen Streifen hetzte er zurück gen Osten. Gegen den Wind. Durch beißenden Rauch und tückischen Funkenflug. Zwei verschreckte Rehe wechselten hinaus aus der Dickung auf das benachbarte Grünland. Janoske sah, wie eines die Spur des Motorradfahrers kreuzte, der vor dem Wald auf und ab fuhr. Um eine Kollision mit dem Reh zu verhindern, musste er eine Vollbremsung hinlegen, Fahrer und Maschine gingen unsanft zu Boden. Janoskes Augen blitzten vor Schadenfreude auf.

Schon bald befand er sich auf Höhe der Feuerfront. Hier war der Streifen Wald, den die Flammen bisher verschont hatten, nur noch knapp fünfzig Meter breit. Janoske hielt sich dicht am Waldrand, wo tief herabhängende Zweige dafür sorgten, dass er von außen nicht gesehen werden konnte. An einer günstigen Stelle blieb er stehen und spähte durch eine Lücke im Astwerk auf die Wiesen hinaus.

Dort sah er sie. Die Jäger, Treiber und Hunde, die sich wie bei einer Drück- oder Treibjagd in einer langen Reihe postiert hatten. Da war kein Durchkommen. Allerdings hatten sie sich im Vergleich zur Nacht ein wenig zurückgezogen. Sie standen nun mindestens hundert Meter von der Elefantendickung entfernt. Wahrscheinlich aus Respekt vor dem Waldbrand.

Plötzlich war das Motorrad wieder da. Der Fahrer schien den Sturz unbeschadet überstanden zu haben. Er raste wenige Meter entfernt am Waldrand vorbei, dass das frische Wiesengras nur so spritzte. Janoske hätte ihm leicht einen Kienapfel an den Quadratschädel werfen können.

Auch der Hubschrauber wich nicht von seiner Seite. Zum Glück flog er nicht so tief, dass ihn die Piloten mit bloßem Auge erkennen konnten. Wegen des Feuers hielt er genügend Abstand zum Boden. Denn die Hitze über der Brandfläche und die daraus resultierende enorme Thermik konnten dem Flieger gefährlich werden. Obendrein würden die Rotoren bei einem Tiefflug für zusätzlichen Wind sorgen, was das Feuer weiter anheizen würde.

Neue Geräusche drangen an sein Ohr. Der Klang von Martinshörnern, die sich rasch näherten. Da bogen sie auch schon um die Ecke. Drei, vier Feuerwehrfahrzeuge brausten mit eingeschaltetem Blaulicht über das Grünland heran. Vorneweg fuhr ein grüner Kombi. Sein Fahrer schien den Weg zu weisen.

Janoske kannte das Auto; es war der Skoda Octavia des Försters.

Verflixt und zugenäht! Die Situation wurde für ihn immer brenzliger. Das Feuer auf der einen, die Feuerwehr, die Jäger und der Motorradfahrer auf der anderen Seite. Über ihm der Polizeihubschrauber. Er war durch eigenes Verschulden innerhalb kürzester Zeit zwischen sämtliche Fronten geraten.

So hatte er sich das nicht gedacht, als er das Feuer gelegt hatte. Wohin nur, wohin?

Die Tanklöschfahrzeuge verteilten sich, Feuerwehrleute

sprangen heraus, Truppführer brüllten Befehle. Gleich würden sie den noch nicht brennenden Waldabschnitt und auch ihn mit ihren Wasserkanonen traktieren. Zweifellos würden sie ihn dann entdecken.

Unschlüssig schlich er wieder ein Stück Richtung Westen. Der Skoda Octavia war einige Meter weiter gefahren. Jetzt konnte Janoske erkennen, warum: Der Förster hatte es auf den Motorradfahrer abgesehen, der direkt am Waldrand gestanden und die Szenerie beobachtet hatte. Als der Förster neben ihm stoppte, um ihn anzusprechen, suchte der Motorradfahrer mit einem Kavaliersstart das Weite.

Der Förster ließ seinen Wagen stehen und lief zum Einsatzleitwagen der Feuerwehr hinüber. Der ELW, ein Mercedes Sprinter mit langem Radstand, mit dem Einsatzleiter, einem Maschinisten und den beiden Funkern an Bord, hatte sich ganz in der Nähe postiert. Das ist meine Chance, dachte Janoske wie elektrisiert.

Das Auto des Försters stand nur fünf, sechs Meter vom Waldrand entfernt. Eine vom Wind umgeknickte Kiefer, die auf das Grünland gefallen war, ragte fast bis zur Stoßstange des Octavia, ein perfekter Sichtschutz. Wenn das keine Einladung war!

Der Wagen stand verlassen da. Mit an Sicherheit grenzender Wahrscheinlichkeit hatte der Förster ihn nicht abgeschlossen. Zumindest war das Seitenfenster komplett heruntergelassen. Dass der Zündschlüssel nicht abgezogen war, konnte sich Janoske nur wünschen.

Das Herz klopfte ihm bis zum Hals, als er sich in gebückter Haltung dem Waldrand näherte. Aus dem Augenwinkel konnte er beobachten, wie ein Trupp Feuerwehrleute in den Wald hinter ihm eindrang. Die ersten »Wasser Marsch!«-Befehle tönten über die Wiese. Schnell schaute er zum Einsatzleitwagen hinüber. Alle Aufmerksamkeit der Verantwortlichen dort konzentrierte sich auf den Förster, der eine Waldbrandeinsatzkarte in beiden Händen hielt und Erläuterungen von sich gab.

Janoske wagte die letzten Schritte bis zum Waldrand, legte sich flach auf den Boden und kroch, die Deckung der umgestürzten Kiefer nutzend, flink wie eine Eidechse zum Auto des Försters.

Die Türen des Octavia waren nicht verriegelt.

DREIZEHN

»Die ersten Feuerwehren sind am Einsatzort eingetroffen«, berichtete Neumann, der am Funkgerät im Auto saß. »Mehrere Tanklöschzüge. Die Einsatzleitung hat der Ortsbrandmeister aus Wettmar.«

»Ist Sperber auch vor Ort?«, wollte Treskatis wissen.

»Ja. Er hat die Einsatzkräfte zur Brandstelle gelotst. Als Förster und Waldbrandbeauftragter ist er dort ein gefragter Mann.«

»Schade eigentlich. Wir könnten ihn hier auch gut gebrauchen. Er hätte vielleicht noch am ehesten eine Idee, wohin sich der Waldschrat verkrochen hat.«

Neumann zuckte bedauernd mit den Schultern.

»Der Helikopter kreist jetzt direkt über dem Brandherd.« Mendelski hatte das Fernglas vor den Augen. »Der ist wichtiger als der Förster. Für die Feuerbekämpfung *und* für die Suche nach dem Waldschrat.« Er wandte sich an Treskatis. »Kannst du bitte veranlassen, dass er zwischendurch mal einen Kontrollflug über das gesamte Suchgebiet macht? Klar, das Feuer hat momentan Priorität, doch …«

»Verstehe schon.« Treskatis gab Neumann einen Wink. Der machte sich sogleich am Funkgerät zu schaffen.

»Und er soll ruhig etwas niedriger fliegen«, rief Mendelski Neumann zu. »Damit der Waldschrat ja nicht auf dumme Gedanken kommt.«

Wie aus dem Nichts tauchte da ein zweiter Hubschrauber auf. Das rot-weiß lackierte Fluggerät näherte sich von Süden dem Brandherd, etwa in der doppelten Flughöhe des Polizei-Helikopters.

Maike starrte aus dem Auto in den Himmel. Gegen die Sonne war der andere Hubschrauber kaum auszumachen. »Ist der von der Feuerwehr?«, fragte sie in die Runde. Niemand wusste eine Antwort.

Treskatis' Handy klingelte. Sie nahm das Gespräch an. »Na endlich«, sagte sie mit deutlicher Erleichterung in der Stimme.

»Das wird aber auch Zeit. Ihr wisst, wie ihr zu fahren habt? – Okay. Dann also bis gleich.« Sie kappte die Verbindung und erklärte: »Die Hundertschaft ist in Engensen eingetroffen. In zehn Minuten sind sie hier.«

»Na Gott sei Dank.« Maike schälte sich aus dem Autositz. Gähnend streckte sie ihre Glieder gen Himmel. »Dann hat die Warterei ja endlich ein Ende.«

»Bist wohl schon im Wochenende«, foppte Mendelski seine junge Kollegin.

»Nee, ich gucke mir die Flugkünste des Hubschraubers da oben an. Nein, nicht der von uns …«, wehrte sie ab, als Mendelski in die falsche Richtung blickte.

Der zweite Helikopter kreiste inzwischen in gleichmäßigen Schleifen über dem brennenden Wald.

»Wo meinst du? Ich sehe nichts.« Mendelski hob schützend die Hand und versuchte, den anderen Hubschrauber zu finden. »Ach da. Nach Feuerwehr sieht der aber nicht gerade aus.«

»Wovon sprecht ihr?« Erneut reagierte Treskatis etwas spitz auf das vermeintliche Privatgeplänkel der Celler Kollegen.

»Von dem zweiten Hubschrauber. Scheint 'n privater zu sein.« Er hob das Fernglas vor die Augen. »Ich hab hier zwar nichts zu melden, aber an deiner Stelle würde ich die Flugsicherung anrufen und den Luftraum sperren lassen.« Er folgte der Flugbahn mit dem Fernglas. »Da scheint jemand aus der Seitentür heraus zu filmen.«

»So weit kommt's noch«, schimpfte Treskatis. »Neumann! Sorgen Sie dafür, dass diese Fernseh-Fritzen verschwinden. Wir haben hier unten schon genug Theater mit der Presse.«

Aus dem Wagen heraus kommentierte Neumann: »Als ob ich sonst nichts zu tun hätte.« Dennoch griff er zum Mikrofon des Funkgerätes.

★★★

»Herr Sperber, fahren Sie bitte Ihr Auto da weg«, rief der Einsatzleiter. »Der Wagen steht mir zu dicht am Wald. Das könnte ins Auge gehen.«

»Sie haben recht.« Sperber drückte dem Feuerwehrmann, der neben ihm stand, die Waldbrandeinsatzkarte in die Hände. »Bin schon unterwegs.«

Auf dem Weg zum Auto tastete er seine Taschen ab. Hosentaschen, Westentaschen, Hemdtaschen. Er fand Handy, Waldbrandpieper, Portemonnaie, Brillenetui, Kugelschreiber und Notizblock – aber keinen Autoschlüssel.

Der wird stecken, dachte er sich, während er das Heck des Wagens erreichte. Er öffnete die Fahrertür, deren Fenster heruntergelassen war, und schwang sich hinters Lenkrad. Tatsächlich, der Autoschlüssel – ein kleines Bund mit Haustür-, Auto- und Garagenschlüssel – steckte im Schloss.

Er ließ den Motor an und legte den ersten Gang ein. Der Wagen setzte sich in Bewegung. Als Sperber in den zweiten Gang wechseln wollte, fuhr er vor Schreck zusammen. Etwas Hartes hatte sich in seine linke Seite gebohrt.

»Schön weiterfahren«, sagte eine Stimme aus dem Fond. Sie klang, als käme sie von weit her. »Wenn Ihnen Ihr Leben lieb ist, machen Sie genau, was ich sage.«

Reflexartig trat Sperber auf die Bremse und wandte sich um. Doch in dem Chaos auf seiner Rückbank konnte er niemanden entdecken. Aus dem Durcheinander von Lodenmantel, Regenjacke, Forsthut, Gewehrfutteral, Rucksack und vielem mehr ragte lediglich der Lauf seiner Büchse, der sich immer tiefer in seine Taille bohrte.

»Was soll …«

»Schnauze!«, kam es gedämpft unter dem Lodenmantel hervor. »Machen Sie keine Zicken. Oder wollen Sie von Ihrer eigenen Munition durchsiebt werden? Los, weiterfahren!«

Der Waldschrat!, durchfuhr es Sperber. Er hat sich in mein Auto geschlichen. Ausgerechnet in mein Auto, wo auf der Rückbank die Büchse gelegen hatte. Geladen. In der Kammer waren mindestens drei Schuss.

»Weiterfahren, hab ich gesagt.« Die Stimme klang bedrohlich; der Druck durch den Lauf der Büchse verursachte Sperber Schmerzen. »Los, machen Sie schon. Sonst …«

Sich seiner misslichen Lage bewusst, ließ Sperber die Kupplung kommen und fuhr langsam an. Hilfesuchend schaute er sich um. Doch die Feuerwehrleute waren mit anderen Dingen beschäftigt; auf das Auto des Försters achtete niemand.

»Immer schön nach vorn gucken«, kam es prompt von hinten. »Und verriegeln Sie sämtliche Türen.«

»Bitte?«

»Sie sollen die Türen von innen verschließen. Mit dem Knopf in der Tür oder mit dem Schlüssel. Los, los!«

Während Sperber den Wagen durch das wadenhohe Gras lenkte, betätigte er den Knopf für die Zentralverriegelung.

»So ist's brav. Zweiter Gang«, wies ihn der Waldschrat an.

»Verdammt! Machen Sie schon.«

Sperber tat, wie ihm befohlen.

»Fahren Sie einen großen Bogen auf der Wiese. Mit ordentlichem Abstand zur Feuerwehr.«

»Mensch, nun hören Sie doch.« Sperber hatte sich langsam wieder gesammelt. »Das hat doch alles keinen Zweck! Hier wimmelt's von —«

»Schnauze!« Der Druck durch den Gewehrlauf wurde stärker. »Sie machen, was ich sage. Weiterfahren! Ja, genau so. Das Tempo halten, damit wir nicht auffallen.«

Sperber fuhr im zweiten Gang hinter den Tanklöschzügen an dem Einsatztrupp vorbei. Kein Mensch achtete auf ihn.

★★★

»Als hätte er sonst nichts zu tun …« Mendelski schaute gespielt pikiert seine Kollegin an. »Gutes Stichwort. Statt Löcher in die Luft zu gucken, kannste dir ruhig mal Gedanken über die Yucca-Palme machen.«

»Die Yucca-Palme?«, erwiderte Maike trotzig. »Hab ich doch. Die ganze Zeit.«

»Und?« Mendelski guckte erwartungsvoll.

Maike wollte sich keine Blöße geben und legte los: »Eigentlich ist es ganz einfach. Im Grunde gibt es nur zwei Möglichkeiten.«

»Und die wären?«

»Entweder war die Palme bei dem Mordopfer – oder das Mordopfer war bei der Palme.«

»Hm, was ist das denn für'n Kauderwelsch?«

»Na, ganz einfach. Entweder handelt es sich um eine Palme, die sich während der Tat im Sexmobil befand und nachher – aus welchen Gründen auch immer – fortgeschafft wurde. Dann bleibt es dabei, dass der Fundort der Leiche auch der Tatort ist. Oder Laryssa Ascheschka ist nicht in ihrem Sexmobil ermordet worden, sondern ganz woanders – nämlich dort, wo sich eine Palme befunden hat.«

»Gut kombiniert.« Mendelski konnte sich ein Grinsen nicht verkneifen. »Gegen Variante eins spricht, dass Zimmerpflanzen in einem Sexmobil höchst ungewöhnlich sind. Außerdem ist nicht einmal ein Krümelchen Blumenerde in dem Fahrzeug gefunden worden.«

»Die Spuren kann der Täter beseitigt haben. Vielleicht hatte er Angst, dass DNA oder dergleichen von ihm an der Pflanze haften könnte, und hat sie entsorgt.«

»Okay.« Mendelski ließ es erst mal dabei bewenden. »Gegen Variante zwei spricht, dass in der Nähe des Stellplatzes keine Yucca-Palmen wachsen und es auch sonst weit und breit kein Haus gibt, in dem Zimmerpflanzen stehen könnten. Frau Dr. Grote hat aber bestätigt, dass Laryssa Ascheschkas Tod im oder in unmittelbarer Nähe des Sexmobils eingetreten sein muss. Wegen der Speichelspuren auf der Matratze, wegen –«

»Ich weiß, ich weiß«, entgegnete Maike.

Neumann vermeldete: »Das mit dem Luftraum ist geklärt. Der Hubschrauber war übrigens von RTL gechartert.«

Maikes Augen blitzten auf. »Da haben Sie ja direkt mal was Sinnvolles geleistet«, sagte sie frech und wandte sich wieder Mendelski zu. »Was hältst du von der Theorie, dass der letzte Kunde von Laryssa Ascheschka ein holländischer Blumenlasterfahrer war? Er hat sie unter irgendeinem Vorwand in den Frachtraum seines Lkws gelockt, wo unter anderem Yucca-Palmen herumstanden, und ist dort über sie hergefallen.«

»Ein holländischer Blumenlasterfahrer!«, wiederholte Verena Treskatis, die die Unterhaltung mit wachsendem Interesse verfolgt hatte. Sie trat näher. »Eine völlig neue Theorie«, sagte sie gänzlich ohne Häme. »Bleiben wir aber zunächst bei alten Bekannten: Euer Untersuchungshäftling Märtens hat doch eine Vorliebe für Rollenspiele. Vielleicht hat er ja die Palme zu seinem Stelldichein mitgebracht.«

»Bei ihm im Auto wär uns eine Yucca-Palme aufgefallen«, erwiderte Mendelski zweifelnd. »Außerdem passt eine exotische Pflanze eigentlich nicht zum Spiel Koch/Küchenmädchen. Eher schon zu einer Tarzan-und-Jane-Nummer.«

Verena Treskatis' Handy klingelte.

»Und wenn die Lösung ganz einfach ist?«, fragte Maike. »Laryssa Ascheschka war spät dran. In der Hektik stolpert sie und kommt in Kontakt mit einer Yucca-Palme im Bad, Flur oder was weiß ich, wo. Ohne die Hände zu waschen, düst sie los, zur Arbeitsstelle im Wald, wo ihr Mörder bereits auf sie wartet.«

»Hm, wäre eine plausible Erklärung.« Mendelski strich sich mit dem Zeigefinger über die trockenen Lippen. Er hatte plötzlich schrecklichen Durst. »Wir müssen überprüfen, ob es bei ihr zu Hause eine Yucca-Palme gibt.«

»Wo zum Teufel seid ihr?«, wurden sie von Treskatis übertönt, die mit lauter Stimme telefonierte. Die Verbindung schien nicht die beste zu sein. »In Wettmar? Wie seid ihr denn dahin gekommen? – Dann seid ihr falsch abgebogen. – Nein, ihr müsst zum Lahberg. – Zum Lahberg! Das gehört zu Engensen. – Wie? Ach, vergesst es. Bleibt, wo ihr seid, rührt euch nicht von der Stelle. Ich schicke jemanden, der euch lotst. Bis gleich. Ende.«

Treskatis war außer sich. »Die Hundertschaft«, sagte sie zu Mendelski und Maike. »Diese Amateure. Haben sich verfahren.«

»Dabei brauchen sie nur der Rauchwolke am Himmel zu folgen«, unkte Mendelski.

»Oder den Feuerwehren.« Das kam von Maike.

»Neumann!«, brüllte Verena Treskatis. »Könnten Sie mal kurz … Die Hundertschaft braucht einen Ortskundigen.«

★★★

»Und jetzt?«, fragte Sperber.

»Raus auf den Weg und dann Richtung Süden, Richtung Lahberg. Und keine Zicken! Sie halten nicht an, Sie geben keine heimlichen Zeichen, keine Lichthupe oder dergleichen. Beide Hände bleiben schön am Lenkrad.«

»Die Einsatzleitung wird sich wundern«, protestierte Sperber. »Ich sollte den Wagen nur zur Seite fahren.« Im selben Moment ärgerte er sich über sich selbst. Diese vielleicht wichtige Information hätte er dem Waldschrat nun wirklich nicht auf die Nase binden müssen.

»Firlefanz. Alles nur Gerede. Die haben im Moment ganz andere Sorgen. Los, fahren Sie schon.«

Die Wiese, über die sie fuhren, wies einige Unebenheiten auf. Der Kombi und seine beiden Insassen wurden einige Male ordentlich durchgeschüttelt.

»Auf dem Weg sind jede Menge Leute«, gab Sperber zu bedenken, als sie sich der Wiesenausfahrt näherten, die auf den Feldweg mündete. »Polizisten, Jäger und und und! Da kommen wir nie durch.«

»Natürlich kommen wir. Sonst …« Die Mündung der Büchse drückte auf Sperbers Milz.

In dem Moment bog ein Trecker mit einem Güllefass auf dem Anhänger, das – so vermutete Sperber – mit Löschwasser gefüllt war, in die Einfahrt zur Wiese. Auf dem Dach des Führerhauses blinkte ein oranges Rundumlicht. Sperber trat auf die Bremse.

»Was machen Sie?«, fragte die Stimme aus dem Fond. Sie klang panisch.

»Da ist ein Trecker. Soll ich den etwa rammen?«

»Ganz ruhig.« Der Waldschrat unter dem Lodenmantel hatte sich wieder gefangen. »Sobald die Bahn frei ist, weiterfahren!«

Der Landwirt, ein Biogasanlagenbetreiber aus Wettmar, winkte Sperber zu und brauste mit seinem riesigen Traktorgespann an dem Octavia vorbei. Der setzte seine Fahrt fort.

»So ist's recht. Kurbeln Sie jetzt Ihr Fenster hoch.«

Sperber betätigte den elektrischen Fensterheber.

»Gut. Und weiter.«

Im Schritttempo bogen sie in den Feldweg ein. Hier waren

kaum noch Leute zu sehen. Ein paar Autos der Jäger standen rechts und links zwischen den Büschen geparkt. Ihre Fahrer hatten eine vorbildliche Rettungsgasse für die Feuerwehrfahrzeuge gelassen.

Fieberhaft überlegte Sperber, was er tun könnte. Er schielte auf die Brusttasche seiner Weste, wo sich sein Handy befand. Jeden Augenblick konnte der Einsatzleiter der Feuerwehr anrufen, um zu fragen, wo zum Teufel er denn wohl hinwolle. Als Waldbrandbeauftragter hatte er gefälligst bei der Einsatzleitung zu bleiben.

»Beide Hände schön am Lenkrad lassen«, hörte er den Waldschrat hinter sich sagen. »Um Ihr Handy kümmere ich mich gleich.«

Verfluchte Kiste, schimpfte Sperber innerlich. Der Kerl registriert nicht nur jeden Wimpernschlag von mir, nein, der kann auch meine Gedanken lesen.

Sie passierten wieder den aufgemotzten amerikanischen Pickup und den Mercedes Vito. An der Ladefläche des Amischlittens, die dem Feld zugewandt war, standen drei der Männer von vorhin und schienen sich angeregt zu unterhalten.

»Warum so langsam?«, zischte der Waldschrat ihn ungeduldig von der Rückbank aus an.

»Hier gibt's Schlaglöcher«, antwortete Sperber und fuhr, um seine Lüge zu kaschieren, ein wenig in Schlangenlinien. Das Täuschungsmanöver schien zu funktionieren. Im Fond blieb es still.

Als nächstes kam ihnen ein Lkw mit einer heruntergeklappten Satellitenschüssel auf dem Dach und dem bunten Logo eines privaten Fernsehsenders entgegen. Der Fahrer blieb stur auf der asphaltierten Straße und zwang Sperber zu einem Ausweichmanöver auf den Seitenstreifen.

»Was machen Sie denn jetzt schon wieder?« blaffte der Waldschrat unter dem Lodenmantel gedämpft.

»Das war das Fernsehen. Wenn die wüssten, dass ihre Attraktion gerade ausbüchst ...«

★★★

»Wo will denn der Förster hin?«, fragte der Einsatzleiter der Feuerwehr erstaunt. Er trat aus dem Schatten des Einsatzleitwagens und schaute in die Runde. »Er sollte doch nur sein Auto zur Seite fahren.«

»Keine Ahnung«, erwiderte der Funker. »Vielleicht brauchen die ihn bei der Kripo. Da soll eine Hundertschaft im Anmarsch sein.«

»Ohne sich abzumelden?« Der Einsatzleiter guckte skeptisch. »Ich kenn doch den Sperber. Der macht so was nicht.«

»Soll ich ihn anrufen?«

»Nein. Darum kümmere ich mich schon selbst.«

★★★

Der Skoda rollte unbehelligt durch die pralle Nachmittagssonne. Weil sämtliche Fensterscheiben geschlossen waren, stieg die Temperatur im Wageninneren allmählich ins Unerträgliche. Janoske, der, mit der rechten Hand die Büchse haltend, in voller Montur unter dem Lodenmantel und Sperbers Barbourjacke kauerte, war längst klitschnass geschwitzt.

Gerade wollte er den Förster anweisen, die Klimaanlage oder wenigstens die Lüftung einzuschalten, als dessen Handy klingelte. Als Klingelton hatte es dieses klassische schrille Retro-Bimmeln eines Telefons aus dem letzten Jahrhundert. Durch den schmalen Sehschlitz, den er sich in dem Kleiderberg geschaffen hatte, sah Janoske, wie sich der Förster an die Brust fasste.

»Finger weg!«, zischte er und beugte sich ein Stück vor. »Schön die Hände am Lenkrad lassen.« Seine linke Hand schnellte unter Sperbers Arm hindurch und fuhr in dessen Westentasche. Zwei Sekunden später hielt er das tönende, blinkende und vibrierende Handy zwischen Daumen und Zeigefinger.

Ohne Umschweife hielt er den roten Knopf so lange gedrückt, bis sich das Handy ausschaltete.

»Das wird Ihnen auch nichts nützen«, kam es von vorn. In Sperbers Stimme lag unverhohlene Schadenfreude zu. »Da vorn kommt eine Polizeikontrolle.«

»Sie bluffen.« Janoske hob den Kopf und wagte einen Blick

zwischen der Nackenstütze der Rückenlehne des Beifahrersitzes hindurch. Es war nicht geblufft. Keine fünfzig Meter vor ihnen am Wegrand war tatsächlich ein Streifenwagen postiert. Zwei uniformierte Polizeibeamte standen daneben.

»Verfluchte Scheiße!«, entfuhr es Janoske, der fieberhaft überlegte. Doch wieder fing er sich rasch. »Sie kommen da durch«, sagte er mit Bestimmtheit. »Als Förster, mit Ihrem Dienstwagen, dem Hoheitsabzeichen und so. Auch ohne anzuhalten.« Er verkroch sich erneut unter dem Lodenmantel.

»Das kann ich doch nicht machen.«

»Natürlich können Sie das.« Janoske wurde energischer. »Hier! Spüren Sie den Büchsenlauf?«

»Ja, aber …«

»Klappe halten jetzt! Sonst merken die noch was. Langsam vorbeifahren, nicht anhalten und ja kein Zeichen geben. Sonst …«

Janoske spürte, wie das Auto allmählich langsamer wurde. Er erhöhte den Druck mit der Waffe. Sperber stöhnte auf vor Schmerz, sagte aber nichts und gab wieder etwas mehr Gas. Janoske wagte jetzt nicht mehr, durch den Sehschlitz zu linsen. Die Gefahr, entdeckt zu werden, war zu groß. Er hielt den Atem an und beschränkte sich aufs Lauschen. Das Auto wurde schneller, schließlich schaltete Sperber sogar in den dritten Gang.

Janoske atmete tief durch.

»Wir sind vorbei«, kam es von vorn. »Die haben nichts bemerkt.«

»Das will ich hoffen«, erwiderte Janoske. Zu gern hätte er durch die Heckscheibe geschaut, um sich zu vergewissern, dass die beiden Polizisten wirklich nichts bemerkt hatten. Aber er beherrschte sich.

»Wo lang jetzt?«

»Immer geradeaus. Richtung Lahberg.«

»Was haben Sie vor?«

»Ruhe jetzt!« Janoske verringerte den Druck mit der Büchse ein wenig. »Das erfahren Sie noch früh genug.«

★★★

Neumann hatte die Kollegen von der Bereitschaftspolizei am Celler Weg in Wettmar aufgegabelt. Die erste Einsatzhundertschaft aus Hannover war mit neun Fahrzeugen unterwegs: mit drei Mercedes-Mannschaftsbussen, fünf VW-Transportern und einem Ford-Pkw als Führungsfahrzeug.

Nachdem sich Neumann kurz mit dem Hundertschaftsführer abgesprochen hatte, setzte er sich mit seinem Wagen an die Spitze und fuhr voraus. Während er dem asphaltierten Wirtschaftsweg den sanften Hügel hinauf in Richtung Lahberg folgte, meldete er sich telefonisch bei Treskatis. Er berichtete, dass er die Truppe gefunden und im Schlepptau habe.

Linker Hand, in rund vier Kilometer Luftlinie Entfernung, konnte man die gewaltige dunkle Rauchwolke am Horizont aufsteigen sehen. Neumann hatte den Eindruck, dass sie nicht kleiner geworden war, sondern trotz des Feuerwehreinsatzes sogar weiter anwuchs.

Noch bevor sie den Hauptdamm erreichten, kam ihnen mit eingeschaltetem Blaulicht und Höchstgeschwindigkeit ein Tanklöschzug entgegen. Neumann und seine Gefolgschaft fuhren zur Seite und ließen das Feuerwehrfahrzeug passieren.

Der wird zum Wasserfassen nach Wettmar unterwegs sein, mutmaßte er, oder gar zum Wasserwerk. Das Wasserwerk Wettmar lag nur wenige hundert Meter entfernt mitten in der Feldmark.

Auf dem Hauptdamm angekommen, bog Neumann links ab und folgte der Straße Richtung Norden. Die Karawane von Polizeiautos fuhr Stoßstange an Stoßstange. Rechts und links des Weges lag nun Kiefernwald. Furztrockener Kiefernwald, wie Neumann befand. Eine unachtsam weggeworfene Zigarettenkippe konnte auch hier rasch einen Großbrand auslösen.

Das war seine Joggingstrecke. Hier lief er seit Jahren seine Runden. Jedes Schlagloch, jeder Stein, Baum oder Busch war ihm vertraut. Insbesondere die feuchten Mulden und wasserführenden Gräben kannte er, in deren Nähe es in dieser Jahreszeit vor Stechmücken und Zecken nur so wimmelte. Dort lief Neumann immer besonders schnell.

Er wollte auf dem schmalen Wirtschaftsweg gerade etwas mehr Gas geben, als wieder Gegenverkehr auftauchte. Ein grüner

Kombi, hinter dessen Frontscheibe das Hoheitsabzeichen der Niedersächsischen Forstverwaltung zu sehen war.

»Der Sperber«, entfuhr es Neumann. »Wo will der denn hin?«

Ohne die Geschwindigkeit zu drosseln, fuhr der Förster auf dem grasbewachsenen Seitenstreifen an ihnen vorbei. Sperber saß allein im Wagen, grüßte nicht und schien auch sonst keine Notiz von der Polizeiarmada in seinem Forstbezirk zu nehmen.

Neumann wunderte sich. Eigentlich sollte der Förster die Feuerwehr bei der Bekämpfung des Waldbrandes unterstützen. Und zwar direkt an der Front, bei der Einsatzleitung, wo die Entscheidungen fielen. Zumal Sperber die Sonderfunktion als Waldbrandbeauftragter innehatte. Hatte es etwa Ärger gegeben? Kompetenzgerangel mit dem Einsatzleiter? Eifersüchteleien, persönliche Animositäten? Und Sperber hatte sich einfach davongemacht?

Na ja, vielleicht hat er aber auch nur einen Sonderauftrag bekommen, dachte Neumann zur Abwechslung mal positiv. Vielleicht muss er genau wie ich neue und ortsunkundige Einsatzkräfte irgendwo abholen und zur Feuerstelle lotsen.

Im Rückspiegel sah er, wie das Führungsfahrzeug der Hundertschaft dichter auffuhr. Durch die Überlegungen zum Förster war er ins Bummeln gekommen. Rasch trat er wieder aufs Gaspedal.

★★★

»Was sollte das denn eben?«

»Was meinen Sie?«

»Warum sind Sie von der Straße runter?«

»Da war Gegenverkehr.«

»Und deswegen fahren Sie so lange über den Grünstreifen?«

»Das waren mehrere Fahrzeuge.«

»Die Feuerwehr? Ich hab kein Martinshorn gehört.«

»Nein, Polizei.«

»Polizei?«

»Ja, eine Hundertschaft der Bereitschaftspolizei.«

»Bereitschaftspolizei …« Janoske verstummte. Dann fing er an zu kichern. Sperber sah im Rückspiegel, wie der Berg mit dem Lodenmantel auf der Rückbank in Bewegung geriet.

»Und die sind meinetwegen hergekommen?«, fragte Janoske glucksend.

»Das nehme ich an.«

»Du liebe Güte! Wenn die wüssten.«

»Bitte?«

»Der Vogel ist längst ausgeflogen, hihi. Die Armen …«

»Freuen Sie sich nicht zu früh.«

»Ach Quatsch!«, schimpfte Janoske verärgert. »Die suchen den Falschen. Ihr sucht alle den Falschen. Ich hab nichts, gar nichts mit den Morden an den Frauen zu tun.« Er redete sich in Rage. Dabei lockerte er ein wenig den Druck mit der Waffe. »Ich war rein zufällig in der Nähe, da oben in Allerhop, als die erste Leiche entdeckt wurde. Mehr nicht.«

»Und der Mörder?« Sperber schielte wieder in den Rückspiegel. Sie hatten mittlerweile die Lahberg-Siedlung erreicht und fuhren weiter in Richtung Engensen. »Haben Sie den gesehen?«

Janoske ließ sich mit der Antwort Zeit. »Weiß ich nicht genau. Ich glaube, Laryssa war schon tot, als ich ankam, und ihr Mörder bereits über alle Berge. Aber vielleicht war es auch dieser schräge Typ, dieser BMW-Fahrer.«

Sperber stutzte. »Laryssa? Sie kannten also das Opfer?«

»Nur vom Sehen, wenn Sie verstehen, was ich meine. Ich bin kein Freier. Hab eh keine Kohle …«

»Und deshalb haben Sie sie überfallen?«

»Nein, nein und nochmals nein«, brüllte Janoske. Seine Nerven lagen blank. »Ich war's nicht!«

»Warum sind Sie dann weggelaufen?«

»Weil dieser dämliche Fotograf mich überrascht hat. Der hat alles versaut. Wenn der mich nicht gesehen hätte … keine Sau hätte mich je entdeckt.«

Im Eifer des Gefechts war Janoske der Lodenmantel entglitten und in den Fußraum der Rückbank gerutscht. Hastig zog er ihn wieder hoch. Dabei hantierte er ungeschickt mit der Büchse.

»Können Sie die nicht wegnehmen?«, bat Sperber. Ihm standen wohl nicht nur wegen der stickigen Luft im Wageninneren dicke

Schweißperlen auf der Stirn. »Das Gefuchtel mit der Waffe macht mich total nervös. So'n Ding kann schnell mal losgehen.«

»Von wegen.« Janoskes Stimme kam nun wieder aus dem Verborgenen. »Das könnte Ihnen so passen. Ich lasse Sie erst in Ruhe, wenn ich in Sicherheit bin.«

Sperber wischte sich mit dem Handrücken über die Stirn. »Darf ich wenigstens die Lüftung anschalten?«, fragte er.

»Klar doch. Da bin ich ganz großzügig.«

»Und die Sonnenblende herunterklappen?« Sie fuhren genau in die schräg einfallenden Strahlen der Nachmittagssonne.

»Meinetwegen auch das. Aber wehe, Sie haben da oben eine Püste versteckt.«

»Wie witzig.« Sperber klappte beide Sonnenblenden herunter.

»Sie sollten Ihr Auto als Sauna anmelden.« Janoske geriet so langsam in Hochstimmung. »Oder als Fluchtfahrzeug, hoho. Als Fluchtfahrzeug für zu Unrecht verdächtigte Waldmenschen. Oh Mann …«

Allmählich wurde ihm bewusst, dass seine waghalsige Flucht geglückt zu sein schien. Während seine Häscher ihn weiterhin im Moor vermuteten, ihn dort von unzähligen Jägern und Helfern umstellt glaubten und nun mit einer Hundertschaft Bereitschaftspolizisten nach ihm fahndeten, fuhr er – bequem auf der Rückbank eines Pkws liegend – mit fünfzig Stundenkilometern von dannen.

Er hatte es mal wieder allen gezeigt. Bruno Janoske, der schlaue Fuchs, hatte sich mit einem genialen Trick aus dem schier unüberwindbaren Kessel einer Treibjagd davongestohlen. Sicher, die Messe war noch nicht gesungen, noch war er nicht in Sicherheit, noch hatte er den Förster am Hals. Aber auch dieses Problem würde er noch lösen. Irgendwie. Da war er sich sicher. Doch zunächst musste sich seine Geisel noch ein wenig gedulden, allzu schnell durfte er sie nicht laufen lassen. Sollten die im Moor ruhig noch etwas nach ihm suchen, so ein, zwei oder gar drei Tage.

Köstlich! Janoske musste schmunzeln bei dem Gedanken. Er stellte sich die dummen Gesichter vor, wenn sie endlich merkten, dass er aus der Falle entfleucht war.

Der Wagen wurde plötzlich langsamer und hielt schließlich ganz.

»Warum stoppen Sie?« Janoske blieb unter dem Loden, brachte aber den Lauf der Büchse zurück in ihre alte Position.

»Wir sind in Engensen«, erwiderte Sperber gepresst. Die Gewehrmündung bohrte sich nach wie vor an derselben Stelle in seine Hüfte. »Am ›Alten Posthof‹ an der Hauptstraße. Wohin jetzt?«

»Rechts«, sagte Janoske ohne Zögern. »Richtung Thönse.«

»Okay.« Sperber blinkte und fuhr an.

»Und weiter schön die Hände am Lenkrad lassen! Am Ortsausgang in die letzte Straße links abbiegen. Dort, wo es zum Kiesteich geht.«

★★★

»Da kommen sie ja endlich!« Verena Treskatis kletterte vom Beifahrersitz und stellte sich neben ihr Auto.

Mit Neumann an der Spitze näherte sich in einer riesigen Staubwolke die Kolonne der Bereitschaftspolizei.

»Bleibt's bei unserem Plan?«, fragte Mendelski, der jetzt neben seiner hannoverschen Kollegin stand.

»Ja, ich denke schon«, erwiderte Treskatis. »Es sei denn, der Hundertschaftsführer macht einen anderen Vorschlag.«

»Warum sollte er? Drüben, auf der anderen Seite im Westen, ist die Feuerwehr im Einsatz. Außerdem bietet die Bahnlinie eine gut einsehbare Schneise. Da sind so viele Leute unterwegs, dass man den Waldschrat eigentlich sehen müsste, wenn er dort ausbrechen will. Hier im Osten dagegen ist es ruhig. Wenn er sich im Busch versteckt haben sollte, dann hier.«

»Hoffentlich reichen hundert Mann aus, um die ganze Breite abzudecken.«

»Denke schon.« Mendelski rief sich die Abmessungen des Suchgebiets im Kopf auf. »Bei fünfhundert Metern Breite und hundert Mann geht alle fünf Meter ein Polizist. Wenn die ihre Augen offen halten, reicht das für ein Waldgebiet wie dieses aus.«

Die Bereitschaftspolizisten parkten die Fahrzeuge hintereinander am Wegesrand, während Neumann bereits mit dem Hundertschaftsführer im Anmarsch war.

»Robert, kannst du mal eben kurz kommen?«, rief in diesem Augenblick Maike über das Autodach ihres Dienstfahrzeugs hinweg. »Anruf aus Celle.«

»Geh ruhig.« Treskatis gab Mendelski einen Wink. »Ich mach das schon.«

Mendelski ging zu Maike rüber.

»Der Heiko.« Sie reichte ihm ihr Handy. »Er will wissen, was mit der Lagebesprechung um fünf ist.«

Mendelski schaute auf seine Armbanduhr. Es war sechzehn Uhr vier. »Das wird wohl nichts, Heiko«, sagte er ins Telefon. »Gerade ist die Hundertschaft eingetroffen. Jetzt wird's spannend. Da können wir schlecht weg. Sag bitte den anderen, dass wir uns morgen früh um acht Uhr treffen. Wenn nicht wieder was dazwischenkommt. Sonst noch was? – Okay, Maike wird mir berichten. Dann will ich dich nicht länger aufhalten. Du hörst von mir.«

Nachdem er aufgelegt und das Handy zurückgegeben hatte, begann Maike in ihrem Notizblock zu blättern, der auf ihren Knien ruhte.

»Also, was Heiko noch erzählt hat«, begann sie, während ihr Bleistift über die Zeilen huschte. »Bei Märtens in der Wohnung in Lachendorf haben sie keine Yucca-Palme gefunden. Ellen und Jo sind extra noch mal hingefahren. Da waren so gut wie keine Zimmerpflanzen, lediglich ein paar Kakteen.«

Maike blätterte um.

»Das beschlagnahmte Notebook hat Heiko sich inzwischen angesehen. Das Passwort auszuheben war gar nicht so schwierig. Die Untersuchung der Dateien wird aber dauern, der hat Billionen von Fotos da drauf, überwiegend Sexfotos. Aber Belastendes war bisher nicht dabei.«

Wieder blätterte Maike eine Seite um.

»Dann hat die Chefredaktion der Celleschen Zeitung bei Steigenberger und der Staatsanwaltschaft Druck gemacht. Sie dürfen jetzt das Foto vom Waldschrat in der morgigen Ausgabe veröffentlichen. Schriewe ist höchstpersönlich in der Jägerstraße aufgetaucht und hat sich den Speicherstick aushändigen lassen.«

»Diese Geier.« Mendelski zuckte mit den Schultern. »Aber da kann man nichts machen.«

»Ich find's ja auch scheiße«, entgegnete Maike. »Aber vielleicht führt die Veröffentlichung der Fotos endlich dazu, dass jemand den Waldschrat identifiziert. Wer weiß.«

»Selbst wenn, was nützt uns das?« Verärgert trat Mendelski nach einer Löwenzahnblüte. »Gar nichts. Als Landstreicher hat der keinen festen Wohnsitz.«

»Den kriegen wir heute noch«, tröstete ihn Maike. »Dann ist das mit den Fotos eh überflüssig.«

»Da bin ich mir nicht so sicher.« Mendelskis skeptischer Blick wechselte zu den BePo-Leuten hinüber, die, mit langen Suchstöcken bewaffnet, auf dem Feldweg Aufstellung nahmen. Treskatis, Neumann und der Hundertschaftsführer, ein drahtiger Zwirbelbartträger, standen über eine Landkarte gebeugt, die sie auf der Kühlerhaube des Dienstwagens ausgebreitet hatten. »Der Waldschrat wird sich klein machen wie eine Maus und im Erdreich untertauchen. Der ist mit allen Wassern gewaschen.«

»Nun übertreib mal nicht«, entgegnete Maike. Sie hielt Mendelski eine Mineralwasserflasche hin. »In der Haut dieses armen Schluckers möchte ich nicht stecken. Auf der einen Seite das Feuer, auf der anderen die Polizeikette. Und drum herum eine Horde Jäger. Eigentlich kann er gleich das Handtuch werfen.«

»Darf ich mal kurz stören?« Neumann stand plötzlich neben ihnen.

»Aber gern«, erwiderte Maike. Die Ironie in ihrer Stimme war unüberhörbar. »Sie doch immer.«

Mendelski blieb sachlich. »Was gibt's?« Er nahm einen kräftigen Schluck aus der Plastikflasche.

»Die Feuerwehr hat angerufen und gefragt, ob der Sperber bei uns ist. Sie vermissen ihn bei der Einsatzleitung. Außerdem hätte ihn der Hundertschaftsführer auch gern hier.«

»Sehen Sie ihn irgendwo?«, fragte Maike bissig.

»Nein, natürlich nicht.« Neumann blieb gelassen. »Ich hab ihn aber vorhin vom Einsatzort wegfahren sehen. Als ich die

BePo aus Wettmar abgeholt habe. Da ist er uns entgegengekommen.«

»Was fragen Sie uns dann?«, quittierte Mendelski die Frage trocken. Er warf die leere Mineralwasserflasche auf den Fahrersitz.

»Na, ich wollte wissen, ob Sie vielleicht mit ihm telefoniert haben. Ihn vielleicht mit einem gesonderten Auftrag losgeschickt haben oder so. Immerhin kennen Sie ihn ja schon vom ersten Mordfall. Denn im Moment weiß kein Mensch, wo er hin ist. Sein Handy hat er auch ausgeschaltet.«

»Vielleicht steckt er in einem Funkloch«, bemerkte Maike, um Sachlichkeit bemüht. »Das soll bei Förstern schon mal vorkommen.«

Neumann zuckte mit den Schultern.

»Wir haben jedenfalls nicht mit ihm gesprochen.« Nachdenklich formte Mendelski mit Daumen und Zeigefinger seine Unterlippe zu einem V. Er überlegte angestrengt. »Soso«, murmelte er. »Der Sperber hat sich also einfach davongemacht. Ohne sich abzumelden. Dabei brennt sein Wald, und im Busch nebenan läuft eine aufwendige Personensuche. Schon merkwürdig ...«

VIERZEHN

Als sie den Kiesteich passierten, wagte Janoske einen kurzen Kontrollblick.

»Okay, schön, schön«, sagte er, während er sich umschaute. »Hier sind wir richtig. Langsamer jetzt. Den nächsten Waldweg rechts rein.«

»Hier schon?« Sperber trat auf die Bremse.

»Ja, genau. Jetzt schräg abbiegen. Und weiter. Immer geradeaus bis zur Muni-Depot-Straße.« Janoske tauchte wieder ab. Sollte sich irgendein Bauer, Reiter oder Spaziergänger hier herumtreiben, wollte er lieber unsichtbar bleiben.

»Könnten Sie die Waffe ein Stück zurücknehmen?«, kam es von vorn. »Bitte. Nur ein kleines Stück. Das schmerzt enorm da.«

Janoske tat ihm den Gefallen. »Aber wehe, Sie nutzen das aus.«

»Wie denn? Das Auto ist verriegelt, Sie haben mein Handy und die Waffe im Anschlag. Was soll ich da machen?«

»Na, wer weiß …«

»Was haben Sie jetzt eigentlich vor?« Sperber versuchte es auf die diplomatische Tour. »Sie sind doch entwischt. Aus dem Schneider. In Sicherheit. Mich brauchen Sie doch gar nicht mehr. Ich halte an, Sie verschwinden im Wald – und gut ist's.«

»Für wie blöd halten Sie mich?« Janoskes Stimme klang eher beleidigt als verärgert. »Ich bin noch nicht ganz im Wald verschwunden, da holen Sie die Hundertschaft hierher. Geniale Idee!«

Der Wagen holperte durch Schlaglöcher.

»Hey, langsamer! Vorsicht«, rief Janoske. »Sonst löst sich noch ein Schuss.«

Sperber nahm den Fuß vom Gas. »Oder Sie nehmen den Wagen«, schlug er vor. »Und machen sich damit davon.«

»Sie sind ja ganz schön großzügig mit Ihrem Dienstfahrzeug. Hätten Sie mir auch Ihr privates Auto angeboten?«

Sperber schwieg.

»Nee, nee. Wir bleiben schön zusammen. Sie sind meine Lebensversicherung. Niemand weiß, wo ich stecke. Nur Sie. Die anderen suchen mich immer noch in Großmoor.« Er gluckste vor Lachen. »Das war doch eine super Idee mit dem Waldbrand, oder? Wenn die mich nicht finden, werden sie die Asche durchwühlen. Weil sie glauben, ich wäre verkokelt.« Erneut lachte er auf. »Da haben die aber gut zu tun. Und hinterher sind sie schwarz wie die Wildschweine.«

»Ich verspreche Ihnen, ich halte den Mund«, startete Sperber einen weiteren Versuch. »Ich gebe Ihnen mein Ehrenwort. Sie lassen mich laufen, und ich halte vierundzwanzig Stunden die Klappe.«

»Wer's glaubt, wird selig. Nichts da. Sie bleiben schön bei mir. Wir müssten doch längst an der Muni-Depot-Straße sein ...«

»Ja, sind nur noch wenige Meter.«

»Okay. Dann halten Sie mal an.«

»Was? Hier? Einfach so?«

»Ja, genau. – So is gut.«

»Und jetzt?«

»Schauen Sie sich um. Gründlich. Ist irgendwo eine Menschenseele zu sehen?«

Sperber spähte in die Runde. »Nichts. Niemand.«

Janoske hob den Lodenmantel und kontrollierte, ob Sperber die Wahrheit sagte. »Sehr gut«, sagte er. »Wie schön, wenn man sich aufeinander verlassen kann. So, und jetzt nehmen Sie den Schlüssel vom Muni-Depot. Den von dem Vorhängeschloss am Seitentor.«

Sperber zögerte. »Was für'n Schlüssel? Ich hab keinen ...«

Im nächsten Moment spürte er wieder den Büchsenlauf in der Hüfte. Er streckte sich nach vorn, so weit es der Sicherheitsgurt erlaubte, und stöhnte auf vor Schmerz.

»Ihren Schlüssel aus dem Handschuhfach!«, befahl Janoske barsch. »Machen Sie schon.«

Sperber streckte den Arm aus und öffnete die Klappe zum Handschuhfach.

»Schön vorsichtig und mit spitzen Fingern«, kam es von der Rückbank. »Ich will nur den Schlüssel sehen. Kein Jagdmesser, keinen Schraubendreher oder dergleichen.«

Sekunden später hielt Sperber einen ledernen Schlüsselanhänger in der Hand, an dem zwei Schlüssel hingen.

★★★

Gespannt schaute Schriewe auf den Bildschirm. Ein Foto nach dem anderen blätterte auf. Nachdem er sich die Fotos vom ersten Tatort angeschaut hatte, die das Konterfei des ertappten Spanners zeigten, lud er die Bilder von heute Nachmittag hoch.

Erst sah man den Wald, dann die finstere Qualmwolke und gleich darauf den Hubschrauber im gleißenden Sonnenlicht, teilweise in Rauch gehüllt.

»Druckreif«, murmelte er. Mit flinken Fingern startete er das Bildbearbeitungsprogramm, korrigierte hier und da ein Detail oder den Ausschnitt und speicherte die Fotos auf dem Rechner.

Dann lud er den nächsten Schwung Bilder hoch. Der Bahndamm, in der Ferne das Motorrad und zwischen den Bäumen, erst kaum erkennbar, eine getarnte Gestalt. Mit jedem weiteren Bild wurde die Sicht klarer, erkannte man die Details besser. Im Hintergrund loderten erste Flammen in der Kieferndickung. Das letzte Foto zeigte weiß blitzende Augen in einem ansonsten schwarzen Gesicht: Vor der dramatischen Kulisse des von ihm selbst gelegten Brandes sah man den Waldschrat, Angst und Entsetzen im Blick.

»Volltreffer!«, rief Schriewe.

Eilig kopierte er die Fotos auf einen Speicherstick. Dann hastete er aus der Wohnung. Ein schneller Blick auf die Uhr … Mensch, das wurde knapp. Aber es musste reichen. Seine Fotos auf der Titelseite der CZ – und sicher nicht nur dort.

Er rannte zu seinem Auto.

★★★

»Woher wissen Sie?«

»Tja, da staunen Sie«, triumphierte Janoske. »Ich hab Sie beobachtet. Und nicht nur einmal. Wie Sie auf das Depot-Gelände gefahren sind. Sich die Bäume angeguckt haben und so.«

»Das haben Sie gesehen?«

»Natürlich. Als Waldmensch muss man seine Augen überall haben. Aber genug gequatscht. Fahren Sie zum Seitentor. *Avanti!*« Sperber legte den ersten Gang ein und fuhr los.

»Passen Sie auf, dass uns keiner sieht.« Janoske war wieder auf der Rückbank in Deckung gegangen. »Wenn jemand auftaucht, ob per Auto oder zu Fuß, fahren Sie einfach weiter, Richtung Oldhorst. Sie fahren nur zu dem Tor, wenn die Luft rein ist, klar?«

»Verstanden.«

Nach dreihundert Metern hatten sie die Toreinfahrt erreicht.

»Die Luft ist rein«, raunte Sperber nach hinten. Er wusste selbst nicht, warum er flüsterte.

»Gut. Dann fahren Sie ganz dicht an das Tor heran. Sie wissen ja, es geht nach innen auf.«

Der Skoda Octavia kam zum Stehen.

»Entriegeln Sie die Türen, steigen Sie aus und öffnen Sie das Tor. Die Autotür bleibt weit offen. Wenn Sie versuchen abzuhauen, verpasse ich Ihnen eine, das schwöre ich Ihnen.«

Sperber hatte verstanden. Er folgte Janoskes Anweisungen genau.

Am Tor brauchte er fast zwei Minuten. Das Vorhängeschloss, das die Enden einer kurzen starkgliedrigen Kette miteinander verband, hing nach innen gewandt. Er musste durch die Maschen des Gitterzauns greifen, um das Schloss nach vorn zu holen.

»Wird's bald?«, hörte er Janoske rufen.

Kurz darauf saß Sperber wieder hinter dem Lenkrad und fuhr durch das geöffnete Tor.

»Anhalten«, befahl Janoske. »Aussteigen und wieder abschließen. Hopp, hopp!«

Gehorsam erledigte Sperber auch diesen Auftrag. Seine Hoffnung, dass eventuell ein Auto vorbeikommen und der Fahrer ihn sehen würde, erfüllte sich nicht. Frustriert kehrte er zum Auto zurück und fuhr den Wagen auf das Depot-Gelände.

Unweit vom Wegesrand hockte eine alte Frau mit Kopftuch hinter einem Brombeerbusch und pinkelte. Adele Riechelmann war von Thönse aus mit Fahrrad und Drahtkorb unterwegs, um

Löwenzahnblätter und andere Leckereien für ihre Stallhasen zu suchen. Nicht Sperber, und schon gar nicht Janoske hatte mitbekommen, dass sie die beiden beobachtet hatte.

Adele Riechelmann brachte ihre Kleidung in Ordnung und wandte sich wieder den Kräutern zu. Dass der Förster auf das Muni-Depot-Gelände fuhr, fand sie nicht ungewöhnlich. Schließlich war es sein Job, sich um den Wald zu kümmern. Ihrer Beobachtung maß sie zunächst keine Bedeutung bei.

***

Im Höllentempo bretterte Atze über die Wiese. Die grobstolligen Reifen zerfetzten das frische Gras und schleuderten es in hohem Bogen vom Hinterrad in den Nachmittagshimmel.

Dieser Hirni, dachte Krause. Wenn da jetzt was im Gras rumliegt, ein alter Zaunpfahl oder 'n Stein oder wenn er mit dem Vorderrad in einen Karnickelbau rappelt, dann macht mein Bruderherz eine schöne Radelle.

Doch Motorrad und Fahrer erreichten unversehrt ihr Ziel.

»Sie haben mit der Suche angefangen«, rief Atze, während er von der Maschine stieg. »Drüben auf der anderen Seite. Die Polizeikette reicht von einem Waldrand zum anderen.«

»Na dann, Waidmannsheil«, sagte Beckewitz. Er saß auf der Ladefläche des Pick-ups. »Wird aber auch langsam Zeit.« Er schaute auf seine Uhr. »Die haben gerade noch fünf Stunden, dann wird's dunkel.«

»Das müsste aber reichen«, konterte Wohlfahrt. »Das sind Profis. Keine solchen Luschen wie die Jäger.«

Beckewitz lachte auf. »Nur zu. Lass die mal machen. Denn wenn anstelle der Jäger die Bullen den Waldschrat packen, sparen wir unsere Belohnung.«

»Ja, kriegen die Bullen denn nichts?«, fragte Atze, nachdem er zwei Dosen Bier aus der Kühlbox auf der Ladefläche gefischt hatte.

»Nee. Die machen ja nur ihren Job. Außerdem kassieren die schon genug Steuergelder von uns.« Beckewitz grinste breit.

»Was machen wir jetzt?« Wohlfahrt lehnte die ihm von Atze angebotene Bierdose ab.

Beckewitz zuckte mit den Schultern. »Abwarten«, sagte er. »Und Daumen drücken, dass sie das Schwein schnell finden.«

»Das Feuer scheinen sie ja so langsam in den Griff zu kriegen.« Wohlfahrt blickte zur dunklen Rauchfahne am Himmel, die inzwischen deutlich kleiner geworden war. »Bei dem Aufriss hier wird das auch Zeit.«

»Aber die Dickung ist hin«, sagte Atze. »Ich bin einmal drum rum. Da stehen nur noch verkohlte Stämme.«

»Ja und? Wieder 'ne Fläche zum Aufforsten.« Krause rieb sich die Hände. »Das wird meinen Boss freuen. Fläche räumen, Pflügen und so …«

»Fährst du nur Bagger? Oder auch andere Baufahrzeuge?«, fragte Beckewitz.

»Alles, was kommt: Raupe, Radlader, MB-Truck, Mulcher und so weiter.«

»Was passiert eigentlich mit den verkohlten Bäumen?«, wollte Wohlfahrt wissen. »Werden die untergepflügt?«

»Nee, wenn's geht, werden die noch genutzt. Als Industrieholz oder so. Der Rest wird dann zusammengeschoben.«

»Am besten mit dem Waldschrat mittendrin.« Atze schnipste mit den Fingern. »Wär doch 'ne geile Entsorgung für'n Nutten-mörder.« Er zwinkerte seinem Bruder zu.

Der Polizeihubschrauber zog donnernd über ihre Köpfe hinweg.

★★★

Das ehemalige Munitionsdepot der Bundeswehr, ein eingezäuntes, knapp zwanzig Hektar großes Areal, lag in der Nähe der L 383 bei Oldhorst. Man hatte das verwaiste Depot mit sechsundfünfzig Bunkern bereits vor vielen Jahren aufgegeben; es wurde nur noch sporadisch auf sehr unterschiedliche Art genutzt. Manche Gebäude dienten als Lagerstätte oder als Güterumschlagsplatz. In einigen Bauten hatte der Naturschutzbund NABU ein Fledermausrückzugsgebiet eingerichtet. Die meisten Bunker standen jedoch leer.

Verwaltungsgebäude, Lagerschuppen und Bunker sahen trostlos und heruntergekommen aus – mit eingeschlagenen Scheiben, eingetretenen Türen, undichten Dächern. Im Innern der Gebäude stieß man auf Scherben, Bauschutt, Schrott und jede Menge Müll. Das Gelände würde eine erstklassige Kulisse für einen gruseligen Kinofilm abgeben.

Auf der gesamten Fläche hatte sich ein cirka fünfzigjähriger Mischwald breitgemacht, aus Kiefern, Lärchen, Eichen, Aspen, Birken und anderen heimischen Baumarten. Für etwaige Notfälle hatte man seinerzeit zwei Löschwasserteiche angelegt, einen großen im Osten und einen kleineren im Westen.

Asphaltierte Wege, die als Zufahrten zu den Bunkern dienten, durchzogen wie ein gradliniges Netz das Gelände. Doch den Asphalt konnte man nur noch erahnen; ihn bedeckte längst eine dicke Schicht aus vermodertem Laub, Moos und Nadelstreu.

Die ehemaligen Munitionsbunker ragten oberirdisch drei bis vier Meter in die Höhe und waren mit Erde angeschüttet. Auf ihnen gediehen Gräser und Brennnesseln, rankten Brombeerbüsche, wuchsen Strauchwerk und selbst Bäume. Nur die grauen Stahltüren und die aus dem künstlichen Hügel herausragenden Lüftungsschächte ließen von außen auf ein Bauwerk schließen.

Janoske lotste Sperber zu einem Bunker im Randbereich der Anlage. Auf dem Gelände war ihnen keine Menschenseele begegnet – wie erwartet. Auf den letzten Metern traute sich Janoske sogar, aufrecht zu sitzen, so sicher fühlte er sich. Sperbers Lodenmantel hatte er zur Seite gelegt, die Büchse hielt er jedoch weiterhin schussbereit auf den Knien.

»Stopp«, rief er, als sie den Bunker mit der Nummer 46 erreichten. »Genau hier.«

Das Auto hielt auf der trichterförmigen Zufahrt. Etliche Windbruchzweige lagen auf dem Asphalt. Von den Rändern her wuchs die Fläche langsam zu.

»Sie bleiben schön sitzen und angeschnallt. Ich steige jetzt aus.«

Nachdem er sich noch einmal vergewissert hatte, dass die Luft rein war, öffnete Janoske die Tür hinter dem Fahrersitz. Bevor er ausstieg, hielt er inne und streckte die linke Hand nach vorn. »Den Schlüssel.«

»Den Torschlüssel?«, fragte Sperber verwundert.

»Den auch. Und den Autoschlüssel.«

Sperber zog den Zündschlüssel ab, nahm den Torschlüssel vom Beifahrersitz und reichte beides nach hinten.

»Okay«, sagte Janoske, nachdem er die Schlüssel eingesteckt hatte. »Jetzt die Seitenscheibe runterfahren. – Ja, so ist's brav. Damit ich Sie besser im Auge behalten kann. Die Hände bleiben am Lenkrad. Dort oben, genau.«

Dann stieg Janoske aus dem Wagen. Mit dem Gewehr in beiden Händen ging er, mehr rückwärts als vorwärts, auf den Bunker zu, Sperber und das Auto stets im Blick. Erst schielte er durch die rechte, dann durch die linke Stahltür. Beide standen offen und führten in denselben Bunkerraum.

Über der Tür waren mit schwarzer großer Schrift eine Vier und eine Sechs auf den Beton gemalt. Der Bunker mit der Nummer 46, einer der größeren Art, verfügte über eine Grundfläche von ungefähr sechs mal acht und eine Höhe von zweieinhalb Metern. Auf dem Betonfußboden lag allerhand Unrat herum, in den Ecken und an den Wänden stand Sperrmüll.

Offenbar zufrieden kehrte Janoske zum Auto zurück.

»So, steigen Sie jetzt aus und nehmen Sie die Hände übern Kopf. Keine Sperenzchen.«

Sperber stieg aus dem Wagen, legte beide Hände auf den Kopf und trat neben die Kühlerhaube seines Kombis.

»Gehen Sie jetzt in den Bunker und räumen Sie auf der rechten Seite den Krams am Boden beiseite. So, dass Ihr Auto da reinpasst.«

Sperber trat einen Schritt zurück. »Was? Mein Auto soll da rein?«

»Genau. Faseln Sie nicht lange, legen Sie los.«

»Der passt doch niemals da durch.«

»Und wie der da durchpasst. Sie brauchen nur die Seitenspiegel einzuklappen. Los, machen Sie schon!«

»Aber – wozu das alles?«

»Na, überlegen Sie mal.« Janoske deutete mit dem Büchsenlauf gen Himmel. »Dauert nicht mehr lange, dann sind die mit dem Hubschrauber hinter uns her. Mich können sie nicht finden, Sie sind auch verschwunden … da werden sie eins und eins zusammenzählen. Und dann geht die Jagd wieder los, diesmal nach uns – und Ihrem Auto. Haben Sie kapiert?«

Sperber gab auf. Er schlurfte in den Bunker und schob mit den Füßen ein paar zerbrochene Backsteine, Bretter und zerfleddertes Dämmmaterial zur Seite. Janoske folgte ihm in gebührendem Abstand.

»Sie dürfen auch die Hände nehmen«, sagte er. »Ausnahmsweise.«

Die Aufräumarbeiten in dem fensterlosen Raum wirbelten jede Menge Staub auf. Sperber musste husten. »Das … das bringt doch alles nichts«, schimpfte er.

Janoske antwortete nicht. Mit dem Rücken zur Wand behielt er sowohl das Bunkerinnere als auch das Auto im Blick.

Kurz darauf hatte Sperber einen Platz von der Größe eines Pkw-Grundrisses einigermaßen frei geräumt.

Janoske gab ihm einen Wink. »Reicht jetzt. Klappen Sie die Spiegel ein und setzen Sie sich wieder hinters Lenkrad.«

Sperber verließ den Bunker und stieg ins Auto. Janoske kletterte wieder auf die Rückbank. Erst jetzt händigte er den Autoschlüssel aus.

»Schön vorsichtig reinfahren«, sagte er, während Sperber den Motor bereits angelassen hatte. »Wie in eine Garage. Und keine Stunts.«

Nachdem der Bunker das Auto des Försters geschluckt hatte, wurden die beiden Stahltüren von innen geschlossen.

Auf dem Gelände des ehemaligen Munitionsdepots kehrte wieder Ruhe ein.

★★★

»Es ist zwanzig Uhr – die Nachrichten.«

Tagesschauzeit, dachte Mendelski, als er aus einem der umstehenden Autos die Ansage des Radiosprechers vernahm. Wie gern würde er jetzt daheim in Boye mit Carmen, seiner lieben Frau, auf dem Sofa sitzen und die Abendnachrichten im Fernsehen gucken. Mit aktuellen Berichten über den Arabischen Frühling, die Auswirkungen des Todes von Osama Bin Laden oder die Folgen des verheerenden Erdbebens in Japan.

Zum Glück war heute kein Sportschautag, denn mit Freuden verfolgte Mendelski zurzeit die Spiele seines Fußballbundesliga-Lieblingsvereins Hannover 96, der in dieser Saison eine grandiose Leistung erbrachte. Die Roten lagen auf einem sensationellen vierten Platz. Vereinsrekord, denn die beste Platzierung war vor ewigen Zeiten, 1964/65, ein fünfter Platz gewesen. Mendelski erinnerte sich dunkel an diese Zeit: Die AWD-Arena hieß damals noch Niedersachsen-Stadion, und er war gerade mal zehn Jahre alt gewesen. Jetzt würde »seine« Mannschaft in der nächsten Saison, das stand drei Spieltage vor Saisonende bereits fest, in der Europa League spielen.

Während sie den Nachmittag untätig in der Sonne geschmort hatten, hatte sich Mendelski mehrmals gefragt, ob es zu rechtfertigen war, dass zwei Beamte aus Celle sich hier die Zeit vertrieben und der Suchaktion auf hannoverschem Gebiet zuschauten. Auf seinem Schreibtisch in der Jägerstraße lagen mehr als genug Akten, mit denen er sich hätte beschäftigen können. Andererseits – wenn die Kollegen aus Hannover den Waldschrat aufspürten, wäre er sicher einer der Ersten, der brennende Fragen zu stellen wüsste. Das Jagdfieber hatte Mendelski längst gepackt.

Patsch! Wieder hatte er eine Mücke erwischt. Hinterlistig hatte sich der Blutsauger in seinen Nacken gesetzt und zugestochen. Zwischen Haaransatz und Hemdkragen, wo man nicht hingucken konnte. Maike und Treskatis hatten sich wegen der Stechmücken in die Autos zurückgezogen und Türen und Fenster verrammelt. So eine Blöße wollte sich Mendelski nicht geben, er war schließlich Jäger und mit den Unbilden der Natur vertraut.

»Da ist was«, hörte er plötzlich Neumann rufen. Der hockte in einem der Streifenwagen, um den Funkkontakt zur Hundertschaft der Bereitschaftspolizei zu halten. Jetzt streckte er seinen Kopf zum Seitenfenster hinaus. »Sie haben was gefunden!«

Mendelski lief um den eigenen Dienstwagen herum und wurde unsanft von der sich öffnenden Beifahrertür getroffen. Maike hatte Neumanns Rufen ebenfalls gehört und war etwas ungestüm ausgestiegen.

»Oh, sorry«, sagte sie, kümmerte sich aber nicht weiter um Mendelski. Der rieb sich das schmerzende Handgelenk.

»Was gibt's?«, fragte Treskatis, während sie sich alle um den Streifenwagen postierten.

»Ein Versteck«, berichtete Neumann, der mit einem Ohr weiterhin dem Funkverkehr folgte. »Die BePo-Kollegen haben ein Erdversteck entdeckt. Mitten im Wald. Eine grabähnliche Kuhle, über einen halben Meter tief, mit einem Bretterverschluss. In dem Versteck liegen ein Schlafsack, ein Kopfkissen, leere Wasserflaschen, Zeitungen und weiterer Kleinkram. Und jetzt kommt's: grüner Blumendraht.«

»Blumendraht!« Treskatis guckte Mendelski an. »Der gehört unserem Waldschrat. Schade, dass der Vogel ausgeflogen ist.«

»Das Versteck scheint letzte Nacht noch benutzt worden zu sein«, fuhr Neumann fort. »Alles deutet darauf hin.«

»Das wird er sich nicht an einem Nachmittag gebastelt haben«, meinte Treskatis. »Wahrscheinlich nutzt er das schon länger.«

»Der Typ scheint gut organisiert zu sein.« Mendelski kratzte sich im Nacken. »Das ist sicher nicht sein einziges Versteck in der Gegend. Bin gespannt, was er noch an Überraschungen für uns auf Lager hat.«

»Moment mal«, sagte Neumann. Er hatte den Funk weiter verfolgt. »Sie haben noch was entdeckt. Unweit des Erdverstecks. Eine gut getarnte Feuerstelle. Mit Steinen eingerahmt. Offenbar wurde dort vor Kurzem noch Fisch gegrillt. Gräten und Fischköpfe lagen unter dem Laub.«

»Alle Achtung«, sagte Maike. »Dieser Feinschmecker! Während wir kalt gewordene Pizzen kauen, brutzelt sich Herr Waldschrat in aller Ruhe Fisch am offenen Feuer.«

»Was nun?« Treskatis wirkte weder amüsiert noch optimistisch. »Drei Viertel des Suchgebiets sind durchkämmt. Viel Wald fehlt nicht mehr – und natürlich die Fläche, auf der es gebrannt hat.«

»Er versteckt sich bestimmt in der Restfläche«, sprach Mendelski ihr Mut zu. »Das ist wie mit den Sauen bei einer Maisjagd. Die kommen auch erst heraus, wenn die letzten Stängel gemäht werden.«

»Und wenn nicht?«

»Das wäre eine Riesenüberraschung – oder eine Tragödie. Dann müssten wir befürchten, dass er im Feuer umgekommen ist.«

Treskatis stöhnte auf. »Daran denke ich lieber nicht. Das gäbe ein Drama …« Sie schaute Richtung Westen, wo nur noch dünne Rauchfahnen vor der untergehenden Sonne gen Himmel stiegen. »Der Waldbrand ist mehr oder weniger gelöscht, bis auf kleinere Glutnester. Habe gerade mit dem Einsatzleiter telefoniert. Wir sollten die Feuerwehrleute wohl darauf vorbereiten, dass unter den verkohlten Bäumen eine Brandleiche liegen könnte.«

★★★

Über dem Gelände des ehemaligen Munitionsdepots brach die Nacht herein. Erste Sterne und der Mond tauchten am Firmament auf. Für Anfang Mai war es trotz des klaren Himmels eine sehr milde Nacht. Die Temperaturen lagen auch kurz vor zweiundzwanzig Uhr noch bei siebzehn Grad.

Fledermäuse verließen die Einfluglöcher zu den Bunkern und flatterten aufgeregt die Schneisen entlang, die es durch das üppige Wegenetz zuhauf gab. Ihr Ziel waren die beiden Teiche am Rande des Geländes, wo es zu dieser Jahreszeit vor Mücken und anderen Insekten nur so wimmelte.

Ein Hase sprang aus seiner Sasse unter einem Holunderbusch, um sich ebenfalls auf Nahrungssuche zu begeben. Er war nicht der einzige Vertreter seiner Spezies, der das Loch im Zaun entdeckt hatte, durch das man Zugang zu dem ansonsten wildtier-, hunde- und jägerfreien Eldorado finden konnte. Der alte Rammler und ein paar Artgenossen lebten hier seit Jahren relativ unbehelligt.

Noch nicht ganz wach, hoppelte der Hase an der Zufahrt zum Bunker mit der Nummer 46 vorbei. Abrupt verharrte er, setzte sich auf seine Hinterläufe und streckte seine Löffel hoch in den Nachthimmel. Seine großen Seher sondierten das Gelände.

Der Hase hatte ein Geräusch wahrgenommen, ein Klappern oder Scheppern, das von gar nicht weit her kam. Ängstlich starrte er auf die beiden Türen des Bunkers, die nur wenige Fluchten von ihm entfernt waren. Eindeutig, die Geräusche kamen von dort. Und das verhieß nichts Gutes. Meister Lampe, nicht gerade der Mutigsten einer, besann sich auf seine Stärken und gab Pfotengeld, dass die Kiefernnadeln nur so flogen.

Von außen war nichts zu sehen. Durch die schmalen Ritzen, die die beiden Bunkertüren frei ließen, drang kein Lichtschimmer nach draußen. Sie waren von innen mit Dämmmaterial verhängt. Irgendwann einmal hatten Rowdies die Türen mit Brachialgewalt aufgebrochen und dabei so demoliert, dass man sie nicht mehr richtig verschließen konnte. Obendrein waren die Schlösser nach jahrelangem Nichtgebrauch restlos eingerostet.

Im Bunker 46 flackerte ein einziges Teelicht, mitten im Raum auf einer Apfelsinenkiste. Von dort beleuchtete es eine seltsame Szenerie: Auf einem Möbelstück, das vor langer Zeit vielleicht so etwas wie ein Sofa gewesen war, lag ein Mann mit einem Gewehr in der einen und einer Schnapsflasche in der anderen Hand. Ihm gegenüber, keine drei Meter entfernt, stand ein grüner Kombi, dessen Fenster heruntergelassen waren. Der Mann auf dem Beifahrersitz verzehrte gerade Pfirsiche aus einer Konservendose.

»Schmeckt's?«, fragte Janoske und nahm einen kräftigen Schluck aus der Schnapspulle. Sie enthielt lediglich Wasser aus dem nahen Feuerlöschteich, das er mit Entkeimungstabletten trinkbar gemacht hatte.

Sperber wollte mit vollem Mund nicht antworten.

»Sie können auch gern Ananas haben«, prahlte Janoske. »Hab ich alles da.«

»Sie sind wirklich gut ausgestattet«, sagte Sperber. Er wirkte ziemlich demoralisiert, die mittlerweile sechs Stunden während Entführung begann, an seinen Nerven zu zerren. »Hätte ich gar nicht gedacht. Ist das hier Ihr Hauptversteck?«

»Das werd ich Ihnen doch nicht verraten! Aber nicht übel hier, was?« Janoske deutete mit dem Gewehrlauf auf den Fußboden. Dort standen allerlei Blechkonserven, Plastikschalen und Gläser mit Schraubverschlüssen. Hinzu kamen noch eine Batterie von Flaschen, sowohl aus Glas als auch aus Plastik. »Das reicht für ein paar Tage. Nur zu blöd, dass die Mäuse an den Zwieback gegangen sind.«

»Wie oft sind Sie denn so hier?«

»Nee, nee«, wiegelte Janoske ab. Er wedelte mit der Flasche. »So fragt man Leute aus.«

»Jedenfalls ein ideales Versteck«, versuchte Sperber es mit Lobhudelei. »Das haben Sie gut ausgewählt.«

»Wohl wahr. Durch den hohen Zaun kommt so gut wie keiner hierher. Jäger, Pilzesammler, Spaziergänger – die bleiben alle draußen. Höchstens der Förster kommt mal rein!« Er lachte auf.

»Stimmt«, sagte Sperber. »Vor Jahren habe ich die Fläche mal durchforstet. Für ›aha‹, das Abfallunternehmen aus Hannover. Dem gehörte das hier bislang.«

Janoske winkte ab. »Von denen lässt sich hier kaum einer blicken. Und wenn, dann nur vorn im Eingangsbereich.«

»Hab gehört, dass das Gelände wieder verkauft wurde.« Sperber plauderte wie an einem Stammtisch.

Der will mich einlullen, dachte Janoske und nahm sich vor, auf der Hut zu sein. Sperber plapperte weiter: »Nach dem, was ich gehört habe, hat die Firma Brenneke aus Langenhagen das Gelände gekauft.«

»Kenn ich nich.«

»Die stellen Munition her. Jagdmunition. Kennen Sie nicht die berühmten Brenneke-Flintenlaufgeschosse?«

»Nee. Ich jage nicht mit der Püste, ich jage …« Janoske verkniff sich den Rest des Satzes. Er musste ja nicht gerade einem Förster auf die Nase binden, dass und wie er wilderte. Rasch wechselte er das Thema. »Dann muss ich das Versteck hier aufgeben. Einmal, weil jetzt diese Firma kommt, und zweitens weil Sie davon wissen. Es sei denn …«

»Ja?« Sperber befiel ein mulmiges Gefühl.

»Ach nix.« Janoske erhob sich und stellte die Flasche neben das Teelicht auf die Apfelsinenkiste. »Gehen wir schlafen. Morgen sehen wir weiter.«

Sperber ließ nicht locker: »Und was passiert morgen?«

»Okay, ich sag's Ihnen, damit Sie besser schlafen können.« Janoske stellte sich hinter dem Sofa in Position. Er wusste, dass er mit dem Gewehr einen größeren Sicherheitsabstand zu Sperber halten musste als mit einer Handfeuerwaffe. »Ich werde Ihnen nichts tun. Es sei denn, Sie machen Mätzchen. Morgen warten wir hier im Bunker gemeinsam noch ein Weilchen ab. Bis sich da draußen alles beruhigt hat. Bis die Hundertschaft wieder abgerückt ist, der Hubschrauber abgedüst ... und so weiter.«

»Woher wollen Sie denn wissen, dass ...«

»Aus dem Autoradio«, unterbrach ihn Janoske. »Wir hören die Lokalnachrichten. Ganz einfach.«

»Und dann?«

»Wenn alles ruhig ist da draußen, mach ich mich vom Acker. Allein. Am besten im Dunkeln. Sie sperre ich so ein, dass Sie ein Weilchen brauchen, bis Sie hier raus sind. Damit ich genug Vorsprung habe. Also: Ihnen passiert nichts, wenn Sie mitspielen. Wenn nicht ...«

★★★

»Schöne Kacke.«

Edgar Beckewitz zündete sich einen Zigarillo an und spuckte Tabakkrümel durch die geöffnete Seitenscheibe in die Nacht. Dann fuhr er los.

»Ich kann nur hoffen, dass er da draußen unter den Brandresten liegt – gebraten und geröstet wie ein Schwein«, schimpfte er.

»Das kann gut sein«, sagte Krause. Sein Blick war düster.

»Die Feuerwehr wird den schon finden«, kam es von der Rückbank, wo Atze saß. Auch er machte einen müden und unzufriedenen Eindruck. »Spätestens morgen bei Tageslicht.«

Eine lange Kolonne bewegte sich durch die Feldmark. Vorneweg die Fahrzeuge der Bereitschaftspolizei. Dann der Pick-up, dahinter Wohlfahrt in seinem Vito, gefolgt von weiteren Privatautos der Jäger und ihrer Helfer, von denen einige bereits mehr als vierundzwanzig Stunden auf den Beinen waren. Die Belagerungstruppe hatte sich auf den Heimweg gemacht. Überholen konnte man auf dem schmalen Wirtschaftsweg nicht. Beckewitz musste sich also gedulden, was ihm sichtlich schwerfiel.

»Nehmen wir denselben Weg zurück, den wir gekommen sind?«, wollte Krause wissen.

»Na klar. Wie denn sonst?«

»Weil … wir könnten bald nach rechts abbiegen.« Er deutete mit der Hand nach vorn. »Dann wären wir die anderen los.«

»Mach ich glatt.« Beckewitz ließ den Achtzylinder aufheulen. »Du lotst uns, klar? Im Dunkeln finde ich hier sonst nie und nimmer wieder raus.«

★★★

»War's das jetzt?« Maike klapperte mit dem Autoschlüssel und gähnte ungeniert. »Ist schon gleich halb elf.«

»Ja, wir machen hier Schluss«, erwiderte Mendelski, während er unzufrieden mit den Fingern auf das Autodach trommelte. »Für heute jedenfalls.«

»Danke erst einmal.« Auch Verena Treskatis hatte ihren Wagenschlüssel in der Hand. »Dass ihr so lange mit ausgeharrt habt. Tut mir sehr leid, dass der Einsatz der Hundertschaft umsonst war.«

»Umsonst? Nein.« Den Kalauer »vergebens vielleicht, aber nicht umsonst« ersparte er sich. »Vergiss nicht, wir haben jetzt seine Duftnote. Allein hätten wir das Versteck mit dem Schlafsack niemals gefunden. Der Spürhund wird euch morgen weiterhelfen, da bin ich mir sicher.«

»Der Helikopter rückt auch ab«, rief Neumann herüber, der immer noch im Streifenwagen am Funkgerät hockte. »Er hat noch einmal das komplette Suchgebiet abgeflogen. Ergebnis: negativ. Und im Waldbrandgebiet funktioniert die Wärmebildkamera nicht, bei den vielen Glutnestern.«

»Für eine Brandleiche ist die Wärmebildkamera auch nicht zu gebrauchen«, entgegnete Treskatis. »Warten wir ab, was die Feuerwehr findet.«

»Bleiben die denn die ganze Nacht?«

»Ja, natürlich. Zumindest zur Brandwache. Die Fläche absuchen wollen sie erst morgen früh, bei Tageslicht. Dann bin ich auch wieder hier.«

»Okay.« Mendelski hob zum Abschied die Hand. Maike saß schon hinterm Lenkrad und beschäftigte sich mit ihrem Handy. »Wir fahren jetzt. Morgen sollten wir telefonieren.«

»Auf alle Fälle.« Müde lächelnd ging Treskatis zu ihrem Wagen. »Und kommt gut nach Hause.«

»Ich hab 'ne SMS von Jo«, sagte Maike, nachdem Mendelski eingestiegen war und die Autotür zugeschlagen hatte.

»Kann der denn nicht anrufen?«, kommentierte Mendelski unwirsch.

»Er hat's wohl versucht. Aber hier in der Wildnis klappt das mit dem Handy nicht immer.«

»Also, was gibt's?«

»Das LKA hat in Laryssa Ascheschkas Sexmobil einen Zettel gefunden. Gut versteckt in den Armaturen. Ein Zettel von dem Block, auf dem sonst die Autokennzeichen der Freier notiert werden. Drauf steht ein einziger Name: Krause. Dahinter eine Strichliste – mit siebzehn Strichen.«

Mendelski pfiff durch die Zähne. »Auf einer Geheimliste? Das ist ja 'n Ding!«

FÜNFZEHN

Der Radaubruder schien direkt auf dem Lüftungsschacht von Bunker 46 zu sitzen. Oder zumindest auf einem Baum unmittelbar daneben. Mit seinem Höllenkrach hatte er ihn geweckt. Janoske wäre am liebsten hinausgestürmt und hätte dem Kuckuck eine Kugel verpasst.

Draußen musste es schon hell sein. Dafür sprach das spärliche Licht, das durch die Türritzen in den Bunker drang. Janoske hatte das Dämmmaterial von den Türen entfernt, nachdem er das Teelicht ausgepustet hatte. Als Frischluftfanatiker hielt er es für sinnvoll, dass über Nacht genügend Sauerstoff in den Bunker drang.

Wie lange er geschlafen hatte, wusste er nicht. Aber er fühlte sich nicht besonders ausgeruht und von den Anstrengungen des Vortages ziemlich gerädert. Um die Uhrzeit zu schätzen, fehlte ihm der Blick zur Sonne. Er konnte nur vermuten, dass sie, wie zu dieser Jahreszeit üblich, etwa um sechs Uhr aufgegangen war.

Er erhob sich vom Sofa und nahm die Büchse zur Hand, die auf der Apfelsinenkiste gelegen hatte. Vorsichtig machte er einen Schritt nach vorn und schaute ins Auto.

Janoske schmunzelte. Der Kuckuck schien den Sperber gar nicht zu stören. Der Förster lag lang ausgestreckt auf dem nach hinten geklappten Beifahrersitz und schien tief und fest zu schlafen. Jedenfalls hatte er die Augen geschlossen und atmete ruhig. Das kann aber auch ein Trick sein, dachte Janoske. Vorsicht ist die Mutter der Porzellankiste.

Das Auto funktionierte gut als Gefängnis. Die Heckklappe und die zwei Türen auf der Beifahrerseite ließen sich, blockiert durch Bunkerwand beziehungsweise Stahltür sowieso nicht öffnen. Den Rest erledigte die Zentralverriegelung, die Janoske per Autoschlüssel von außen betätigt hatte. Zwei Fenster ließen durch einen Spalt genügend Luft ins Wageninnere. Und ohne eingeschaltete Zündung arbeiteten die elektrischen Fensterheber nicht.

Zum Pinkeln schlich sich Janoske in die hinterste Ecke des Bunkers, wo neben ziemlich viel Gerümpel auch ein verbeulter Blecheimer stand. Hinterher deckte er den Eimer mit einem Stück schimmeliger Spanplatte wieder zu. Er spähte durch die Ritzen an der Stahltür, vermochte aber nichts Auffälliges zu entdecken. Allerdings war durch die schmalen Spalten sein Sichtfeld stark eingeschränkt.

Ein Klopfen ließ ihn zusammenfahren. Erschrocken fuhr er herum, dabei donnerte der Schaft der Büchse gegen die Stahltür. Den Lärm konnte man sicher auch außerhalb des Bunkers weit hören.

»Scheiße!«, fluchte Janoske, der sich über seine Unvorsichtigkeit ärgerte.

Dabei gab es keinen Grund zur Panik: Sperber war aufgewacht und klopfte von innen gegen die Fensterscheibe.

★★★

Auf dem Tisch des Versammlungsraums lag die aktuelle Ausgabe der Celleschen Zeitung. Der halbseitige Artikel auf der Titelseite befasste sich mit der Suchaktion nach dem Waldschrat und dem Waldbrand. Der magere Text wurde von drei großen Farbfotos illustriert, die den Polizei-Hubschrauber im Qualm, die Armada der Löschfahrzeuge und ein Porträt mit weißen Augen im verrußten Gesicht zeigten. Im Regionalteil der Zeitung waren die Fotos vom Waldschrat abgedruckt, die Schriewe vor drei Tagen im Wald bei Allerhop gemacht hatte. »Prostituiertenmord: Zeuge gesucht« prangte in großen schwarzen Lettern darüber.

Doch für die Zeitung interessierte sich im Moment niemand. Bei der Morgenbesprechung des Fachkommissariats I drehte sich alles um ein anderes Thema.

»Krause?«, fragte Strunz.

»Ja. Weiter nichts«, erwiderte Mendelski. »Kein Vorname. Und dann die Striche. Das Ganze sieht aus wie die Listen, auf denen das Opfer die Autokennzeichen der Freier notiert hat. Gleiches Papier, gleiche Handschrift – soweit man bei diesen Blockbuchstaben überhaupt von Handschrift sprechen kann.«

»Krause! Mensch, ich glaub, ich weiß jetzt …« Hektisch begann Jo Kleinschmidt, in einer Akte zu blättern. »Da, das ist er. Krause, Armin Krause, genannt Atze. Die Bulldogge von Beckewitz, Laryssa Ascheschkas Zuhälter. Sein Mädchen für alles. Besonders für die schmutzige Wäsche, wie ich vermute.«

»Ach der!« Maike erinnerte sich, und auch bei Ellen Vogelsang fiel jetzt der Groschen.

»Der war doch gestern hier, mit Beckewitz. Die beiden hatten die Freierlisten dabei und haben die Protokolle unterschrieben.«

»Gut, dann haben wir also jemanden, zu dem der Name passt.« Mendelski beugte sich vor und nahm ein DIN-A4-Blatt zur Hand. Auf der Fotokopie waren auf dem linierten Blatt eines Notizblocks lediglich der Name Krause und eine Strichliste mit siebzehn Strichen zu sehen, drei Fünfergruppen und eine Zweiergruppe.

Er gab das Blatt an Maike weiter. »Gehen wir außerdem davon aus, dass Laryssa Ascheschka das geschrieben hat. Sonst kommt kaum jemand in Frage. Aber was sagt uns das beziehungsweise viel wichtiger: Ist dieser Fund für unseren Fall überhaupt von Bedeutung – oder nicht? Was meint ihr?«

»Kann sein, muss aber nicht«, meinte Strunz nachdenklich mit der Hand am Kinn. »Vielleicht ist es nur eine völlig banale Statistik, eine Liste von Prosecco-Flaschen, die dieser Krause ihr gebracht hat, eine Liste von Fahrten, eine Schuldenliste, irgendetwas. Nur …« Strunz schaute auf und holte tief Luft. »Was mich stutzig macht, ist, dass der Zettel so gut versteckt war. Die Kollegen sagten, sie hätten ihn penibel gefaltet im Armaturenbrett gefunden, in einem Schlitz zwischen Autoradio und Konsole. Wir können von Glück reden, dass sie den überhaupt entdeckt haben.«

»Atze Krause hatte fast täglich mit Laryssa Ascheschka zu tun.« Ellen Vogelsang schaute in ihr Protokoll. »Das war schließlich sein Job. Er musste sich um das Auto kümmern, die Gasflaschen auswechseln, für Nachschub bei Präservativen und Vaseline sorgen, die Wassertanks befüllen und was weiß ich sonst noch. Die Striche können also alles Mögliche bedeuten. Aber«, sie sah zu Strunz hinüber, »Heiko hat recht. Warum diese Heimlichtuerei?«

»Und vor wem hat sie diese Liste so sorgfältig versteckt?«,

setzte Strunz nach. »Vor Beckewitz? Vor Krause selbst? Vor ihren Freiern?«

»Ich tippe auf Beckewitz«, sagte Kleinschmidt. »Vielleicht hatte sie irgendein kleines Geheimnis mit dem Krause, wovon der Zuhälter nichts wissen sollte. Vielleicht ging es um Geld – pro Strich ein Hunderter zum Beispiel. Also tausendsiebenhundert Euro. Das mit den Schulden, wie Heiko sagte, ist also vielleicht gar nicht verkehrt.«

»Und wenn es noch einen ganz anderen Krause gibt?«, gab Ellen Vogelsang zu bedenken.

»Bitte, wie?«, fragte Mendelski und wandte sich ihr zu.

»Na, der Name Krause ist doch weit verbreitet«, sagte sie. »Könnte doch sein, dass auf dem Zettel ein ganz anderer gemeint ist. Nicht der Laufbursche von Beckewitz, sondern vielleicht ein Stammfreier, der zufällig den gleichen Namen trägt?«

»Durchaus denkbar. Wir müssen also die Freierlisten durchschauen. Hat noch jemand 'ne Idee?« Mendelski lehnte sich zurück und schaute in die Runde. Die anderen schwiegen.

»Okay«, sagte er. »Im Moment kommen wir so nicht weiter. Wir werden Armin Krause alias Atze befragen, dann sehen wir, wohin das führt.«

»Was machen wir mit dem Märtens?«, wollte Strunz wissen.

»Hängt von ihm ab. Will er auspacken?«

»Nein. Nicht wirklich.«

»Dann soll er noch ein bisschen in seiner Zelle schmoren. Ich habe keine Zeit für seine Lügenmärchen. Oder hat er sich eine neue Version ausgedacht?«

»Nein. Er wartet auf seinen Anwalt. Der soll irgendwann heute Vormittag eintreffen.«

»Okay. Übernimm du das bitte.«

Es klopfte an der Tür, und Steigenberger trat ein. Der Leiter der Polizeiinspektion hielt einen Zettel in der Hand, den er Mendelski reichte. »Ein Fax von der Kripo Hannover«, sagte er mit ernstem Gesicht. »Sie konnten euch nicht übers Telefon erreichen. Es scheint wichtig zu sein.«

★★★

»Warte, ich geh raus in den Garten«, flüsterte Krause in sein Handy. »Da kann ich ungestört ...«

»Fred!«, übertönte eine heisere, laute Frauenstimme die Radiomusik, die aus der Küche kam. »Die Müllsäcke müssen noch raus.«

Doch Fred Krause hatte im Moment andere Sorgen. »Gleich! Ich mach ja schon ...«, rief er in Richtung Küche, während er auf Zehenspitzen das Wohnzimmer durchquerte. »Eine Sekunde noch.« Das galt dem Handy.

Lautlos zog er die Terrassentür hinter sich ins Schloss.

»Ihr wollt also erst mal nichts weiter unternehmen«, flüsterte er ins Telefon und machte ein paar Schritte hinaus auf das kleine Stück Zierrasen, dessen Halme akkurat auf halbe Streichholzlänge gemäht waren. »Meinste denn, dass der heute gefunden wird? – Also wenn, dann von der Feuerwehr. – Rabenschwarz und mausetot, ja. Das klingt gut. – Okay, bis später.« Gedankenverloren steckte er das Handy in die Hosentasche.

»Guten Morgen, Herr Krause«, erscholl es aus dem Nachbargarten. »Heute nicht bei der Arbeit?«

Ruckartig fuhr Krause herum. »Guten Morgen, Frau Riechelmann«, erwiderte er atemlos. »Äh ... haben Sie mich aber erschreckt.«

Verflucht, hat die alte Ziege etwa was von dem Telefonat mitbekommen?, fragte er sich. Die Frau mit der bunten Schürze stand keine fünf Meter von ihm entfernt am Gartenzaun.

»Das wollte ich aber nicht«, erwiderte Adele Riechelmann. »Ich komme nur meine Hasen füttern.« Sie trat aus dem Schatten des Holzschuppens, der unmittelbar an das Krause-Grundstück grenzte. In den Händen hielt sie einen Drahtkorb, der mit angewelkten Löwenzahnblättern gefüllt war.

»Jaja, ich weiß schon.« Gequält lächelnd versuchte er, in ihrem Gesicht zu lesen. »Waren Sie heute Morgen denn schon so früh unterwegs?« Er deutete auf den Drahtkorb.

»Nein, nein.« Sie schüttelte den Kopf. »Das ist von gestern Abend. Sehen Sie doch. Die Blätter sind ja schon ganz schlapp. Das Futter hab ich von der Muni-Depot-Straße, da gibt's reichlich Löwenzahn.«

»Soso. An der Muni-Depot-Straße —«

»Fred«, unterbrach ihn laut die heisere Frauenstimme. Sie kam aus dem geöffneten Küchenfenster hinter ihm. »Der Müll!«

★★★

Sie hatten sich neben einer Pferdewiese am südöstlichen Ortseingang von Wettmar verabredet. Treskatis und Neumann warteten bereits zehn Minuten, als die Celler Kollegen gegen zehn Uhr fünfzehn eintrafen.

»Tut mir leid«, entschuldigte sich Mendelski für die Verspätung. Maike und er klappten die Autotüren zu. »Aber wir waren in einer Besprechung und nicht übers Telefon erreichbar.«

»Na, mit dem Fax hat's ja geklappt«, erwiderte Treskatis. »Ich hab's direkt an Steigenberger geschickt.«

»Wir sind auch gleich losgefahren. Aber jetzt erzähl!«

»Ihr habt's ja gelesen«, begann Verena Treskatis mit verhaltener Stimme. »Der Förster ist immer noch unauffindbar. Heute Morgen um halb acht ist ein Kollege aus Kolshorn zu ihm nach Hause, um ihn zu suchen. Fehlanzeige. Dabei veranstaltet der Forstverband Fuhrberg heute seine alljährliche Lehrfahrt, Sperber hat alles organisiert. Aber um sieben in der Früh ist er zu dem vereinbarten Treffpunkt nicht erschienen. Sein Handy scheint ausgeschaltet zu sein, nur die Mailbox geht dran. Er ist seit dem Waldbrandeinsatz spurlos verschwunden – samt Dienstwagen.«

»Wenn da nicht das zeitgleiche Abtauchen des Waldschrats dazukäme, hättet ihr in Sachen Sperber wahrscheinlich noch gar nichts unternommen«, bemerkte Mendelski verständnisvoll nickend. »Aber so …«

»Du hast es erfasst. Die Feuerwehr und Kollegen vom Kommissariat Großburgwedel suchen seit dem Morgengrauen die Waldbrandfläche ab. Aber bisher haben sie keine Spur vom Waldschrat entdeckt.«

»Nur einen verkohlten Kolbenhirsch«, warf Neumann ein.

Er sah heute deutlich weniger dandyhaft aus, befand Maike. Offenbar hatte er einen neuen Haarschnitt, vielleicht lag es daran.

»Einen … äh, was für'n Hirsch haben Sie gefunden?« Sie verzog ihr Gesicht.

»Einen Rothirsch mit einem Kolbengeweih«, erklärte Neumann leutselig. Es freute ihn, dass Maike fragte. »So nennt man das Geweih, das noch im Aufbau und noch nicht gefegt ist. Sie müssen wissen, Hirsche schieben jedes Jahr ein neues Geweih …«

»Jaja, schon gut. Das weiß ich schon.«

»Ist der Hirsch in den Flammen umgekommen?«, wollte Mendelski wissen.

»Nein«, antwortete Neumann. »Sie haben ein Einschussloch in der Bauchdecke gefunden. Der war sicher schon ein paar Tage verendet, bevor ihn der Waldbrand röstete.«

Mendelski hob den Kopf. »Es ist doch gar keine Jagdzeit –«

»Könntet ihr das Thema Jagd vielleicht mal zurückstellen?«, unterbrach Treskatis sie sichtlich genervt. »Wir haben im Moment Wichtigeres zu erledigen.«

»Du hast recht.«

»Also: Als wir heute früh auf die Landkarte schauten, hat uns das zu denken gegeben.«

»Bitte? Warum das denn?«

Flugs hatte Neumann seine Landkarte auf der Kühlerhaube des Dienstwagens ausgebreitet. Die topographische Karte mit der Bezeichnung 3425 Wettmar im Maßstab 1 : 25.000 kannten sie ja bereits.

»Schaut euch das mal an«, sagte Treskatis. »Bin gespannt, auf was für Ideen ihr dann kommt. Also: Hier liegt das Suchgebiet von gestern, das Waldbrandgebiet und das angrenzende Moor. An dieser Stelle«, sie zeigte mit dem Finger auf die südliche Kante des eingezeichneten Waldgebietes, »sind sowohl der Waldschrat als auch Sperber zum letzten Mal gesehen worden.« Sie fuhr mit dem Zeigefinger zehn Zentimeter in Richtung Südwesten. »Und das hier ist eine kleine Häuseransammlung namens Wellmühle. Lediglich vier Kilometer Luftlinie entfernt.«

»Und was gibt's dort Spannendes?«, fragte Maike vorwitzig.

»Dort hat Sperber sein Haus.« Treskatis deutete auf einen kleinen schwarzen Punkt in der Nähe des Hauptdamms. »Er wohnt allein da. Das Haus ist verschlossen, ebenso die Garage. Letztere ist von außen nicht einsehbar, sodass wir nicht wissen, ob sein Auto drinnen steht oder nicht.«

»Und da fahren wir jetzt zusammen hin?« Mendelski hatte sich über die Karte gebeugt, um besser sehen zu können.

»Richtig. Wir haben Sperbers Putzfrau aufgetrieben, die hat einen Schlüssel. Sie wartet schon mit Kollegen in der Nähe des Hauses.«

»Kripo Celle und Kripo Hannover in grenzüberschreitender Gemeinsamkeit. Ist das nicht ein bisschen viel Manpower für so eine Routine-Untersuchung?« Neumann hatte das gefragt, ohne eine Spur von Provokation. Anscheinend wollte er es wirklich wissen.

»Wir suchen gemeinsam nach einem Doppelmörder, mein lieber Herr Neumann«, erklärte Treskatis. »Bei solchen Kapital-verbrechen muss man die Kräfte bündeln, die mit der Aufklärung befasst sind. Acht Augen sehen mehr als vier.«

Mendelski nickte bekräftigend. »Ihr habt eure Ermittlungser-gebnisse, wir haben unsere. Selbst wenn wir uns lang und breit austauschen, das Hintergrundwissen hat jeder für sich, quasi im Hinterkopf. Und genau das ist in solchen Fällen schon oft genug zum Schlüssel geworden. Also, wie gehen wir vor? Mit Durch-suchungsbeschluss oder ohne?«

»Ohne«, antwortete sie. »Eine Überprüfung des Försterhauses kann ich mit ›Gefahr im Verzug‹ begründen.«

»Okay.« Mendelski überlegte. »Und wenn Sperber und der Waldschrat im Haus sind? Ich meine, es könnte doch sein, dass …«

»Dass der Waldschrat den Förster gekidnappt hat?«, vollendete Treskatis den Satz. »Ja, das kann durchaus sein. Aber es sieht eher so aus, also ob das Haus verlassen ist. Durch die Fenster im Erdgeschoss kann man die Wohnung teilweise einsehen. Die Kollegen aus Burgwedel haben nichts Auffälliges entdeckt.«

★★★

Zum Frühstück servierte er Lebensmittel aus Dosen beziehungs-weise Gläsern, die extrem lange haltbar waren: Pumpernickelbrot,

Honig, Leberwurst und Ananas. Zu trinken gab es mit Entkeimungstabletten aufbereitetes Wasser.

Er hatte seine Notration aus seinem Notversteck für eventuell eintretende Notsituationen geplündert.

Dass er sich gerade in einer Not-Not-Notsituation befand, daran gab es für Janoske keinen Zweifel.

»Das Brot ist aus Bundeswehrbeständen«, erklärte er mit vollem Mund, während er Plastikteller, Taschenmesser und Büchse gleichzeitig auf seinen Knien balancierte. »Aber nicht hier ausm Depot. Ich hab's mal nach einer Übung im Wald gefunden. Die Soldaten hatten die Konserven zusammen mit anderem Müll einfach eingebuddelt.«

»Daher also die Dose in NATO-Oliv«, erwiderte Sperber. Er saß wieder auf dem Fahrersitz, die Seitenscheibe war heruntergelassen. Janoske hatte seinen Gefangenen ein paar Schritte im Bunker machen lassen, damit er seine Glieder strecken, den Kreislauf in Gang bringen und sein Geschäft erledigen konnte. Bis zum Abend würden sie mit der misslichen Toilettensituation schon klarkommen. Dann, bei Einbruch der Dunkelheit, so Janoskes Plan, würde er sich davonmachen. Allein.

»Kaffee gibt's leider keinen«, entschuldigte er sich bei seinem »Gast«. »Ich … Verdammt!« Während er gesprochen und mit dem Essen hantiert hatte, war ihm das Gewehr von den Knien gerutscht. Im letzten Augenblick, bevor sie auf den Betonboden aufschlug, konnte er die Waffe mit dem Riemen abfangen und hochreißen. Dabei flog sein Teller mit dem Essen scheppernd in den Dreck.

»Mensch, passen Sie doch besser auf!«, schimpfte Sperber lauthals. Er hatte sich im Auto weggeduckt, für einen Moment war seine Gelassenheit verflogen. »Bei so was kann sich nur zu leicht ein Schuss lösen.«

Janoske antwortete nicht. Er war damit beschäftigt, seinen Teller aufzuheben und vom Essen zu retten, was zu retten war.

»Selbst wenn das Geschoss niemanden trifft«, setzte Sperber nach, »allein der Knall hier im geschlossenen Raum wäre mörderisch. Unsere Trommelfelle wären hin.«

»Nun machen Sie sich mal nicht ins Hemd.« Janoske ärgerte

sich über sein Missgeschick. »Das mit dem verdreckten Essen ist viel schlimmer.«

Er verfügte nicht über so üppige Vorräte, dass er es sich leisten konnte, damit herumzuaasen. Doch die beiden mit Leberwurst beschmierten Scheiben Brot taugten nur noch als Futter für die Mäuse.

»Ich wollte Sie nur warnen«, kam es nun eine Spur kleinlauter von Sperber.

»Bevor ich auf Sie schieße, stecke ich mir was in die Ohren«, sagte Janoske grimmig. »Glauben Sie nur nicht, dass Sie mich belatschern können.«

»Gott bewahre …«

»Statt zu lamentieren, denken Sie lieber an die Nachrichten. Nicht, dass wir die verpassen.« Er deutete mit dem Gewehrlauf auf das Autoradio. »Ich muss wissen, was da draußen so passiert.«

★★★

Das Forsthaus, ein schmuckes kleines Holzhaus, lag eingebettet zwischen Pferdeweiden, alten Eichen und kleinen Feldgehölzen. Die Fassade des klassischen Schwedenhauses vom Typ Vislanda war mit Nadelholz verschalt und rostrot angestrichen. Das Weiß der Giebelleisten, Dachrinnen, Fenster- und Türrahmen bildete einen reizvollen Kontrast zum Rostrot der Wände. Auch die Eingangsveranda und der Carport waren komplett aus Holz gefertigt. Ein nachträglich angebauter Wintergarten und eine weitere schuppenartige Garage, die etwas abseits des Haupthauses stand, vervollständigten das Anwesen.

Unter dem Carport stand der Privatwagen von Sperber. Ein dunkelblauer Audi A4.

Mit zittrigen Händen schloss die Putzfrau auf. Neumann und Maike stürmten mit gezogenen Waffen in den Flur. Mendelski, Treskatis und zwei weitere Polizeibeamte einer Streifenbesatzung folgten ihnen. Sofort verteilten sie sich in die verschiedenen Räume. Innerhalb von wenigen Minuten stand fest, dass das Haus menschenleer war.

Weder Schlafzimmer, Bad noch Küche wiesen Anzeichen

dafür auf, dass Sperber in der letzten Nacht hier gewesen war. Ebenso wenig deutete darauf hin, dass der Waldschrat dem Haus einen Besuch abgestattet hatte.

»Vielleicht war er ja letzte Nacht bei seiner Liebsten«, vermutete Maike, die mit fachmännischem Blick die Indizien für einen Junggesellenhaushalt erkannt hatte; das Chaos in der Küche erinnerte sie an Matthew. »Oder er ist einfach nur irgendwo versackt. Nach einer Kneipentour.«

»Nie und nimmer!« Die Putzfrau widersprach energisch. »Herr Sperber ist ein sehr zuverlässiger Mann. Er mag keine Kneipen. Und eine Freundin hat er auch nicht.« Sie blickte unsicher von Maike zu Mendelski. »Dass er seit gestern Nachmittag verschwunden sein soll, macht mir Angst. Da ist bestimmt was passiert.«

»Was ist mit der Garage?«, wandte sich Mendelski an einen der Kollegen.

»Negativ«, antwortete der junge Beamte prompt. »Der Schlüssel hing im Flur am Schlüsselbrett. Ich hab nachgeschaut. Die Garage ist leer.«

Ein Telefon bimmelte. Neugierig schauten sich Mendelski und Maike im Raum um. Doch es war nicht der Apparat von Sperber. Verena Treskatis griff in ihre Jackentasche und verschwand im benachbarten Wohnzimmer.

»Was ist eigentlich mit dem Spürhund?«, wandte Mendelski sich an Neumann, der gerade neben dem Mülleimer hockte und dessen Inhalt inspizierte. »Ist der inzwischen eingetroffen?«

»Ja. Der ist schon im Einsatz. Seit gut einer Stunde. Sie haben am Erdversteck angefangen. Es müsste eigentlich bald ein Zwischenbericht kommen. Vielleicht ist das ja schon der Anruf.« Neumann deutete mit dem Kopf zum Nebenraum, wo Treskatis telefonierte.

Zwei Minuten später kehrte die Kommissarin zurück. »Das wird immer verrückter«, sagte sie gedankenvoll, während sie ihr Handy wieder in der Jackentasche verschwinden ließ.

»Was gibt's denn?« Mendelski zog die Augenbrauen hoch.

»In Göttingen ist eine interessante Vermisstenanzeige aufgegeben worden. Seit vier Tagen wird eine Frau vermisst, eine

Sabine Luckow. War mit dem Zug auf dem Weg von Göttingen nach Boltenhagen an der Ostsee, ist dort aber nie angekommen. Aller Wahrscheinlichkeit nach hat sie ihre Reise in Hannover unterbrochen. Am Hauptbahnhof endet ihre Spur.«

»Und was geht uns das an?«, fragte Maike. Eine Idee zu pampig, wie Mendelski befand.

»Das geht uns eine ganze Menge an, liebe Frau Schnur.« Treskatis holte tief Luft. »Deswegen hat man mich angerufen, nicht irgendeinen Kollegen. Sie werden staunen, wenn Sie hören, wer die Vermisste ist.«

»Nämlich?« Maike klang immer noch aufmüpfig.

»Sabine Luckow ist die Exfrau des Mannes, der uns zurzeit ziemlich auf Trab hält.« Sie machte eine Kunstpause. »Es ist die Exfrau von Herrn Sperber.«

★★★

»Machen Sie's aus.« Janoske ging zum Sofa zurück und setzte sich. Die Büchse stellte er auf den Fußboden. Dabei wirbelte Staub auf, der in kleinen Wölkchen zu den Türen zog, hin zum Licht, das in schmalen Bahnen durch die Türspalten ins Innere des Bunkers drang. »Merkwürdig. Kein Wort in den Nachrichten über uns.«

Sperber schaltete das Autoradio aus. »Immerhin haben sie den Waldbrand erwähnt«, sagte er durchs geöffnete Seitenfenster, während er sich im Fahrersitz zurücklehnte. Leichte Nervosität machte sich in ihm breit. Janoske hatte den Autoschlüssel noch nicht zurückverlangt. Sperber hatte die Zündung einschalten dürfen, damit sie Radio hören konnten. Außerdem hatte er die eingeschaltete Zündung für die Fensterheber benötigt. Das könnte von Nutzen für ihn sein. Um zu verhindern, dass Janoske seine Nachlässigkeit bemerkte, redete er rasch weiter: »Und sie haben berichtet, dass ein mächtiges Aufgebot an Feuerwehr und Polizei wegen des Waldbrandes im Einsatz war.«

»Aber kein Wort über die Prostituiertenmorde.« Janoske grübelte darüber nach, was das bedeuten könnte. »Kein Wort über mich, den angeblichen Hauptverdächtigen. Und nichts über Sie.«

Sperber nahm's gelassen: »Na ja, ob mich überhaupt jemand vermisst …«

Janoske stutzte. »Haben Sie denn keine Familie?«

»Nee, bin geschieden.«

»Kinder?«

»Fehlanzeige.«

»Sie leben also ganz allein in diesem schönen Holzhaus in Wellmühle?«

Jetzt war es an Sperber zu staunen. »Schau mal einer an! Das haben Sie also auch ausspioniert.«

»Na, was denken Sie denn? So'n Waldmensch wie ich muss doch wissen, wo der Förster wohnt.«

»Was wissen Sie denn noch über mich?«

»Eine ganze Menge. Aber ich werde mich hüten, Ihnen das auf die Nase zu binden.«

»Oh, da macht aber jemand auf Geheimniskrämer …« Sperber schloss die Augen und tat, als wollte er dösen. Durch kaum erkennbare Augenschlitze schielte er zum Schlüssel im Zündschloss.

Ein paar Sekunden war es still in dem schummrigen Bunker.

»Vielleicht gibt's auch 'ne Nachrichtensperre«, fing Janoske wieder an. Ihm ließ das Thema keine Ruhe. »Die Polizei hat alles abgeblockt, aus ermittlungstaktischen Gründen. Und in Wahrheit sind sie uns schon dicht auf den Fersen.«

Sperber hielt Augen und Mund geschlossen. Kaum merklich zuckte er mit den Schultern. Er überlegte fieberhaft, was er tun könnte.

Janoske wurde unruhig. Er stand auf und ging zur Tür. Ohne den Türspalt zu vergrößern, spähte er hinaus.

Auf der Einfahrt zum Bunker spazierte eine fette Amsel herum. Sie lupfte fleißig Moospolster um Moospolster, um darunter nach Essbarem zu suchen.

Wenn der Vogel da draußen so friedlich herumhüpft, besteht wohl keine Gefahr, kombinierte Janoske. Einigermaßen beruhigt kehrte er zum Sofa zurück.

»Hey, Förster«, rief er, während er mit dem Büchsenlauf gegen eine Flasche schlug. »Nicht schlafen! Wir müssen reden.«

Sperber gähnte. Immer noch mit geschlossenen Augen. »Worüber denn?«

»Über die Morde.«

»Na, dann reden Sie doch.«

»Glauben Sie auch, dass ich das war? Dass ich diese Frauen umgebracht habe?«

Sperber wartete einen Moment, dann zuckte er wieder mit den Schultern. »Vielleicht.« Vorsichtig streckte er sein linkes Bein und setzte den Fuß auf die Kupplung.

»Vielleicht? Was soll das denn heißen? Sie müssen doch eine Meinung haben.«

»Sieht jedenfalls nicht gut für Sie aus.«

»Sie Schlaumeier. Sieht nicht gut für mich aus.« Janoske lachte bitter. »Das weiß ich auch schon. Aber ich bin unschuldig. Das können Sie mir glauben. Ich bin das nicht gewesen! Ich hab nur einen einzigen Fehler begangen: Ich war zur falschen Zeit am falschen Ort. Das ist alles.«

»Soso. Und warum sind Sie dann vor der Polizei getürmt?«

»Überlegen Sie mal.« Janoske zog eine Grimasse. »Hätte man einem armen Schlucker wie mir nur ein einziges Wort geglaubt?«

Sperber schwieg. Seine Mimik – hochgezogene Augenbrauen und schief gelegter Kopf – sollte so etwas Ähnliches wie Verständnis ausdrücken. Die Kupplung ließ er durchgetreten.

»Na sehen Sie. Wenn die mich erst mal haben, lassen die mich so schnell nicht wieder laufen.«

»Wegen anderer Sachen, die Sie auf dem Kerbholz haben?«

»Albern. Das bisschen Mundraub.«

»Und die Wilderei?«

»Kommt doch aufs Gleiche raus. Sollte ich verhungern? Habe mir nur was zu futtern gesucht.«

»Mit hundsgemeinen Drahtschlingen.«

»Klar, warum nicht? Lautlose Jagd.« Janoske nahm die Büchse hoch. »Damit zu jagen ist auch nicht besser. In der Elefantendickung liegt ein verendeter Hirsch. Den hat einer von euch Jägern angeschossen. Erst nach Tagen ist der jämmerlich verreckt.«

»Aber doch nicht im Mai.« Sperber legte unbemerkt den

Rückwärtsgang ein. »Das sind doch Räubermärchen. Das glaube ich Ihnen nicht.«

»Natürlich. Hab's doch mit eigenen Augen gesehen. Da brauchte wohl einer dringend 'nen Konfirmationsbraten.«

»Sie haben vielleicht eine Phantasie«, entgegnete Sperber. Seine rechte Hand ertastete den Zündschlüssel.

»Phantasie? Blödsinn. Das ist bittere Realität.« Janoske legte die Büchse flach auf den Boden, um nach einem Plastikbecher und der Wasserflasche zu greifen.

Als er sich eingoss, entschloss sich Sperber zu handeln.

Hastig drehte er den Zündschlüssel und startete den Motor. Der enge Bunker erbebte vom Dröhnen des Diesels.

»Hey!«, schrie Janoske.

Da donnerte der Wagen auch schon mit voller Wucht rückwärts gegen die beiden Stahltüren, die nach außen krachend aufflogen. Mit quietschenden Reifen schoss der Skoda aus dem Bunker nach draußen.

Janoske griff die Büchse und rannte dem Auto hinterher. Im Bunkereingang blieb er stehen, riss die Büchse hoch und zielte auf die die Mittagssonne spiegelnde Windschutzscheibe. Sperber hatte abrupt gebremst, um den Vorwärtsgang einzulegen.

Janoske legte den Finger an den Abzug. Aber er drückte nicht ab.

Jetzt kam das Auto auf ihn zugeschossen.

Um auszuweichen, machte Janoske einen Riesensatz zurück in den Bunker und warf sich auf den Boden. Dabei verlor er die Waffe, knallte mit dem rechten Knie hart auf den Beton und schürfte sich beide Hände auf.

Das Auto kam direkt neben ihm in einer Dreckwolke zum Stehen. Die Fahrertür flog auf, Sperber sprang heraus. Der Förster versetzte Janoske, der sich gerade wieder aufrappeln wollte, einen kraftvollen Tritt in die Magengegend. Stöhnend vor Schmerz ging er zu Boden. Dann nahm Sperber die Büchse auf.

»So, Freundchen«, ächzte er atemlos. »Jetzt ist Schluss mit lustig!«

***

Das Gesicht der Putzfrau war bleich geworden. Mit weichen Knien sackte sie auf die Kante des nächstbesten Stuhles. Dankbar griff sie zu dem Glas, das Neumann für sie auf den Tisch gestellt hatte, und trank einen Schluck Mineralwasser.

»Das ist zu viel für mich«, sagte sie. »Erst wird Herr Sperber vermisst, jetzt auch noch seine Exfrau. Mein Gott, was ist da bloß passiert?«

»Kennen Sie Frau Luckow denn?«, fragte Treskatis, nachdem sie ebenfalls am Esszimmertisch Platz genommen hatte.

»Nein. Nur vom Foto. Herr Sperber und sie hatten kaum noch Kontakt, soweit ich das beurteilen kann.«

»Wie lange arbeiten Sie schon für Herrn Sperber?«

»Eineinhalb Jahre.«

»Und in dieser Zeit war Frau Luckow nicht hier?«

»Nicht, dass ich wüsste.«

»Hat Herr Sperber mit Ihnen über seine Exfrau gesprochen?«

»Nein, so gut wie nie.«

»So gut wie nie?«

»Na ja, einmal, als mir ein Foto beim Staubwischen herunter-gefallen und das Glas zerbrochen war. Da hat er ein paar Worte über sie verloren.«

»Was für ein Foto?«

»Eins von früher, mit den beiden drauf. Als sie noch glücklich verliebt waren.«

»Und was hat er gesagt?«

»Tja, das weiß ich nicht mehr so genau.« Die Putzfrau zierte sich. »Irgendwas wie: ›Unsere Ehe liegt eh in Scherben. Vergeu-dete Jahre.‹ Oder so ähnlich.«

»Wo ist denn das Foto jetzt?«, fragte Mendelski. Er schaute auf die Bilder an den Wänden. Etliche Fotos zeigten weite Land-schaften, Moore, Seen, endlose Wälder. Mendelski tippte auf Skandinavien oder Kanada. Typische Reiseziele für Jäger und Förster. Personen waren auf keinem der Bilder zu sehen.

»Im Forstbüro«, sagte die Putzfrau und zeigte zur Tür hinaus. »In der untersten Schublade des Schreibtisches. Herr Sperber hat gemeint, es lohnt nicht, das zerbrochene Glas zu ersetzen. Und dann hat er es weggepackt.«

Mendelski machte sich auf den Weg ins Büro.

»Wie lange sind die beiden denn schon getrennt?«, fragte Maike, die neben Neumann am Fenster stand.

»Ach, die sind schon viele Jahre auseinander.« Die Putzfrau winkte ab. »Sie haben hier in diesem Haus schon nicht mehr zusammen gelebt, die Trennung war vorher. Soweit ich weiß, haben die beiden es noch zusammen gebaut, und dann, kurz vor dem Einzug, war es dann wohl plötzlich aus.«

»Was für ein Jammer«, meinte Neumann, der seinen Blick durchs Zimmer schweifen ließ. »So ein schönes Haus.«

»Was nützt das schönste Nest, wenn sich die Vögel darin nicht vertragen?« Maike wunderte sich über sich selbst; Poesie war eigentlich gar nicht ihr Ding. Sie musste grinsen.

Mendelski kam zurück ins Wohnzimmer. Er hielt einen Bilderrahmen in DIN-A5-Größe in den Händen, das Glas fehlte. Er legte ihn auf den Tisch. Auf dem Foto sah man Sperber in einem Korbsessel sitzen, eine hübsche Frau auf den Knien. Verliebt himmelten sie einander an.

»Das ist sie«, sagte die Putzfrau, während sie mit dem Zeigefinger auf das Foto tippte. »Das ist seine Exfrau.«

»Ein zu nettes Paar …« Maike seufzte.

»Nichts ist von Bestand«, hielt Neumann dagegen.

Mendelski schien mit seinen Gedanken in weiter Ferne zu sein. Sein Blick schweifte zum Fenster hinaus. »Jetzt suchen wir schon drei«, murmelte er kaum hörbar. »Sabine Luckow, Hans-Jürgen Sperber und den immer noch nicht identifizierten Waldschrat.«

»Ich werd nicht schlau daraus.« Treskatis schüttelte nachdenklich den Kopf. »Beim Verschwinden von Sperber und dem Waldschrat gibt es zumindest einen räumlichen, zeitlichen und vermutlich inhaltlichen Zusammenhang. Aber das Verschwinden von Sabine Luckow passt da so gar nicht hinein.«

»Vor vier Tagen, sagtest du?«, fragte Mendelski. »Und ihre Spur endet in Hannover?«

»So berichteten es die Kollegen.«

»Moment mal!«, rief Maike. Sie hatte das Foto in die Hand genommen, um es genauer zu betrachten. »Das ist ja interessant.«

»Was denn?« Mendelski beugte sich vor.

»Na, schau dir mal den Hintergrund an.«

»Ja, und? Pflanzen. Zimmerpflanzen. Riesige Exemplare. Ein Ficus, eine Art Gummibaum, eine Yucca-Palme …« Mendelski stockte und blickte Maike in die Augen. »Die Yucca! Meinst du die?«

Maike nickte und wandte sich an die Putzfrau. »Sagen Sie, diese Yucca-Palme, die auf dem Foto, gibt's die noch?«

»Aber ja doch. Herr Sperber hegt und pflegt seine tropischen Pflanzen, als wären es Kinder. Daher der Wintergarten. Dort steht auch die Yucca-Palme. Kommen Sie, ich zeig sie Ihnen.«

»Komisch, eine Yucca-Palme ist mir dort vorhin gar nicht aufgefallen«, sagte Maike, während sie der Putzfrau folgten.

»Das gibt's doch nicht!«, hörten sie da die Putzfrau rufen. »Wo ist denn die Palme hin?«

Sie stand mitten im Wintergarten und schaute sich um.

»Donnerlüttchen, ich bin doch nicht blöd!« Sie deutete auf eine leere Stelle am Boden. »Letzte Woche hat die hier noch gestanden. Genau hier. Das weiß ich hundertprozentig. Und jetzt ist sie weg.«

Mendelski zog die Augenbrauen hoch. »Gut gemacht, Maike«, lobte er seine Kollegin. »Das nenne ich mal eine heiße Spur.«

Neumann rümpfte die Nase. »Ist diese Pflanze denn so wichtig? Wir suchen doch eigentlich drei Menschen, keine Palme.«

»Ja, ist sie!«, erwiderte Maike triumphierend. »Sehr wichtig sogar.«

»Maike hat recht«, sagte Mendelski. Er wandte sich an Treskatis. »Das rückt die Sache in ein ganz anderes Licht … Wir werden uns das Haus genauer anschauen müssen.«

SECHZEHN

Die aufgeschürften Hände brannten wie Feuer. Trotz der Fesseln an den Gelenken spreizte Janoske die Finger, so weit dies möglich war. So berührten sich die offenen Hautpartien nicht. Noch mehr machte ihm das rechte Knie zu schaffen. Es war dick angeschwollen, tat höllisch weh und ließ sich kaum beugen. Zu allem Überfluss waren seine Füße ebenfalls mit Gewebeband gefesselt. Sperber hatte die Kleberolle irgendwo aus den Tiefen seines Dienstwagens gezaubert.

Obendrein rebellierte Janoskes Magen. Krämpfe und Übelkeit wechselten sich in schneller Folge ab.

Der Förster hatte ordentlich zugetreten.

Janoske lehnte mit dem Rücken an der Bunkerwand, den Hintern auf dem kalten Beton. Sperber saß auf dem Sofa, die Büchse griffbereit. Der Skoda stand wieder an der gleichen Stelle wie in der vergangenen Nacht. Die Bunkertüren hatte Sperber verschlossen, so gut es ging. Eine der Türen sah nach dem Zusammenstoß mit dem Auto ziemlich demoliert aus.

»Worauf warten Sie noch?«, krächzte Janoske. »Ich bin außer Gefecht. Sie haben das Gewehr, den Autoschlüssel und Ihr Handy. Los, schalten Sie's ein, rufen Sie die Bullen.«

Mit zusammengekniffenen Augen schaute Sperber ihn an. Er schwieg.

»Was soll das Theater?«, setzte Janoske nach. »Warum machen Sie den Bunker zu? Es ist doch alles vorbei.«

Kein Wort kam von Sperber.

»Wollen Sie sich rächen? Wollen Sie mich noch ein bisschen quälen, bevor Sie die Polizei holen? Als Quittung für das, was ich Ihnen angetan habe? Für die Entführung, für den Husarenritt durch die feindlichen Linien, dafür, dass ich Ihnen den Büchsenlauf in die Seite gerammt und eine unbequeme Nacht im Auto beschert habe, und für was weiß ich noch?«

Keine Reaktion.

»Klar, Sie werden sicher zum Gespött der Leute. Weil Sie

sich von so einem Vogel wie mir haben einfangen lassen. Der erfahrene Forstmann geht dem Waldschrat auf den Leim. So 'ne Pleite. Na los, machen Sie schon. Geben Sie mir ein paar aufs Maul. Da tut's noch nicht weh.«

Janoske hatte sich in Rage geredet, jetzt brauchte er eine Pause. Die Übelkeit nahm zu. Wenn ich mich nicht zusammenreiße, kotze ich gleich, dachte er. Mit hängendem Kopf atmete er ein paarmal tief durch.

»Immer langsam mit den jungen Pferden«, kam es kaum hörbar über Sperbers Lippen. »Ich muss nachdenken.«

★★★

Mendelski durchsuchte gerade Sperbers Privatwagen, den Audi A4, als Verena Treskatis an den Pfosten des Carports klopfte.

»Robert, die Hundeführerin hat gerade angerufen«, sagte sie.

Mendelski kroch rückwärts aus dem Wagen. »Und?«

»Interessante Neuigkeiten.«

»Erzähl schon.«

»Der Waldschrat ist so ziemlich kreuz und quer, anscheinend planlos, durch den Wald gelaufen.«

»Überrascht mich nicht. Das haben ja schon die Jäger berichtet. Und der Schriewe von der CZ hat ihn sogar mit der Kamera erwischt.«

»Seine Spur führt schließlich auf die Wiese hinaus. Genau zu der Stelle, wo Sperbers Auto gestanden hat. Und da endet sie.«

»Gute Arbeit!« Mendelski lehnte sich erschöpft an den Wagen. »Das erklärt so manches.«

»Ich hab nachgefragt.« Treskatis räusperte sich. »Der Einsatzleiter der Feuerwehr hatte Sperber aufgefordert, das Auto ein Stück zur Seite zu fahren, aus Sicherheitsgründen. Der Förster ist losgefahren – und ward fortan nicht mehr gesehen.«

»Dieser Filou von Waldschrat!« Mendelski schlug mit der flachen Hand auf das Autodach, dass es knallte. »Mit 'nem Chauffeur aus der Falle. Trotz übermächtiger Umzingelung, trotz Feuersbrunst im Nacken. Ich fass es nicht!«

»Und keiner hat's gemerkt. Wie peinlich. Das können wir

niemandem erzählen.« Treskatis seufzte auf. »Wenn die Presse Wind davon bekommt …«

»Ach, es gibt Schlimmeres.«

»Du kennst die Boulevardzeitungen bei uns nicht.« Sie gab sich einen Ruck. »Nun denn. Förster und Waldschrat sind seit mehr als zwanzig Stunden verschwunden. Wir müssen eine Großfahndung starten. Nach den beiden Männern. Und nach dem Auto.«

★★★

»Hier, trinken Sie.« Sperber hielt ihm die Flasche mit dem Bullenschluck hin. Da seine Hände an den Gelenken gefesselt, die Finger aber frei waren, hätte Janoske nur zuzugreifen brauchen.

»Will ich nicht«, erwiderte er und wandte den Kopf zur Seite.

Janoske verstand die Welt nicht mehr. Was hatte der Kerl bloß vor? Sperber rief nicht die Polizei, er fuhr nicht davon, ließ sogar sein Handy ausgeschaltet. Und jetzt bot er ihm auch noch zu trinken an. Den kostbaren Kräuterschnaps, den Janoske als eiserne Reserve hier gebunkert hatte.

»Los, Sie sollen trinken!«, befahl Sperber barsch. Die Adern an seinem Hals waren geschwollen. Er geriet mehr und mehr in Rage.

»Nein! Ich mag nicht …« Janoske duckte sich. Sperber hatte mit beiden Händen ausgeholt, als ob er mit der Flasche zuschlagen wollte. Ein paar Spritzer von dem bernsteinfarbenen Schnaps landeten im Dreck.

»Sie Idiot«, fauchte Sperber und ließ seine Arme wieder sinken. »Dann trinke ich eben allein.«

Er setzte die Flasche an den Mund.

★★★

»Hier hat jemand gründlich sauber gemacht«, sagte Neumann, der auf allen vieren über die Terrakotta-Fliesen des Wintergartens kroch. Er hatte sich Latexhandschuhe übergestreift.

»Ich war's nicht«, erwiderte die Putzfrau, die in der zum Garten führenden Wintergartentür stand und das Treiben der beiden

Kriminalpolizisten aus ehrfurchtsvollem Abstand beobachtete. »Ist genau eine Woche her, dass ich hier gewischt habe.«

Maike schob den Topf mit dem Ficus ein Stück zur Seite. Auch sie trug Handschuhe. »Sie sind sich hundertprozentig sicher, dass die Yucca-Palme da noch hier stand?«, fragte sie.

»Glauben Sie mir etwa nicht?« Die Putzfrau schlug einen schnippischen Tonfall an. »Wenn Sie auf das, was ich sage, so wenig geben, dann kann ich ja auch gehen.«

»Tun Sie das.« Maike erhob sich aus der Hocke. »Im Moment brauchen wir Sie nicht mehr. Aber bitte geben Sie den Kollegen draußen im Streifenwagen noch Ihre Personalien. Für den Fall, dass wir noch Fragen haben.«

»Das ist schon kurios«, sagte Neumann, nachdem die Putzfrau gegangen war. »Jetzt haben wir zwei ermordete Prostituierte, zwei vermisste Personen, ein Ex-Ehepaar – und einen mit allen Wassern gewaschenen Waldschrat auf der Flucht. Dazu kommt noch das ominöse Verschwinden einer Yucca-Palme. Daraus soll einer schlau werden.«

»Nicht jedem ist es gegeben«, erwiderte Maike mit einem spöttischen Grinsen. Es reizte sie immer noch, Neumann zu piesacken. »Das ist es, was ich an unserem Beruf so liebe. Das Rätselraten in einem undurchsichtigen Fall, das Stochern im Nebel.«

»Ach nee!« Neumann guckte gespielt blöd aus der Wäsche. »Und ich dachte …«

»Kommt ihr bitte mal rüber ins Wohnzimmer?« Mendelski hatte seinen Kopf durch die Tür gesteckt. »Besprechung.«

»Auch gut«, sagte Neumann und erhob sich, während er seine Handschuhe abstreifte. »Hier finden wir eh nichts.«

Maike wollte seinem Beispiel bereits folgen, als sie sah, dass aus dem Ficus, den sie gerade zur Seite geschoben hatte, etwas zu Boden glitt. Oder eher schwebte. Zunächst sah es aus wie ein welkes Blatt. Ein vertrocknetes, braun gewordenes Blatt vom immergrünen *Ficus benjamini*, das sich aus der Zimmerpflanze gelöst hatte. Sie ging in die Knie und sah genauer hin.

»Ein toter Schmetterling«, murmelte sie und hob ihn auf. »Der sieht ungewöhnlich aus. Ist sicher was Besonderes. Den werd ich Heiko mitbringen.«

Sie öffnete eine Beweismitteltüte. Mit spitzen Fingern ließ sie den Schmetterling hineingleiten.

★★★

Die Flasche Bullenschluck war schon zu einem Viertel geleert. Obwohl Sperber ihm die Flasche immer wieder angeboten hatte, war Janoske standhaft geblieben und hatte keinen einzigen Schluck getrunken.

Dabei hätte er gern ein wenig von dem zweiundvierzigprozentigen Halbbitter benutzt, um sein lädiertes Knie einzureiben. Der Kräuterschnaps, der aus einer Apotheke in Sulingen stammte, eignete sich sowohl für die innere als auch die äußere Einreibung. So stand es jedenfalls auf dem Etikett: »Empfiehlt sich besonders bei Lahmheit der Pferde, Rinder und Zugochsen.«

»Können Sie das Saufen nicht mal lassen und endlich eine Entscheidung treffen?«, forderte Janoske Sperber auf. »Wie soll's jetzt weitergehen?«

Der Förster hatte sich auf das Sofa geflegelt, die Füße auf der einen, den Kopf auf der anderen Armlehne. Zwischen seinen Beinen klemmte die Flasche mit dem Bullenschluck, neben ihm lag griffbereit die Büchse.

»Ich sage ganz einfach, Sie hätten mich abgefüllt«, sagte Sperber. Seine Stimme klang noch erstaunlich fest.

»Wozu das denn?«

»Das macht alles viel einfacher.«

»Kapier ich nicht.«

»Müssen Sie auch nicht.«

Janoske war sprachlos. Seine Gedanken fuhren Achterbahn. Was zur Hölle führte der Kerl im Schilde?

★★★

Mendelski verstaute das Handy wieder in seiner Hosentasche und kehrte ins Wohnzimmer zurück. Die anderen drei saßen um den Tisch, vor ihnen lag ausgebreitet die Wettmarer Landkarte.

»Das waren unsere Kollegen Jo Kleinschmidt und Ellen Vogelsang«, sagte er in die Runde. »Die hatte ich auf Atze Krause angesetzt. Wegen des Zettels in Laryssa Ascheschkas Sexmobil.«

»Was denn für'n Zettel?« Treskatis guckte irritiert.

»Ach, das könnt ihr ja noch gar nicht wissen.« In knappen Sätzen erzählte Mendelski von der ominösen Strichliste mit dem Namen Krause. »Jedenfalls haben sie aus dem Burschen nichts herausbekommen. Der ist stur wie ein Auerochse. Den Zettel kann er sich angeblich nicht erklären. Also haben sie ihn in Ruhe gelassen, aber heimlich observiert. Und tatsächlich: Kaum, dass sie zur Tür hinaus waren, hat er sich auf sein Motorrad geschwungen und ist losgedüst.«

»Sind die beiden hinterher?«, fragte Maike. »Wie ich Jo kenne ...«

»Nee, Pustekuchen. Der Atze Krause wohnt am Waldrand von Hambühren, der ist durch den Wald davon. Mit einer nicht angemeldeten Crossmaschine.«

»Oje, da wird Jo vor Frust ins Lenkrad gebissen haben.«

»Ja, aber Jo und Ellen sind ja auch nicht auf den Kopf gefallen. Der Beckewitz wohnt ebenfalls in Hambühren. Sie also da hin, weil sie dachten, dass Atze dort auftauchen würde. Tat er aber nicht. Kurz entschlossen haben sie geklingelt und den Beckewitz gefragt, wo der Atze denn wohl hingefahren sein könnte. Mit einem unangemeldeten Motorrad.«

»Und?«

»Erst war Beckewitz stinkig und ziemlich zugeknöpft. Aber dann brachte er Atzes Bruder, einen gewissen Fred Krause, ins Spiel. Der würde oft im Wald arbeiten, als Maschinenführer. Übrigens unter anderem auch für unseren verschwundenen Förster, den Sperber. Vielleicht sei er dorthin gefahren, meinte Beckewitz. Oder zu seinem Bruder nach Hause.«

»Wo ist das?«

»In Thönse. Das muss hier irgendwo in der Nähe sein.« Mendelski schaute auf die Karte.

»Das ist hier nicht mehr drauf«, erklärte Neumann und deutete auf den unteren Rand der Landkarte. »Hier, von Wettmar aus auf der K 116 in Richtung Süden. Dann ist man in Thönse. Keine zwei Kilometer entfernt.«

»Bezieht sich der Zettel mit der Strichliste vielleicht sogar auf den anderen Krause, den Bruder?«, fragte Treskatis. »Oder stand da auch ein Vorname drauf?«

»Nein, nur Krause. Kein Vorname, keine Initialen. Und natürlich kann auch Fred Krause gemeint sein.« Mendelski stieß hörbar die Luft aus. »Wir Deppen! Deswegen ist der Atze gleich losgedüst.«

»Von Hambühren aus, sagten Sie?«, wollte Neumann wissen.

»Ja. Wie lange braucht man denn mit so einer Crossmaschine bis nach Thönse?«

Neumann zeigte auf die Karte: »Über Allerhop, den Schusterdamm runter, dann über die Bahn, an Wettmar vorbei, durch den Rhaden – alles nur Wald- und Feldwege. Insgesamt vielleicht 'ne halbe Stunde.«

»Dann sollten wir Jo und Ellen helfen. So schnell wie wir können die nicht in Thönse sein. Wer weiß, was die Krauses vorhaben.«

»Okay.« Treskatis hatte sich erhoben. »Hier kommen wir im Moment eh nicht weiter. Vielleicht führen uns ja die Krauses zum Waldschrat und zum Förster.«

»Personenüberprüfung Fred Krause?«, fragte Neumann im Hinausgehen.

»Läuft schon«, erwiderte Mendelski. »Unsere Leute in Celle geben die Adresse gleich durch.«

»Dann nichts wie los.«

★★★

Jetzt fehlte schon mehr als ein Drittel in der Flasche. Sperbers Bewegungen wurden langsamer, unkontrollierter. Seine Stimme klang schleppend.

»Ich hab da noch was im Auto. Wird Sie interessieren«, sagte er plötzlich und erhob sich. Janoske meinte, ein hämisches Grinsen in Sperbers Gesicht gesehen zu haben.

Der Förster trat an den Kofferraum seines Skoda und öffnete die Heckklappe. Nachdem er eine Weile in seinen Försterutensilien herumgewühlt hatte, kam er mit einem Stoffbeutel in den Händen zum Sofa zurück.

»Was glauben Sie, was da drin ist?« Das hämische Grinsen wurde breiter.

Janoske schwieg. Er verspürte wenig Lust auf Ratespielchen.

»Okay. Dann zeig ich's Ihnen eben.« Sperber griff in den Beutel und holte ein Bündel Draht hervor. Lose zusammengerollte Stücke. Aus grünem Blumendraht.

»Schlingendraht«, flüsterte Janoske kaum hörbar.

»Richtig.« Sperber nickte anerkennend mit dem Kopf. »Sie sind doch ein schlaues Kerlchen. Wissen Sie auch, woher ich den habe?«

Janoske ächzte: »Ausm Wald.«

»Wieder richtig. Und wissen Sie auch, wie der dorthin gekommen ist?«

»Mann, was soll der Scheiß? Ich hab das mit den Schlingen doch längst zugegeben.«

Sperber lachte boshaft. »Zugegeben. Ja. Aber nicht dafür gebüßt.« Er nahm eine der Drahtschlingen und stellte sich dicht vor Janoske. »Wollen Sie mal spüren, wie das ist, in so einem Draht gefangen zu sein?« Er versuchte mit fahrigen Bewegungen, die Schlinge über Janoskes Kopf zu stülpen.

Aber der wich aus. »Sie Schwein!«, brüllte er. Verzweifelt versuchte er, sich an der Bunkerwand aufzurichten. »Sie … machen Sie mich los, damit ich Ihnen die Fresse poliere.«

»Kommen Sie, kommen Sie!«, hetzte Sperber. »Nur weiter so. Ist mir nur recht. Dann erschieß ich Sie eben in Notwehr.«

Mit weit aufgerissenen Augen starrte Janoske dem Förster ins Gesicht. Dann sackte er in sich zusammen. Sein Rücken rutschte an der Wand hinab. Unsanft landete er auf dem Hosenboden.

Janoske hatte plötzlich verstanden.

★★★

Mit der Crossmaschine fuhr Atze aus dem Wald direkt in den Garten. Das Motorrad, das ja nicht angemeldet war, sollte nicht für jedermann sichtbar vorn an der Siedlungsstraße stehen.

»Bist du verrückt geworden?«, fauchte ihn sein Bruder an, der die Terrassenstufen heruntergelaufen kam. »Hier mit der Karre aufzutauchen?«

»Mann, es is wichtig«, sagte Atze und nahm den Helm ab. »Muss unbedingt mit dir reden.«

»Hätt'ste denn nicht anrufen können?« Sie standen unter dem Kirschbaum, der gerade in Blüte stand.

»Nee. Pass auf, die Bullen sind bei mir aufgetaucht. Kann sein, dass sie unsere Telefone abhören.«

»Nun mach mal halblang …«

»Die haben bei der Laryssa im Auto was gefunden«, unterbrach ihn Atze. »Einen Zettel. Da steht Krause drauf. Und jede Menge Striche sind dabei.«

»Scheiße.«

»Siehste? Da bin ich gleich los.«

»So'n Dreck! Warum hat die blöde Nutte das gemacht?«

»Keine Ahnung. Sie hat halt Buch geführt.«

»Und weiter?«

»Ich habe den Bullen nichts verraten. Aber wenn die damit jetzt zu Beckewitz gehen, zählt der sich an zwei Fingern ab, was die Striche bedeuten. Und dann gute Nacht.«

»Kacke! Der dreht uns den Hals um.«

»Uns? Der geht vor allem mir ans Leder«, jammerte Atze. »Fresse dick, Job futsch …«

»Warte mal. Bleib ganz ruhig.« Fred Krause überlegte. »Noch suchen die den Doppelmörder. Unser Deal mit Laryssa ist dagegen ein kleiner Fisch. Wir müssen nur dafür sorgen, dass die Bullen gar keine Zeit haben, sich mit uns abzugeben. Die sollen mal schön den Waldschrat jagen.«

»Der ist also nicht verbrannt?«, fragte Atze.

»Nee. Wohl nich. Die Feuerwehr hat jedenfalls nichts gefunden. Und was auch seltsam ist: Der Sperber ist seit gestern Nachmittag verschwunden. Wie vom Erdboden verschluckt. Man munkelt, der Waldschrat könnte ihn entführt haben.«

»Wie, der Sperber entführt?«, entfuhr es Atze.

»Sperber? Ist das nicht der Förster?« Die Frauenstimme kam aus dem Nachbargarten. Von dort, wo ein Karnickelstall direkt an den Zaun grenzte.

»Mensch, Frau Riechelmann«, rief Krause gezwungen fröhlich, als er die Nachbarin hinter den Himbeerbüschen entdeckte. »Sie haben Ihre Ohren auch überall. Lauschen, das gehört sich doch nicht!« Im Stillen dachte er: Wieder diese alte Ziege. Was die wohl diesmal alles aufgeschnappt hat?

»Sagten Sie nun, dass der Förster vermisst wird, oder nicht?« Adele Riechelmann klang pikiert.

»Das geht Sie doch gar nichts an«, blaffte Atze.

»Na gut, dann eben nicht.« Adele Riechelmann wandte sich zum Gehen. »Ich dachte nur, ich könnte helfen …«

»Was meinen Sie?«

»Na, ich dachte, ich könnte Ihnen vielleicht einen Tipp geben.«

»Was für einen Tipp?«

Adele Riechelmann wiederholte: »Wird der Förster nun vermisst oder nicht?«

»Ja, in Gottes Namen! Er wird vermisst.«

»Ich hab ihn aber gestern noch gesehen.«

»Wann denn?«

»Am Nachmittag.«

Die Krause-Brüder traten dicht an den Gartenzaun.

»Wann genau?«

»Spät. Nach dem Feuerwehreinsatz im Wald jedenfalls. Die Sirenen waren längst aus.«

»Und wo?«

»Na da, wo ich die Löwenzahnblätter gepflückt habe. Für meine Hasen.«

»Na, sagen Sie's schon!«

»Sie haben wohl heute Morgen nicht richtig zugehört«, erwiderte Adele Riechelmann schnippisch. »Da hab ich Ihnen doch bereits erzählt, woher ich das Futter habe.«

»Herrgott!« Krause raufte sich die Haare. »Nu reden Sie endlich.«

»Na, an der Muni-Depot-Straße. Fällt's Ihnen wieder ein?«

»Die Straße ist lang. Wo genau haben Sie den Sperber gesehen?«

»An der Einfahrt zum Muni-Depot. An dieser Seiteneinfahrt

links vom Haupttor. Er hat aufgeschlossen und ist da reingefahren.«

»Aufs Muni-Depot-Gelände?«

»Ja, sagte ich doch.«

»War noch jemand im Auto?«

»Das konnte ich auf die Entfernung nicht erkennen.«

»Und weiter?«

»Nichts weiter. Er hat das Tor hinter sich wieder zugemacht und abgeschlossen.«

»Abgeschlossen? Sind Sie sicher?«

»Hundert Prozent.«

»Komisch. Das hat Sie nicht stutzig gemacht?«

»Wieso? Schließlich ist er Förster, und das Muni-Depot ist reiner Wald.«

»Aber da muss er sich doch nicht einschließen.«

»Jetzt, wo Sie's sagen …«

»Die alten Bunker«, flüsterte Krause. »Die Bunker für die Munition. Die sind ein Superversteck. Da passt sogar 'n Auto rein.«

»Muss ich das alles noch einmal der Polizei erzählen?«, fragte Adele Riechelmann treuherzig.

»Nein, das machen wir schon«, entgegnete Krause. »Wir fahren sofort los. Danke für den Tipp.«

★★★

Janoske war sich sicher: Das besoffene Schwein wollte sich an ihm rächen. Für die Wilderei und für die Entführung. Erst in zweiter Linie ging es dem um die Prostituiertenmorde. Wenn überhaupt. Deswegen hatte er auch bisher keine Eile, dem Ganzen hier ein Ende zu bereiten und ihn an die Behörden auszuliefern.

Sperber genoss seine Macht über ihn. Pervers, sadistisch.

»Hey, Waldschrat«, krakeelte der Förster. »Willste gar nicht wissen, wofür ich den Draht aufgehoben habe?«

Sperber duzte ihn plötzlich. Kein gutes Zeichen.

Janoske hielt weiterhin den Kopf gesenkt und schwieg.

»Red mit mir, du mieser Penner!«, schrie Sperber. »Sonst setzt es was!«

Ich muss auf ihn eingehen, dachte Janoske. Es nützt mir nichts, wenn ich schweige. Ich muss mit ihm reden, ihn unterhalten, hinhalten, ablenken. Vielleicht macht ihn der Alkohol fertig, und ich habe noch eine Chance.

»Was wollen Sie von mir?«

»Sag, warum ich den Draht aufgehoben habe.«

»Keine Ahnung.«

»Gar keine Idee? Bist doch sonst so clever.« Sperber glotzte ihn mit großen Augen an. »Das ist Beweismaterial. Wichtiges Beweismaterial.« Er genoss offenbar die Situation. »Nicht für die Wilderei. Für die beiden Morde.«

Entgeistert starrte Janoske ihn an. Er verstand nicht, warum ihm Sperber das erzählte. Aus Schadenfreude?

»Und warum haben Sie dieses wichtige Beweismaterial dann nicht der Polizei übergeben?«

Sperber nahm einen weiteren Schluck Kräuterschnaps, spuckte ihn aber wieder aus. »Scheiß Gesöff«, fluchte er. »Ich muss aufpassen, dass ich hier nicht die Kontrolle verlier.« Er schraubte den Verschluss der Flasche zu und stellte sie zurück auf den Boden. Dann antwortete er: »Nur ruhig. Alles zu seiner Zeit. Es ist viel schlauer, nicht alle Karten auf einmal aufzudecken.«

Janoske veränderte seine Sitzposition. Der Schmerz in seinem rechten Knie war unerträglich. »Kapier ich nicht«, erwiderte er matt.

»Oh Mann, du bist doch'n richtiger Hinterwäldler.« Sperbers Stimme war voller Verachtung.

»Dann erklären Sie's mir doch.«

Sperber ignorierte die Bitte. Stattdessen schaute er auf seine Armbanduhr. »Nachrichtenzeit«, sagte er und öffnete die Autotür. »Gleich geht's weiter.«

SIEBZEHN

»Da, sie kommen raus!« Maike duckte sich hinter dem Lenkrad weg. »Der eine ist Atze, eindeutig. Den anderen kenn ich nicht.«

»Das wird der Bruder sein, Fred Krause«, antwortete Mendelski vom Beifahrersitz. Auch er rutschte ein Stück tiefer. Er versuchte es zumindest, denn seine langen Beine störten ihn dabei.

»Sie steigen in einen schwarzen Golf mit Hannoveraner Kennzeichen. Sag den anderen Bescheid.«

»Aber ja doch.« Mendelski hielt das Handy ans Ohr. »Verena, hast du's mitbekommen? Die zwei Männer besteigen einen schwarzen VW-Golf und kommen in unsere Richtung. Nehmt bitte die Verfolgung auf. Wir müssen abtauchen.«

Ohne die Antwort abzuwarten, steckten Mendelski und Maike ihre Köpfe zusammen, ungefähr dort, wo sich der Schaltknüppel befand, und duckten sich tiefer. Sie hörten, wie ein Auto vorbeibrauste, kurze Zeit später folgte ein zweites.

»Ist sowieso besser, wenn die dem Golf folgen«, meinte Maike. »Der Atze kennt uns ja. Außerdem fallen wir mit unserem CE-Kennzeichen mehr auf als die Kollegen mit dem H.«

Mendelski nahm wieder das Handy ans Ohr. Die Verbindung zu den Hannoveranern stand noch. »Verena, habt ihr sie? – Okay. Wir kommen nach.«

Maike startete den Motor und wendete. Dann fuhren sie zügig in Richtung Ortsmitte.

»Was ist mit Ellen und Jo?«, fragte Mendelski.

»Die müssen jeden Augenblick hier eintreffen. Vor zwei Minuten waren sie schon im Nachbarort, in Kleinburgwedel.«

»Ruf sie an, damit sie Bescheid wissen«, bat Mendelski. »Und bleib mit ihnen in Verbindung.«

Maike drückte eine Direktwahltaste auf ihrem Handy.

»Die sind von der Hauptstraße in den Strubuschweg rechts abgebogen«, gab Mendelski weiter, was er von Treskatis gesagt bekam. »Sind wohl ziemlich rasant unterwegs.«

»Hallo, Ellen.« Maike telefonierte nun ebenfalls, mit einer

Hand am Lenker. »Ihr seid schon in Thönse? – Sehr gut. Ihr müsst in den Strubuschweg. – Nehmt besser das Navi. – Ja, Stru-busch-weg, wie man's spricht. – Zielobjekt ist ein schwarzer VW Golf, Hannoveraner Kennzeichen, mit zwei Männern. Einer ist Atze Krause, der andere wahrscheinlich sein Bruder Fred. Wir müssen uns eventuell bei der Verfolgung abwechseln. – Ja, genau. Die hannoverschen Kollegen sind mit dabei. Fahren einen mausgrauen Opel Insignia. – Ja. Und bleibt auf Empfang.«

»Sie verlassen den Ort in Richtung Südosten«, berichtete Mendelski. »Hier musst du rechts ab. Genau, Strubuschweg.« Er lauschte am Handy. »Beeil dich, sie fahren mit hoher Geschwindigkeit in Richtung L 383.«

»Wir sollten besser den Heli anfordern«, schlug Maike vor.

»Ich geb's weiter«, antwortete Mendelski. »Aber das muss Verena entscheiden. Denk dran, wir sind hier quasi auf feindlichem Terrain, ohne Entscheidungsbefugnis.«

»Jaja. Ich weiß.« Mit Tempo sechzig rauschten sie an den letzten Häusern von Thönse vorbei. Am Kindergarten auf der linken, an einer Tischlerei auf der rechten Seite. Sie verließen den Ort, Maike gab Gas. »Ja, Ellen? – Ja, hab euch im Rückspiegel. – Jo soll nicht so rasen. Bleibt mal ein bisschen weiter zurück, wenn wir Celler im Doppelpack fahren, fällt das sofort auf.«

»Achtung, der schwarze Golf ist plötzlich von der Teerstraße abgebogen«, unterbrach Mendelski Maikes Plauderei mit den Kollegen. Angespannt lauschte er ins Mobiltelefon. »Er steht in einem Waldweg, zirka hundert Meter hinter der Einfahrt zu einem ehemaligen Munitionsdepot der Bundeswehr. – Die beiden Männer sind ausgestiegen. Das Ganze ist etwa eineinhalb Kilometer von hier. – Treskatis und Neumann müssen vorbeifahren, um nicht aufzufallen. – Wir sollen nicht näher rankommen und erst mal auf Anweisungen warten.«

»Ellen, hast du das mitbekommen?«, fragte Maike. »Gut. Wir halten an der nächsten Kreuzung und warten da auf euch.«

»Ein ehemaliges Munitionsdepot …« Mendelski fuhr sich mit der freien Hand durchs Haar. »Was wollen die da bloß?«

★★★

»Ist das Auto weg?« Fred Krause schielte über das Autodach.

»Ja«, erwiderte Atze. »Der ist weitergefahren. Los jetzt, die Luft ist rein. Wo lang?«

»Da vorn, da ist es doch schon.« Fred Krause ging voraus.

Der zwei Meter hohe Zaun, der das Gelände des Munitionsdepots umgab, verlief nur wenige Meter entfernt parallel zum Waldweg. Oberhalb des Maschendrahts waren drei Stacheldrähte gezogen, die beim Überklettern blutige Hände und kaputte Hosen verursachen würden.

Sie hasteten die paar Schritte durch den Kiefernwald und standen schon bald vor einem Loch im Zaun. Direkt über dem Erdboden hatte jemand ein Stück Maschendraht in einer Größe von ungefähr sechzig mal sechzig Zentimetern herausgeschnitten.

»Wer macht denn so was?«, fragte Atze.

»Die Jäger. Für Rehe und Wildschweine. Auf der anderen Seite, am Feld, gibt's auch noch so'n Loch.«

»Woher weißt du so was?«

»Arbeite ich nun seit Jahren im Busch oder nicht?« Fred bückte sich und kroch auf allen vieren durch das Schlupfloch. Auf halbem Wege blieb er stecken und schaute zurück. »Scheiße. Grins nicht so blöd. Und sag bloß nicht, ich wär dick wie 'ne Wildsau!«

»Nee, Moment, du hängst bloß mit der Wumme fest«, rief Atze. Er löste den Draht vom Knauf der Pistole, die über dem Hintern im Hosenbund seines Bruders steckte. »So, jetzt geht's.«

Schnaufend erhob sich Fred Krause.

»Und was jetzt?«, fragte Atze, als sie beide innerhalb der Umzäunung standen und sich die Hosenbeine sauber klopften.

»Lass uns überlegen.« Fred ging langsam auf die bemooste Teerstraße zu, die auf dieser Seite des Zaunes einmal um das gesamte Gelände führte. »Wenn die Riechelmann recht hat, ist Sperber vorn am Seiteneingang rein. Von dort könnten wir die Spur aufnehmen. Hier drinnen fährt so selten ein Fahrzeug, dass man eigentlich Reifenabdrücke erkennen müsste.«

»Wie viele Bunker gibt's denn hier?« Atze schaute sich um. »Ist jeder dieser Hügel da einer?«

»Ja. Aber sei leise.« Sie gingen vorsichtig weiter. »Es sind so um die fünfzig. Vielleicht auch mehr. Jedenfalls kann es 'ne ganze Weile dauern, bis wir den richtigen gefunden haben.«

»Du meinst also echt, dass Sperber und der Waldschrat hier irgendwo in so 'nem Ding stecken?«, flüsterte Atze. »Is ja irre. Und was machen wir, wenn wir sie entdeckt haben?«

»Kommt drauf an. Ich schätze mal, der Waldschrat hält den Sperber irgendwie in Schach. Keine Ahnung, ob er 'ne Waffe hat. Vielleicht isses ja nur 'n Messer. Hast du deinen Schlagstock mit?«

Atze lupfte sein T-Shirt. Neben der bunten Tätowierung, die bis hinab in den Intimbereich führte, kam ein Teleskopschlagstock zum Vorschein, der vorn im Hosenbund steckte.

»Okay. Jedenfalls gibt's nur zwei Möglichkeiten. Entweder rufen wir die Bullen zu Hilfe, oder wir machen's allein.«

»Und die Belohnung? Kriegen wir die in jedem Fall?«

»Klar doch. Wenn die denn überhaupt hier sind, haben schließlich wir sie entdeckt. Egal, wer sie letztendlich hopsnimmt.« Fred Krause drehte sich zu seinem Bruder um. »Aber wir sollten nicht zu sehr auf die Kohle spekulieren. Denk mal an unser Problem mit Beckewitz. Vielleicht stimmt's ihn gnädig, wenn wir den Waldschrat ausliefern und auf die Euros verzichten.«

»Mann, biste verrückt? Wir schnappen immerhin 'nen Doppelmörder.«

Sie hatten den Eingangsbereich mit dem Pförtnerhaus und den Lagerschuppen hinter sich gelassen, als Fred plötzlich stehen blieb.

»Sieh mal an!« Er ging in die Knie. »Hier sind frische Reifenabdrücke im Moos. Das könnte vom Wagen des Försters sein …«

★★★

Die Autotür öffnete sich, und Sperber kroch förmlich heraus. Um ein Haar wäre er über die Büchse gestolpert, die er umständlich zwischen den Beinen jonglierte. Der Alkohol zeigte Wirkung.

»Und? Was Neues?«, fragte Janoske mit dem Mut des Verzweifelten.

Sperber hatte die Nachrichten bei verschlossenen Türen und Fenstern gehört, Janoske dabei aber nicht aus den Augen gelassen.

»Geht dich gar nichts an«, blaffte Sperber. Mit blutunterlaufenen Augen suchte er nach der Flasche mit dem Halbbitter und entdeckte sie neben der Apfelsinenkiste. Sie war nur noch halb voll. »Ich ... ich muss noch was trinken.«

Beklemmendes Schweigen setzte ein. Von draußen drang nur gedämpftes Vogelgezwitscher in den Bunker. Sonst herrschte Stille. Was hätte Janoske jetzt für Hundegekläff, Hubschrauberlärm, Martinshörner oder Jägergeschrei gegeben.

Ihm wurde schlecht vor Angst. Panik stieg in ihm auf. Trotzdem entschied er sich, zu fragen: »Trinken? Warum denn?«

»Schluss mit dem Gequatsche!«, zischte Sperber. Er hob die Rolle Klebeband auf und riss mit einem kräftigen Ruck ein ellenlanges Stück ab. Dann beugte er sich vor.

»Nicht, ich ersticke!«, rief Janoske noch, dann war sein Mund zugeklebt. Das Gewebeband reichte von einem Ohr zum anderen. Jetzt hatte er nur noch die Nase zum Atmen.

Dann tat Sperber etwas, was Janoskes Blut erstarren ließ. Er zerriss ein Papiertaschentuch, formte daraus zwei Pfropfen und stopfte sich die Ohren zu. Dann griff er zur Büchse.

In höchster Todesangst rutschte Janoske auf dem Hosenboden hin und her, mobilisierte seine letzten Kräfte. Den Rücken an die Wand gepresst, versuchte er, sich aufzurichten. Doch die Fesseln und der stechende Schmerz im Knie ließen ihn wie einen nassen Sack in die alte Position zurückrutschen.

»Es ist aus mit dir, aus, vorbei«, brüllte Sperber ihm ins Gesicht. Von seinen Schläfen rann der Schweiß, beim Sprechen versprühte er Speichel, er bebte am ganzen Leib.

Von Janoske waren nur undeutliche Laute zu hören. Seine weit aufgerissenen Augen schauten entsetzt in das Gesicht des Försters.

»Ich bin schon so weit gegangen, jetzt muss ich auch den letzten Schritt tun ...«

Der Gewehrlauf bohrte sich unter Janoskes Kinn.

Begleitet von einem metallischen Kreischen, flogen beide Bunkertüren gleichzeitig auf. Grelles Sonnenlicht zerriss das Zwielicht in dem düsteren Bunker.

★★★

»Ihr könnt kommen«, flüsterte Verena Treskatis in ihr Handy. »Geradeaus, am Haupteingang vom Munitionsdepot vorbei, in den Wald. Da seht ihr uns dann schon.«

»Der Wagen ist leer. Abgeschlossen.« Neumann, der um den schwarzen Golf herumgegangen war, um die Türen und das Innere zu inspizieren, stemmte die Hände in die Hüften. »Keine Spur von den beiden Männern.«

»Wo stecken die?«

Sie schauten sich um. Ringsherum nur Wald. Kiefernwald mit viel Unterholz, einige wenige Birken dazwischen – und das Munitions-Depot, dessen Umzäunung nur wenige Meter entfernt lag.

»Mensch, da ist ein Loch im Zaun!«, rief Neumann. Er lief zu der Stelle, wo der Maschendraht herausgeschnitten war.

Treskatis folgte ihm.

»Hier, frische Spuren. Ganz klar, die sind hier rein.«

»Okay. Rufen Sie die anderen her. Zusammen nehmen wir die Verfolgung auf.«

Ihr Handy klingelte. Sie drückte die entsprechende Taste, dann lauschte sie dem Anrufer. Kurze Zeit später bedankte sie sich und beendete das Gespräch.

»Das LKA«, berichtete sie Neumann. »Die Krauses haben beide schon einiges auf dem Kerbholz. Fred Krause: Betrug, Nötigung, gefährliche Körperverletzung und unerlaubter Waffenbesitz. Atze Krause: Diebstahl und Fahren ohne Führerschein. Na ja. Dennoch, wir sollten auf der Hut sein.«

Motorengeräusch war zu hören. Zwei Autos stoppten direkt hinter ihrem Wagen auf dem Waldweg. Die Verstärkung war da.

★★★

»Halt! Waffe weg! Polizei!«, brüllte Fred Krause im besten Kasernenhofton. Sie hatten das dramatische Geschrei im Bunker 46 gehört und sofort zugeschlagen. »Kommen Sie mit erhobenen Händen raus!«

Atze und er hatten sich hinter den Stahltüren verschanzt und hielten ihre Waffen in den Händen. Atze seinen Teleskop-

Schlagstock, Fred die Pistole. Aus dem Bunker heraus waren sie nicht zu sehen.

Sperber war mit einem Schlag stocknüchtern. In hockender Stellung zur Salzsäule erstarrt, drückte er immer noch den Gewehrlauf unter Janoskes Kinn, der sich wie ein Aal wand und krümmte. Seine Augen gewöhnten sich nur langsam an die Helligkeit, aber er konnte draußen vor dem Bunker niemanden erkennen.

»Wird's bald, Waldschrat?«, brüllte Fred weiter. »Lass den Förster gehen!«

»Krause?« Sperber richtete sich auf. »Krause, sind Sie das?«

»Ja, Herr Sperber! Wir sind gekommen, um Sie zu befreien. Der Waldschrat soll aufgeben. Sofort!«

Geistesgegenwärtig warf Sperber die Büchse aufs Sofa und riss sich das Taschentuchpapier aus den Ohren. »Alles in Ordnung«, rief er hastig. »Sie können reinkommen. Ich hab ihn überwältigt.«

Die beiden Krause-Brüder lugten um die Ecke, zunächst noch misstrauisch, dann traten sie ganz hervor.

»Wirklich alles okay?«, fragte Fred, während sie vorsichtig näher traten. Die Waffen hielten sie weiterhin einsatzbereit. Neugierig musterten sie den gefesselten und geknebelten Waldschrat, der wie ein Häuflein Elend an der Wand kauerte. »Na dann, herzlichen Glückwunsch zu dem Fang!«

»Danke«, entgegnete Sperber. Er wischte sich den Schweiß von der Stirn. »Sie und Ihr Bruder sind gerade im richtigen Moment gekommen.« Seine Stimme klang nur leicht verwaschen, trotz des vielen Alkohols. »Wo ist die Polizei?«

Fred druckste rum: »Wir sind allein. Wir dachten nur, es macht mehr Eindruck, wenn …«

»Schon gut.« Sperber versuchte, seine Erleichterung zu überspielen. Er schielte auf die Pistole. »Wusste gar nicht, dass Sie 'nen Waffenschein haben.«

»Hab ich auch nicht.« Fred grinste verschmitzt. »Ist nur 'ne Schreckschusspistole. Sieht aber ziemlich echt aus, oder?«

Sperber wechselte das Thema. »Wie haben Sie uns hier gefunden?«

»Meine Nachbarin hat gestern zufällig beobachtet, wie Sie hier aufs Muni-Depot-Gelände gefahren sind.«

»Haben Sie die Polizei schon informiert?«

»Nö, wir wollten erst mal allein los …«

»Ach, verstehe, wegen der Belohnung, was?« Sperber rang sich ein Grinsen ab.

»Nee, nee«, antwortete Fred. »Wir wollten erst mal überprüfen, ob die Alte auch recht hat.«

»Wie sind Sie denn aufs Gelände gelangt?«

»Durch das Loch im Zaun in der Nähe vom Haupteingang.«

»Steht da Ihr Auto?«

»Ja.«

»Okay, wir machen das jetzt so.« Sperber öffnete die Fahrertür seines Autos und holte den ledernen Schlüsselanhänger hervor. »Sie beide gehen los und holen Ihren Wagen hierher. Das hier ist der Schlüssel für das Seitentor. Einer geht zum Auto, der andere zum Tor. So geht's am schnellsten.«

»Was ist mit Ihrem Auto?«

»Der Waldschrat hat den Schlüssel versteckt. Hier irgendwo im Müll. Den zu finden, dauert. Mir wär es lieber, wir würden uns beeilen.« Janoske, der jedes Wort mitbekam, ächzte und stöhnte unter dem Klebeband. Er hatte keine Chance, sich verständlich zu machen. Mehr als böse Blicke erntete er nicht.

»Okay, dann nichts wie los«, sagte Fred zu seinem Bruder und fügte an Sperber gewandt hinzu: »Sie haben hier ja alles im Griff, oder?«

»Aber sicher doch. So, nun holt rasch das Auto. Damit wir den Burschen bei der Polizei abliefern können.«

Während die Krause-Brüder davoneilten, schien Janoske vor Panik fast zu platzen. Seine unterdrückten Schreie und verzweifelten Verrenkungen registrierte Sperber mit Verachtung.

★★★

Nachdem sie durch das Loch im Zaun geklettert waren – der Draht zerriss dabei Mendelskis Hemd an der Schulter –, hatten sie sich in drei Teams aufgeteilt: Treskatis/Neumann, Mendelski/

Schnur und Kleinschmidt/Vogelsang. Die beiden Hannoveraner liefen nach links in Richtung Haupteingang und Kleinschmidt und Ellen Vogelsang wandten sich nach rechts auf den bemoosten Ringweg, während Mendelski und Maike die Mitte wählten, dort, wo die ersten Bunker standen.

»Was für ein marodes Gelände«, flüsterte Maike. »Die Natur holt sich alles zurück.«

»Irgendwann ja.«

Sie eilten gerade an dem Bunker mit der Nummer 19 vorbei, als Mendelski plötzlich stehen blieb. Den Zeigefinger vor die geschlossenen Lippen gepresst, gab er Maike zu verstehen, sich zu ducken. In gebückter Haltung huschten sie in die Einfahrt des Bunkers, wo sie Deckung hatten. Beide zogen die Pistolen.

»Ich hab was gehört«, raunte er ihr zu. »Einen knackenden Ast oder so.« In dem Moment sah er einen Mann quer durch den Wald laufen. Das offene Hemd flatterte im Wind, und im Hosenbund vorn war deutlich der Knauf einer Handfeuerwaffe zu sehen.

Das muss Fred Krause sein, dachte Mendelski, Atze Krause kennen wir ja. Er nickte Maike zu.

»Stehen bleiben! Hände hoch! Polizei!«, rief er mit seiner Bärenstimme, ohne die Deckung zu verlassen. »Fred Krause, Sie haben keine Chance!«

★★★

Plötzlich hielt Sperber ein Taschenmesser in den Händen. Janoske erkannte es sofort, denn es war sein Schweizer Taschenmesser, das ihm der Förster zuvor abgenommen hatte.

Sperber klappte es auf und stellte sich breitbeinig vor Janoske auf. Ohne lange zu fackeln, bückte er sich, trennte die Fußfesseln und dann auch die Handfesseln durch. Mit dem rasierklingenscharfen Messer brauchte er jeweils nur einen Schnitt. Dann richtete er sich wieder auf, steckte das Messer weg und griff nach der Büchse.

»Los, aufstehen!«, kommandierte er.

Gelähmt vor Schreck hockte Janoske immer noch am Boden. Er wusste nicht, wie ihm geschah. Hände und Füße hielt er immer noch so, als ob er gefesselt wäre.

Erneut machte Sperber einen Schritt auf ihn zu und riss ihm mit einer einzigen Handbewegung das Klebeband vom Mund.

»Los, los! Auf die Beine.«

Janoske rieb sich die Handgelenke und streckte das gesunde Bein aus. Seine Gedanken überschlugen sich. Was soll das jetzt?, fragte er sich. Was hat der vor?

»Hau endlich ab!«, schrie Sperber. »Bevor die wiederkommen.«

Mit beiden Händen stützte sich Janoske auf dem Betonboden ab und drückte seinen Körper mühevoll nach oben. Das gesunde Bein winkelte er an, um sich langsam mit dem Rücken an der Bunkerwand hochzuschieben. Endlich stand er. Sogar auf beiden Beinen. Etwas wackelig, aber er stand.

»Hopp jetzt. Verschwinde. Mach, dass du Land gewinnst.«

Janoske humpelte ein paar Schritte in Richtung Ausgang. Das verletzte Knie schmerzte, knickte jedoch nicht weg. »Warum denn?«, fragte er mit schmerzverzerrtem Gesicht. Das Laufen ging besser, als er gedacht hatte. »Ich will doch gar nicht mehr …«

»Du Idiot!« Sperber sprang aufgeregt durch den Bunker. »Raus mit dir! Bevor ich mir's noch anders überlege.« Er fuchtelte wild mit der Büchse in der Luft herum.

Janoske konnte nicht mehr klar denken. Hatte er sich so in dem Förster getäuscht? Automatisch, wie ein Roboter, setzte er sich in Bewegung und humpelte zum Tor hinaus.

»Nach links!« hörte er Sperber rufen. »Da beim Teich ist ein Loch im Zaun. Da kommst du raus.«

Wie in Trance hastete Janoske weiter. Immer schneller. Den Schmerz im Knie ignorierte er. Auf der bemoosten Teerstraße kam er gut voran.

Ein gewaltiger Schlag gegen die Schulter schleuderte ihn zu Boden. Erst im Fallen nahm er den Knall wahr. Dann wurde es schwarz um ihn.

★★★

»Ein Schuss!«

Mendelski steckte die Pistole, die er soeben Fred Krause abgenommen hatte, in seine Jackentasche und nahm das Handy hoch.

»Verena, war das bei euch?«, fragte er atemlos.

Maike, die mit gezogener Dienstwaffe drei Meter entfernt stand und Krauses Leibesvisitation vorschriftsmäßig sicherte, schaute ihren Chef fragend an.

»Fehlanzeige«, rief Mendelski, nachdem er die Hand mit dem Telefon gesenkt hatte. »Sie haben Krause Nummer zwei geschnappt, den Atze, aber geschossen haben sie nicht.«

Maike hielt ihr Handy hoch. »Jo und Ellen waren's auch nicht.«

Mendelski wandte sich an Fred Krause. »Was geht hier vor?«

»Ich ... ich weiß auch nicht«, stammelte Krause, der immer noch wie ein X mit erhobenen Händen und gespreizten Beinen an der Bunkertür stand. »Der Sperber ... der Sperber hatte den Waldschrat überwältigt und gefesselt. Eigentlich war alles klar.«

»Wo war das?«

»Im Bunker 46. Vier, fünf Querwege weiter.«

»Hatte Sperber 'ne Waffe?«

»Ich weiß nicht ... Doch, da lag ein Gewehr aufm Sofa.«

»Sofa?«

»Ja, in dem Bunker steht jede Menge Sperrmüll.«

»Los, zeigen Sie uns, wo das ist. Schnell!«

★★★

Treskatis und Neumann waren noch vor ihnen da. Sie hatten Atze ein Stück abseits mit Handschellen an einem Metallpfosten gekettet.

»Sie bleiben hier stehen und rühren sich nicht von der Stelle«, befahl Mendelski Fred Krause, als sie nur noch wenige Meter vom Bunker 46 entfernt waren. »Und wehe, Sie türmen!« Umdrehen und losrennen war eins.

»Den Notarzt ... sofort!«, hörten sie Neumann schreien. »Höchste Priorität!« Er stand zwanzig, dreißig Meter vom Bunker 46 entfernt im Wald und telefonierte. »Zum Muni-Depot in Thönse.« Vor ihm im Gras lag jemand. Ein Mann mit rotem Wuschelkopf und Vollbart, seltsam gekrümmt, regungslos.

»Hier bin ich«, rief Treskatis aus dem linken Bunkereingang. Neben ihr am Boden hockte Sperber. Der Förster lehnte mit dem Rücken an der geöffneten Stahltür. Er blutete an Händen und Unterarmen.

»Sieht schlimmer aus, als es ist«, sagte die Kommissarin. »Nur oberflächliche Schnittwunden. Gottlob!«

»Dieses Scheusal«, ächzte Sperber. »Wollte mich einfach abstechen ...« Er deutete auf das Schweizer Messer, das im Bunkereingang auf dem Boden lag. Es war blutverschmiert.

In diesem Augenblick kamen Kleinschmidt und Ellen Vogelsang angerannt.

»Ellen, hilf du Neumann, Jo, kümmer dich um die Krauses«, übernahm Mendelski die Regie. »Wir machen das hier.«

»Er hat auf den Waldschrat geschossen«, erklärte Treskatis. »Sieht nicht gut aus.«

»Einen Verbandkasten«, hörten sie Neumann brüllen. »Ich brauche sofort einen Verbandkasten!«

Ellen Vogelsang kam zurückgerannt. »Hier war doch ein Auto ...« Schon hatte Maike die Autotür des Octavia aufgerissen, und Ellen fing an zu suchen.

»Hinten im Gepäckraum«, rief Sperber. »Für mich bitte auch Verbandszeug.«

»Einer muss zum Tor«, brüllte Neumann nun. »Dem Notarzt öffnen.«

Treskatis wandte sich an Sperber. »Wo ist der Torschlüssel? Schnell, der Notarztwagen ist jeden Moment hier.«

Sperber tat so, als würde er überlegen. »Ich glaub, den hat der Waldschrat in der Tasche«, log er, um Zeit zu gewinnen. Er musste dafür sorgen, dass jede Hilfe zu spät kam.

»Maike, guckst du mal?« Sie war schon unterwegs.

»Warum haben Sie geschossen?«, fragte Mendelski Sperber. »Fred Krause sagte, Sie hätten die Situation unter Kontrolle.«

»Das dachte ich auch. Doch kaum waren die Krauses weg, hat sich der Bursche selbst befreit. Keine Ahnung, wie. Er muss das Messer irgendwo in seiner Kleidung versteckt gehabt haben. Jedenfalls sprang er plötzlich auf und ging von hinten auf mich los.«

»Wo genau?«

»Etwa hier. Hier draußen. Ich wollte gerade gucken, wo die Krauses bleiben.«

»Wo war Ihre Büchse?«

»Die hatte ich umgehängt.«

»Und weiter?«

»Ich habe mich natürlich gewehrt.« Sperber deutete auf seine Unterarme. »Aber das Schwein stach zu, immer wieder. Da habe ich mir die Waffe von der Schulter gerissen und abgedrückt.«

Verblüfft sah Mendelski den Förster an. »Aus welcher Entfernung denn?«, fragte er. »Der Waldschrat liegt doch da hinten.«

»Da muss er sich noch hingeschleppt haben. Der Bursche ist ziemlich zäh …«

In diesem Augenblick kam Maike zurückgerannt.

»Keine Spur von einem Schlüssel«, rief sie völlig außer Atem. Ihr Gesicht war weiß wie die Wand. »Wenn der Notarzt nicht gleich kommt, stirbt er.«

»Sucht ihr das hier?« Plötzlich stand Jo Kleinschmidt hinter ihnen. Er hielt einen ledernen Schlüsselanhänger in die Höhe. »Den hatte Atze Krause in der Tasche.«

Ohne ein weiteres Wort riss Maike ihm den Schlüssel aus der Hand und spurtete los.

»Nach links! Du musst dich links halten!«, rief ihr Kleinschmidt nach. »Zum Nebentor!«

ACHTZEHN

In der Nacht waren über Celle Wolken aufgezogen. Sie brachten Nieselregen und deutlich niedrigere Temperaturen. Es war noch nicht der von den Bauern, Förstern und Gärtnern ersehnte Landregen, aber immerhin ein Anfang.

Der Blick vom sechsten Stock der Polizeiinspektion hinab auf die Fuhse und weiter in Richtung Landgestüt war durch das diesige Wetter an diesem Morgen getrübt. Trübe Stimmung herrschte auch im Konferenzzimmer des Fachkommissariats I, wo für elf Uhr eine Lagebesprechung angesetzt worden war.

»Er heißt Janoske«, sagte Mendelski. »Bruno Janoske. Neunundvierzig Jahre alt, geboren in Meppen, im Emsland. Den Rest müsste ich raussuchen. Jedenfalls ist er bislang nicht aktenkundig.«

»Das ist im Moment ja auch zweitrangig«, sagte Maike leise. »Wie geht's ihm denn? Wird er's schaffen?«

»Ich habe vor 'ner Viertelstunde noch mit Hannover telefoniert«, antwortete Mendelski. »Die Chancen, dass er's überlebt, stehen gar nicht schlecht, sagen die Ärzte. Er hat 'nen glatten Schulterdurchschuss. Durch das Jagdkaliber allerdings mit einem ziemlich großflächigen Geschossaustritt. Es sind offenbar keine lebenswichtigen Organe betroffen, aber der Blutverlust war enorm. Jedenfalls liegt Janoske auf der Intensivstation und ist bis auf Weiteres nicht vernehmungsfähig.«

Maike atmete tief durch. »Na Gott sei Dank.«

»Dein Spurt zum Tor war lebensrettend«, fügte Kleinschmidt anerkennend hinzu. »Der Notarzt sagte gestern, es sei um Minuten gegangen, wenn nicht um Sekunden.«

»Danke für die Blumen.« Maike lächelte zum ersten Mal an diesem Vormittag. »Aber ohne Neumanns Erste Hilfe … Und dass der Rettungshubschrauber so schnell da war, hat's wohl am ehesten gebracht.«

»In welchem Krankenhaus liegt er denn?«, wollte Strunz wissen.

»In der Medizinischen Hochschule Hannover.«

»Und ist er nun unser Doppelmörder?«, fragte Ellen Vogelsang verhalten.

Mendelski blätterte in seinen Unterlagen. »Sperber hat gestern bei der ersten Vernehmung ausgesagt, er gehe fest davon aus, dass Janoske die beiden Prostituierten erdrosselt hat. Der Schlingendraht, den er im Wald gefunden hat, sei doch sicher eindeutig Janoske zuzuordnen. Das Labor überprüft derzeit, ob der mit den Mordwerkzeugen übereinstimmt. Seine ausführliche Vernehmung findet zur Stunde in Hannover statt. Wir werden sofort informiert, wenn's was Neues gibt.«

»Irgendwie ... also, ich hab da meine Bedenken.« Maike spielte nervös mit dem Bleistift. »Irgendwas ist da faul. Dieser seltsame Showdown am Bunker ... Ich würde zu gern die Version vom Waldschrat hören.«

»Treskatis und Neumann wollen nachher zu ihm. Vielleicht dürfen sie ja ein paar Minuten mit ihm sprechen.«

»Tja, da habt ihr ja richtig was erlebt gestern.« Strunz schaute ein bisschen neidisch in die Runde. »Ich schlage mich hier mit Märtens und seinem Anwalt rum, und bei euch ist volles Programm. Ach ja, wollen wir den jetzt laufen lassen?«

»Noch nicht«, knurrte Mendelski. »Da gibt's noch viel zu viele Fragezeichen.« Wieder blätterte er in dem Papierstapel vor sich. Er schien etwas zu suchen. Schließlich zog er einen Zettel hervor, der von Hand eng beschrieben war. »Mir hat das alles keine Ruhe gelassen«, sagte er. »Der Anfang in Allerhop schon nicht und das Ende im Bunker erst recht nicht. Deswegen ... na ja, ich habe mir heute Nacht mal ein paar Gedanken gemacht. Und sie aufgeschrieben.«

Typisch Robert, dachte Maike, so ein Workaholic. Arme Carmen, dass die das immer mitmacht. Matthew würde mich vierteilen, wenn ich Arbeit mit ins Bett nähme.

»Erst aber zu den Krause-Brüdern. Die sind gestern Abend noch in Hannover vernommen worden, getrennt voneinander, versteht sich. Die Jagd auf den Prostituierten-Mörder haben sie angeblich deswegen mitgemacht, weil sie von den Zuhältern angestiftet worden waren. Außerdem lockte die Belohnung. Und dann haben sie mehr oder weniger ausgepackt. Es gab da – oder besser: gibt immer noch – ein kleines Geheimnis vor Beckewitz. Fred Krause hat Laryssa Ascheschka außer der Reihe mit Kunden versorgt, mit Hilfe kleiner schlüpfriger Werbevideos vom Handy. Das hat er sich von ihr vergüten lassen. In bar oder in welcher Form auch immer. Jedenfalls ging das Ganze an Beckewitz vorbei. Sein Bruder Atze hat assistiert.«

»Das erklärt den Zettel mit der Strichliste«, sagte Strunz. »Laryssa Ascheschka hat also über ihre Nebeneinkünfte Buch geführt. Wenn das der Beckewitz erfährt, gibt's Saures.«

»Der reißt denen was ab.« Maike feixte. »Mir wär's recht …«

»Jetzt zu meinem Zettel«, kündigte Mendelski an. »Ich habe mir mehrere Szenarien ausgedacht und versucht, die Fakten da hineinzubauen.« Er setzte die Brille auf. »Situation eins«, las er laut vor. »Janoske ist tatsächlich der Mörder, Sperber hat mit seiner Annahme recht. Der Waldschrat gesteht oder wird überführt. Die Indizienlast – Anwesenheit am Tatort, Flucht, Blumendraht, Entführung des Försters et cetera – ist erdrückend. Aber es bleiben folgende Fragezeichen: das nicht erkennbare Motiv, die Yucca-Palmen-Spuren unter den Fingernägeln von Laryssa Ascheschka, das Verschwinden der Yucca-Palme aus Sperbers Wintergarten und schließlich das Merkwürdigste: das gleichzeitige Verschwinden von Sabine Luckow, Sperbers Exfrau.«

»Das sind reichlich Fragezeichen.« Maike zog eine Schnute. »Wenn ihr meine Meinung hören wollt: Alles andere als eine einfache Lösung.«

Heiko Strunz nickte stumm.

Mendelski holte Luft. »Situation zwei«, fuhr er fort. »Janoske ist nicht der Mörder. Er gesteht nicht, er hat plausible Erklärungen für seine Anwesenheit am Tatort, seine Flucht, den Blumendraht et cetera – und Sperber hat unrecht. In Wirklichkeit ist Janoske ein wichtiger Zeuge, der jemand anderen belastet. Aber wen? Märtens? Oder noch jemand anderen? Einen der vielen Freier, die wir noch gar nicht überprüft haben?«

»Da bleiben dann die gleichen Fragezeichen wie in Situation eins«, befand Strunz. »Was ist mit dem Motiv und der Yucca-Palme? Und wie passt die verschwundene Sabine Luckow da hinein?«

»Ich finde, da weist vieles in Richtung Forsthaus und Förster«, meinte Ellen Vogelsang.

»Genau«, stieß Maike ins gleiche Horn. »Sperber hat vielleicht versucht, den Waldschrat mundtot zu machen – wenn nicht mehr. Seine Story vom Bunker, die stinkt doch zum Himmel. Von wegen Kampf und Notwehr! Am Ende hat er womöglich hinterrücks auf den armen Teufel geschossen.«

»Wird sich alles zeigen«, erwiderte Mendelski, der sich bemühte, einen sachlichen Ton beizubehalten. »Aus welcher Entfernung und aus welcher Richtung auf Janoske geschossen wurde, werden uns die Ärzte und die Gerichtsmediziner bald sagen können. Doch zurück zu den Morden.«

Er blätterte wieder in seinen Unterlagen. »Was für Motive gibt es dafür, zwei Prostituierte zu töten? Raubmord scheidet aus, da nichts entwendet wurde. Eine Beziehungstat wäre bei zwei so verschiedenen Opfern höchst unwahrscheinlich. Eine Konkurrenzgeschichte können wir auch ausschließen, Revierstreitigkeiten laufen anders ab. Bleiben also drei Möglichkeiten: Der Mörder tötete aus sexuellen Motiven, aus Rache oder um die beiden Frauen zum Schweigen zu bringen. Alles andere scheidet aus.«

»Klingt schon ganz gut!« Kleinschmidt klopfte mit den Knöcheln auf den Tisch. »Zwei tote Prostituierte im Wald, die vermisste Exfrau eines Försters – daraus lassen sich doch jede Menge Szenarien konstruieren. Eine Beziehungstat, ein Rachefeldzug, ein Raubmord, ein Sexualdelikt und und und.«

Maike nickte. »Da muss ich Jo mal recht geben«, sagte sie.

»Was hat denn die Durchsuchung des Forsthauses ergeben?«, fragte Strunz.

Mendelski schüttelte den Kopf. »Nichts Neues. Das mit der verschwundenen Yucca-Palme wussten wir ja schon. Und dass eindeutig Sperber, und nicht seine Putzfrau, im Wintergarten einen gründlichen Frühjahrsputz vorgenommen hat. Aber ich nehme an, dass Hannover da jetzt noch einmal ganz genau hinschaut.«

»Apropos Wintergarten.« Maike kramte in ihrer Handtasche. »Ich hab dir was mitgebracht, Heiko, aus dem Försterhaus.« Sie hielt Strunz die Beweismitteltüte mit dem Schmetterling hin, den sie im Wintergarten des Försters gefunden hatte. »Ist doch bestimmt ein seltenes Exemplar, oder?«

Strunz hielt die Tüte dicht an die Augen. »Ein *Aphantopus hyperantus*«, sagte er. »Zu Deutsch: Waldvogel, genauer: Brauner Waldvogel. Eigentlich fliegen die erst im Juni.«

»Der war in Sperbers Wintergarten«, erwiderte Maike. »Vielleicht deswegen.«

»Oder wegen des Klimawandels …« Strunz stutzte. »Aber das hier ist merkwürdig. Eigentlich haben Waldvögel nur Punkte, kleine, gelblich umrandete Augenflecken. Dieser hier hat eine weitere Zeichnung. Bizarr und völlig asymmetrisch.«

Maike guckte noch einmal genauer hin. »Sieht aus wie hingespritzt, finde ich.«

»Ja, könnte man sagen«, sagte Strunz. »Wie Farbspritzer. Als wäre der Schmetterling einem Maler in die Quere gekommen …«

»Spritzer? Farbspritzer?« Mendelski hob interessiert den Kopf. »Was für Spritzer? Ich meine, welche Farbe?«

»Schlecht zu beurteilen auf dem braunen Untergrund, aber … es sieht nach rostrot oder so aus.« Strunz begutachtete den Fund in der Tüte aus allen Blickwinkeln.

»Rostrot? Wie Blutspritzer?« Mendelski sprang auf. »Sag mal, Maike, wo hattest du den … wie heißt der doch gleich … den Waldvogel gefunden?«

★★★

Sie hatten sich vorher angemeldet. Trotzdem mussten sie eine halbe Stunde warten, bis der Stationsarzt endlich Zeit für sie hatte. Eine weitere halbe Stunde dauerte es, bis Treskatis und Neumann schließlich die Intensivstation der Unfallchirurgie betreten durften.

Um als Besucher und noch dazu als Nichtangehörige des Patienten auf die Station 17 der Medizinischen Hochschule Zutritt gewährt zu bekommen, hatten sie eine wahre Prozedur über sich ergehen lassen müssen.

»Das soll unser Waldschrat sein? Ich glaub's ja kaum«, flüsterte

Treskatis der Schwester zu, als sie – mit sterilen Kitteln und Hauben ausgestattet – an das Krankenbett traten. Unter einem Laken, komplett verkabelt und mit Schläuchen versehen, lag dort ein eher schmächtiger Mann. Skeptisch musterte die Kommissarin das Gesicht des Patienten, das von ihnen abgewandt war. Die Augen waren geschlossen. Frisch rasiert, ohne den Vollbart und mit deutlich gestutzter Lockenpracht auf dem Kopf erinnerte kaum noch etwas an den Waldschrat, den sie im Muni-Depot gefunden hatten.

»Bitte?«

»Ich meine … ist das Bruno Janoske?«

Die Schwester nickte. »Aber ja. Herr Janoske hat einer Rasur und dem Haarschnitt zugestimmt. Aus hygienischen Gründen.«

»Okay. Wie geht's ihm denn?«

»Na, fragen Sie ihn doch selbst.«

»Ist er denn …«

Die Schwester beugte sich über das Krankenbett. »Herr Janoske«, sagte sie leise. »Da ist Besuch für Sie.«

Das Laken bewegte sich, und zwei bandagierte Hände kamen zum Vorschein. An den Unterarmen hatte man Infusionsschläuche und Kabel festgeklebt. Erst jetzt öffnete Janoske die Augen und drehte den Kopf ein Stück in Richtung Stationsschwester.

»Ja?«, hauchte er.

»Da ist Besuch für Sie. Von der Kriminalpolizei.«

Treskatis und Neumann traten einen Schritt näher an das Krankenbett, um sich vorzustellen.

»Wir haben Sie gestern im Wald gefunden, Herr Janoske«, sagte Treskatis.

Janoskes Augen flackerten voller Unruhe.

»Sperren Sie mich jetzt ein?«

★★★

Auch an der blauen Brücke in der Sprache bekam man an diesem Freitagnachmittag nur wenig von der Sonne zu sehen. Eine dichte Wolkenschicht lag über dem ausgedehnten Waldgebiet.

Rita Schreiber fuhr mit der flachen Hand über ihre neuen

Strapse. Strapse aus feinster schwarzer Seide. Die mussten ein Vermögen gekostet haben.

Weil ihre Reizwäsche bei dem Überfall vor zwei Tagen in Mitleidenschaft gezogen worden war, hatte ihr Zuhälter ihr neue besorgt. Wohl auch als kleinen Trost dafür, dass er sie trotz ihrer Verletzungen schon wieder auf den Strich schickte.

Nur mit einem String und dem Strapsgürtel bekleidet, rutschte sie unruhig auf dem Beifahrersitz hin und her. Im regen Feierabendverkehr rauschten die Autos auf der nahen Landstraße vorbei.

Die Erinnerungen an vorgestern Nacht nahmen ihr die Gelassenheit. Wer weiß, ob in einem dieser Autos nicht wieder so ein Perverser sitzt, dachte sie beklommen.

Sie klappte die Sonnenblende herunter und betrachtete sich im Schminkspiegel. Ihre zierlichen Hände, deren Innenseiten mit Pflastern beklebt waren, nestelten an dem breiten Halstuch. Ebenfalls schwarz und aus Seide, verdeckte es nur knapp die Brüste – und die dunkelroten Striemen am Hals.

»Wenn mich die Freier so sehen«, murmelte Rita Schreiber. Dann laufen die doch gleich davon, dachte sie.

Auch egal. Sie klappte die Sonnenblende hoch und griff nach der Zeitung, die neben ihr auf dem Fahrersitz gelegen hatte. Eigentlich durfte sie während der Arbeit nicht lesen. Das sei geschäftsschädigend, hatte ihr Zuhälter behauptet. Angeblich mochten die Freier keine lesenden Prostituierten. Das wäre zu intellektuell, Männer würden beim käuflichen Sex die Dummchen bevorzugen. Vielleicht sind aber auch die Männer die Dummen, und lesende Prostituierte machen ihnen einfach nur Angst, mutmaßte sie.

Rita Schreiber las trotzdem.

Die Cellesche Zeitung hatte sie so gefaltet, dass sie die zwei Artikel rasch wiederfinden konnte. Sie hatte beide schon mehrmals gelesen, studierte sie aber trotzdem immer wieder. Wie sie erst nach wiederholtem Lesen bemerkt hatte, stammten beide Artikel von ein und demselben Journalisten: von einem gewissen Axel Schriewe. Auch die Fotos waren von ihm.

»Geiselnahme endet blutig« stand in großen Lettern auf der

Titelseite. In dem Artikel stand, dass der Waldschrat, der im Zusammenhang mit den beiden Prostituiertenmorden dringend gesucht worden war, verhaftet werden konnte. Zuvor war es in der Nähe von Thönse in der Region Hannover zu einer spektakulären Geiselnahme gekommen, bei der mehrere Personen verletzt wurden. Die Polizei ging davon aus, dass die Aufklärung der Prostituiertenmorde kurz bevorstand.

Unterhalb des Artikels war erneut ein Foto vom Waldschrat abgebildet, nur dieses Mal deutlich kleiner. Es zeigte ihn im Wald bei Schönhop in der Nähe des ersten Tatorts. »Bruno J. kurz nach dem Mord an Laryssa A.« stand darunter.

»Endlich haben sie das Schwein«, murmelte sie, während sie nach dem anderen Zeitungsteil griff. »Ein Bruno also …«

Der zweite Artikel, der Rita Schreibers Interesse geweckt hatte, befand sich im Innenteil der Zeitung und hatte »Die Sprache – noch eine Gruselgeschichte« als Überschrift. Darin ging es um den brutalen Überfall auf sie, begangen vor zwei Tagen von Gottfried M. aus Lachendorf. Aufhänger der Geschichte war die nächtliche Autofahrt der Frau, deren Auftauchen ihr das Leben gerettet hatte. Ihre gruselige Begegnung mit einer Frau in Weiß – Rita Schreiber hatte erst gar nicht verstanden, dass sie gemeint war – und ihr couragiertes Auftreten, mit dem sie den Täter vertrieben hatte, wurden beschrieben. Auch dieser Artikel war mit einem Foto versehen. Mit dem Foto ihres Sexmobils, das am Tag nach dem Verbrechen verlassen und versiegelt an der Lachte im Wald gestanden hatte.

Ein knappes Hupen schreckte sie auf. Direkt neben ihr hatte ein Auto gehalten, die Seitenscheibe wurde heruntergelassen. Rita Schreiber kurbelte ebenfalls ihr Fenster herunter.

»Da bist du ja wieder«, sagte der vornehme Herr mit den grau melierten Schläfen, der in einem Mercedes der S-Klasse saß. »Wo warst du denn gestern?«

Rita Schreiber zeigte ihre Handflächen. »Mehr oder weniger krankgeschrieben«, erklärte sie mit einer süßsauren Grimasse.

»Der Überfall?«

Sie nickte.

»War's denn so schlimm?«

»Na ja, wie man's nimmt.«

»Aber jetzt geht's wieder?«

Sie nickte noch einmal.

★★★

Um Punkt siebzehn Uhr trafen sie sich in der Dorfgaststätte »Zum Alten Posthof«. Das Lokal hatte erst wenige Minuten geöffnet, und die Wirtin zeigte sich ein wenig überrascht über die frühen Gäste.

Den vier Besuchern war es nur recht, dass sie die einzigen Gäste waren. Es gab Vertrauliches zu besprechen. Sie wählten den Tisch in der äußersten Ecke am Fenster, über dem ein riesiges Hirschgeweih an der Wand thronte.

Während die anderen Kaffee bestellten, entschied sich Mendelski für ein alkoholfreies Weizenbier. Er war schrecklich durstig. Zum Mittag hatte es in der Kantine Fisch gegeben, schließlich war Freitag. Hering nach Hausfrauenart, eines seiner Lieblingsgerichte. Und Fisch muss ja bekanntlich schwimmen.

»Was für ein Tag«, stöhnte Verena Treskatis, nachdem die Wirtin gegangen war. »Habt ihr was dagegen, wenn ich gleich auf den Punkt komme?«

Mendelski und Maike schüttelten den Kopf. Neumann zeigte keine Regung.

»Deswegen sind wir ja hier«, sagte Mendelski.

Treskatis holte tief Luft. »Also der Reihe nach: Das Protokoll von Sperbers heutiger Vernehmung habt ihr ja schon gekriegt. Er bleibt bei seiner Version. Sowohl was die Auseinandersetzung am Bunker mit Janoske betrifft – er ist weiterhin fest von Janoskes Schuld überzeugt –, als auch was das Verschwinden seiner Exfrau angeht. Er will sie vor mehr als einem Jahr das letzte Mal gesehen haben. Die Yucca-Palme habe er am letzten Wochenende entsorgt, weil sie für seinen Wintergarten zu groß geworden sei. Er will sie am letzten Montag zur Grüngutannahmestelle nach Wettmar gebracht haben. Die liegt gleich bei ihm um die Ecke.«

Maike kräuselte ihre Stirn. »Dann ist das alles nur ein dummer Zufall?«, fragte sie. »Die Yucca-Palmen-Spuren bei Laryssa Ascheschka und die zeitgleiche Entsorgung von Sperbers Palme?«

»Solche Zufälle gibt's«, meinte Neumann altklug.

»Habt ihr in Wettmar nachgefragt?«, wollte Mendelski wissen. »Ich meine bei der Grüngutannahmestelle.«

»Ja. Das angelieferte Grünzeugs wurde schon am Dienstag geschreddert und abgefahren.«

Maike schüttelte ungläubig den Kopf. »Geschickt eingefädelt.«

»Vorsichtshalber war unser Spusi-Team heute noch einmal bei Sperber«, berichtete Treskatis. »Doch auch die zweite und weitaus gründlichere Durchsuchung im Forsthaus hat nichts Neues gebracht. Der Wintergarten ist schon vor mehreren Tagen offenbar mit einem Hochdruckreiniger und Sagrotan geputzt worden. Sperber gab auch an, gründlich geschrubbt zu haben, nachdem er die Yucca entsorgt hatte.«

»Warum sollte der denn überhaupt seinen Wintergarten putzen?«, fragte Maike. »Der hat doch 'ne Putzfrau. Das stinkt doch zum Himmel!«

»Zuweilen putzen sogar Männer«, kommentierte Neumann.

Die Wirtin brachte die Getränke, und das Gespräch verstummte für einen Augenblick. Als sie wieder allein waren, sprach Treskatis weiter: »Wegen des Abtransports der Yucca-Palme habe er auch seinen Dienstwagen, den Skoda Octavia, gründlich gereinigt, gab Sperber an. Das sei ein Aufwasch gewesen, wo er schon mal dabei war. Unsere Leute konnten im Auto daher keine Spuren einer Yucca-Palme finden. Danach haben sie sich den Bunker auf dem Muni-Depot-Gelände vorgenommen, den Bunker 46 und die Gegend ringsherum. Die Auswertung der vielen kleinen Spuren – in dem Bunker lagen Unmengen von Unrat – ist noch nicht abgeschlossen. Ich verspreche mir davon ehrlich gesagt auch nicht allzu viel.«

»Die Tatwaffen, also die Büchse und das Messer, haben wir sichergestellt«, ergänzte Neumann. »Die werden untersucht. Da aber beide, Janoske und Sperber, die Waffen angefasst haben, macht das die Sache nicht einfacher.«

Treskatis nippte an ihrem Kaffee. »Tja. Und dann waren wir

in der MHH. Fünf Minuten durften wir mit Bruno Janoske sprechen.«

Mendelski und Maike beugten sich über den Tisch, um die leise sprechende Kollegin besser verstehen zu können.

»Ihm geht's also einigermaßen«, flüsterte Mendelski. »Jetzt bin ich aber gespannt.«

»Janoske bestreitet jede Schuld. Er sei nur zufällig in der Nähe gewesen und habe beobachtet, wie Märtens ins Sexmobil von Laryssa Ascheschka stieg. Er könne aber beim besten Willen nicht mit Bestimmtheit sagen, ob sie da noch am Leben war. Er sagte nur, der Märtens hätte allemal genug Zeit gehabt, den Mord zu begehen.«

»Dann sind wir jetzt also genauso schlau wie zuvor«, knurrte Mendelski.

»Seine Flucht«, fuhr Treskatis fort, »erklärte er mit schlechten Erfahrungen, die er mit uns Ordnungshütern gemacht habe. Man würde einem obdachlosen Waldmenschen ja doch nicht glauben.«

»Da ist was dran«, ließ Maike verlauten.

»Zu dem Mord in Engensen konnte er gar nichts sagen. Es sei ein totaler Zufall gewesen, dass sein Versteck in Großmoor nicht besonders weit vom zweiten Tatort entfernt war. Die Belagerung durch die Jäger habe ihn dann in Panik versetzt. So sei es zu der Brandstiftung und der Geiselnahme gekommen.«

»Und? Glaubst du ihm das alles?«, fragte Mendelski.

»Tja, schwer zu sagen. Sicher hatte er genug Zeit, sich eine plausible Geschichte auszudenken. Aber andererseits ... Wenn du so ein Häufchen Elend mit durchschossener Schulter im Krankenbett vor dir liegen hast, gerade noch dem Tod entgangen ... Irgendwie wirkte er nicht wie jemand, der uns eine sorgfältig konstruierte Story auftischt.«

»Verstehe. Und seine Version zum Finale im Munitionsdepot?«

»Janoske sagte, Sperber habe ihn schon Stunden vorher überrumpelt. Nicht erst kurz vor unserem Eingreifen. Nachdem die Krauses losmarschiert seien, um das Auto zu holen, habe Sperber ihm plötzlich die Fesseln aufgeschnitten und ihn aufgefordert abzuhauen. Er, Janoske, sei total perplex gewesen, aber trotzdem losgehumpelt. Völlig unvermittelt sei er dann hinterrücks beschossen worden, mindestens fünfzehn, zwanzig Meter vom Bunker entfernt. Nach Janoskes Worten gab es also kein Gerangel, keinen Kampf, keine Messerstecherei zwischen den beiden.«

»Diese Schnittwunden kann sich Sperber auch selbst zugefügt haben«, dachte Maike laut. »Dem traue ich das zu.«

»Gibt es Beweise für Janoskes Darstellung? Oder wenigstens Indizien, die seine Version stützen?«, fragte Mendelski scheinbar emotionslos.

»Bisher nicht. Da steht Aussage gegen Aussage.«

»Aber … die Ärzte müssten Janoskes Version doch bestätigen können«, rief Maike.

Verena Treskatis schielte zur Wirtin hinüber, die hinter der Theke stand und Gläser spülte. »Bitte nicht so laut, Frau Schnur«, flüsterte sie. »Selbst wenn Sperbers Version später durch die Gerichtsmedizin angezweifelt würde, wäre das kaum ausreichend für eine Anklage. Er befand sich fraglos in einer außergewöhnlichen Situation: Entführung, Freiheitsberaubung, Bedrohungen, Todesängste und so weiter. Da kann man seinem Widersacher – darüber gibt's etliche Urteile – aus Notwehr auch schon mal ungestraft in den Rücken schießen.«

»Nee …« Maike fehlten die Worte.

Auch Treskatis war ihre Unzufriedenheit deutlich anzusehen. »Jetzt haben wir den Waldschrat. Aber wir kommen trotzdem nicht weiter. Die Krause-Brüder sind meiner Meinung nach aus dem Schneider. Märtens – tja, das ist euer Mann, den müsst ihr beurteilen. Bleibt noch der Sperber. Seine Geschichte klingt schon ziemlich dubios, aber ihm ist nicht beizukommen.« In einer ungeduldigen Geste fuhr sie sich mit der Hand durch die Haare. »Trotzdem kann ich mich des Eindrucks nicht erwehren, dass der Prostituierten-Doppelmord mit dem Verschwinden seiner Exfrau zusammenhängt. Die müssen wir finden.«

Mendelski nickte und zog etwas aus seiner Hemdtasche.

»Einen Trumpf haben wir vielleicht noch, vielleicht ist es aber auch nur eine Niete«, sagte er, während er das Blatt Papier im

DIN-A4-Format auseinanderfaltete und auf den Wirtshaustisch legte. »Das hier könnte eine Spur sein.«

»Ach ja.« Maike lehnte sich zurück, um die anderen besser gucken zu lassen. »Hatte ich fast vergessen.«

»Was ist das denn?«, fragte Treskatis äußerst skeptisch.

»Das Foto eines Schmetterlings, wie ihr seht. Eines sogenannten Waldvogels. Ungefähr im Maßstab vier zu eins.«

»Ja und?«

»Das Original ist derzeit im Labor. Die Flecken, die ihr hier seht, sind Blutspritzer. Menschliches Blut, das steht schon fest. Bloß von wem sie sind, ist noch unklar.«

»Woher habt ihr das denn?«

Mendelski blickte auffordernd Maike an.

Die schaute etwas unsicher in die Runde. »Ich muss da wohl was beichten«, sagte sie, während sich ihr Gesicht leicht rosa färbte. »Den Schmetterling habe ich aus Sperbers Wintergarten. Hab ihn gestern bei der Hausdurchsuchung mitgehen lassen, ohne es euch zu melden. Hatte keine Ahnung, dass der irgendwie von Bedeutung sein könnte, und wollte ihn unserem Schmetterlingsfachmann von der PI Celle mitbringen, dem Heiko Strunz. Der sammelt so was. Er hat dann auch gleich erkannt, dass da was drauf ist, was da nicht hingehört. Tja … tut mir leid.«

»Na ja, unterm Strich … Wenn Sie den nicht gefunden hätten, gäb es jetzt auch keinen Joker«, gab Neumann zu bedenken. Maike sah erstaunt zu ihm hinüber.

»Jedenfalls könnte das der Beweis sein«, fuhr Mendelski fort, »dass Sabine Luckow vor Kurzem in Sperbers Wintergarten war und sich dort verletzt hat. Wenn die DNA-Untersuchung ergibt, dass es sich bei den Flecken um Sabine Luckows Blut handelt. Wenn nicht …«

»Wann bekommt ihr das Ergebnis?«, unterbrach ihn Treskatis.

»Mit viel Glück und wenn die Kollegen in Göttingen mitspielen, morgen im Laufe des Nachmittags, spätestens übermorgen.«

Treskatis schaute mürrisch drein. »Wollen wir so lange warten?«

»Nein. Kommt gar nicht in Frage«, erwiderte Mendelski und griff zu seinem Glas. »Wir sind nicht für einen netten Plausch aus Celle angereist. Wir wollen die Entscheidung – heute.« In einem Zug trank er das Weizenbier aus.

»Dann sind wir uns ja einig.«

Sie riefen die Wirtin, um zu zahlen.

★★★

Vor dem Forsthaus parkte ein schwarzer Pick-up mit Celler Kennzeichen. Maike hielt rechts, Neumann links neben dem aufgemotzten Zuhälterauto.

Trotz des miesen Maiwetters mit Nieselregen und kühlen Abendtemperaturen saßen sie draußen auf der Veranda neben der Eingangstür: Sperber, Beckewitz und die beiden Krause-Brüder. Die Stimmung schien gelöst. Sie tranken Bier, rauchten, es wurde gelacht. Auf dem Holztisch lagen zwei Stapel Banknoten. Druckfrische Euro-Noten, grüne Hunderter, die noch von den Banderolen der Bank zusammengehalten wurden.

»Oh, die Kripo!«, begrüßte Sperber die Neuankömmlinge. Er hob die halb volle Bierflasche zum Gruß. Seine Hände und Unterarme zierten mehrere Pflaster und Verbände. »Und zu viert! Donnerwetter, was verschafft mir so eine Ehre?«

»Herr Sperber, wir müssen mit Ihnen reden«, sagte Treskatis mit ernster Miene. »Am liebsten allein und drinnen in Ihrem Haus.«

»Och, Frau Treskatis! Hier draußen ist es doch gemütlich. Und meine Gäste will ich auch nicht wegschicken.« Sperber wandte den Kopf zur Seite. »Die beiden Krauses kennen Sie ja schon. Das hier ist Herr Beckewitz, der ehemalige Arbeitgeber von Laryssa Ascheschka. Ihre Celler Kollegen haben schon Bekanntschaft mit ihm gemacht. Außerdem«, Sperber wies auf die beiden Geldstapel, »ist er der edle Spender dieser Belohnung hier.«

»Aber nicht allein«, sagte Beckewitz mit gekünstelter Bescheidenheit. »Mein Kollege Wohlfahrt hat die Hälfte beigesteuert.«

»Das sind also die zehntausend Euro, die Sie als Belohnung für die Ergreifung des Mörders ausgelobt haben?«, wollte Treskatis wissen.

»Ja, genau. Fünftausend Euro bekommt Herr Sperber und

fünftausend Euro die beiden Krauses. Ist doch nur gerecht, oder?«, setzte Beckewitz forsch nach.

»Sie verteilen das Fell des Bären, bevor er erlegt ist.« Treskatis guckte streng.

»Wie? Ich denke …«

»Bruno Janoske, so heißt der Waldschrat, lebt und ist bei Bewusstsein. Wir haben ihn heute Nachmittag vernommen. Er bestreitet die Tat vehement.«

Beckewitz guckte gelangweilt. »Das ist doch keine Überraschung, oder?«

»Und nicht nur das.« Treskatis wandte sich dem Hausherrn zu. »Janoske sagt aus, dass Sie, Herr Sperber, ihm am Bunker erst die Fesseln durchgeschnitten, ihn fortgeschickt und dann hinterrücks niedergeschossen hätten.«

Sperber schluckte, hatte sich aber schnell wieder unter Kontrolle. »Ach, der kann viel erzählen.« Er grinste breit. »Die Sachlage spricht doch klar gegen ihn. Kein Gericht der Welt wird mich deswegen belangen.«

»Vielleicht aber aus anderem Grund.«

»Bitte?«

Treskatis sprach mit Nachdruck: »Es geht um Ihre verschwundene Exfrau. Sie haben behauptet, Sie hätten sie zuletzt vor einem Jahr gesehen.«

»Das stimmt ja auch.«

»Sie ist also nicht erst kürzlich hier in diesem Haus gewesen?«

»Nein, verdammt noch mal! Das haben wir doch alles heute Morgen zur Genüge durchgekaut.« Sperber wechselte in die Offensive. »Oder können Sie mir mittlerweile etwas anderes beweisen?«

»Ja. Können wir«, gab Treskatis trocken zurück.

Sperber schluckte ein zweites Mal.

»Was soll das denn?«, fuhr Beckewitz dazwischen. »Ich denke, der Fall ist längst aufgeklärt.« Die beiden Krause-Brüder schielten auf den Geldstapel.

»Das ist er ja auch«, rief Sperber aufgebracht. »Ich habe keine Ahnung, was das jetzt soll.«

»Und was ist das für 'ne komische Geschichte mit der verschwundenen Exfrau?« Beckewitz stellte seine Bierflasche beherzt zurück auf den Tisch. »Da hätte ich ja gern gewusst ...«

»Herr Beckewitz!«, unterbrach ihn Treskatis scharf. »Wir haben mit Herrn Sperber zu reden, nicht mit Ihnen. Sie halten sich bitte einen Moment zurück.«

»Ungern«, knurrte der Zuhälter.

Treskatis wandte sich wieder an Sperber. »Ja, es gibt Beweise. Robert, würdest du ...«

Mendelski trat an den Tisch und legte das Blatt mit dem Foto des Waldvogels neben das Geld. »Vorgestern bei der Hausdurchsuchung wurde dieser Schmetterling gefunden, im Geäst einer Pflanze. In dem Wintergarten, den Sie so penibel gereinigt hatten, nachdem Ihre Exfrau zu Besuch war.«

Sperber setzte zu einer Erwiderung an, doch Mendelski ließ ihm keine Gelegenheit. »An dem Schmetterling fanden wir Blutspritzer, und zwar von Menschenblut. Es wird zur Stunde im Labor untersucht. Die DNA-Analyse wird zeigen, da sind wir uns sicher, dass es das Blut Ihrer Exfrau ist.«

Sperber schluckte zum dritten Mal.

»Das ist völlig unmöglich«, widersprach er. Seine Stimme klang mit einem Mal heiser. »Das kann gar nicht sein. Das ist das Blut meiner Putzfrau oder mein eigenes ... Genau, beim Fortschaffen der Yucca-Palme hatte ich mich an einer scharfen Topfkante geschnitten.«

»Ach. Das glauben Sie doch selbst nicht«, widersprach Treskatis. »Letzten Montag, am 2. Mai, ist Sabine Luckow um neun Uhr siebzehn in Göttingen in den ICE gestiegen. Um neun Uhr sechsundfünfzig ist sie in Hannover angekommen. Ein Mitreisender hat sie am Hauptbahnhof aussteigen sehen. Herr Sperber. Wo waren Sie am Montag? Am Vormittag zwischen zehn und zwölf Uhr?«

»Am Montagvormittag? Bei Krause, im Wald«, antwortete Sperber prompt. »Der kann das bezeugen.«

Fred Krause war es gar nicht recht, in das Verhör mit hineingezogen zu werden. Sein Bruder und er hatten höllische Angst, dass Beckewitz durch die Kripo von ihrem Geheimnis erfahren würde.

»Montag?« Fred Krause räusperte sich. »Ja, das stimmt wohl, da hat Herr Sperber recht. Er war bei mir im Wald. Das war doch der Tag, an dem ich im Wald bei Allerhop die letzten Löcher zugemacht habe?«

Jetzt schluckte Sperber nicht mehr. Er wurde leichenblass.

»Was für Löcher?«, fragte Mendelski lauernd.

»Na, die Löcher von der Standortkartierung. Drei, glaub ich, waren noch übrig an dem Tag. Danach bin ich rüber nach Fuhrberg.«

»Und die Löcher haben Sie zugemacht. Wie denn?«

»Mit 'nem Bagger natürlich.«

»Wie groß sind diese Löcher denn gewesen?«, hakte Mendelski nach.

»Zwei mal ein Meter, mindestens zwei fünfzig, manche drei Meter tief.«

Treskatis und Mendelski tauschten einen kurzen Blick.

»Da passt also auch ein Mensch rein? Mühelos?«

»Na klar.«

»Auch liegend?«, forschte Maike nach.

Fred Krause nickte stumm. Langsam dämmerte ihm, worauf die Ermittler hinauswollten.

»Und eine Reisetasche und eine Yucca-Palme – dafür ist auch noch Platz?«, setzte Mendelski nach.

»Seien Sie doch still!«, schrie Sperber plötzlich. »Das ist völliger Quatsch, reine Phantasiegespinste!«

»Das werden wir dann ja sehen«, blaffte Maike ihn an.

Mendelski ergänzte in nicht minderer Lautstärke: »Wir werden veranlassen, dass Herr Krause mit seinem Bagger die drei Löcher, die er am Montag zugeschaufelt hat, wieder aufgräbt. Es besteht der dringende Verdacht, dass in einem der Löcher Ihre Exfrau vergraben liegt.«

»Das wird mir doch alles zu blöde«, knurrte Beckewitz und zog einen Stoffbeutel aus der Jackentasche. »Den Zaster nehme ich erst mal wieder mit. Bis die Angelegenheit geklärt ist.«

Er stand auf und beugte sich über den Tisch, um das Geld zusammenzuraffen.

»Nein!«, schrie Sperber. Er schnellte von seinem Stuhl hoch, griff blitzschnell nach einer Bierflasche und zerschlug sie auf Beckewitz' Kopf.

Der Zuhälter ging in die Knie wie eine gefällte Eiche. Bewusstlos sank er zu Boden. Die beiden Krauses konnten ihn gerade noch auffangen.

Bevor sich Sperber die nächste Flasche greifen konnte, hatten Neumann und Maike ihn überwältigt.

NEUNZEHN

Ein Rettungswagen brachte Beckewitz ins Krankenhaus von Großburgwedel. Durch den Schlag mit der Flasche hatte er eine klaffende Kopfwunde und, so mutmaßte der Notarzt, eine schwere Gehirnerschütterung davongetragen. Einer von den drei Streifenwagen, die inzwischen eingetroffen waren, und die beiden Krause-Brüder im Dodge-Pick-up eskortierten ihn.

Bevor sie abgefahren waren, hatte Mendelski angeordnet, dass Fred Krause noch am selben Abend in den Wald bei Schönhop kommen sollte. Er sollte Strunz, Kleinschmidt und Ellen Vogelsang die drei Stellen zeigen, an denen er am Montag mit seinem Bagger die Kartierungs-Löcher zugemacht hatte. Die sollten markiert, gesichert und so schnell wie möglich geöffnet werden.

Sperber hatten sie Handschellen angelegt. Erst dabei hatten sie seine deutliche Fahne bemerkt; Sperber war erheblich alkoholisiert. Als der Krankenwagen weg war, brachten sie ihn in den Wintergarten. Das war Mendelskis Idee gewesen, denn dort – so vermutete er – musste die Tragödie am letzten Montag begonnen haben.

Während die Besatzung eines Burgwedeler Streifenwagens den gefesselten Sperber bewachte, hielten Mendelski, Maike, Treskatis und Neumann in der Küche des Forsthauses Kriegsrat.

»Wie gehen wir vor?«, fragte Treskatis.

»Wir sollten uns auf jeden Fall beeilen«, meinte Mendelski. »Er scheint mir schon ziemlich aus dem Lot. Außerdem dürfte der Alkohol ihn gesprächig machen. Wenn wir zu lange warten, überlegt er sich eventuell eine neue Strategie oder macht ganz dicht.«

»Also?«

»Wir gehen aufs Ganze, locken ihn aus der Reserve. Wir lassen ihm keine Chance zum Ausweichen. Wenn er gesteht, haben wir gewonnen. Sonst dauert es eben noch …«

»Gut. Wir haben nichts zu verlieren. Spätestens morgen nach

dem DNA-Test und den Ausgrabungen im Wald haben wir Gewissheit.« Angriffsbereit schaute sie sich um. »Wer übernimmt?«

»Du natürlich. Das hier ist dein Terrain. Ich assistiere.« Mendelski hatte ebenfalls das Jagdfieber gepackt. »Du machst den *good cop*, ich den *bad cop*. Okay?«

»Einverstanden. Das krieg ich hin. Also los.«

Auf die Glasscheiben des Wintergartens ging leichter Abendregen nieder. Sperber hockte vornübergebeugt auf einem Stuhl und stierte vor sich auf die Fliesen. Die Hände hielt er wegen der Handschellen notgedrungen dicht beieinander. Die fünf Flaschen Bier, die er in der Stunde vor seiner Festnahme getrunken hatte, zeigten Wirkung. Er schien müde, angeschlagen und aggressiv zugleich.

»Herr Sperber.« Treskatis begann mit der Befragung, nachdem sich die vier Kriminalpolizisten um den Förster versammelt hatten. »Sie haben das Recht —«

»Ersparen Sie mir doch diesen Quatsch«, unterbrach Sperber sie barsch, ohne den Kopf zu heben.

Treskatis zog die Augenbrauen hoch. »Ganz, wie Sie wollen. Beginnen wir also: Am Montag, dem 2. Mai, haben Sie sich mit Ihrer Exfrau getroffen. Schon vormittags, hier in diesem Haus. Sabine Luckow war auf der Durchreise von Göttingen nach Boltenhagen und hatte einen Zwischenstopp bei Ihnen eingelegt. Wahrscheinlich haben Sie sie sogar am Bahnhof in Hannover abgeholt. Hier im Wintergarten, genau an dieser Stelle, ist es dann – aus welchen Gründen auch immer – zu einer Auseinandersetzung zwischen Ihnen beiden gekommen.«

Sperber öffnete den Mund, brachte aber nur ein Ächzen hervor.

»Sagten Sie etwas?« Treskatis beugte sich ein Stück vor, um ihn besser hören zu können. Keine Reaktion. Sie fuhr fort: »Es gab Streit, heftigen Streit, bei dem Blut geflossen, sogar gespritzt ist. Die sichergestellten Blutspuren auf dem Schmetterling zeugen von einer Gewalttat.«

»Selber schuld«, murmelte Sperber nach einer langen Pause.

»Bitte?«

»Sie war doch selber schuld«, wiederholte er eine Spur lauter.

»Wer?«

»Na, mein Bienchen.« Die Stimme klang resigniert.

Treskatis schaute zu Mendelski hinüber. Der nickte leicht.

»Sie sprechen von Ihrer Exfrau Sabine?«, fragte sie.

»Ja. Sie hat's drauf angelegt.«

»Was ist passiert?«

»Sie ist gestürzt.«

»Wo und wann?«

»Na, hier im Wintergarten. Letzten Montag.«

»Sie war also doch hier?«

»Sag ich doch«, antwortete Sperber gereizt.

»Was genau –«

»Es war ein Unfall«, unterbrach Sperber sie. Seine Stimme wurde zunehmend lauter. »Ein gottverdammter, dämlicher Unfall!«

»Erzählen Sie.«

»Da gibt's nicht viel zu erzählen. Sie ist lang hingeschlagen, da.« Fahrig zeigte er mit den gefesselten Händen auf eine Stelle am Fußboden. »Und mit dem Kopf gegen den Blumenkübel von der Yucca-Palme geknallt.«

»Einfach so?«

Sperber zögerte. »Ich sagte doch, sie hatte selber Schuld.«

»Warum? Woran war sie schuld?«

Sperber reagierte nicht auf die Frage. Nach einer Weile sagte er: »Sie machte keinen Mucks mehr. Sie war sofort tot.«

Für einen Moment wurde es still im Wintergarten. »Und dann ... dann hab ich sie fortgeschafft.«

»Wieso fortgeschafft?« Treskatis mimte die Verblüffte. »Sie haben keinen Notarzt gerufen?«

»Was hätt ich denn sonst machen sollen?«, schrie Sperber. »Sie war tot, mausetot! Kein Arzt dieser Welt hätte sie retten können.« Wieder senkte er den Kopf. »Und Ihr Bullen hättet mir doch nie und nimmer geglaubt, dass das ein Unfall war. Ihr hättet mir 'nen Mord angehängt. Oder zumindest 'nen Totschlag. Bei dem, was über mich in den Akten steht ...«

»Das war nicht der erste Streit mit Ihrer Exfrau, der in Gewalt mündete. Sie hatten sich früher oft gestritten, nicht wahr? Und dabei ist es auch zu Handgreiflichkeiten gekommen.«

»Wenn Sie das alles eh schon wissen …«

»Gab's am Montag auch wieder Streit?«

»Na ja, wie man's nimmt.« Sperber druckste herum. »Eigentlich nicht. Vielleicht ein bisschen. Aber ihr Sturz war ein Unglück. Ich schwör's. Dieser blöde Blumenkübel stand da im Weg. Der mit der Yucca-Palme. Da ist sie mit dem Kopf …«

»Hier war das?« Treskatis wies auf den Fußboden.

»Ja. Hier hat der Kübel gestanden.« Sperber schnaufte. Der Alkohol zeigte Wirkung. »Auf den Fliesen und an der Yucca-Palme war überall Blut. Die Fliesen hab ich ja schön sauber gekriegt, aber die Palme … Da hab ich sie gleich mit entsorgt. Zusammen mit Sabine.«

»Entsorgt.« Treskatis suchte Blickkontakt zu Mendelski. Der verstand und übernahm.

»Wohin haben Sie Ihre tote Exfrau gebracht?«, fragte er.

»In den Wald natürlich. Da kenn ich mich am besten aus. Bin schließlich Förster.«

»In den Wald bei Schönhop?«

»Das wissen Sie doch längst.« Sperber verdrehte die Augen. »War 'ne Super-Idee mit dem Versteck. Keine Sau hätte sie jemals gefunden. Aber dann kam ja dieses Malheur dazwischen, das mit Laryssa.«

»Was war mit Laryssa?« Mendelski setzte sofort nach, ließ Sperber keine Zeit zum Atmen. Er ahnte, was jetzt kommen würde.

»Sie war einfach zu neugierig. Ein neugieriges Frauenzimmer halt. Dafür musste sie büßen.«

»Wie …« Mendelski war für einen Moment sprachlos.

»Die war doch auch selber schuld! Ich hatte ja keine Ahnung, dass sie schon da war. So früh am Tag. Sonst wäre ich woanders langgefahren. Aber sie stand mitten auf dem Waldweg. Telefonierte, alberte herum, ließ mich nicht durch. Ich musste anhalten – und da passierte es.«

»Was passierte?«

»Sie sah die Yucca-Palme hinten im Auto. Die war nicht zugedeckt. Über Sabine hatte ich ja eine Wolldecke gelegt. Schön ordentlich. Unbekümmert, wie sie ja war, fragte mich Laryssa, was ich mit der Palme vorhätte. Als ich sagte, dass ich sie wegschmeißen wollte, protestierte sie. Riss einfach die Heckklappe auf, um sich die blöde Pflanze anzuschauen. ›Die kann ich doch prima in meinen Mini-Puff stellen‹, hat sie gesagt. Und plötzlich sah sie Sabines Hand. Die war unter der Decke hervorgerutscht. Das war's dann.«

»Wie, das war's dann?«

»Was sollte ich denn machen? Laryssa begann zu schreien. Da hab ich sie in den Kofferraum gestoßen und auf die Palme gedrückt. Sie hat aber immer weiter geschrien. Und ehe ich mich versah, hatte ich diese Drahtschlinge vom Waldschrat in den Händen. Die lag bei mir im Kofferraum.«

Mendelski zog hörbar die Luft ein.

»Also noch so ein Unglücksfall, für den Sie rein gar nichts können.« Maike konnte sich diesen zynischen Kommentar nicht verkneifen. »Erst rennt sich Ihre Exfrau an einem Blumenkübel den Schädel ein, dann gerät eine neugierige Prostituierte in Ihre Drahtschlinge. Zu dämlich aber auch, diese Zufälle.«

Mendelskis sah tadelnd zu Maike hinüber, doch das kümmerte sie in diesem Moment wenig.

»So kamen also die Yucca-Spuren unter die Fingernägel von Laryssa Ascheschka«, setzte Treskatis die Befragung fort. »Wie ging's weiter?«

»Na, plötzlich hatte ich zwei Leichen am Hals.« Sperber wirkte für einen Moment fast belustigt. »Da war guter Rat teuer. Schließlich hab ich Laryssa in ihren Nuttenbus gelegt und alles so arrangiert, dass es wie ein Lustmord aussah. War doch gar nicht dumm, oder?«

»Und warum haben Sie sie nicht ebenfalls in den Wald gebracht? Zusammen mit Ihrer Frau?«

»Exfrau, bitte. Ex! Wir sind geschieden.«

»Na schön, Exfrau.«

»Das Auto war voll. Ganz einfach. Sabine, die riesige Yucca, dann noch die Reisetasche. Da war kein Platz mehr für eine weitere Leiche. Außerdem hatte ich nichts mehr zum Abdecken.«

Er schüttelte den Kopf. »Nee, nee, das war schon richtig so. Jeder dorthin, wo er hingehört: Laryssa auf ihre Liebespritsche, Sabine in den Wald.«

Treskatis machte eine Pause – auch, um Mendelski und den anderen beiden eine Chance zu geben, sich einzuklinken. Doch niemand stellte eine Frage.

»Sie haben Ihre Exfrau also im Wald verscharrt«, sagte sie schließlich. »In einem dieser Löcher, die Krause mit seinem Bagger ausgehoben hatte.«

»Richtig. Eigentlich ein ideales Versteck, ein richtiges Grab. Krause hatte Dutzende von diesen Löchern ausgehoben. Zwei bis drei Meter tief. Meist bis zum Grundwasser. Ich brauchte nur ein wenig Sand auf die Leiche und den anderen Kram zu werfen, den Rest erledigte der Bagger. Da unten kommt kein Fuchs, keine Sau mehr dran.«

»Und danach sind Sie auf demselben Weg, den Sie gekommen waren, wieder aus dem Wald heraus. Deswegen waren Sie auch am Tatort, als Märtens Laryssa Ascheschkas Leiche entdeckte.«

»Wieder richtig. Das traf sich gut mit dem Märtens, der kam mir gerade recht. Und noch besser war das mit dem Waldschrat. Spätestens da war ich erst mal aus dem Fokus.«

»Stimmt, Bruno Janoske, der Wilderer mit dem Schlingendraht, war ein Glücksfall für Sie – letztendlich aber auch wieder nicht.« Treskatis überlegte. »Doch der Reihe nach: Wie und warum musste Karin Wuttke in Engensen sterben?«

Sperber lachte kurz auf. »Sie haben wohl vorhin nicht aufgepasst.« Er kniff die Augen zusammen, als er fragte: »Was machte Laryssa gerade, als ich auf den Waldparkplatz kam?«

»Sie stand im Weg. Ließ Sie nicht durch.«

»Gut, und weiter?«

»Sie telefonierte.«

»Richtig. Und mit wem?«

Treskatis seufzte hörbar auf. »Mit Karin Wuttke, der Prostituierten aus Engensen.«

»Bingo!« Sperber grinste frech. Nur ein leichtes Verschleifen der Wortenden wies auf seinen angetrunkenen Zustand hin. »Hundert Punkte. Also musste ich noch mal tätig werden …«

»Woher wussten Sie, mit wem Laryssa Ascheschka telefoniert hatte?«, fragte Mendelski.

»Von ihrer Busenfreundin Karin höchstpersönlich. Sie hat mich angerufen. Laryssa hatte ihr dummerweise von mir erzählt. Da habe ich mich mit ihr verabredet. Schleunigst.«

»Kannten Sie Karin Wuttke denn?«

»Na klar. Ich kenne alle Prostituierten, die bei mir im Wald anschaffen. Schließlich bin ich der Förster.«

»Und zu dieser Verabredung haben Sie wieder Schlingendraht mitgenommen, den Sie im Wald gefunden hatten? Den von Bruno Janoske?«

»Genau. Besser konnte es doch gar nicht für mich laufen. So sah es nach dem gleichen Täter aus. Nach dem Waldschrat.«

»Clever gemacht.« Mendelski lief es eiskalt den Rücken hinunter.

»Und nicht nur das«, rief Sperber. »Ich hab ihr den Slip ausgezogen und ihn über ihren Kopf gezogen. Genau wie bei Laryssa. Genial, was?«

Maike verzog angewidert ihr Gesicht. Neumann schaute betreten zu Boden.

»Nicht genial genug«, erwiderte Mendelski kalt und wies auf die Handschellen.

Sperber gähnte. »Ja, schöne Scheiße«, fluchte er, während er sich auf seinem Stuhl streckte, dass dieser knarrte. »Vom Regen in die Traufe. Erst der Waldschrat, dann der Waldvogel. So'n dämlicher Schmetterling hat alles versaut.«

★★★

Ein großes Polizeiaufgebot sperrte am frühen Morgen des nächsten Tages, am Samstag, den 7. Mai, alle Zufahrten zu dem Waldstück ab, in dem erst Fred Krause mit seinem Radbagger, dann Mitarbeiter der Gerichtsmedizin die Leiche von Sabine Luckow, ihre Reisetasche und die Überreste der Yucca-Palme wieder ans Tageslicht beförderten. Mendelski, Maike, Strunz, Kleinschmidt, Ellen Vogelsang und Frau Dr. Grote waren nach Allerhop in den Wald gekommen, um den Leichnam und die anderen Beweismittel noch vor Ort zu untersuchen und sicherzustellen.

Gegen vierzehn Uhr des gleichen Tages erreichte sie die Nachricht vom LKA aus Hannover, dass die DNA-Spuren, die auf dem Waldvogel gefunden worden waren, mit denen von Sabine Luckow übereinstimmten. Maike und Strunz beglückwünschten sich gegenseitig durch Händeabklatschen.

Zeitgleich um sechzehn Uhr fand sowohl in Celle als auch in Hannover eine Pressekonferenz satt. Die Kripo-Beamten berichteten über die Aufklärung und die Hintergründe des Doppelmordes an Laryssa Ascheschka und Karin Wuttke sowie über den Totschlag an Sabine Luckow. Bei der Pressekonferenz in der Polizeiinspektion Celle stellte Axel Schriewe von der Celleschen Zeitung mit Abstand die meisten Fragen.

Am Dienstag der folgenden Woche fuhren Mendelski und Maike nach Hannover. Zunächst statteten sie Verena Treskatis und Ronny Neumann einen kollegialen Besuch ab; dabei gönnten sich alle vier ob des schnellen gemeinsamen Ermittlungserfolges ein Gläschen Prosecco in der Polizeikantine. Ohne dass ein dummer Spruch fiel, ließen sogar Maike und Neumann ihre Gläser klingen.

Anschließend fuhren Mendelski und Maike in die Medizinische Hochschule, um Bruno Janoske aufzusuchen.

Dem Waldschrat a. D. ging es inzwischen einigermaßen gut. Doch es würde nach Ansicht der Ärzte noch eine ganze Weile dauern, bis er seinen rechten Arm wieder wie gewohnt bewegen konnte. Mit Tränen in den Augen bedankte Janoske sich bei Maike, weil er erfahren hatte, dass sie auf dem Munitionsdepot in Thönse um sein Leben gerannt war.

Zurück in Celle – es war schon längst Feierabend – machten sie noch einen Schlenker zum Stadtfriedhof an der Lüneburger Heerstraße. Sie wollten nachholen, was sie vor acht Tagen versäumt hatten, als sie von der Beerdigung zum Mordfall Laryssa Ascheschka gerufen worden waren: gebührend Abschied nehmen von ›Manni‹ Manfred Voß, dem viel zu früh gestorbenen Weggefährten Mendelskis und einem von Maikes Lieblingskollegen.

Schweigend standen sie vor der Grabstätte. Ein strammer

Westwind trieb dunkle Wolken vor sich her. Es sah nach Regen aus.

Maike nahm den blau-weißen Schal, den sie um den Hals getragen hatte, und wickelte ihn um den Grabstein. Es war ein Fan-Schal von Hertha BSC Berlin.

»Schade, dass du den Wiederaufstieg in die erste Liga nicht mehr miterlebt hast«, sagte sie kaum hörbar in Richtung Grabstein. »Ich werde dich vermissen, dich und die Montagmorgen, an denen wir uns immer so herrlich kindisch um den Sportteil der Zeitung gestritten haben.«

Sie blieben noch ein paar Minuten stehen. Jeder hing seinen Gedanken nach.

Als sie zurück zum Auto schlenderten, sagte Mendelski: »Aber die Roten sind diese Saison auch nicht schlecht, nicht wahr? Überleg mal, vierter Platz! Das hat's bei Hannover 96 noch nie gegeben. Und jetzt kommt die Europa League.«

»Jaja.« Maike gähnte. »Fahr du mal schön nach Poltawa. Zu Worskla Poltawa. Ich bleib lieber im Lande.«

»Poltawa? Wo zum Kuckuck liegt das denn?«

»Na, an den Ufern der Worskla. In der Ukraine.«

Mendelski winkte ab. »Du meine Güte! Da bleibe ich doch lieber an Aller und Leine.«

Maike lachte. »Apropos reisen: Hast du's schon gehört?«

»Was denn?«

»Heiko hat das Ziel unseres diesjährigen Betriebsausflugs bekannt gegeben.«

»Wohin soll's denn gehen?«

»Ans Steinhuder Meer.«

»Och nee, das kennt doch jeder.«

»Er will dort mit uns ins Museum.«

Mendelski guckte erstaunt. »Ins Museum?«

»Ja. Ins Schmetterlingsmuseum.« Wieder lachte Maike. »Zu den Artgenossen des Waldvogels. Davon soll es noch Unmengen geben …«

Glossar

Erläuterungen zu den in diesem Roman verwendeten Ausdrücken aus der Jägersprache:

äsen – Aufnehmen von pflanzlicher Nahrung durch Wild

Alttier – weibliches Tier der Hirscharten ab dem dritten Lebensjahr

Ansitzjagd – Art einer Einzeljagd

aus der Decke schlagen – entfernen der Decke bei Schalenwild (außer beim Schwarzwild; hier: abschwarten)

Bache – weibliches Wildschwein vom dritten Lebensjahr an

Balg – Fell vom Fuchs oder anderem Haarwild

Bauhunde – auch Erdhunde; wegen ihrer Kleinheit und Schärfe zur Baujagd an Raubwild geeignete Jagdhunde

Drückjagd – Form einer Treibjagd auf Schalenwild (siehe unten)

fegen – reiben und schlagen mit dem Geweih oder Gehörn (Hirsch, Rehbock) an Stämmen und Zweigen

Frischling – Jungtier im ersten Lebensjahr beim Schwarzwild

Gewaff – kräftige Eckzähne im Gebiss des Schwarzwildes

Kahlwild – das weibliche Wild bei den Hirscharten (Ausnahme Rehwild)

Kolbenhirsch – Hirsch mit einem im Aufbau befindlichen Geweih (im Bast)

Leittier – Rudel (siehe unten) werden von einem Leittier angeführt

Löffel – Ohren bei Hase und Wildkaninchen

sich lösen – Losung ausscheiden, koten

Nachsuche – Suche (in der Regel mit einem Jagdhund) nach einem beschossenen Stück Wild

Rammler – männliches Tier bei Hase und Kaninchen

Rotte – Gemeinschaft (Sozialverband) beim Schwarzwild

rollieren – in der Flucht beschossenes Niederwild »rolliert«, wenn tödlich getroffen; »schlägt Rad«, »geht über Kopf«

Rudel – Gemeinschaft (Sozialverband) beim Schalenwild, ausgenommen Schwarz- und Rehwild

Sasse – Lager, Ruheplatz vom Hasen

Schalenwild – dem Jagdrecht unterliegende Paarhufer, wie zum Beispiel Reh-, Rot-, Dam- und Schwarzwild

schrecken – bellend Warnlaut geben (bei Reh- und Rotwild)

Schweinesonne – umgangssprachlich für Mond

Seher – Augen beim Haarwild, ausgenommen Schalenwild

Schweißhund – speziell für die Nachsuche (siehe oben) ausgebildeter Jagdhund oder Jagdhunderasse

Strecke – Gesamtheit des auf der Jagd erlegten Wildes

streifen – gleichbedeutend mit abbalgen (Balg, siehe oben)

Wildwechsel – regelmäßig benutzte Pfade von Schalenwild (siehe oben)

Wundfährte – Fährte von krank geschossenem Schalenwild

Wurf – hier: Nasenscheibe (»Rüssel«) beim Schwarzwild

Wurfkessel – auch »Frischkessel«; von der Bache (siehe oben) hergestelltes »Nest« für die Frischlinge (siehe oben)

Überläufer – Wildschwein im zweiten Lebensjahr

Danksagung

All denen, die mit Informationen, Rat und Tat zum Gelingen dieses Buches beigetragen haben, möchte ich an dieser Stelle herzlich danken:
Familie Berthold Brenneke, Wulfshorst
Blumenhaus Flora, Großburgwedel
Ursula Gerns, Wettmar
Karola Hagemann, Hannover
Jörg Hagemann, Kolshorn
Martin Lauber, Hänigsen
Holger Nickele, Fuhrberg
Anja Plesse, Burgwedel
Alfred Rabe, Lachendorf
Carsten Rüdiger, Großburgwedel
Susanne Lechelt, Großburgwedel

Ganz besonderer Dank gilt
Ulrich Hilgefort
Barbara Sonderfeld
und natürlich meiner Familie.

Die im Roman verwendeten geographischen Daten wie Städte, Dörfer, Straßen, Wälder, Wiesen, Bäche und andere Landschaften gibt es tatsächlich, ebenso die Mehrzahl der übrigen Lokalitäten.
Auch Waldvögel und Waldschrate gibt es zur Genüge.

Christian Oehlschläger
SCHWANENHALS
Broschur, 256 Seiten
ISBN 978-3-89705-798-2

An einem Winterwochenende treffen sich fünf ehemalige Klassenkameraden auf einem abgelegenen ehemaligen Truppenübungsplatz, um zu jagen. Wie jedes Jahr. Doch dieses Mal werden sie selbst zu Gejagten. Bereits der erste Ansitzabend endet für einen von ihnen auf tragische Weise tödlich. Eine rätselhafte Mordserie beginnt...

»Sehr empfehlenswert!«   www.deutsche-krimi-autoren.de

Christian Oehlschläger
KOHLFUCHS
Broschur, 272 Seiten
ISBN 978-3-89705-861-3

»Für den Kenner entlegener Orte wie Sprakensehl und Unterlüß nimmt die Spannung beim Gedanken daran, dass das Böse ganz nah ist, zuweilen unerträglich an Fahrt auf. Oehlschlägers neuer Roman kommt einem zwar bekannt vor. Doch seine literarische Genese vereint Hermann Löns mit Alfred Hitchcock – versetzt mit einer Milieukenntnis, die an Starautor Martin Suter erinnert.«
Jäger Magazin

www.emons-verlag.de

Christian Oehlschläger
WOLFSFEDER
Broschur, 272 Seiten
ISBN 978-3-89705-989-4

*»Der Buchautor ist selbst Förster. Seine Romane vereinen detailge-
treue Schilderungen mit authentischen Charakteren und faszinie-
renden Schauplätzen. Fazit: Spannend bis zur letzten Seite!«* Jäger

www.emons-verlag.de